KRISTEN PROBY
BESTSELLER DO NY TIMES

FICA
Comigo
With me in Seattle 1

Editora
Charme

Copyright © Kristen Proby, 2012
Tradução © Editora Charme, 2015
Edição publicada mediante acordo com Taryn Fagerness Agency e Sandra Bruna Agencia Literaria, SL.

Todos os direitos reservados.
Nenhuma parte deste livro pode ser reproduzida, digitalizada ou distribuída de qualquer forma, seja impressa ou eletrônica, sem permissão. Este livro é uma obra de ficção e qualquer semelhança com qualquer pessoa, viva ou morta, qualquer lugar, evento ou ocorrência é mera coincidência. Os personagens e enredos são criados a partir da imaginação da autora ou são usados ficticiamente. O assunto não é apropriado para menores de idade.

3ª Impressão 2021

Produção Editorial - Editora Charme
Foto - Shutterstock
Criação e Produção Gráfica - Verônica Góes
Tradução - Bianca Carvalho
Revisão - Andrea Lopes, Cristiane Saavedra e Ingrid Lopes

FICHA CATALOGRÁFICA ELABORADA POR
Bibliotecária: Priscila Gomes Cruz CRB-8/8207

P962f   Proby, Kristen

   Fica comigo / Kristen Proby; Produção editorial: Equipe Charme; Criação e produção gráfica: Verônica Góes; Tradução: Bianca Carvalho. – Campinas, SP: Editora Charme, 2021. (Série With me in Seattle; 1).
   376 p. il.

ISBN: 978-85-68056-07-3

Título Original: Come with me
1. Ficção norte-americana, 2. Romance Estrangeiro -
I. Proby, Kristen. II. Equipe Charme. III. Góes, Verônica. IV. Carvalho, Bianca V. Título.

CDD - 813

---

www.editoracharme.com.br

KRISTEN PROBY
BESTSELLER DO NY TIMES E USA TODAY

FICA Comigo
With me in Seattle 1

Tradução: Bianca Carvalho

Editora Charme

Dedicatória

Este livro é dedicado à minha mãe, Gail Holien. Obrigada por me dedicar tanto amor, por sempre ler uma boa história de amor para mim e por ser a melhor mulher que conheço. Te amo, mamãe.

Capítulo Um

A luz está perfeita esta manhã. Aproximo minha Canon do rosto e pressiono o botão. *Click*. A Enseada de Puget está coberta por cores: rosa, amarelo, azul e, pela primeira vez, o vento é praticamente inexistente. As ondas gentilmente se emaranham na barreira de concreto sob meus pés, e me perco na beleza que está diante de mim.

Click.

Eu me viro para a direita e vejo um casal bem jovem caminhando pela calçada. A praia de Alki, em Seattle, estava praticamente deserta, com exceção de algumas pessoas persistentes, ou madrugadores insones, como eu. O jovem casal está se afastando de mim, de mãos dadas, sorrindo um para o outro, então, aponto minhas lentes para eles e *click*. Dou um zoom em seus tênis de corrida e em suas mãos entrelaçadas e tiro mais uma foto, já que meus olhos de fotógrafa apreciavam seu momento de intimidade na praia.

Inspiro o ar salgado e observo a enseada mais uma vez, enquanto um barco vermelho gentilmente desliza pela água. O sol matutino está apenas começando a brilhar em volta dele, então levanto minha câmera novamente para capturar o momento.

— Mas que merda você está fazendo? — Eu me viro em direção ao som daquela voz irritada e me deparo com olhos azuis, que refletem a clara água da manhã. Tais olhos acompanham um rosto muito, muito contrariado.

Não apenas irritado. Puto da vida.

— Perdão...? — eu chio, finalmente encontrando minha voz.

— Por que não pode me deixar em paz? — O belíssimo estranho à minha frente está tremendo de raiva e, instintivamente, eu me afasto, franzindo o cenho e começando a ficar irritada com ele também. *Que merda você está fazendo?*

— Eu não estava te importunando — respondo, feliz em perceber que minha voz soa mais forte do que a minha raiva, e recuo mais um passo. Certamente o *Sr. olhos azuis* com o *belo rosto de deus grego* é um lunático. Infelizmente, ele começa a seguir meus movimentos e sinto o pânico sobressair minha coragem.

— Estou de saco cheio de você me seguindo. Acha que eu não notei? Me dá a câmera. — Ele estende uma das mãos de dedos muito longos em minha direção e fico boquiaberta. Aperto a câmera no peito, segurando-a de forma protetora.

— Não. — Minha voz está impressionantemente calma e quero olhar ao meu redor para procurar por alguma forma de escapar dali, mas não consigo parar de olhar para seus olhos azuis irritados.

Ele engole em seco e aperta os olhos, respirando com dificuldade.

— Me dá a porra da câmera, e não vou te processar por assédio. Só quero as fotos. — Ele baixa o tom de voz sem torná-la menos ameaçadora.

— Você não pode ficar com as minhas fotos! — Mas quem é esse cara? Eu me viro e ele agarra meu braço, me girando até que fico frente a frente com ele novamente, tentando pegar a minha câmera. Eu começo a gritar, mal acreditando que estou sendo assaltada praticamente na porta da minha casa, até que ele me solta e coloca as mãos nos joelhos, inclinando-se para frente, balançando a cabeça, e eu reparo que suas mãos estão tremendo.

Mas que inferno!

Dou mais um passo para trás, pronta para começar a correr, mas, com a cabeça ainda baixa, ele levanta a mão e diz:

— Espere.

Eu deveria correr. Bem rápido. Chamar a polícia e fazer com que aquele louco fosse preso por roubo, mas não me movo. Minha respiração começa a acalmar, meu pânico ameniza e por algum motivo sinto que ele não vai me machucar.

Sim, tenho certeza que as vítimas do assassino de Green River também pensaram que ele não iria lhes fazer mal.

— Ei, você está bem? — Minha voz está ofegante, e percebo que ainda estou apertando minha câmera junto ao peito, quase me machucando. Sendo assim, relaxo minhas mãos e começo a abaixá-las enquanto ele levanta a cabeça.

— Não tire fotos minhas. — Sua voz é baixa, comedida e controlada, mas ele ainda está tremendo e respirando como se tivesse acabado de correr uma maratona.

— Tudo bem, fique calmo. Não vou tirar. Vou até guardar as lentes. — Faço isso, sem tirar meus olhos do seu rosto enquanto ele observa minhas mãos com cuidado.

Jesus!

Ele respira bem fundo, balança a cabeça e me olha de cima a baixo. Uau! Um rosto bonito, bem esculpido, mal barbeado e aqueles olhos azuis tão claros. Tem um cabelo dourado bagunçado e é muito mais alto do que os meus um e sessenta e nove, além de ser esguio e ter ombros largos. Está usando jeans e camiseta preta, e ambas se moldam àquele corpo esguio em todos os lugares corretos.

Droga! Deve ser fantástico vê-lo nu. Ironicamente, eu adoraria fotografá-lo.

Ele me olha nos olhos novamente e me parece vagamente familiar. Sinto como se o conhecesse de algum lugar, mas o reconhecimento fugaz desaparece quando ele começa a falar.

— Vou precisar que me entregue a câmera, por favor. — Ele está mesmo falando sério? Ainda vai me assaltar?

Deixo escapar uma risada e finalmente quebro o contato visual, começando a olhar para o céu azul e a balançar a cabeça. Fecho os olhos e então olho novamente para ele e percebo que está me olhando de volta.

Me pego sorrindo ao dizer.

— Você não vai levar essa câmera mesmo. — Ele inclina a cabeça para o lado e estreita seus olhos novamente. Sinto os músculos da minha barriga se apertarem com aquele olhar sensual e silenciosamente me reprovo. *Não posso sentir tesão pelo sexy assaltante madrugador!*

— Você não vai levar minha câmera. Quem você pensa que é? — Aumento o tom de voz e me vanglorio.

— Você sabe quem eu sou. — Sua resposta me confunde e estreito os olhos, encarando-o novamente, tendo a estranha sensação de que talvez eu devesse conhecê-lo, mas balanço a cabeça em frustração.

— Não, não sei. — Ele levanta uma sobrancelha, coloca a mão em seus quadris estreitos e sorri, mostrando uma fileira de dentes perfeitos. Seu sorriso não chega aos olhos.

— Vamos lá, docinho, não vamos jogar este jogo. Ou você me dá essa câmera ou deleta as fotos, e aí nós poderemos seguir nossos caminhos. — Por que ele quer as minhas fotos? De repente, me ocorre que ele pode estar pensando que tirei fotos dele.

— Não tenho nenhuma foto sua aqui, *docinho* — respondo.

Seus olhos estreitam-se outra vez e seu sorriso desaparece. Ele não acredita em mim.

Dou um passo em sua direção, olho diretamente em seus olhos azuis arregalados e falo com bastante clareza.

— Eu. Não. Tenho. Nenhuma. Foto. Sua. Na. Minha. Câmera. Não fotografo pessoas. — Sinto minhas bochechas corarem e olho para baixo por um momento.

— O que você estava fotografando, então? — Sua voz está equilibrada agora, e ele parece confuso.

— A água, os barcos... — Gesticulo em direção ao que falo.

— Vi você apontar a sua câmera na minha direção quando eu estava sentado naquele banco. — Ele aponta para o banco atrás de mim. Está localizado perto de onde estava o casal de mãos dadas que eu fotografei. Coloco a câmera na minha frente novamente e vejo que ele está tenso, mas o ignoro, ligando a câmera e começando a passar as imagens até encontrar aquelas que ele temia serem suas. Caminho em sua direção e paro na frente, sentindo meu braço quase tocando o dele e o calor do seu corpo sexy. Obrigo-me a ignorar isso.

— Veja, essas são as fotos que tirei. — Aponto a tela para ele e começo a passá-la, mostrando-lhe todas as fotos. — Quer ver também as outras que eu tirei?

— Sim — ele sussurra.

Eu continuo a mostrar as imagens da água, do céu, dos barcos, das montanhas. Não consigo deixar de sentir seu cheiro de limpeza enquanto ele olha para as fotos, examinando cada uma delas, conforme puxa seu lábio inferior usando o polegar e o dedo indicador. Sua testa está franzida.

Meu Deus, ele tem um cheiro bom!

Tirei mais de cem fotos esta manhã, então demoro alguns minutos para conseguir mostrar todas elas. Quando termino, ele olha diretamente em meus olhos e vejo que está embaraçado. Percebo, sem muita certeza, que parece até um pouco triste.

Meu coração dá um pulo quando ele sorri, desabrochando de verdade, sem tabus, espantando a tristeza, balançando a cabeça bem devagar. Ele conseguiria derreter geleiras com aquele sorriso. Acabar com guerras. Resolver a crise da dívida nacional.

— Me desculpa.

— Tudo bem. — Desligo a câmera e começo a me afastar dele.

— Ei, eu estou mesmo arrependido.

— Você deve ser mesmo muito cheio de si para pensar que todo mundo com uma câmera na mão está tirando uma foto sua. — Continuo andando, mas é claro que ele me alcança, começando a acompanhar meus passos.

Por que ele ainda está aqui?

Ele pigarreia.

— Posso saber o seu nome?

— Não — respondo.

— Hummm, por quê? — Ele se mostra confuso.

Bem, até eu estou confusa.

— Não digo meu nome para assaltantes.

— Assaltantes? — Ele para no meio do caminho e me puxa para o lado dele, colocando sua mão em meu cotovelo. Baixo os olhos para sua mão e, levanto-os novamente em direção aos dele, fixando o olhar.

— Me solta! — Ele me obedece imediatamente.

— Não sou um assaltante.

— Você tentou roubar minha câmera. Que nome você dá a isso? — Começo a andar novamente, percebendo que estou seguindo a direção contrária da minha casa. Que merda.

— Olha, eu não sou um assaltante. Você pode parar por um minuto? — Ele para novamente, esfrega seu rosto com as mãos e olha para mim.

Eu o encaro, coloco as mãos nos quadris, com minha inofensiva câmera pendurada no pescoço.

— Eu não sei quem você é — digo com minha voz mais séria.

— Isso ficou óbvio — ele responde e um sorriso surge nos seus lábios. Não nego que esperava, lá no meu íntimo, ser presenteada por aquele sorriso novamente. Não saber quem ele é parece deixá-lo feliz, mas está me irritando. Será que eu deveria conhecê-lo?

— Por que você está sorrindo? — Me pego sorrindo de volta para ele.

Ele me olha de cima a baixo, começando pelo meu cabelo castanho, preso em um coque casual, passando pela minha blusa vermelha, também casual, que se aperta nos meus seios, minha saia, os quadris e coxas curvilíneas, até voltar seus olhos azuis aos meus. Seu sorriso se abre um pouco mais, e eu quase perco o fôlego.

Uau!

— Sou Luke. — Ele me estende a mão para que eu o cumprimente, e olho para ela, ainda não muito confiante, por isso, ergo o olhar até o dele. Ele levanta uma sobrancelha, quase como um desafio, e me vejo colocando minha pequena mão dentro da dele, grande e forte, e apertando-a com firmeza.

— Natalie.

— Natalie — ele repete meu nome devagar, olhando para minha boca, e eu mordo meu lábio inferior. Ele inspira nitidamente, voltando seus olhos para minha boca.

Puta merda, ele é lindo! Puxo minha mão de volta e olho para baixo, sem saber o que dizer a seguir e ainda confusa do motivo de ainda estar ali com ele.

— Tenho... tenho que ir — gaguejo, sentindo-me nervosa de repente. — Foi... interessante conhecê-lo, Luke. — Começo a caminhar na direção da minha casa, mas ele se coloca na minha frente.

— Espere, não vá. — Ele passa a mão por seu cabelo dourado já bagunçado. — Quero mesmo que me desculpe por esse transtorno. Por favor, me deixe compensá-la. Café da manhã?

Ele franze o cenho levemente, como se não quisesse dizer isso, mas, então, olha para mim com esperança.

Diga que não, Nat. Vá para casa. Volte para a cama. Mmmm... cama com Luke. Corpos suados, lençóis embolados, a cabeça dele entre as minhas pernas, meu corpo se contorcendo enquanto eu gozo... Pare!

Eu balanço a cabeça, tentando colocar a fantasia de lado, e me pego dizendo.

— Não, obrigada. Tenho que ir.

— Tem marido te esperando em casa? — ele pergunta, olhando para meu dedo sem nenhum anel.

— Não.

— Namorado?

Abro um leve sorriso para ele.

— Não.

O rosto dele relaxa.

— Namorada?

Não posso deixar de rir com isso.

— Não.

— Bom. — Lá está ele, sorrindo para mim daquela forma novamente, e quero desesperadamente dizer sim àquele belo estranho, mas meu bom senso me dá um chute e me lembro que isso não é seguro, pois não o conheço, e, por mais que ele valha a pena, é um estranho.

Eu, de todas as pessoas, sei exatamente como um estranho pode ser perigoso.

Então, ignoro o aperto entre as minhas pernas, sorrio para ele novamente, e digo, da forma mais educada possível, com toda força que tenho.

— Obrigada pelo convite. Tenha um bom dia, Luke. — Mas é claro que, educadamente e com toda força, ainda soo um pouco sussurrante.

Que droga!

Eu o ouço murmurar *"Tenha um bom dia, Natalie"*, enquanto caminho para longe com pressa.

Volto para casa rapidamente, sentindo os olhos de Luke em meu bumbum à la *Kardashians* até que eu vire a esquina em direção à minha casa. Por que eu não estava usando uma saia mais comprida? Meu coração está batendo forte, e só quero entrar e ficar a salvo do "assaltante" de sorriso sexy. Já fazia muito tempo que meu corpo não respondia daquela forma a um homem, e enquanto eu admito que era uma sensação boa, penso que Luke é inteiramente... Uau!

Tranco a porta da frente e sigo para a cozinha. Jules está preparando o café da manhã.

— Ei, Nat, tirou alguma foto hoje? — Para o meu deleite, Jules, minha melhor amiga, está virando panquecas e sinto o cheiro de bacon fritando no fogão. Meu estômago ronca enquanto coloco a câmera sobre o balcão e puxo um banco para me sentar.

— Sim. Foi uma manhã bem proveitosa — respondo. Me pergunto se deveria mencionar Luke. Jules tende a ser romântica, e provavelmente já teria nos casado ao final da conversa, mas ela é uma pessoa em quem confio para tudo, então, por que não? — Tirei algumas fotos. Quase fui assaltada... Foi uma manhã como outra qualquer.

Eu sorrio para mim mesma enquanto Jules dá a volta na mesa, deixando uma panqueca cair no chão, ofegando.

— O quê? Você está bem?

— Estou. — Acabo bufando. — Foi um cara que ficou puto, achando que tirei uma foto dele. — Descrevo meu encontro, e ela sorri docemente quando eu termino.

— Parece que ele gostou de você.

Dou de ombros.

— Que nada. É só um cara qualquer.

Jules revira os olhos e se volta para as panquecas.

— Ele pode ser um cara qualquer, mas, se é tão gato quanto você diz que é, deveria ter ido tomar café da manhã com ele.

Eu faço cara feia para ela.

— Sair com o assaltante gato? — pergunto, cheia de incredulidade.

— Ah, não seja dramática! — Jules vira o bacon no fogo, em seguida, coloca mais uma concha de massa de panqueca na chapa. — Ele me parece bem legal.

— Sim, quando não está tentando roubar minha câmera obscenamente cara, ele é um perfeito cavalheiro.

Jules ri e não posso evitar um sorriso.

— O que você tem para fazer hoje? — Feliz pela mudança de assunto, dou a volta no balcão e começo a encher um prato com a comida deliciosa.

— Tenho uma sessão ao meio-dia e preciso fazer umas entregas esta tarde. Preciso mesmo tirar uma soneca agora de manhã.

— Não conseguiu dormir de novo? — Jules pergunta.

Balanço a cabeça negativamente. Dormir nunca é fácil para mim.

Eu sento no banco e dou uma mordida no bacon. Jules está perto de mim.

— E você?

— Bem, já que é terça-feira, acho que vou trabalhar. — Jules é uma investidora bancária que trabalha no centro de Seattle. Eu não poderia ter mais orgulho da minha amiga mais querida. Ela é inteligente, linda e bem-sucedida.

— Temos que ganhar a vida. — Eu devoro as deliciosas panquecas que estão no meu prato, em seguida, enxaguo-o e o coloco na lavadora.

— Posso fazer isso. — Jules começa a entrar na cozinha, mas gesticulo para que ela volte.

— Não, você cozinhou. Eu faço isso. Vá trabalhar.

— Obrigada! Divirta-se na sua sessão. — Ela mexe as sobrancelhas para mim e se dirige à garagem.

— Tenha um bom dia no escritório, querida! — eu digo, então nós duas rimos.

Subo as escadas até o meu quarto e me dispo. Realmente preciso dormir um pouco. Meus clientes me pagam muito bem para que eu lhes ofereça uma sessão de fotos divertida e bonita, por isso, preciso estar descansada.

Meu quarto é grande, com janelas que vão do chão ao teto. É um dos únicos cômodos da casa que possui detalhes em rosa. Eu adoro meu edredom, de um tom bem suave de rosa e minhas almofadas macias da mesma cor. A estrutura da minha cama é simples, mas a cabeceira é uma porta de celeiro velha que eu preguei na parede para dar ao quarto um clima rústico.

Me jogo na cama king-size, e os lençóis macios abraçam meu corpo nu, enquanto olho pela janela para observar a vista do oceano. Adoro a minha casa. Não quero me mudar nunca. Nunca mesmo. Essa vista não tem preço. A água no tom de azul safira lá fora me acalma enquanto meus olhos ficam pesados e penso nos profundos olhos azuis e no sorriso de matar, e acabo pegando no sono.

Capítulo Dois

Estou fora de casa, entregando minhas fotos emolduradas de flores e imagens de praia para os restaurantes e lojas em Alki Beach.

— Olá, Sra. Henderson! — Eu sorrio para a mulher de cabelos grisalhos, atrás do balcão na Gifts Galore, uma das minhas lojas de bugigangas favoritas. Felizmente, eu reparo que um dos meus trabalhos está pendurado atrás da caixa registradora. Há prateleiras e mais prateleiras de cacarecos de praia, joias e outros trabalhos de arte. É um lugar divertido de se passear.

— Oi, Natalie! Pelo que vejo, tem uma entrega para mim! — Ela sorri e dá a volta no balcão, me dando um forte abraço.

— Tenho. Espero que possa usá-los.

— Ah, sim! Estou prestes a vender os outros que trouxe na semana passada. Você se tornou uma artista muito popular. — A Sra. Henderson começa a olhar para meu trabalho, exclamando *ooohs* e *aaaahs*, e sinto o orgulho em meu peito quando ela me diz que vai ficar com tudo que levei para ela.

Conversamos ao balcão enquanto ela preenche um cheque pelas vendas da semana passada. Então, viro para sair, mas trombo com um peito muito firme.

— Ah, me desculpe... — Dou um passo atrás e olho para cima. Ah, que merda!

— Oi, Natalie. — Luke está ali, olhando para mim, com um sorriso aparecendo em seus lábios. Ele parece um pouco surpreso, feliz e... *Ah, meu Deus...*

— Olá, Luke! — Minha voz soa ofegante novamente, e eu estremeço mentalmente.

A Sra. Henderson se dirige aos fundos da loja para atender a um cliente, deixando Luke e eu sozinhos. Olho para minhas sandálias, lembrando a mim mesma que preciso de uma manicure.

O que devo dizer a ele?

— Então, você é uma artista? — Luke olha para minhas fotos emolduradas ainda empilhadas no balcão.

— Sim. — Sigo seu olhar. — Eu vendo meus trabalhos nas lojas locais.

Ele sorri e sinto minhas entranhas se repuxando novamente.

— O que está fazendo aqui? Não parece ser o tipo de pessoa que frequenta uma loja como essa.

— Estou procurando um presente para dar de aniversário para minha irmã. — Ele começa a vasculhar minhas molduras. — Estas seriam perfeitas. Ela acabou de comprar um apartamento novo. Qual delas você me sugere? — Ele olha de volta para mim, enquanto observa as vinte fotos ao mesmo tempo.

— Ela prefere flores ou paisagens? — pergunto.

— Er... — Ele engole em seco. Estou surtindo algum efeito nele? Eu me inclino para mais perto dele, fingindo inspecionar as fotos sobre o balcão, e o ouço respirar fundo. — Provavelmente flores.

— Eu escolheria essas aqui. — Sorrio para mim mesma, aproveitando a proximidade, agora que já não me sinto mais ameaçada por ele, e seleciono quatro fotos de flores, todas de diferentes tipos e cores, e as arrumo em um quadrado para que ele possa ver.

— Perfeito. — Seu sorriso ilumina seu rosto e não consigo não sorrir de volta. — Você é muito talentosa.

Seu elogio me traz de volta por um segundo, e sinto minhas bochechas corarem.

— Obrigada. — Luke paga à Sra. Henderson, e então me segue enquanto eu saio da loja em direção ao meu carro.

— Para onde está indo? — ele pergunta quando me alcança.

— Bem, esta era minha última entrega, então, vou para casa.

— Ah! — ele diz indiferente. — Eu poderia te levar para tomar um café.

Meu estômago se aperta de excitação. Ele ainda está interessado! Será que eu devo ir? Ele poderia ser o assassino da machadinha. Ou algo pior.

— Um *happy hour*? — ele continua.

Eu sorrio e olho para longe dele, ainda caminhando em direção ao carro.

— Jantar? Posso te comprar uma casquinha? — Ele passa a mão livre pelo cabelo bagunçado, e me abraço mentalmente.

Ir para um lugar público seria seguro, então, antes que eu pense demais a respeito, me pego dizendo:

— Vamos tomar um drinque. Tem um bar a um quarteirão que tem um ótimo *happy hour*.

— É só me guiar! — Droga, eu seria capaz de fazer qualquer coisa por causa daquele sorriso.

— Não quer levar as fotos da sua irmã para o carro?

— Eu vim andando. — Ele dá de ombros.

— Aqui, guarde-as no meu. — Abro o porta-malas do meu Lexus SUV e puxo a porta para ele.

— Belo carro — ele diz, surpreso. Suas sobrancelhas se levantam enquanto ele olha para mim.

— Obrigada. — Eu tranco o carro novamente e começamos a caminhar pela calçada.

Luke tira seus óculos de aviador da gola de sua blusa branca e os coloca, olhando ao redor para se certificar que ninguém estava olhando para ele, enquanto eu franzo o cenho. Será que ele está constrangido por estar comigo? Se sim, por que me convidou para sair?

Ainda estou pensando nisso quando ele segura a porta do meu pub irlandês favorito para que eu passe e entramos no bar descolado.

— Olá! Bem-vindos ao *Celtic Swell*. — Uma jovem garçonete sorri para nós dois, reservando uma atenção especial a Luke, por isso, eu mentalmente sinto meus olhos revirarem. — Está um dia lindo — ela continua. — Gostariam de sentar aqui dentro ou lá fora?

Ergo os olhos para Luke e, sem pausar ou perguntar minha opinião, ele diz:

— Aqui dentro.

— Claro! Siga-me, bonitão. — Ela pisca para Luke, me ignorando completamente, e nos leva a uma mesa nos fundos do bar.

Nós sentamos, e a Senhorita Paqueradora nos aponta o cardápio do *happy hour*, que está disposto sobre a mesa, sorri amplamente para Luke novamente e nos deixa sozinhos.

— Está com vergonha de estar aqui comigo? — pergunto, determinada a me livrar da desconfiança.

Luke engasga, tira seus óculos de sol, revelando seus olhos azuis, e se mostra horrorizado. Os nós no meu estômago lentamente começam a se soltar.

— Não! Não, Natalie, claro que não. Na verdade, estou empolgado por passar algum tempo com você. — Ele parece sincero. — Por que está perguntando?

— Bem... — Agradecida, dou um gole na água que a garçonete colocou na minha frente. — Você ficou...

— O quê?

— Quieto de repente. — É o melhor que consigo dizer. Droga, por que ele sempre me deixa tão nervosa?

— Estou feliz por estar aqui, com você. É só que... — Ele balança a cabeça e passa uma mão nos belos cabelos. — Sou um homem reservado, Natalie. — Expira rapidamente e fecha seus olhos como se estivesse enfrentando um difícil debate interno, antes de voltar seu olhar para mim.

— Tudo bem. — Coloco as palmas das minhas mãos para cima, como se me rendesse. — Só estava checando. Não se preocupe.

Eu sorrio, tranquilizando-o, e pego o cardápio antes que ele possa falar mais alguma coisa. Sua mudança de humor e as razões que o levaram a isso não são da minha conta. Só saímos para tomar um drinque. Tenho que ter isso em mente.

Ele sorri para mim e me salva de precisar começar uma breve conversa com a Garçonete Paqueradora, fazendo nossos pedidos.

Luke ergue uma sobrancelha na minha direção.

— O que a moça vai querer?

— Uma margarita com gelo, sem sal, limão extra. — Meus olhos se arregalam quando as bochechas da garçonete começam a corar, e eu só sei que ela tem ciência do meu pedido quando começa a rabiscar ferozmente no seu bloquinho de notas. Luke é gato, não posso culpá-la por prestar atenção nele, embora algo muito primitivo dentro de mim deseje arrancar os belos olhos dela.

E ele nem é *meu*.

Luke ri.

— Traga dois.

— Pode deixar. Algo mais? — ela pergunta a Luke, claramente me ignorando, e eu sorrio para mim mesma, enquanto Luke mal olha para ela antes de murmurar:

— Não, obrigado.

— Eu mereço uma margarita depois do dia que tive. — Dou um gole na minha água.

— E que tipo de dia foi esse? — Luke se inclina para frente, e eu adoro o fato de que ele parece genuinamente interessado.

— Bem... — Eu me encosto na cadeira e olho para o teto como se estivesse pensando profundamente. — Vamos ver. Não consegui dormir direito na noite passada, então, decidi sair para caminhar bem cedo, para trabalhar. Porém, fui quase assaltada. — Olho para ele sarcasticamente com uma expressão de horror. Luke ri, uma daquelas risadas de encher a barriga, e meu próprio estômago se aperta novamente. Deus, como ele é bonito!

— E então...

— E então, depois de escapar de tudo isso... — Sorrio para ele, que está sorrindo de orelha a orelha, com o queixo descansando na palma de sua mão. — Fui para casa, tomei café da manhã com minha colega de casa e tirei uma soneca.

— Adoraria ver isso. — Seus olhos se estreitam e me sinto corar.

— Adoraria me ver tomar café com minha colega de casa?

— Não, bobinha, adoraria te ver tirando uma soneca.

— Tenho certeza que não é excitante. — Agradeço à garçonete pelo drinque e dou um longo gole nele. Ah, está muito bom.

— E quando você acordou?

— Você realmente quer saber sobre o meu dia inteiro?

— Sim, por favor. — Luke toma um gole do seu drinque e vejo seus lábios franzindo. *Meu Deus!*

— Hum... — Eu pigarreio, e Luke sorri novamente, divertindo-se com minha reação a ele. — Eu tive uma sessão de fotos ao meio-dia, que me prendeu até às duas. Então eu fiz algumas entregas pelo bairro e esbarrei no belo assaltante que conheci, com quem estou tomando um drinque.

— Essa é a melhor parte.

Oh!

— E você, o que fez hoje, senhor? — pergunto e pouso meus cotovelos sobre a mesa, feliz por ter voltado o assunto para ele.

— Coincidentemente, eu também não dormi muito bem na noite passada, por isso, levantei cedo para dar uma caminhada e aproveitar o mar. — Ele pausa para dar um gole na bebida.

— Hum hum.

— Então, agi como um idiota com essa mulher incrivelmente sexy e linda em quem esbarrei. — Eu engasgo e mordo meus lábios. *Sexy e linda? Uau!*

Os olhos de Luke se fixam em meus lábios.

— E ela te perdoou por você agir como um idiota? — Minha voz soou sussurrante.

— Não tenho certeza. Acho que sim.

— E o que você fez depois?

— Fui pra casa e li um pouco.

— Que tipo de leitura? — *Hummm... esta margarita está deliciosa.*

Luke franze o cenho um pouco e depois dá de ombros.

— Coisas de trabalho.

— Ah, sim? O que você faz? — Eu gesticulo para a Senhorita

Paqueradora, pedindo outro drink, ergo minha sobrancelha para Luke e sinalizo para seu copo, pedindo mais um drink para ele também.

— O que você quer saber? — ele sussurra esta frase e de repente empalidece. Mas que merda! Será ele um assassino em série? Um espião? Ou está desempregado, procurando por alguém que o sustente? Eu afasto esse pensamento, pois ele não conseguiria viver neste bairro se estivesse desempregado.

— Bem, agora estou intrigada. — Eu me inclino para frente. Ele parece tão desconfortável que eu decido livrá-lo do fardo. — Mas não tenho nada a ver com isso. Então, você leu... e depois?

Luke visivelmente relaxa, e eu me sinto um pouco desapontada por ele não me dizer o que faz para viver.

— Também tirei um cochilo. — Eu sorrio e olho para ele de cima a baixo.

— Queria ser uma mosca na sua parede...

Eu tinha esquecido como flertar é divertido!

Ele ri e isso mexe comigo, me fazendo rir também.

— E então, eu saí para comprar algo para minha irmã e encontrei algo perfeito.

— Ah, é? E o que seria? — Eu inclino minha cabeça para o lado, aproveitando aquele jogo da paquera, bebendo meu delicioso drinque.

— Bem, conheci uma artista local brilhante que tira lindas fotos e tive a sorte de encontrar alguns de seus trabalhos. — Ele parece quase orgulhoso e isso faz com que meus olhos brilhem.

— Que ótimo. — Mas não sei o que dizer em seguida.

— E você teve uma sessão de fotos hoje? — Opa... mudança de assunto.

— Sim. — Acho que vou precisar de outra margarita, caso a conversa tome o rumo que eu acho que vai tomar. Eu gesticulo para a Senhorita Paqueradora e, sem nem perguntar a ele, peço-lhe mais uma também.

Ele ergue uma sobrancelha.

— Achei que você não fotografasse pessoas.

— E por que achou isso? — pergunto com a testa franzida.

— Porque você me disse isso de manhã, durante nosso encontro incomum.

— Ah, é verdade. Normalmente não fotografo pessoas. — Pigarreio e olho ao redor do bar, para qualquer lugar que não seja para ele, torcendo para que ele não faça a próxima pergunta, mas acabo fazendo uma careta quando ele pergunta.

— Que tipo de fotos de pessoas você tira? — Ele parecia confuso.

Respiro fundo. Droga!

— Bem, isso varia. Depende do cliente. — Fico nervosa novamente. Não falo sobre esse lado do meu trabalho como fotógrafa para muitas pessoas. Acho que as pessoas julgam demais, e, honestamente, não é da conta de ninguém a não ser minha e dos meus clientes.

— Olhe para mim. — Sua voz soa baixa e séria, e ele não parece estar brigando mais. Merda. Eu olho em seus olhos e engulo em seco. — Pode me dizer, Natalie.

Oh, ele é tão... sexy. E gentil. Será possível?

— Um dia eu te digo. Quando me disser qual o seu emprego. — Eu sorrio afetadamente e o chuto por debaixo da mesa, rapidamente melhorando seu humor.

— Então hoje vai ser um dia daqueles?

Ah, eu espero que sim!

— Se você jogar as cartas direitinho...

— Você é uma menininha ousada, não é?

— Você não faz nem ideia, Luke.

— Gostaria de descobrir, Natalie. — E lá estava sua expressão séria novamente, me fazendo me contorcer.

— Você é um conquistador, não é?

Luke sorri, aquele seu sorriso aberto e maravilhoso. Eu me contorço novamente e termino meu terceiro drinque. Minha cabeça está começando a girar, e sei que tenho que parar de beber.

— Mais um drinque — Luke chama a Senhorita Paqueradora, mas

eu balanço a cabeça negativamente.

— Acho melhor beber água agora.

— Claro. Mais água para minha amiga e para mim, por favor. — A garçonete excessivamente amigável se afasta, deliberadamente balançando seus quadris, torcendo para conseguir a atenção de Luke, mas ele está olhando para mim, ignorando-a.

— Que tipo de filme você gosta?

Hã? Ele está me perguntando sobre filmes?

— Não assisto muitos filmes.

Ele inclina aquela linda cabeça para o lado e olha para mim como se eu tivesse acabado de dizer que porcos podem voar.

— Sério?

— Não tenho muito tempo para isso.

— Quem é seu ator favorito?

Ele sorri e sinto como se fosse uma espécie de teste, mas ninguém me passou as apostilas para estudar.

— Nem sei quem é popular atualmente. — Encosto-me na cadeira e mordo meus lábios, pensando no assunto. — Quando eu era adolescente, era apaixonada por Robert Redford. — Dou de ombros.

Parece que Luke foi chutado bem no estômago, e eu fico constrangida de repente. Então aquele lindo rosto se transforma com um sorriso e seus olhos suavizam enquanto olham para mim.

— Por quê? Ele não é um pouco velho para você?

Eu rio.

— Sim. Mas eu assisti a "Nosso Amor de Ontem", estrelado por ele e Barbra Streisand, quando tinha quinze anos, e me apaixonei por Hubbell. Ele era um sonho. Não presto muita atenção a filmes. São sempre cheios de baboseiras.

Luke ri.

— Baboseiras?

— Sim! Se eu assistir ao trailer de mais um filme sobre vampiros idiotas, acho que vou me matar.

Ele franze o cenho novamente, dá uma olhada ao redor e volta a olhar para mim, estreitando os olhos apreensivo.

— O que foi? O que eu disse?

— Nada. Você é um pouco imprevisível. Quantos anos você tem, vinte e três?

Por que ele quer saber minha idade?

— Vinte e cinco. E você?

— Vinte e oito.

— Então você é velho. — Eu rio.

— Você tem uma bela risada. — Seus olhos estão brilhando de felicidade, e mentalmente abraço a mim mesma, deixando de me sentir nervosa, e percebo que estou mesmo me divertindo. É fácil conversar com ele.

Eu verifico meu relógio e engasgo ao perceber que horas são.

— Já estamos aqui há três horas! Tenho que ir. — Sorrio para ele. — Já estamos aqui há muito tempo.

— O tempo voa quando estamos com uma pessoa tão bonita. — Ele se inclina para frente, segura minha mão e sinto que já estou enfeitiçada. Meus olhos estão focados em seus lábios, e ele os lambe, me fazendo estremecer. Antes que eu perceba, ele tira a mão da minha, me deixando frustrada e sentindo falta do calor de seu toque.

— Digo o mesmo de você. — Sorrio de forma ousada novamente e pego a conta.

— Ah, não. Eu pago. — Luke arranca a conta dos meus dedos e pega sua carteira.

— Gosto de pagar pelas minhas bebidas.

Ele olha para mim, e fico surpresa porque ele parece realmente irritado. Uau!

— Não.

— Ok. Obrigada.

Mas ele volta a sorrir ao dizer:

— O prazer é todo meu.

Luke paga a conta e nos encaminhamos para a saída e, então, para a calçada. Apressadamente ele coloca seus óculos escuros de volta, e presta atenção em quem está ao nosso redor. Meu coração se aperta quando ele pega minha mão e começamos a andar na direção do meu carro.

O sol está começando a se pôr, e acho que ele está olhando para mim, mas é difícil dizer, pois ele está usando óculos.

— Não gosto de multidões, Natalie. É meio que uma fobia. — Ele balança a cabeça, solta a minha mão e passa ambas em seu cabelo sexy.

— Não tem problema. — Sinto pena dele neste momento e quero confortá-lo. Nunca quis confortar nenhum homem antes, nunca. Nunca tive sentimentos tão doces em relação a homem nenhum. Eles sempre variavam entre serem uma diversão agradável ou meu pior pesadelo. Confusa, eu me vejo estendendo a mão e segurando seu rosto para acalmá-lo.

— Ei... — eu digo suavemente. — Não se preocupe, Luke.

Ele se inclina com o meu toque e expira, colocando a mão sobre a minha. Então, ele a segura e beija os nós dos meus dedos.

Meu Deus!

— Venha — deliberadamente eu interrompo o momento adorável por precisar de um pouco de espaço. — Vou te levar para casa.

Luke fica de boca aberta.

— Não vou te fazer caminhar até em casa, carregando essas fotos geniais pelo meio da multidão. Entra aí.

Ele me dá um de seus sorrisos sensuais e entra pelo lado do passageiro.

Ah, Natalie, onde você está se metendo?

Capítulo Três

A casa de Luke fica bem próxima da costa, e me surpreende saber que fica a menos de uns quatrocentos metros da minha. Ele me diz para virar em uma garagem fechada. Só consigo ver uma longa rua à minha frente, não consigo ver nenhuma casa.

— O código é 112774 — ele me informa.

— Uau! Você confia em mim para me dar o código do seu portão? — Estou tentando manter as brincadeiras entre nós para mascarar meu nervosismo por estar seguindo para sua casa. Será que ele vai me convidar para entrar?

— Você ficaria surpresa com o que eu seria capaz de confiar a você, Natalie. — Eu olho para ele novamente e o vejo franzir o cenho. — Na verdade, até eu ficaria surpreso.

Ignoro seu comentário e entro pelo portão, virando à esquerda, quase engasgando ao ver a linda e moderna casa à minha frente. Não é imensa, é simples, mas a vista é deslumbrante, e a casa branca, por sua vez, é nova, com linhas básicas, grandes janelas, com belas hortênsias roxas e azuis revestindo a frente da casa e arbustos podados em frente à garagem.

— Nossa, Luke, sua casa é linda.

— Obrigado. — O orgulho está de volta à sua voz, e é evidente que ele ama sua casa. Sorrio para ele, compreendendo perfeitamente aquele sentimento.

Eu estaciono, deixando o lado do passageiro virado para a porta da frente, e nem sequer me mexo para tirar o cinto de segurança. Luke imediatamente salta, e, para minha surpresa, dá a volta no carro até a minha porta e a abre para mim.

— Por favor, entre. — Ele estende a mão para mim, mas eu fico inerte.

— Eu tenho que ir.

— Eu realmente adoraria que você entrasse. — Ele sorri daquela forma charmosa, e eu me sinto suavizar. — Deixa eu te mostrar a vista. E talvez preparar um jantar para você. Isso é tudo que quero fazer, prometo. — Seus olhos brilham de forma maliciosa, e eu simplesmente não posso resistir a ele.

Eu não quero resistir.

— Não estou te atrapalhando em nada?

— Não. Sou um homem livre, Natalie. Entre. — Fecho a porta do carro e pego sua mão. Uau! A eletricidade de seu toque ainda está lá, e meus olhos se arregalam quando encontram os dele. Seu sorriso desapareceu, e ele está olhando intensamente para meus olhos. Leva minha mão até seus lábios, fecha a porta atrás de mim e me guia sem me soltar, como se eu pudesse fugir a qualquer momento.

Não consigo não apreciar a forma como seu jeans se ajusta a seus quadris, moldando seu belo traseiro. A camisa branca está para fora da calça e delineia os músculos de seus ombros e braços de forma perfeita. Sinto vontade de abraçá-lo por trás e mergulhar meu nariz em suas costas, inalando seu cheiro, e de beijá-lo bem no meio de suas omoplatas.

Ser tão bonito deveria mesmo ser ilegal. Não havia dúvidas de que ele cuida bem de si mesmo. De repente, eu sinto que ele está fora do meu alcance. Dou nota dez para a aparência dele, mas para mim, se eu tiver sorte, dou um sete; isso, é claro, depois de eu ser lustrada e polida em meu salão de beleza favorito. Sem mencionar que eu tenho quadris e bunda grandes, além de uma barriga levemente acentuada e não importa quantas abdominais ou exercícios de Ioga eu faça, ela nunca desaparece. Sei que não sou gorda, mas não sou uma supermodelo magra como a Jules.

E, até agora, isso nunca tinha me incomodado.

Luke destranca a porta e se vira para mim, a expressão em seus olhos me diz que ele não está olhando para meus defeitos. Parece estar bem satisfeito com o que vê, e uma esperança começa a se espalhar por mim.

— Bem-vinda, Natalie. Fique à vontade. — Eu o sigo para dentro do local e não consigo parar de sorrir ao olhar para sua casa magnífica. A sala é grande, o teto com pé direito alto e paredes pálidas no tom de cáqui. A parede de trás é toda em vidro, e a vista é para a enseada do *Puget Sound*. A mobília é grande, azul e branca com toques de verde. Eu poderia simplesmente me enroscar em seu sofá de dois lugares e ficar olhando lá para fora o dia inteiro.

Eu caminho pela sala, com minhas sandálias ecoando nos pisos de madeira escura, e fico olhando pela janela por alguns momentos. O sol está baixo, bem abaixo das montanhas, refletindo sobre as águas azuis agitadas, e os belos veleiros brancos estão navegando graciosamente. Eu me viro para olhar para Luke, que está do outro lado da sala, me observando, de braços cruzados. Gostaria de poder ler sua mente.

— O quê? — pergunto, observando sua postura, cruzando meus braços também, o que faz o decote em V da minha blusa vermelha se acentuar.

— Você é tão bonita, Natalie.

Oh...

Deixo meus braços caírem e abro minha boca para falar, mas não consigo dizer nada, então, só balanço minha cabeça e olho para a direita, na direção da sua cozinha adorável.

— Você tem uma bela cozinha.

— Sim. — É apenas uma concordância, mas Luke está se movendo, caminhando na minha direção. Não há nenhum resquício de humor em seus olhos, somente fome. Como se estivesse faminto por mim.

Eu não poderia me mover, mesmo que quisesse.

— Gosta de cozinhar? — Minha voz soa mais alta que o normal, e meu nervosismo está de volta. mas ele não significa medo. Não tenho medo dele. Só estou um pouco intimidada.

— Sim — ele diz novamente e, quando se aproxima de mim, ergue sua mão de dedos longos e acaricia meu rosto. Engulo em seco e fixo meus olhos nos dele.

— Você não quer falar sobre sua cozinha? — sussurro.

— Não — ele sussurra de volta.

— Ah. — Desço meus olhos para sua boca e depois os volto para seus olhos azuis. — Sobre o que quer falar?

— Não quero falar, Natalie. — Desde quando sussurrar se tornou tão sexy? Minhas coxas se apertam, e eu começo a ficar molhada e a arquejar de repente.

Luke segura meu rosto com as duas mãos, ainda olhando para

meus olhos atentamente, como se estivesse tentando transmitir alguma mensagem profunda; ou será que está pedindo minha permissão? Eu inclino levemente minha cabeça para trás, e ele desce seus lábios na direção dos meus, bem devagar. Nossas bocas se tocam por alguns minutos, em um beijo casto, como se ele estivesse descansando os lábios nos meus. Eu estendo as mãos e seguro seus antebraços, e ele geme conforme o beijo se torna mais profundo, persuadindo-me a deixar os lábios abertos e fazendo cócegas em minha língua com a dele.

Ah, Deus! Ele tem um cheiro tão bom, e seus lábios experientes são como uma droga à qual não posso resistir. Ele dá mordidinhas nas laterais da minha boca, morde meu lábio inferior e então invade minha boca novamente. Tira meu prendedor de cabelo, espalhando meu longo cabelo castanho por meus ombros, e enfia sua mão dentro dele.

— Você. É. Tão. Linda — ele murmura contra minha boca, cada palavra sendo proferida entre beijos doces, e eu me sinto completamente intoxicada. Corro minhas mãos por seus ombros, enrolo seus fios de cabelo em meus dedos, como se a minha vida dependesse disso.

Ah, esse homem sabe beijar.

Ele desacelera o beijo novamente, gentilmente segurando meu rosto em suas mãos, espalhando beijos doces por minhas bochechas, meu nariz, até encostar seus lábios em minha testa, respirando bem fundo. Corro minhas mãos por seus ombros e — puta merda, ele é todo torneado! — por seus braços sexy. Quando paro em seus antebraços, sinto que estou mais do que apenas um pouco tonta.

E não quero que ele pare.

Quando minha vista enevoada clareia, Luke se afasta um pouco, ainda segurando meu rosto, e sorri gentilmente para mim.

— Quis fazer isso o dia inteiro.

De onde essa música está vindo? Percebo que meu telefone está tocando dentro da bolsa ainda atravessada no meu corpo, e interrompo o contato íntimo para procurar o aparelho. A música *Payphone*, do Maroon 5, toca, e o sorriso de Luke se torna uma gargalhada no momento em que eu atendo a ligação.

— Oi, Jules! — Eu informo a ele que é minha colega de casa, apenas mexendo a boca.

— Nat! Você não respondeu meus SMS. Você está bem? — Ela

parece preocupada e eu reviro os olhos.

— Estou bem. Me desculpa, não vi suas mensagens. Meu telefone estava dentro da bolsa, não o ouvi. — Dou mais um passo para trás, afastando-me de Luke, tentando clarear as ideias, e ele descansa as mãos naqueles quadris estreitos.

— Tem planos para o jantar?

— Jantar?

Luke se inclina na minha direção e sussurra no meu ouvido livre:

— Vou fazer o seu jantar. — Ele pisca para mim. Pisca! E então vira-se e caminha em direção à cozinha, me deixando com a minha ligação.

— Ah, sim. Tenho planos para o jantar. — Eu estremeço, sabendo que estou prestes a deixar Jules imaginando coisas.

— Ah, é? — Imagino que suas espertas sobrancelhas estão levantadas. Não quero conversar com ela sobre isso com Luke por perto. Escuto uma música da Adele começar a tocar e me viro para vê-lo ligando o sistema de som, que está conectado ao seu iPod.

— É, apareceu um compromisso. Por quê? O que está rolando? — Luke agora está na cozinha, vasculhando sua geladeira, e sou contemplada com uma bela visão de seu traseiro. *Puta merda!*

— Eu ia te convidar para um jantar com meus colegas de trabalho, mas, se já tem planos, te vejo mais tarde. — Ela faz uma pausa. — É o assaltante?

Eu engasgo. Só podia ser Jules!

— Talvez.

— Ótimo! Divirta-se, cuide-se e tire algumas fotos, se puder. Beijos! — Ela desliga e só me resta rir dela. Ah, como eu queria ter o jeitinho despreocupado da minha amiga!

— Então, era sua colega de casa? — Luke pergunta enquanto nos serve duas taças de vinho. Dou um gole e me sinto surpresa com seu sabor de frutas doce.

— Sim, ela estava verificando se estou bem. — Eu me sento no barzinho de granito colorido e dou uma olhada nas minhas mensagens de texto. Há três novas, todas de Jules.

Oi, Nat, quer sair para jantar hoje?

Nat! Dá pra ligar o telefone?

Natalie, estou fazendo as reservas... jantar?

Ops! Coloco meu iPhone no balcão e dou mais um gole no vinho. Luke está me observando.

— Me desculpa, foi grosseiro da minha parte. — Sorrio, me desculpando. — Ela fica preocupada quando não respondo suas mensagens.

Luke balança a cabeça.

— Você não foi nem um pouco grosseira, Natalie. Então, como prefere seu molho Alfredo?

Eu sorrio por causa do tom de flerte de sua voz.

— Eu tenho uma relação amorosa bem longa e estável com molho Alfredo.

— Sério? — Ele ri e coloca uma mecha do meu cabelo bagunçado atrás da minha orelha. — O molho Alfredo tem muita sorte.

Luke se vira novamente e começa a abrir os potes e panelas, retirando os ingredientes da despensa e da geladeira. Ele é tão... competente na cozinha.

Quando ele se vira outra vez para começar a colocar ordem em seu próprio caos, percebe que eu o estou observando e abre um meio-sorriso para mim.

— No que está pensando?

— Que você é muito competente na cozinha.

— Bem, obrigado. — Ele reverencia e me faz rir.

— Quem te ensinou a cozinhar?

— Minha mãe. — Ele coloca um pouco de água para ferver e começa a ralar o queijo.

— O que posso fazer para te ajudar?

— Sente-se e continue embelezando a cozinha.

Eu coro.

— Sério, quero ajudar.

— Ok, você pode ir ralando o queijo enquanto eu vou preparando o frango.

Feliz, eu me aproximo do balcão e pego o queijo, observando Luke se mover pela cozinha com facilidade. Logo o cômodo começa a cheirar a frango grelhado, me deixando com água na boca. Luke se move para trás de mim, colocando seus braços ao meu redor, checando a situação do queijo, sem nem sequer me tocar.

Minha pele está pegando fogo. *Me toque! Me abrace!* Mas ele não faz nada disso; antes que eu perceba ele já se afastou e meu corpo está quase tremendo de desejo.

Não lembro de já ter sentido tal atração física por um homem antes. É um pouco assustador, mas divertido também.

— Ok, acho que o queijo está pronto. — Eu o observo enquanto ele finaliza o molho, e meu estômago reclama.

Hummm... um homem sexy que sabe cozinhar!

Luke pega os pratos, talheres e guardanapos.

— Vamos comer lá fora para aproveitar a vista.

— Ótima ideia. — Eu sorrio enquanto nos servimos, pego nosso vinho e me dirijo ao deck do lado de fora da sala. Há um espaço lá fora para comer, e é espetacular, com seus tons de vermelho e marrom, uma mesa para seis e uma grande churrasqueira de inox com balcão de cozinha ao ar livre, geladeira e pia.

Nós nos sentamos, e meu nervosismo, por causa do delicioso beijo de antes, desaparece, e eu me sinto apenas com fome.

— Com fome? — ele pergunta, como se lesse minha mente.

— Faminta!

— Então, vai fundo!

Eu provo um pouco e fecho meus olhos.

— Hummm... está muito bom.

Cubro minha boca com o guardanapo e rio. Os olhos de Luke brilham e ele sorri, tomando um gole do vinho.

— Que bom que gostou.

— Então... — me preparo para mais uma garfada — foi sua mãe quem te ensinou a cozinhar?

— Sim, ela sempre disse para todos os filhos que eles precisavam saber como se virar para se alimentarem, depois que deixassem o ninho. — Eu o observo enquanto ele espeta o frango com o garfo.

— Quantos irmãos você tem?

— Tenho um irmão e uma irmã.

— Mais velhos, mais novos? — pergunto. Meu Deus, este homem sabe mesmo cozinhar!

— Irmã mais velha, irmão mais novo.

— E o que eles fazem?

— Samantha, minha irmã, é editora na *Seattle Magazine*. — Os olhos de Luke se enchem de orgulho. — Mark, ao invés de estar se formando na faculdade, está perdendo tempo como pescador, no Alasca.

— Me parece que você não o aprova... — Ergo uma sobrancelha enquanto tomo mais um gole do vinho.

— Bem... ele é muito jovem. Talvez seja melhor que ele faça besteiras agora. — Luke dá de ombros.

— E seus pais? — Gosto de ouvi-lo falar da família. É fácil ver que ele os ama muito.

— Eles vivem em Redmond. Meu pai trabalha para a Microsoft, e minha mãe é artesã. — Ele olha para meu prato vazio.

— Estava delicioso, obrigada. — Eu me encosto na cadeira e estico as pernas.

— O prazer foi meu. — Ele parece muito jovem quando sorri com timidez. — Quer um pouco mais?

— Ah, não. Estou satisfeita. — Dou um leve tapinha na minha barriga e olho para o mar. — Esta vista é fantástica.

— Sim, é mesmo. — Eu olho para ele e percebo que está olhando para mim. Minhas bochechas ficam quentes.

— Você é bom com elogios.

— É porque é fácil elogiar você.

Eu me desfaço em sorrisos.

Ele inclina a cabeça para o lado e pega minha mão na dele, levando-a até sua boca. É a primeira vez que ele me toca desde o beijo que trocamos, e eu suspiro com o calor de seu toque.

— Você é muito linda, Natalie. Por que não acredita nisso? — Estou estupefata. Ninguém nunca tinha percebido minhas inseguranças porque eu nunca as tinha demonstrado. Dou de ombros.

— Que bom que pensa assim. — Ele franze o cenho por causa da minha resposta, mas não me pressiona.

— Eu penso.

— Gostaria de estar com a minha câmera. — Nem me dou conta que acabo de dizer isso em voz alta, e sinto que ele fica tenso ao meu lado.

— Por quê? — Sua voz torna-se fria e, quando olho em seus olhos, eles estão congelados.

— Por causa desta vista. — Eu gesticulo em direção à água. — Daria uma bela foto.

Ele relaxa ao meu lado.

— Talvez, um dia, você possa capturá-la com suas lentes.

— E lá está o "um dia" novamente. — Eu sorrio para ele, e ele sorri de volta.

— Um dia — ele diz mais uma vez, e eu não consigo evitar não sentir uma leve vertigem. Eu tremo um pouco quando a brisa atravessa o quintal. O sol se pôs, o céu tem um tom de roxo e laranja, e está esfriando.

— Está com frio? — ele pergunta.

— Não, estou bem.

— Sério?

— Estou com um pouquinho de frio, mas não quero entrar.

— Já volto. — Ao dizer isso, ele se levanta e pega nossos pratos sujos.

— Ei, eu posso lavar os pratos. Você cozinhou.

— Nada a ver. Você é minha convidada, Natalie. Além disso, eu tenho uma empregada que vai arrumar tudo para mim amanhã de manhã. Sente-se. Fique aí. — Ele me olha com um olhar sério e então entra.

Ele é tão autoritário. Mas acho que gosto disso. Nunca ninguém teve a audácia de ser autoritário comigo. É divertido.

Ouço a música do iPod mudar de Adele para algo mais suave e melancólico e alguns momentos depois ele está de volta, com um cobertor verde e meu iPhone.

— Tinha uma luz piscando no seu celular. Talvez você queira checar o que é. — Ele o entrega para mim, mas, antes que eu possa checá-lo, ele estende a mão.

— Venha comigo.

— Para onde estamos indo?

— Pra lá. — Ele aponta para uma poltrona de veludo perto do quintal. Pego a sua mão, e ele me leva até lá. Eu sento, quase afundando nas almofadas. Ele senta ao meu lado e cobre a nós dois com o cobertor. Seus braços estão ao meu redor.

— Estamos indo rápido demais. — Eu olho em seus olhos azuis, sem saber se estar em seus braços assim, tão rápido, é seguro, mas ao mesmo tempo quero estar aqui.

— Estamos apenas admirando uma bela vista, Natalie. — Ele me puxa para mais perto dele, corre sua mão pelo meu braço e eu me aninho em seu ombro. Lembro-me do telefone na minha mão e o tiro de debaixo do cobertor para olhá-lo, não me preocupando em escondê-lo de Luke.

Ei, linda, tem planos para hoje à noite?

É meu amigo Grant, e, por mais que já faça um bom tempo desde a última vez que fizemos sexo, às vezes, quando ele está bêbado ou sozinho, acabamos tendo uma recaída. Eu já não tinha notícias dele há algumas semanas, e é claro que ele tinha que me procurar exatamente agora, quando estou enroscada nos braços de um homem sexy.

Luke fica tenso do meu lado, e eu hesito, mas pressiono o botão para responder, ainda permitindo que Luke visse. Não tenho nada a esconder.

Sim. Tenho planos. Lamento.

Luke não relaxa ao meu lado, e eu sei que ele está irritado. Que merda!

Grant responde quase imediatamente.

E amanhã?

Desculpa, Grant, não estou interessada.

Ok. Tchau, Nat.

 Coloco meu telefone no bolso e apenas encosto minha cabeça no ombro de Luke novamente, sem dizer nada. O que posso dizer? Ele suspira e me segura mais apertado, sem dizer nada por um bom tempo. Finalmente eu olho para ele.

— Você está bem?

— Por que não estaria?

— Hummm, eu não sei. Só estou checando. — As três últimas palavras saem como um sussurro. Para mim, ele parecia irritado, mas não fiz nada de errado. Até disse que o cara poderia ir pastar!

De repente, ele se movimenta e tira o iPhone do bolso.

— Qual o seu telefone?

Meus olhos arregalados encontram os dele, e ele ergue uma sobrancelha. Eu o passo para ele, que anota em seu celular.

— Qual o seu sobrenome?

— Conner. — Ele salva meu nome e meu número em seus contatos, e eu fecho meus olhos para inalar o cheiro de limpeza, enquanto ele continua mexendo em seu aparelho.

Meu telefone vibra no meu bolso.

Tiro meu celular do bolso e o checo por fora do cobertor.

— Ah, meu Deus, olha só! Chegou uma mensagem! De quem pode ser? — Eu pisco meus cílios várias vezes e sorrio docemente.

Luke ri.

— Talvez você deva checá-la.

— Ah! Boa ideia! — Eu rio e desenho uma seta na tela, acordando o telefone, e abro uma mensagem de texto de um número que não reconheço. Sinto vontade de dar um gritinho como uma adolescente, mas eu simplesmente sorrio e abro a mensagem.

Oi, Natalie, salve meu contato. Vamos nos ver bastante daqui para frente.
- Luke Williams.

Sorrio para ele e salvo o número e seu nome nos meus contatos.

— Então... — O sorriso desaparece de seu rosto e ele está sério novamente. Guardo o celular, fora de seu alcance, e viro meu corpo em sua direção, com minha perna dobrada sob o joelho oposto, mentalmente me preparando para uma conversa séria.

— Então?

— Então... — Ele olha para mim quase com cautela e eu me sinto alarmada por um momento. — Quem é Grant?

— Só um amigo. — Dou de ombros.

Ele ergue uma sobrancelha.

— Não foi uma mensagem de amigo, Natalie. Eu sou homem, sei a diferença.

Estremeço e volto meus olhos para a água que, lentamente, começava a escurecer.

— Olhe para mim. — Sua voz soa afiada e viro meus olhos em direção a ele.

— É só um amigo, Luke. Sim, já houve uma relação física entre nós no passado, mas já faz algum tempo.

— Quanto tempo?

— Meses.

— Quantos meses?

— Desde o último outono.

— E tem alguma outra pessoa?

— Por que isso seria da sua conta?

— Porque você é a primeira mulher que trago para a minha casa e tudo que consigo pensar é em deixar esse seu lindo corpo nu e fodê-la até deixá-la inconsciente. Preciso saber se tenho concorrente. Não gosto de dividir, Natalie. — Seus olhos estão pegando fogo, seus belos lábios estão abertos como se estivesse respirando pesadamente e suas mãos estão fechadas em punho.

Abro minha boca para falar e a fecho novamente. *Meu pai do céu, ele quer me foder.* Bem, lá estava ele de novo, o homem autoritário.

— Dizer que você não gosta de dividir é o mesmo que assumir que já sou sua, Luke.

— E você não é? — ele sussurra.

Isso já é demais. Conheço esse homem há menos de vinte e quatro horas e ele já quer tomar posse? Parte de mim está gritando *Sim*, mas o meu lado mais racional ergue sua cabeça feia e a balança negativamente gritando *Não*.

Eu levanto abruptamente, me desvencilhando do cobertor.

— Olha, Luke... — De repente, ele está na minha frente, com sua mão forte em meu queixo, prendendo seu olhar ao meu.

— Responda a minha pergunta, por favor. — Seu toque é gentil, mas seu olhar parece bruto, e isso me atrai de uma forma como nunca aconteceu antes.

— Não há ninguém — eu sussurro.

— Graças a Deus. — E logo seus lábios estão nos meus, mas, ao invés do fervor apaixonado pelo qual estou ansiando, seus lábios estão gentis e doces, como se ele estivesse memorizando minha boca com seus lábios. Ele solta meu queixo e enrola um punhado do meu cabelo em sua mão, enquanto a outra se posiciona nas minhas costas, me puxando para perto, à frente do meu corpo tocando a do dele, e um gemido baixo escapa da minha garganta. Seu peito e seu abdômen são puro músculo. Eu passo meus braços ao seu redor e o abraço, com minhas mãos tocando suas costas.

Corajosamente, mordo seu lábio inferior e o sugo gentilmente para dentro da minha boca, fazendo-o deslizar pelo meu corpo em um belo ritmo. Nossas respirações estão irregulares, e minhas mãos não param de se mover para cima e para baixo, sentindo os músculos rígidos se flexionando enquanto ele se move contra mim.

Suas mãos deslizam pelas minhas costas, apertando-me com força, enquanto mordisca desde o canto da minha boca até o meu pescoço.

— Ah, meu Deus... — Inclino minha testa para tocar a dele e o sinto sorrir contra meu pescoço.

— Você tem uma bunda linda, Nat. — Ele me puxa mais para perto contra ele e sinto sua ereção contra meu ventre. Corro minhas mãos por seu traseiro.

— Digo o mesmo de você, Luke. — Minha voz está ofegante, e ele dá um passo atrás, com seus olhos cheios de carência e desejo, e sei que eles espelham meus próprios sentimentos.

Merda, eu quero este homem!

Nossos braços ainda estão ao redor de nossos corpos, acariciando nossas costas. Eu o aperto novamente e corro meus dedos suavemente por debaixo de sua camisa, por sua pele nua e sorrio enquanto ele ofega. Seus belos olhos azuis estão observando os meus, até que coloco o dedo entre o elástico de sua cueca e sua pele e o faço correr pela frente de seu jeans.

De repente, suas mãos estão sobre as minhas, e ele me faz parar sem tirar seus olhos de mim. Ele leva minhas mãos até seus lábios, beija cada dedo e então dá um passo atrás, soltando-as. O ar frio ao nosso redor é como uma bofetada na cara, e eu franzo o cenho, confusa e frustrada, sentindo a dor da rejeição.

Mas que diabos...

— Por que você parou? — Ouço a mágoa na minha voz e pigarreio.

— Nat, eu definitivamente não quero parar... — Dou um passo na direção dele, mas ele recua e ergue a mão se rendendo.

— Luke...

— Natalie, vamos desacelerar um pouco.

Não era isso que os homens queriam?

— Se você mudou de ideia sobre mim... — Ele está, de novo, de frente para mim antes que eu termine a frase, colocando as mãos no meu rosto, me fazendo olhar em seus olhos. A emoção crua ainda está lá.

— Ouça, Natalie. Eu não mudei de ideia. Quero você. Você é linda, inteligente e sexy demais, mas não quero que tudo aconteça tão depressa.

— Estou confusa. — Fecho meus olhos e balanço a cabeça.

— Ei... — Olho em seus olhos e ele sorri para mim, correndo as pontas de seus dedos por meu queixo. — Devagar.

— Não sei ir devagar, Luke.

Ele franze o cenho e sussurra.

— Eu também não sei, então vamos aprender juntos.

Fico muito frustrada, pois meu corpo está ansiando por ele, mas suas palavras me intoxicam.

— Então, nada de sexo? Nada mesmo? — Meu tom de voz parece o de uma criança cujo doce foi roubado de sua boca.

— Não hoje à noite — ele diz com um sorriso. Ele respira fundo, beija minha testa e segura minha mão. Eu pego o cobertor e entramos. A música ainda está tocando.

Ele pega o cobertor das minhas mãos e o joga no sofá azul à minha direita.

— Gostaria de fazer um tour pela casa?

Ainda estou com a testa franzida por causa do comentário sobre sexo, mas a ideia de ver o resto da casa melhora meu humor e eu concordo.

Ele enlaça meus dedos com os dele.

— Obrigado por nos acompanhar nesse tour esta noite, Srta. Conner, é um prazer tê-la conosco.

Eu rio por causa de sua imitação de guia turístico, o que me faz relaxar um pouco. Ele realmente sabe como me fazer rir.

— Você já viu a cozinha.

— Adorei a cozinha.

Ele sorri e me leva por um corredor que leva a um banheiro e quarto de hóspedes. No final do corredor há uma porta fechada, mas ele apenas gesticula.

— Aqui é só um depósito.

Ele me leva de volta à sala de estar e subimos um lance de escadas até uma área que ele usa como uma sala de TV, com mais alguns móveis de veludo. A tela plana presa à parede é enorme, e eu não consigo não rir.

— O que há de tão engraçado? — Ele olha para a TV e eu gargalho.

— Garotos e suas grandes TVs.

Ele ri e me guia até outro quarto de hóspedes com suíte. No lado oposto, com mais janelas que vão do chão ao teto, mostrando a vista, há um quarto principal. É enorme, com móveis brancos e verdes em larga escala e alguns toques de cáqui. É inacreditavelmente sereno.

O banheiro principal é lindo, com uma banheira enorme, em formato oval, separada do chuveiro que poderia ser um quarto por si só.

Eu chego a ofegar quando ele me mostra o closet.

— Mulheres e closets. — Ele ri de mim, e acabo me juntando a ele no riso.

— Isso aqui, meu amigo, é um closet fantástico.

— Sim, é mesmo — ele concorda e aperta minha mão, guiando-me pelo quarto até descer as escadas que dão na sala.

Sinto-me subitamente desconfortável e, antes que possa mudar de ideia, coloco meus braços ao redor de seu abdômen, unindo meus dedos na curva de sua cintura, abraçando-o forte. Seus braços enlaçam meus ombros, e ele beija meu cabelo, inalando meu cheiro.

— Obrigada pelo jantar — murmuro contra seu peito.

— A hora que quiser...

— Obrigada também pelo tour.

Eu o sinto sorrir contra minha cabeça.

— A hora que quiser...

— Obrigada por me passar seu telefone.

Ele ri e me afasta um pouco.

— Recomendo que o use.

— Vou usar. — Me solto de seus braços e pego minha bolsa. É hora de ir para casa, mas eu só penso neste homem doce e sexy. Com certeza não consigo pensar quando estou com ele.

Ele caminha atrás de mim até o meu carro, pega suas fotografias de dentro do bagageiro e as leva para dentro, voltando logo em seguida para abrir a porta para mim.

— Me avise que chegou em casa bem. — As sombras das luzes de sua casa estão brincando em seu rosto, a luz refletindo em seus lindos olhos.

— Ok, homem autoritário. — Eu rio para ele.

— Autoritário? — Ele franze os lábios como se estivesse pensando no que eu disse, e então acaba sorrindo. — Talvez um pouco.

Ele se inclina um pouco e me toca, somente com os lábios, passando-os delicadamente sobre os meus.

— Boa noite, linda.

— Boa noite.

Céus! Nossa, ele é tão gostoso. Fico feliz por ter coragem suficiente para entrar no carro e colocar o cinto de segurança. Ele caminha até a porta da frente da casa e acena para mim enquanto eu saio de sua garagem.

Puta merda!

Capítulo Quatro

Coloco minha bolsa na mesinha do corredor, em frente à porta de casa, jogo as chaves na tigela que transformamos em chaveiro e procuro meu telefone. Eu o ouvi fazer barulho durante a volta para casa, e sei exatamente quem era.

— Nat, é você? — Ouço os saltos dos sapatos de Jules batendo no chão, caminhando pela sala de estar.

— Sim, estou em casa.

Obrigado por hoje. Por favor, me avise quando chegar em casa. — Luke

Eu sorrio e sinto vontade de pular de excitação.

— Bem, pelo que vejo, correu tudo bem, certo? — As mãos de Jules estavam em seus quadris, sua cabeça loira, inclinada e havia um sorriso naquele belíssimo rosto dela.

— Ah, sim, correu tudo bem.

— Então ele não era bem um assaltante, né?

— Não. — Eu rio. — Ele é bem legal. E... ah, meu Deus, Jules... ele é um gato! — Eu mordo os lábios para não falar mais nada, mas ela lê minha mente.

— Ele não está fora do seu alcance, Nat. — Franzo o cenho para ela.

— Eu não ia dizer isso. — Ela revira os olhos.

— Mas pensou. Você é uma gata também, Nat. Só aproveite. Ele tem sorte por você estar interessada. Nós duas sabemos que isso não acontece com frequência.

— Sim, e isso me preocupa também.

Falo para ela sobre nosso *happy hour* e como ele volta e meia parecia desconfortável comigo, mas que quando fomos para sua casa ele ficou bem mais relaxado. Falo sobre o melhor beijo dos últimos tempos e o pôr do sol.

Jules ouve com paciência, sem interromper, sem ficar toda risonha ou pulando como sempre faz. Ela só sorri para mim e, antes que eu perceba, está me abraçando.

— Você merece um cara legal, Natalie. Não fuja disso. Aproveite. Mesmo. — Eu me inclino na direção dela e começo a chorar, o que é mortificante.

— Nem sei quando vou vê-lo novamente. — Ela se afasta um pouco e sorri.

— Ah, eu sinto que não vai demorar muito. Me parece que ele foi fisgado. — Aí está a Jules que eu conheço.

Eu sorrio e tiro os sapatos.

— Vou para a cama. Foi um dia cheio.

— Ok, boa noite, querida. — Ela me abraça mais uma vez e vai para a sala de estar, para continuar fazendo o que quer que estava fazendo antes de eu chegar.

Corro escada acima e vou direto para o meu quarto. Tiro a maquiagem, escovo meus dentes e me olho no espelho por um momento. Toco meus lábios. Ainda estão sensíveis dos beijos de Luke. Meu rosto está com um brilho diferente, assim como meus olhos. Meu cabelo escuro, que ele soltou do coque, está completamente despenteado e um pouco sexy.

Lembro de seus comentários sobre minha bunda, então, me viro e dou uma olhada nela. Sempre considerei minha bunda grande, muito redonda e proeminente. Sim, eu definitivamente tenho uma bunda redonda. Talvez Luke goste assim. Sorrio para mim mesma, dispo-me, apago as luzes e pulo na cama para mandar uma resposta para ele.

Não, EU que agradeço por hoje. Me diverti muito, apesar de quase ter sido assaltada. Estou em casa, sã e salva, na cama. — Nat

Sorrio, satisfeita com minha resposta de flerte, e me encosto nos meus travesseiros. Segundos depois, ouço um barulhinho.

Bom saber que chegou bem. Quais são seus planos para amanhã?

Ah, meu Deus! Rapidamente respondo:

Não tenho sessões de fotos amanhã, estava pensando em tirar algumas em Snoqualmie Falls. Quais são os seus planos?

Fico olhando para meu telefone até ouvir o alerta.

A que horas posso te pegar?

Muito confiante ele, né? Não consigo segurar uma risada e me viro de lado, enquanto penso na resposta.

E vai ser seguro para você?
Vou estar com minha câmera e sei que ela te deixa irritado.

Rio sozinha, pensando que estou agindo de forma espirituosa quando, de repente, meu telefone começa a tocar. E é ele.

— Oi.

— Pensei que já tinha me desculpado pelo que fiz de manhã. — Ele parece frustrado. Mas que m...

— Eu estava brincando, Luke. Me desculpe, acho que flertar por mensagem de texto não é lá muito bom. — Fecho meus olhos.

Ele respira fundo.

— Não, eu que peço desculpas. Você se importaria se eu fosse com você amanhã? — Meu Deus, ele tem uma voz sexy e parece esperançoso. Quem sou eu para dizer não?

— Adoraria sua companhia. Podemos marcar às dez da manhã?

— Por mim, tudo bem. — Ele parece aliviado, e sinto aquela sensação vertiginosa no meu peito novamente.

— Vou te mandar meu endereço por mensagem.

— Ok. — Ele suspira. — Então, você está na cama?

Ah, agora o negócio vai ficar bom! Eu sorrio e me deito de costas.

— Sim. E você?

— Eu também.

— Tivemos um dia longo. — Estou imaginando-o naquela cama enorme e bonita, nu, debaixo das cobertas. Minha boca começa a ficar seca.

— Sim, tivemos. — Ouço um farfalhar de tecidos enquanto ele se mexe na cama.

— Espero que durma melhor esta noite.

— Eu também. — Sinto, por sua voz, que ele sorri.

— Por que você teve dificuldades para dormir na noite passada? — Há uma longa pausa, um completo silêncio, e eu penso que a ligação caiu.

— Luke?

— Estou aqui. — Ele suspira novamente e, então, diz: — Normalmente, eu não preciso dormir muito. E você? Por que acordou tão cedo hoje?

Não estou completamente satisfeita com sua resposta, mas deixo pra lá.

— Eu sofro de insônia há alguns anos. Normalmente tiro minhas horas de sono um pouco de cada vez.

— Isso é uma droga. — Ele suspira.

— Sim, mas acabo aproveitando a luz da manhã.

— Você é um pouco *workaholic*, não é, Natalie? — Acho que ele está rindo de mim!

— Não, só gosto do que eu faço.

— E o que você está vestindo agora, na cama? — Nossa! Mudança de assunto!

— Boa noite, Luke! — É possível sentir meu sorriso na minha voz.

— Tenha doces sonhos, Natalie. Te vejo de manhã.

Ele desliga e menos de dez segundos depois chega uma mensagem.

Mal posso esperar para te ver de manhã, e para, um dia,
ver o que você veste para dormir.

Ah, eu definitivamente acertei quando disse que ele era um sedutor.

E novamente mencionamos esse "um dia"! Também estou ansiosa para
que chegue amanhã. Durma bem, bonitão, você vai precisar :)

Pela primeira vez em dois anos, eu caio rapidamente no sono, tenho sonhos calmos e acordo com o sol batendo em mim.

Capítulo Cinco

Droga! Estou atrasada!

Luke vai chegar a qualquer momento, e eu ainda estou correndo pela casa, pegando minha câmera e equipamentos, bolsa e sandálias. Estou prendendo o cabelo em um rabo de cavalo quando a campainha toca.

Merda!

— Ei! — Eu sorrio enquanto abro a porta, e então fico de boca aberta perante a deliciosa visão que ele é. Seu cabelo loiro escuro está molhado do banho e todo desarrumado. Ele está usando uma camisa verde simples, com seus óculos escuros presos à gola e uma bermuda cargo cáqui.

Delicioso.

Seus olhos, impossivelmente azuis, brilham quando ele sorri para mim.

— Ei, linda. Você fica fantástica de vermelho. — Sinto minhas faces corando. Adoro esse top vermelho sem mangas, e decidi usá-lo com um short jeans que se encaixa perfeitamente na minha bunda. Só para ele.

— Pronta?

— Quase. — Dou um passo atrás para deixá-lo entrar e fecho a porta. — Estou um pouquinho atrasada. Tive uma manhã cheia, mas estou quase pronta.

— Não conseguiu dormir de novo? — Ele franze a testa para mim.

— O oposto, na verdade. Dormi muito bem, quase me atrasei para a aula de ioga e tive que responder a alguns recados. — Pego a câmera e a bolsa sobre a mesinha em frente à porta. Odeio me sentir dispersa!

Luke pega a bolsa da minha câmera para mim, pendura-a em seu ombro e eu sorrio em agradecimento para ele.

— E você? Dormiu melhor?

— Bem melhor, obrigado.

— Eu te mostraria a casa, mas adoraria sair logo. Deixamos para depois?

— Claro. Vamos.

Assobio quando vejo o carro esporte de Luke, um Lexus conversível, parado na porta da minha casa. Ele coloca a bolsa da câmera no banco de trás e abre a porta para mim com um enorme sorriso malicioso em seu rosto.

— Belo carro.

— Hoje parece ser um bom dia para dirigir com a capota abaixada.

— Acho ótimo. — O assento de couro é baixo e macio, e não consigo não me sentir impressionada. Ele tem bom gosto.

Em pouco tempo, estamos pegando a estrada, cortando Seattle e partindo para fora da cidade, na Interestadual 90. Esse carro realmente se move! O sol está ameno, o vento está gostoso, e Luke coloca Maroon 5 para tocar. Não há necessidade de nenhuma conversa, pois estamos apenas aproveitando a companhia um do outro, e me sinto relaxada, encostada no banco, aproveitando o cenário luxurioso durante nosso caminho até a cachoeira.

É óbvio que Luke sabe onde Snoqualmie Falls fica, e, conforme vamos nos aproximando, ele baixa o som e coloca sua mão em minha coxa esquerda. Só aquele toque já faz minha libido se mostrar presente, e eu respiro fundo para acalmar meu coração instável.

— Tenho certeza que você já esteve aqui antes.

Luke sorri para mim.

— Sim, meus pais costumavam nos trazer aqui quando éramos crianças para piqueniques e coisas assim.

— Você se importa se eu deixar a bolsa da câmera no carro? Quero levar só a câmera mesmo.

— Sem problema. Eu fecho a capota. — Luke pacientemente espera que eu tire tudo que vou precisar da bolsa e, então, fecha a capota do carro, tranca e saímos, começando a caminhar pela ponte que leva ao hotel e ao acesso à cachoeira onde turistas podem se impressionar com a bela água.

Penduro a câmera no pescoço e vou verificando as configurações enquanto ando.

— Há quanto tempo é fotógrafa? — Luke pergunta. Ele está me observando intensamente enquanto ajusto as configurações.

— Minha vida inteira, eu acho. Meu pai me deu uma câmera digital quando eu tinha uns dez anos, e eu nunca quis fazer outra coisa. — A lembrança me provoca um sorriso, e eu ergo os olhos para ele.

— Ele deve ter muito orgulho de você — ele murmura.

A dor me atinge de forma rápida e cruel.

— Ele se foi.

— Se foi?

— Meus pais morreram há quase três anos. — Droga, eu não queria dizer isso!

— Que droga, Nat, sinto muito. — Luke para de andar e me puxa para seus braços, me abraçando com força. Minha câmera está entre nós, e me sinto mortificada quando sinto lágrimas nos cantos dos olhos. Não quero que este dia se torne triste.

— Estou bem. — Coloco minhas mãos em seu peito rígido e olho para seu rosto. — Estou bem. Não vamos falar de coisas tristes hoje.

A testa de Luke está franzida, seus olhos estão cheios de compaixão, mas, para meu alivio, não demonstram pena. Não quero que ele sinta pena de mim.

— Ei, estou bem. Mesmo. — Seguro seu queixo com as mãos e ele pega uma e beija a palma.

— Ok. — Ele me solta e continuamos nossa jornada até a cachoeira. Não demora muito, pois ela não fica tão longe da estrada.

Olho para ele e percebo que ainda está remoendo o assunto, com o rosto franzido.

— Luke, anime-se. Você não falou nada de errado. Estou feliz por estar aqui.

Ele olha em meus olhos novamente e me dá um meio-sorriso. Relaxo um pouco, feliz por ver que seu humor estava melhorando, e pego minha câmera quando viramos na curva para ver a cachoeira.

— Estou feliz por não ter mais ninguém aqui hoje. — Tento mudar de assunto.

— Bem, o verão está quase acabando, e estamos no meio da semana, então acho que vamos ficar com o lugar praticamente para nós. — Começo a tirar fotos.

Luke dá um passo para trás e fica me observando trabalhar. Eu me movo para cima e para baixo, pegando ângulos diferentes, parando para ajustar as configurações e para tirar fotos de flores, teias de aranhas e outras coisas que me chamam a atenção. As árvores estão começando a mudar de cor, então eu aponto a câmera para cima e tiro algumas delas também.

— Pronto para continuar? — Olho para ele. — Espero não estar te entediando.

Ele balança a cabeça, com os braços cruzados na frente do corpo, encostado em uma cerca. Parece relaxado, mas seus olhos estão me observando intensamente.

— Não há nada entediante em observar você, Natalie.

Ah...

Ele descruza os braços e pega minha mão, beijando os nós dos meus dedos, antes de me guiar mais para baixo da trilha, para tirar fotos da base da cachoeira. Novamente ele se afasta um pouco e me deixa trabalhar. Sinto seus olhos em mim enquanto me movimento, e sorrio comigo mesma.

Depois de vinte minutos, estou satisfeita com as fotos que tirei.

— Ok, acho que é isso.

Eu me viro e percebo que seus olhos estão arregalados de surpresa.

— O que foi?

Ele balança a cabeça.

— Você já terminou?

— Bem... — Eu checo a câmera. — Eu tirei mais de quatrocentas fotos. Acho que vou ter boas fotos.

— Tenho certeza de que ficarão lindas.

Eu sorrio e coloco a capa nas minhas lentes, tomando o cuidado de não apontá-las para ele, e deixo minha câmera cair até meu quadril, ainda pendurada. Não consigo entender por que ele não quer que eu tire fotos suas, mas respeito isso. Gostaria de tê-lo posando para mim. Seria um deleite fotografá-lo.

— No que está pensando? — ele pergunta enquanto seguimos a trilha de volta até o carro. Ele está ao meu lado, suas mãos nas minhas costas.

— Por que você não gosta que tirem fotos suas? — Seus olhos encontram os meus, e então, ele rapidamente olha para o outro lado. Indiferente, ele dá de ombros, mas sinto que está escondendo algo.

— Olhe para mim — digo suavemente, sorrindo.

Seus imensos olhos azuis encontram os meus, com uma expressão desconfiada.

— Pode me dizer. — Paramos no meio da trilha, olhando um para o outro, e, por causa do chão desnivelado, estou na mesma altura que ele. Descanso minhas mãos em seus ombros. Os olhos de Luke se abrem ainda mais e ele engole em seco, como se fosse confessar alguma coisa. Meu estômago se revira. *Fale comigo!*

De repente, ele balança a cabeça e fecha os olhos por um momento.

— Eu só não gosto. — Franzo o cenho, mas ele balança a cabeça novamente e sussurra. — É parte da minha fobia de multidões. Uma bobagem, eu sei.

Quero sondar um pouco mais, mas ele tira minhas mãos de seus ombros, enlaça seus dedos nos meus e coloca nossos braços atrás das minhas costas, puxando-me para perto. Ele esfrega seu nariz no meu, cheio de intensidade nos olhos azuis.

— Fiquei pensando em te beijar o dia inteiro.

— Pense menos e faça mais. — Fico surpresa com minha resposta ousada, e mais surpresa ainda por conseguir responder qualquer coisa enquanto meu coração está batendo tão rápido.

Luke sorri contra meus lábios e me arrebata com um beijo quente que me consome inteira. Ele solta minhas mãos e toca minha bunda, exatamente como fez na noite anterior, puxando-me para mais perto. Agarro seu rosto em minhas mãos, mantendo-o bem perto, como se estivesse me perdendo nele. Ele é tão bom com a boca! Morde meus lábios, e sua língua é gentil e paciente com a minha. Eu gemo e coloco as mãos em seu cabelo, como se disso dependesse minha vida.

— Com licença...

Olho para trás e vejo um grupo de andarilhos tentando passar por nós na trilha. Ops! Luke ri e me tira do caminho para que eles possam seguir.

— Acho que fomos pegos — Luke sussurra em meu ouvido, colocando uma mecha do meu cabelo atrás da minha orelha, e beija meu rosto.

— Também acho. — Eu rio até ficar sem fôlego, e continuamos nossa caminhada até seu carro sexy.

— Você trouxe comida? — Não consigo esconder a surpresa em minha voz quando vejo Luke tirar um pequeno isopor e um cobertor do porta-malas do carro. Eu arrumo minha câmera e encosto meu quadril no carro.

Ele sorri timidamente.

— Sim, preparei um piquenique. Conheço um ponto bem legal desta trilha, perfeito para relaxar um pouco. Tudo bem pra você? Você disse que não tem nenhuma sessão de fotos para hoje.

— Parece uma boa ideia. Estou cheia de fome.

— Ótimo. Venha. — Ele pega minha mão e me guia para a mata, para outra trilha. As árvores e samambaias estão exuberantes ao nosso redor, não dando muito espaço para a luz do sol. Depois de alguns minutos de caminhada, a trilha se abre em uma clareira. Há uma linda campina com uma grama bem verde e alta. Bem no meio dela, um carvalho alto e belo, com seus galhos largos providenciando bastante sombra.

— Ah, é lindo aqui! — Eu solto a mão dele e me movo rapidamente pela grama em direção à arvore majestosa, observando seus galhos. — Esta árvore deve ter uns duzentos anos.

Olho para Luke com um enorme sorriso no rosto. Ele está parado perto de mim, com o isopor e o cobertor a seus pés e as mãos nos bolsos.

— Fico feliz que tenha gostado.

Olho novamente para cima.

— Luke, eu adorei.

Eu o ajudo a abrir o grande cobertor verde, o mesmo que usamos na noite passada, na sombra da árvore.

— Fique à vontade.

Tiro minhas sandálias e sento-me no cobertor macio, com minhas pernas cruzadas em frente a mim, e me apoio nas minhas mãos, com o corpo inclinado para trás. Luke também tira seus sapatos — hummm, pés descalços — e se ajoelha no cobertor, abrindo o isopor.

Ele tira de lá uma salada de frutas, sanduíches, um patê e alguns biscoitos. Meu estômago ronca e nós dois rimos.

— Quando você fez tudo isso? — Ele me passa um sanduíche e eu caio dentro. Hummm...

— Bem, eu preparei tudo hoje de manhã. — Ele me passa as frutas e coloca um biscoito cheio de patê na boca. — Adoro mulheres que gostam de comer.

Eu paro de mastigar e olho para ele, com a testa franzida, lembrando de minhas coxas e bumbum redondos.

— O que você quer dizer com isso?

— Exatamente o que eu disse. Gosto de uma mulher que aprecia a comida. — Ele dá de ombros e fica confuso com minha expressão. — O que acha que eu quis dizer?

Merda.

— Eu não sei. — Eu como um morango.

Seus olhos se estreitam.

— Não vai me dizer que não gosta do seu corpo?

— Não seja ridículo. — *Mas que merda!*

— Natalie, você é linda, não há nenhum motivo para não ser confiante.

— Você viu como eu devorei aquele sanduíche? Eu sou confiante. — *Vamos parar de falar disso.*

Ele balança a cabeça.

— Está delicioso. — Eu sorrio docemente.

Ele não parece estar caindo na minha mudança de assunto, mas acaba deixando para lá e começa a colocar os restos dentro do isopor.

Eu deito de costas e respiro profundamente, satisfeita. Ah, como isso é bom. Um dia gostoso de final de verão, uma boa comida, um homem sexy... Sim, é um dia ótimo. De repente, Luke pega meus pés e os coloca em seu colo, começando a massageá-los, tornando o dia ainda mais glorioso.

— Ah, meu Deus! Você cozinha e ainda massageia pés. Devo estar alucinando. — Escuto sua risada.

— Ei, o que é isso? — Ele posiciona o dedo bem acima da curva no interior do meu pé direito.

Ah, isso!

— Uma tatuagem.

Ele faz cosquinha no meu pé, e eu me encolho e rio.

— Óbvio, espertinha. O que ela diz?

— Um passo de cada vez — eu respondo e suspiro quando ele continua sua mágica na sola do meu pé.

— Em qual língua?

— Italiano — eu respondo.

Seus dedos traçam as letras, e eu me apoio nos cotovelos para conseguir olhar para ele. Quando seus olhos encontram os meus, estão pegando fogo, por isso, os músculos do meu estômago se contorcem.

— É sexy. — Ele sorri.

— Obrigada. — Sorrio de volta.

— Tem mais alguma? — Ele inclina a cabeça para o lado e verifica o outro pé.

— Sim. — Seus olhos encontram os meus novamente, estreitando-se.

— Onde?

— Em vários lugares.

— Não vejo nenhuma outra. — Seus olhos se apertam, fixos em

minhas pernas nuas, meus braços e meu colo.

— Esta do pé é a única visível quando estou vestida. E só pode ser vista quando estou descalça — eu sussurro. Ai, que divertido!

Ele solta meu pé.

— Ei, eu estava gostando da massagem!

Ele segura meus tornozelos e separa minhas pernas, depois engatinha pelo meu corpo, usando as mãos e os joelhos até que seu nariz quase toca o meu.

— Quero saber onde estão as outras tatuagens, Natalie.

Eu mordo o lábio e balanço a cabeça. Como posso formar palavras com seu corpo tão perto do meu?

— Você não vai me dizer? — Ele se inclina e beija o canto da minha boca suavemente.

Novamente eu balanço a cabeça em negativa.

— Talvez eu tenha que encontrá-las. — Ele beija o outro lado da minha boca, não deixando que seus olhos se desprendam dos meus.

Eu só consigo assentir, devagar.

Luke sorri enquanto me deita sobre o cobertor e cobre meu corpo com o dele. Meu Deus do céu, é tão bom! Seu corpo longo e musculoso parece se encaixar perfeitamente nas minhas curvas mais suaves. Ele pressiona uma perna entre as minhas e eu consigo sentir sua ereção impressionante contra meu quadril.

Coloco minha mão sob sua blusa para acariciar sua pele nua, para cima e para baixo em suas costelas. Sua pele é tão macia e rígida por cima daqueles músculos esculpidos.

Enquanto ele continua a me enlouquecer com sua boca talentosa, corre a mão desde o quadril até o meu seio, por cima da camisa, e não consigo impedir meu corpo de arquear, pressionando meu seio em sua mão. Meu mamilo está intumescido, apertando-se contra meu sutiã e a camisa, e ele o acaricia com os dedos.

— Abra os olhos. — Eu olho diretamente para seus olhos azuis perfeitos, que estão me encarando, com paixão e voracidade. Perco o fôlego e corro meus dedos por seu rosto. — Você é tão sexy, Natalie. Não consigo parar de te tocar.

— Adoro quando me toca.

— Adora? — Ele acaricia meu rosto, mexendo em mechas do meu cabelo.

— Sim — eu sussurro.

— Sua pele é tão macia — ele murmura, com seus dedos ainda na minha bochecha. — Adoro as curvas do seu corpo.

Meus olhos se arregalam.

— Não me olhe assim. — Ele me beija bem no meio das sobrancelhas, como se estivesse suavizando a expressão do meu rosto.

— Não sou muito confiante com meu corpo curvilíneo. — É uma confissão sussurrada que nunca tinha feito antes, e, francamente, nunca me senti tão vulnerável.

Seus olhos azuis encontram os meus novamente, e cada palavra sai com uma pausa.

— Você. É. Linda.

Fecho meus olhos, mas ele segura meu queixo, forçando-me a olhar para ele de novo.

— Obrigada.

Seus lábios encontram os meus, gentilmente, lentamente e acariciando minha boca como se tivéssemos todo o tempo do mundo. Eu movimento meus quadris e os pressiono contra sua coxa, e um gemido baixinho escapa de sua garganta.

Meu corpo está pegando fogo. Nunca desejei um homem como desejo Luke. Quero consumi-lo. Quero-o rápido e forte, e quero que dure o dia inteiro. Adoro o quão carinhoso ele é comigo.

Ele se senta, puxando-me com ele, agarrando a barra da minha camisa.

— Quero ver você. — Ele está ofegante e desejoso, e neste momento eu faria qualquer coisa que ele pedisse.

Ergo minhas mãos sobre a cabeça, mas, antes que ele possa tirar minha camisa, sinto pingos d'água caírem no meu rosto. Olho para cima e percebo que o céu ficou nublado e que está começando a chover. A água já está se infiltrando através dos galhos do carvalho.

— Estou ficando molhada — sussurro bem perto de sua boca.

Ele sorri, com os olhos rindo para mim.

— Espero que sim.

Não consigo não rir e coloco meus braços ao redor de seu pescoço.

— Assim também, mas estou prestes a ficar molhada de chuva.

— Que merda! — Luke murmura, beijando-me castamente. Ele passa a mão pelas minhas costas, desde o pescoço até meu bumbum, e eu chego a ronronar.

— Acho que devemos ir. — Eu ergo uma sobrancelha para ele.

— Não pense que não vou descobrir suas tatuagens secretas.

— O que aconteceu com sua ideia de ir devagar? — Minha respiração começa a se acalmar, mas meu coração ainda está batendo forte. *Ah, o que esse homem faz comigo!*

— Acho que mudei de ideia — ele fala, completamente sério.

Graças a Deus!

— E por quê? — Passo minhas mãos por seu cabelo, completamente feliz, sentada em seu colo, com seus braços ao meu redor.

— Por que não consigo manter minhas mãos longe de você. Não sei o que você está fazendo comigo, mas parece que fui enfeitiçado. — Ele se sacode, olha ao nosso redor e para o céu escuro.

— A chuva está ficando mais forte, vamos voltar. — Ele me solta e juntamos nossas coisas, correndo pela mata até o carro. Quando chegamos lá, estamos rindo como duas crianças.

— Não quero molhar o couro do seu banco!

— Não se preocupe com isso, só entre! — Ele abre a porta para mim. — Não quero que fique doente, amor.

Amor? Amor! Será que me sinto bem com ele me chamando de amor? Ele me ajuda a sentar, fecha a porta e corre para o lado do motorista. Olha para mim, com o cabelo e a camisa ensopados, ofegante, com seus lindos olhos azuis bem humorados.

Ah, sim, me sinto muito bem...

— Vou te levar pra casa para te secar. — Ele dá a partida e sai do estacionamento, em direção à via. — Então, me fale mais sobre você. — Luke cai na autoestrada e olha para mim.

— O que você quer saber? — pergunto.

— Banda favorita?

— Maroon 5 — respondo facilmente.

— Filme favorito? — ele pergunta com um sorriso.

— Humm... já conversamos sobre isso. — Eu rio. — Ainda gosto de "Nosso amor de ontem".

— Ah, sim. Você é fã de Robert Redford. — Ele beija minha mão e eu rio.

— Sou.

— Primeiro namorado? — ele pergunta, com seus olhos se virando nervosamente para mim outra vez, e eu congelo. Como devo responder a essa pergunta?

— Você sabe, eu não faço isso... — Viro-me no banco para olhar para ele.

Ele olha para mim, mas logo depois se concentra na estrada.

— Não faz o quê?

Eu dou de ombros, tentando encontrar as palavras e me perguntando por que preciso me explicar.

— Ei... — Ele enlaça seus dedos no meus e beija minha mão antes de colocar as duas sobre sua coxa. — Qual é o problema?

— Eu normalmente não passo muito tempo com homens. Não dou amassos. Não compartilho refeições. Não passo muito tempo brincando desse jogo de fazer perguntas. E só... não faço. — Isso estava começando a soar errado!

Ele olha para mim novamente, surpreso.

— Ok. O que você faz com homens? — Ele se endireita no banco, e acho que está irritado.

— Eu só transo com eles. — Pronto. Aí está.

— O quê? — Ah, sim... acho que ele está realmente irritado.

— Luke, eu não namoro. — Como explicar isso? Nunca quis namorar ninguém antes. Antes dele.

— Você está me dando um fora? — Sua voz soa incrédula, e ele solta a minha mão.

— Não! — Eu fecho meus olhos e balanço a cabeça. — Quero dizer... antes de conhecer você. Só não quero que pense que sou promíscua e que saio com caras para bosques depois de conhecê-los há menos de dois dias.

— Mas transa com eles? — ele rosna.

— Bem, eu fazia isso. — Me viro no banco para poder olhar pela janela. — Antes de os meus pais morrerem...

Ele segura minha mão novamente e eu viro a cabeça para ele, surpresa.

— Continue.

— Antes de eles morrerem, quando eu estava na faculdade, eu não pensava muito em mim mesma. E, para ser sincera, não pensava em ninguém. Eu não namorava por escolha, Luke. Mas sexo era algo que eu entendia. Nunca quis sentir nada por um homem. — Engulo em seco e meus olhos se fecham de vergonha.

— Aconteceu alguma coisa com você, para que se sentisse assim? — Sua voz estava mortalmente calma. Calma demais.

— Hummm... — Eu nunca contei isso para ninguém. Exceto Jules.

— Olha, Nat, eu também estou sentindo alguma coisa aqui. E você pode apostar seu lindo e doce traseiro que eu vou fazer amor com você esta noite. Não vou foder você. Então acho que é muito importante que sejamos honestos um com o outro. Sem surpresas. — Seu belo rosto é tão sincero e doce...

— Na noite passada, você disse que queria me foder.

— Eu queria. E quero. Mas não esta noite.

— Ah... — Suspiro.

— Sim. E o que aconteceu, amor?

Eu tiro minha mão da dele e torço meus dedos no meu colo. Luke muda de pista e eu tento organizar meus pensamentos. *Ah, isso dói.*

Fica Comigo | 63

— Quando eu tinha dezessete anos, namorei um cara por alguns meses, e pensava que ele era legal. Eu era virgem, o que fazia com que ele sempre me provocasse, mas eu não me importava. Eu só tinha dezessete anos, pelo amor de Deus! Bem, para resumir, ele levou as coisas longe demais uma noite. Estávamos na minha casa, meus pais estavam em uma festa, nós estávamos sozinhos, então, ele... — Eu paro de falar e olho para fora da janela, não enxergando nem prédios nem árvores, apenas inundada por vergonha. — Ele me estuprou.

Luke inspira com força, seu rosto se contorcendo de raiva.

— Filho da puta!

— E essa não é a pior parte. — Eu rio, sem nenhuma alegria, com a lembrança.

— Porra, isso não é engraçado! — Ele olha para mim, e meu rosto torna-se sóbrio.

— Acredite em mim, eu sei disso. — Engulo em seco. — Você xinga muito.

— Você nem me ouviu xingar ainda. O que aconteceu depois?

— Meus pais chegaram em casa — confesso quase em um sussurro. Novamente, Luke inspira com força.

— Meu pai quase o matou. A polícia foi chamada. Ele foi condenado. O pai dele era um senador, então, além de toda a porcaria legal, meus pais processaram os pais dele e ganharam. Meu pai era um advogado famoso. Eu ganhei muito dinheiro com esse processo, mas nunca vou tocar nele. Não preciso, meus pais cuidaram para que eu nunca precisasse de nada, e não o quero, de qualquer forma.

Ele não diz nada por um bom tempo. Apenas dirige e parece completamente perdido em seus pensamentos.

— Então — eu interrompo o silêncio —, é por isso que eu tive tantos problemas com os rapazes na faculdade. Precisei de alguns anos de terapia e foi só depois da morte dos meus pais que acordei e me afastei do comportamento autodestrutivo.

— Tatuagens? — ele pergunta.

— Não. Ironicamente as tatuagens não têm nada a ver com meu passado, mas têm tudo a ver com a cura.

Ele ainda não olha para mim. *Merda, eu contei tudo a ele rápido demais!*

— Ei... — Seguro sua mão na minha. — Eu sei que joguei muita informação em cima de você e que nos conhecemos há pouco tempo. Se preferir me deixar em casa e terminar por aqui, vou entender.

— Não, Natalie, você não vai se livrar de mim tão fácil. — Ele aperta meus dedos nos dele e o alívio que sinto é indescritível.

— Você está um pouco quieto.

— É que não sei o que dizer, honestamente. — Ele franze o cenho e olha para mim.

— Eu só... — Faço uma pausa para organizar meus pensamentos. — Sinto que estamos nos tornando mais íntimos e achei que você deveria saber. — As duas últimas palavras saem num sussurro.

— Você nunca namorou ninguém? Nunca?

Nego com a cabeça.

— Querida, nós temos que recuperar o tempo perdido. — Sua voz está carinhosa novamente e eu sinto a esperança se espalhar por mim.

— Temos?

— Ah, sim. Mas eu tenho uma pergunta.

— Ok.

— Onde está o filho da puta?

— Não sei. Por quê?

— Porque eu vou matá-lo.

Não consigo acreditar que ele disse isso. Eu rio.

— Não precisa. Tenho certeza de que ele é um homem miserável, Luke.

— Deveria estar no inferno.

— Ele vai para lá. — Eu aperto sua mão um pouco mais na minha. — Confie em mim, ele não é mais um problema. Meu pai me salvou.

— Graças a Deus. — Ele beija os nós dos meus dedos, e eu o sinto relaxar ao meu lado.

Uau! Eu contei o pior, mas ele ainda quer ficar comigo? Quando foi que me tornei tão sortuda?

Capítulo Seis

Luke para na frente da minha casa e desliga o carro. Abre a porta para mim, tira a bolsa da minha câmera do banco traseiro, seguindo-me até a casa. Eu destranco a porta e peço que ele entre.

— Jules! — chamo, mas a casa está vazia. — Acho que ela não está aqui. — Sorrio para ele e pego minha bolsa, colocando-a no chão, e a outra, de mão, sobre a mesinha. Pego a chave e a coloco na mesa também. — Posso te mostrar minha casa? — De repente, me sinto tímida.

— Claro... depois de você.

Eu pego a mão dele.

— Obrigada por se juntar a nós hoje, Sr. Williams, é um prazer tê-lo conosco.

Luke ri, uma risada com vontade, e sinto minha timidez desaparecer.

— Adoro seu senso de humor, Natalie.

Pego minha câmera do chão e ele ergue uma sobrancelha.

— Vou te mostrar meu estúdio e aproveitar para guardar isso também.

Ele assente e eu o guio pela casa.

— Você também tem uma bela vista aqui. — Ele aponta para as janelas que vão do chão ao teto da sala de estar, e eu sorrio.

— Tenho sim. Aqui, obviamente, é a sala de estar, aqui é a de jantar e ali é a cozinha. — Eu olho para os tons de vermelho e marrom dos sofás, para os móveis escuros da sala de jantar e para a elegância simples da cozinha.

— Bela cozinha. — Ele pisca para mim.

— Sim — respondo, e ele ri. — Mas não cozinho muito. Jules é quem faz a maioria das coisas.

— Seria muito interessante cozinhar pra você aqui. — Seus olhos brilham.

— E eu adoraria. — Sinto meu rosto queimar. — Ok, vamos ao estúdio lá fora e depois vou te mostrar o segundo andar.

— Lá fora?

— Sim, eu converti a casa de hóspedes em um estúdio. É minha parte favorita da casa. Venha.

Eu o guio para fora das portas deslizantes de vidro, pelo quintal até o estúdio. Paro em frente à porta e olho para ele, especulativa.

— O que houve? — ele pergunta com a curiosidade escrita em seu rosto.

— Não fique bravo comigo, ok?

— Por que ficaria?

— Bem, eu te disse que não faço fotos tradicionais. — Mordo meu lábio.

— Amor, depois da nossa conversa e pela forma como me sinto em relação a você agora, garanto que não vou ficar bravo.

Eu observo seu rosto e vejo que ele realmente acredita nisso, portanto, abro a porta.

Era tudo ou nada.

Entro na frente dele e coloco minha bolsa no chão. Acendo a luz, e Luke me segue. Ele para exatamente na soleira da porta, de boca aberta, olhos arregalados, observando meu estúdio.

Me viro e olho para ele. Há uma cama king-size em um dos cantos, com panos brancos drapeados por cima do dossel, preparada para a sessão de amanhã. As janelas daqui também são enormes, proporcionando uma iluminação perfeita no quarto. Tenho várias lingeries, espartilhos, plumas, sapatos e outros adereços. Mas ele parece estar concentrado nas fotos emolduradas penduradas por todo o quarto.

Ele caminha em direção a uma e observa um casal no auge da paixão. Está em preto e branco, é uma imagem da lateral do casal deitado na minha cama king-size. O homem está por cima, apoiado sobre ela, com a boca sobre seu seio. A cabeça da mulher está jogada para trás, a boca aberta, a perna enroscada no quadril dele e seu pé descansando atrás de sua coxa.

É uma foto erótica, íntima, uma das minhas favoritas.

Luke se vira num círculo, observando todas as fotos nas paredes; algumas de mulheres ou homens em poses provocativas, mas a maioria de casais em diferentes posições sexuais. Finalmente seus olhos encontram os meus.

— É isso que eu faço.

— Natalie... — Ele engole em seco e olha para minha foto favorita novamente. — Isso é incrível.

— Sério?

Ele assente, com os olhos bem abertos.

— Sim, é maravilhoso. Sexy demais. Como acabou entrando nesse ramo?

Não consigo parar de sorrir.

— Na faculdade. As garotas queriam que eu tirasse fotos delas para os seus namorados, então eu improvisei um estúdio em meu apartamento e comecei o negócio lá.

— E os casais?

— Isso meio que foi evoluindo. A maioria são clientes usuais, os namorados e maridos adoram fotos de suas garotas, e acabem querendo fotos íntimas deles como casais. Não é pornô — eu quis esclarecer e observei seu rosto.

Ele franze o cenho.

— Amor, isso aqui é arte. Definitivamente não é pornô.

Eu sorrio, aliviada.

— Tem um quarto que eu uso para guardar adereços e mobílias para outras fotos e uso a cozinha para guardar suco para os clientes. Algumas das garotas também gostam de tirar fotos lá. É divertido.

Ele caminha na minha direção, segura meu rosto em suas mãos e me beija suavemente.

— Você é extremamente talentosa.

Uau.

— Obrigada. Ah, e que fique bem claro que eu nunca fiz sexo ali. Nunca. — Seus olhos dançam, cheios de malícia.

— Isso é um desafio?

— Não, é um fato.

— Por quê?

— Porque não são lembranças minhas. São lembranças dos meus clientes.

— Então você não traz homens para cá?

— Só você, bonitão. — Eu sorrio timidamente.

— Bom saber.

— Na verdade — eu continuo —, nunca convidei nenhum homem para a minha casa antes.

Seus olhos se arregalam e ele inspira profundamente.

— Sua cama?

— Só eu a conheço.

— Isso vai mudar já, já. — Ele segura minha mão e me tira do estúdio, fechando a porta atrás de si e me levando de volta para a casa. — Onde é o seu quarto?

Bom Deus, ele é um homem com uma missão.

Capítulo Sete

Luke está praticamente me arrastando pela casa, respirando alto, com olhos ferozes.

— Seu quarto? — ele repete, e eu aponto para as escadas, incapaz de articular palavras.

Não consigo me lembrar nem do meu próprio nome! E ele ainda nem me tocou. Uau!

Enquanto ele me puxa pelas escadas, eu tenho uma bela visão de sua bunda durinha e meu estômago se revira.

— À direita. — Eu finalmente consigo falar, e ele me leva ao quarto, fecha e tranca a porta, e me puxa para ele.

Há luz vindo da janela, e, por um momento, fico de pé com seus braços ao redor da minha cintura, com minhas mãos em seus ombros largos e me deleito com a visão de seu belo rosto.

— Você é tão bonito — sussurro.

Ele sorri para mim e se inclina para acariciar meu pescoço, gentilmente me encaminhando até a cama. Obrigada, Deus, por eu tê-la feito de manhã!

Estou esperando que ele me deite, mas, ao invés disso, ele se afasta um pouco, sem me tocar, e seus olhos ardentes correm por todo o meu corpo, finalmente pousando em meus olhos.

— Tem certeza disso? — *O quê?*

— Você tem alguma dúvida?

— Claro que não, só quero ter certeza de que é isso que você quer, amor. Se disser não, não tem problema, mas, por Deus, não diga que não.

Oh, uau! Ele está me dando o controle da situação, e não sei se isso tem a ver com o que eu disse a ele no carro ou se ele está só sendo cavalheiresco, mas, francamente, não dou a mínima. A escolha é minha.

Ele é minha escolha.

Olhando bem fundo em seus olhos, eu digo, com uma voz surpreendentemente segura:

— Luke, por favor, fique nu e faça amor comigo.

Ele sorri, aquele sorriso capaz de fazer meu coração parar, e tira a camisa por cima da cabeça.

Uau!

Ele é puro músculo e ombros largos. Seu abdômen é esculpido, com aquelas linhas incríveis e sexy que correm desde seus quadris até seu pênis. Seus braços são musculosos... ele é tão... *forte*.

Ergo a mão para tocá-lo, mas ele balança a cabeça, ainda sorrindo.

— Se você me tocar, vai ser muito mais rápido do que queremos.

Ah.

— Temos a noite inteira.

— E vamos aproveitá-la muito, amor, confie em mim. Mas esta primeira vez tem que ser especial.

Eu começo a tirar a camisa e ele me faz parar.

— Eu quero fazer isso.

— Então anda logo! — Ouço-me choramingar, mas não consigo parar nem evitar de rir com ele.

— Vai ser um prazer. — Ele tira o short e a cueca num movimento rápido, e de repente tenho uma visão frontal de toda a glória de Luke.

Ele é simplesmente um deus grego. Seu corpo é perfeito de todas as maneiras.

E ele me quer!

Ele caminha em minha direção e segura a barra da minha camisa, tirando-a por sobre minha cabeça. Luke corre os dedos por baixo da alça do meu sutiã e inclina-se para morder meu pescoço, logo abaixo do lóbulo da orelha.

— Luke — eu murmuro.

— Vá com calma, amor. — Ele procura nas minhas costas,

habilmente abre meu sutiã e o faz cair pelos meus braços. Também age rápido com meu short e a calcinha, colocando suas mãos entre o tecido e meu bumbum, segurando-o e deslizando-a por minhas pernas.

Ah, ele é bom com as mãos!

Luke se coloca de pé novamente e me ergue do chão, fazendo com que eu fique embalada em seus braços. Coloco meus braços ao redor do seu pescoço, e ele beija meus lábios muito suavemente quando me deita na cama.

— Jesus, você é linda, Nat — ele sussurra, com a boca encostada na minha garganta, e não consigo fazer nada a não ser fechar meus olhos e segurar o cobertor com força. — Vamos encontrar as outras tatuagens.

Eu sorrio enquanto ele me beija e lambe todo o caminho ao redor dos meus seios, engasgando quando ele aperta firmemente um mamilo em sua boca e o chupa com sua língua experiente. Um relâmpago dispara direto para minha virilha, e meus quadris começam a remexer por vontade própria. Gemo seu nome e torço seus cabelos loiros em meus dedos.

— Fique quieta, amor. — Ele coloca a mão no outro seio e o belisca com seu polegar.

— Ah, meu Deus!

A resposta do meu corpo para ele é devastadora.

Eu o sinto sorrir contra minha pele, e ele se move para baixo, me rolando de repente para o outro lado.

— O que temos aqui?

— Talvez outra tatuagem? — Minha voz falha enquanto ele desliza a mão do meu quadril esquerdo para o meu ombro.

— O que ela diz, amor?

É uma frase, assim como todas as minhas tatuagens, que percorre minhas costelas, mas estou muito ocupada, tentando não esquecer de respirar, para falar.

— Natalie, o que ela diz? — Ele beija cada letra gentilmente, com os braços em torno dos meus quadris, apoiado em seus cotovelos.

— Ela diz: "Seja feliz agora". — Eu gemo e continuo. — "Este momento é a sua vida".

— Em que língua? — Seu dedo a está esfregando agora. Ah, uau!

— Sânscrito.

— Hummm... vire de barriga para cima. — Eu obedeço e gemo enquanto ele beija meu ombro e começa a descer, descer, descer.

— Deus, sua boca é tão gostosa... — gemo e sinto que ele sorri contra minha pele sensível.

— E isso aqui? — Ele mordisca minhas omoplatas.

— É grego.

— E o que diz, linda? — Ah, Deus, suas mãos estão por toda parte, minha pele está queimando e ele ainda quer que eu fale?

— "Ame profundamente".

— Você é profundamente sexy, Nat...

— Você está fazendo eu me sentir profundamente sexy, Luke.

Ele mordisca minha pele até minha lombar.

— Alguma escondidinha? — Eu o ouço rir.

— Ah, não! — eu respondo.

Ele semeia beijos molhados na minha nádega esquerda, de boca aberta, e depois na direita, e então eu ouço sua respiração falhar.

— Jesus Cristo, amor...

Ele morde minha coxa, bem abaixo da minha nádega direita, e eu estou prestes a cair da cama.

— Segure-se. O que é essa aqui?

Eu sorrio.

— Uma tatuagem.

— Ah, você é uma espertinha. — Ele me dá um tapa na bunda, forte, e eu engasgo.

— Ai! — Olho para ele em choque, com os olhos arregalados, e ele ri.

— O que esta diz? — Ele ergue uma sobrancelha, me desafiando a responder de forma atrevida, e engulo em seco.

Puta merda, ninguém nunca me bateu antes. É... gostoso.

— "A felicidade é uma jornada" — eu sussurro. — Em francês.

Ele geme e a beija docemente. Eu me deito de costas, ficando em posição plana na cama, apreciando as mordidas e os beijos de Luke, subindo e descendo por minhas pernas. Ele para e dá uma atenção especial à curva do meu pé, fazendo-me sorrir, e eu quero fechar e abrir minhas pernas ao mesmo tempo.

Ele ergue minha perna bem alto, flexionando meu joelho, e beija meu tornozelo, lentamente movendo-se até minha perna. É maravilhoso observá-lo enquanto ele venera minha pele.

Seus olhos se estreitam enquanto ele vislumbra o piercing no meu umbigo, mas acabam escurecendo quando ele vê minha vagina recém-depilada.

— Ah, docinho, o que é isso?

Eu começo a responder de forma espirituosa, mas fica presa em minha garganta quando ele inclina sua cabeça loira e gentilmente deposita beijos na única palavra escrita em meu púbis.

— Quer dizer "Perdoe" em italiano.

Ele me dá um último beijo molhado e então escala meu torso, beija do pequeno coração de prata na minha barriga, até o meu esterno. Apoia-se com seus cotovelos um de cada lado da minha cabeça e tira fios de cabelo do meu rosto. Seus olhos azuis brilham de desejo, sua boca abre quando ele ofega, e eu nunca me senti tão desejada, tão necessária, por ninguém em minha vida.

— Você tem alguma ideia do quanto é maravilhosa? — Ele esfrega seu nariz em mim e lambe a divisão dos meus lábios suavemente.

Minha respiração irregular falha.

— Não sou tão maravilhosa quanto você me faz sentir.

— Ah, meu Deus, amor, eu quero você. — Sinto sua ereção impressionante contra mim e inclino meus quadris para cima, convidando-o.

— Sim. — Eu mordo seu lábio inferior.

Ele coloca a mão no espaço que há entre nós dois e gentilmente pousa um dedo em meu clitóris. Eu arqueio minhas costas e perco o fôlego, pois sinto-o até a ponta dos meus dedos dos pés.

Sua boca está faminta sobre a minha agora, beijando-me com força e profundamente, e, de repente, sinto aquele dedo fantástico deslizar pela abertura dos meus lábios vaginais, enquanto ele geme.

— Puta merda, você está tão molhada.

— É por causa do quanto eu te quero.

Ele desliza seu dedo para dentro e para fora de mim, e então coloca mais um, e acho que vou morrer com todas as sensações que ziguezagueiam por meu corpo.

Eu agarro sua bunda em minhas mãos e inclino minha pélvis como um convite.

— Agora.

— Espere.

Mas que merda! Espere?!

De repente, ele mergulha do outro lado da cama para pegar seu short e tira uma embalagem de alumínio do bolso de trás. Sorrio enquanto ele a rasga, com seus olhos presos nos meus, e rola o preservativo pelo pênis.

Ele se inclina sobre mim novamente, posicionando-se na entrada da minha vagina, e eu corro os dedos por sua coluna até seu cabelo maravilhoso e ergo minhas pernas, inclinando a pélvis outra vez. Ele esfrega seu nariz no meu e, lentamente, ah, tão lentamente, se funde a mim.

— Ah, meu Deus... — Eu suspiro, enquanto ele fecha seus olhos bem apertado e inclina sua testa tocando a minha.

— Natalie — ele sussurra asperamente.

Ele empurra para dentro de mim, bem fundo, e para. Quero mover meus quadris, mas ele me impede, olhando para mim novamente.

— Espere um pouco.

Só quero me mover, quero que ele golpeie para dentro e para fora de mim, fazendo-me explodir, mas ele parece calmo.

Eu aperto meus músculos ao redor dele, só uma vez, e pronto.

— Porra! — ele sussurra e começa a mover para dentro e para fora, ganhando forma. Vou de encontro a ele com meus quadris, assim

estabelecemos um ritmo delicioso. Seus lábios se encontram com os meus outra vez, sua língua deslizando e se enrolando na minha, e suas mãos seguram minha cabeça, embrenhadas nos meus cabelos.

Corro minhas unhas por suas costas e ele coloca a mão no meu seio, e então, em meu quadril, e finalmente, segue mais para baixo para prender meu joelho em seu braço, abrindo-me um pouco mais, e eu sinto que começo a apertá-lo ainda mais, enquanto todos os pelos do meu corpo se eriçam no final e enterro meu rosto em seu pescoço.

— Sim, amor, goza comigo.

E eu gozo, convulsionando ao redor dele.

— Ah, Luke...!

De repente, eu o sinto endurecer e empurrar para dentro de mim mais duas vezes até que ele esvazia-se em mim.

— Natalie!

Minha respiração começa a se acalmar e minha visão clareia, e eu estou aninhando Luke em meu peito. Corro meus dedos por seu cabelo loiro macio, e olho para ele enquanto recupera o fôlego.

— Me desculpa, sou pesado. Vou me mover em mais ou menos uma hora. — Luke não se move, mas sorri.

Eu puxo seu cabelo, inclinando-me e beijando sua testa.

— Você é bom nisso — eu sussurro e continuo a acariciar seu cabelo.

— Só bom? — Ele franze o cenho dolorosamente e se afasta de mim, quebrando nossa conexão preciosa. Ele descarta a camisinha e deita ao meu lado, puxando-me para seus braços.

— Ok, você é mais do que bom.

— Então, como está se sentindo? — ele pergunta, ficando sério de repente.

— Sinto-me... — Procuro pela palavra. — Fantástica.

— Sim, você é fantástica. — Ele me beija suavemente. — Então, por que línguas diferentes?

Dou de ombros e olho para o nada, mas ele segura meu queixo e me faz olhar de volta para ele.

— Não quero que ninguém saiba o que elas dizem a não ser que eu diga.

— E quem já teve essa sorte, Srta. Conner? — Ele ergue uma sobrancelha.

— Você — sussurro.

— E?

— Você.

Ele engasga.

— Sério?

— Sim.

Ele corre as costas de seus dedos por minhas bochechas, e então, passa seu polegar por meus lábios, e eu o mordo.

— Ah, você quer mais, não quer?

— Talvez mais tarde.

— O que quer fazer agora, amor? — *Ah, ele é tão doce.*

— Acho que preciso de um banho. — Sorrio para ele, sento, levanto da cama e me viro para ele.

— Adoro a sua bunda, Nat.

Eu rio, me viro, rebolando para ele, e então caminho em direção ao banheiro.

— Você deveria se juntar a mim antes que eu use toda a água quente.

Capítulo Oito

Não consigo acreditar em como me sinto à vontade com Luke, especialmente por estar nua. Eu nunca, nunca encarei o nu como algo sem importância. Minhas clientes fazem isso o tempo todo, e eu admiro a confiança delas, mas não é para mim.

Até hoje.

Até ele.

— Eu realmente adoro sua bunda, Nat. — As palavras que ele profere antes de sair da cama para se juntar a mim no chuveiro ainda me fazem sorrir. Ele adora minha bunda, a arte no meu corpo, minhas curvas.

Ele parece gostar principalmente das minhas curvas.

Olho para ele no chuveiro e sorrio. *Ah, como ele é lindo.* Ele está esfregando o cabelo, e não posso evitar colocar um pouco de sabonete líquido nas mãos e começar a lavar suas costas.

— Hummm... — ele geme e inclina a cabeça para trás, cheia de xampu.

— Com que frequência você malha? — pergunto.

— Quase todos os dias — ele responde e se vira, colocando um pouco de sabão em suas próprias mãos. — Vire-se. — E você? — ele pergunta, enquanto começa a massagear meus ombros.

— Qual foi a pergunta? — murmuro.

Eu o ouço rir.

— Com que frequência você malha?

— Faço ioga três ou quatro vezes na semana, quando consigo encaixar na agenda. Meu trabalho é um pouco físico também. E é isso. — Dou de ombros.

— Está funcionando. — Sua voz é sincera, e eu olho para ele e sorrio.

— Digo o mesmo de você.

Ritmicamente, ele desenha círculos em minhas costas com as mãos, deslizando-as para baixo, e então dá a volta, colocando-se na minha frente.

— Você tem mãos maravilhosas — eu sussurro e me apoio em seus quadris.

— Você tem uma pele maravilhosa — ele responde. Suas mãos correm por meus seios e pelos mamilos eriçados, com espuma correndo por meu torso. Ele desliza uma mão até meu ventre e encontra meu clitóris com um dedo. Encosta-me na parede e prende o lóbulo da minha orelha entre seus dentes.

— Ah!

— Adoraria fazer amor com você aqui, mas não tenho camisinhas guardadas no chuveiro. — Eu o sinto sorrir e olho diretamente para seus claros olhos azuis.

Antes que ele possa inserir seu dedo em mim, eu agarro sua mão e a levo aos meus lábios, colocando seu dedo dentro da minha boca, chupando-o com força. Suas pupilas dilatam e ele morde o lábio.

— Tenho uma ideia melhor.

Com isso, passo minhas mãos por seu peito, por seu abdômen até seus quadris. Eu me coloco de joelhos e fico no nível de seu pênis impressionante e muito duro. Envolvo-o com minhas mãos, movendo-o para cima e para baixo, olhando em seus olhos.

— Porra, amor. — Ele fecha os olhos e encosta-nos na parede do chuveiro. Ver o prazer em seu belo rosto me dá ainda mais força.

Eu me inclino e lambo ao redor da cabeça; em seguida, coloco-o na boca e chupo com força.

— Porra!

Ah, sim!

Eu puxo e empurro para dentro da minha boca, com meus dentes protegidos por trás dos meus lábios. Estou chupando e lambendo, girando em torno da ponta enquanto puxo-o para cima. Ele começa a balançar os quadris contra mim e eu vou mais fundo e mais fundo, sentindo a cabeça bem lá trás na minha boca.

— Ah, porra, Nat. Pare, amor, eu vou gozar. — Mas eu não quero parar, e não paro. Continuo com o tormento, me esforçando em enlouquecê-lo. Ele agarra meu coque no topo da minha cabeça e rosna enquanto goza. Engulo bem rápido.

Sorrio para ele, e ele está ofegante, com a cabeça encostada no azulejo. Enquanto ele recupera o fôlego, olha para mim, com seus olhos derretendo-se em azul, e me levanta, beijando-me demoradamente e com força.

Ah, meu Deus.

— Venha, vamos sair da água. — Ele se afasta, desliga o chuveiro e me entrega uma toalha felpuda.

— Está com fome? — pergunto.

— Faminto. — Ele sorri maldosamente e eu rio, enrolando a toalha no corpo, enquanto caminho até meu quarto. Vejo sua camisa no chão e a pego. Deixo a toalha cair no chão e visto a camisa. Hummm... está com o cheiro dele.

Fico sem calcinha. Rio da minha audácia e me viro para ver Luke parado na soleira da porta, com uma toalha enrolada em seus quadris e seus olhos em mim.

— É uma visão e tanto, Nat.

— Que bom que gostou — respondo com um sorriso. — Venha, vamos procurar alguma coisa para comer na cozinha.

Espero-o colocar o bermuda — sem cueca! — e vamos para o primeiro andar.

Luke se senta em um banquinho e me observa caminhar pela cozinha.

— Não tenho nem ideia do que temos aqui — eu digo envergonhada. — Aqui é domínio da Jules. Hummm... salada Caesar?

Pego a tigela de dentro da geladeira, e ele assente. Sirvo uma porção para cada um de nós e então vou me sentar perto dele.

— Quer dizer então que você não cozinha nada? — ele pergunta.

Faço uma careta.

— Eu até sei, mas prefiro não fazer. Jules e eu sempre moramos juntas, e ela adora cozinhar, então, isso funciona para nós.

Assim que menciono seu nome, ouço a porta da frente se abrir.

— Nat? — ela chama.

— Estou na cozinha — respondo.

— Está acompanhada?

Eu franzo o cenho.

— Sim.

— Ok, vou para o quarto. — Ouço seus sapatos fazendo barulho nos degraus da escada.

Luke ergue uma sobrancelha e olha para mim. Dou de ombros.

— Acho que ela teve um dia ruim.

— Talvez — respondo e franzo o cenho, mas deixo para lá. Vou perguntar o que houve amanhã. Acho estranho, porque normalmente ela teria ficado curiosa a respeito de Luke, mas, levando em consideração que estamos ambos seminus, fico aliviada. Não quero mesmo que ninguém fique vendo Luke sem camisa.

Limpo a pouca louça que usamos e coloco tudo na lavadora. Em seguida, viro-me e apoio meus cotovelos no balcão.

— Você vai ficar comigo esta noite? — pergunto.

Os olhos de Luke se arregalam, e ele sorri. Não diz nada, apenas fica de pé e se aproxima de mim. Sem me tocar, inclina-se e gentilmente encosta seus lábios nos meus.

Jesus, onde foi que eu encontrei esse cara?

— Adoraria passar a noite com você — ele sussurra perto dos meus lábios. Ah, lá está aquele sussurro sexy que ele sabe fazer tão bem.

— Ok, ótimo — sussurro de volta.

De repente, ele se vira de costas para mim e diz:

— Pule aqui.

— O quê?

— Pule nas minhas costas, vamos subir. — Ele estende os braços para trás, como se fosse me pegar, e eu rio enquanto pulo em suas costas, agarro seu pescoço e entrelaço minhas pernas em seus quadris.

Inclino-me para baixo e mordo o lóbulo de sua orelha, enquanto ele caminha até as escadas, sem qualquer esforço, subindo-as. Estamos rindo como loucos quando ele para perto da cama e tira os cobertores de cima dela.

Dou um gritinho quando ele me joga na cama sem qualquer cerimônia.

— Sabe — ele diz, com o rosto muito sério, enquanto se joga na cama ao meu lado.

— O quê? — pergunto, sarcasticamente.

Ele corre a ponta dos dedos por toda a gola de sua camisa.

— Você nunca me perguntou se poderia pegar minha camisa emprestada.

— Não perguntei? — Arregalo meus olhos e mordo o lábio.

Ele balança a cabeça.

— Não, não perguntou. Muito rude da sua parte.

— Me desculpa. Como posso compensar? — Tento parecer arrependida.

— Não sei. Estou muito ofendido. — Ele ainda parece sério, e eu quero rir, mas estou gostando muito da nossa brincadeira.

— Posso te comprar uma nova? — pergunto.

— Bem, eu meio que gosto muito desta.

— Ah. — Eu mordo o lábio de novo e o empurro até que fique de costas. — Posso tirar uma foto dela e te dar?

Abro sua bermuda e ele ergue o quadril para que eu possa puxá-lo por suas pernas. Sua ereção surge, livre. Pego uma camisinha do bolso e jogo a embalagem no chão.

— Não — ele sussurra. — Não é a mesma coisa.

— Hummm... — Eu rolo a camisinha em seu pênis e monto sobre seus quadris. Olho para ele, estreitando meus olhos como se estivesse pensando muito para resolver seu problema.

— Bem... — Eu cruzo meus braços e agarro a bainha de sua camisa, tirando-a pela cabeça. — Acho que é melhor devolvê-la, então.

Eu entrego a camisa, mas ele a joga no chão e se senta, deixando-nos cara a cara. Agarra minha bunda em suas mãos e me ergue, colocando-me sobre seu pau, e eu deslizo para baixo, colocando-o dentro de mim.

— Porra, amor, você está muito molhada.

— Nosso joguinho me deixou excitada.

Ele geme e me beija, guiando-me para cima e para baixo, com as mãos em meu traseiro. Coloco minhas mãos em seus ombros e empurro, fazendo-o deitar-se de costas na cama. Inclino-me e o beijo carinhosamente, ainda mexendo meus quadris e suas mãos ainda na minha bunda.

Então eu me sento e começo a me mover realmente, cada vez mais profundo, apertando-me ao redor dele. Ele passa a mão pelo meu estômago, segura meus seios e provoca meus mamilos com seus polegares.

— Ah! — Eu inclino a cabeça para trás e me afundo mais nele, mais rápido, e fico mais apertada, sentindo que vou gozar muito rápido.

— Goze para mim, amor. — Suas mãos agarram meus quadris, me puxando para ele mais e mais, e eu explodo.

Antes de ter uma chance de voltar para a Terra, Luke se movimenta debaixo de mim, me girando para ficar deitada de bruços. Ele deita em cima de mim, com os pelos de seu peito fazendo cócegas em meus ombros. Beija a parte de trás do meu pescoço e minha tatuagem. Abre minhas pernas com uma das mãos e logo está dentro de mim novamente.

— Ah, Deus!

— Ah, amor, você é tão boa... — Ele se apoia nos cotovelos, um de cada lado meu, empurrando mais e mais para dentro, atingindo aquele ponto doce bem na frente da minha boceta, enviando pequenas faíscas de gostosura para dentro de mim. Sinto-me sendo levada ao limite novamente e choramingo o nome de Luke enquanto gozo, com meu orgasmo segurando meu corpo e me retorcendo.

Ele choraminga meu nome enquanto encontra seu próprio alívio e colapsa sobre mim.

— Uau! — murmuro contra os travesseiros e o sinto sorrir contra mim.

— O que foi?

— Uau! — digo novamente, sem mover minha cabeça.

Ele morde meu ombro e eu uivo, afastando-o de mim. Ele ri enquanto joga a camisinha fora e nos enrola no cobertor, puxando-me para seus braços, ficando de frente para minhas costas.

— Me desculpe, senhorita, eu não ouvi.

— Eu disse: "Isso foi tão... tão...".

Ele deixa escapar uma risada e me abraça bem forte.

— Será que esta é a hora errada para eu dizer que tomo anticoncepcional? — Me viro em seus braços e digo isso só para ver sua reação.

— O quê? — Seus olhos se estreitam e agora ele parece chateado. *Merda!*

— Sim, eu tomo. Por que está irritado? — Me afasto alguns centímetros para poder olhá-lo nos olhos.

— Pensei que você tinha dito que já fazia mais de um ano que não se relacionava com ninguém.

— E é verdade.

Ele ergue uma sobrancelha.

— Mulheres não tomam anticoncepcionais só quando estão em uma relação sexual. — Eu reviro os olhos. — Eles controlam nossos hormônios.

— Ah! — Ele franze o cenho novamente e olha para minhas tatuagens.

— Faço exames todo ano. Sou perfeitamente saudável. — Eu sorrio.

— Então eu poderia ter transado com você no chuveiro?

Eu rio e assinto, mas paro e olho para ele especulativamente.

— Bem...

— Eu também faço exames regularmente, já não tenho uma parceira há mais ou menos o mesmo tempo que você; sou tão saudável quanto poderia ser.

— Então, sim. — Ah, eu não quero nem pensar nele com outra

mulher. *Não, não, não.*

— Mas que droga, então precisamos tomar outro banho.

Eu rio e me aninho em seus braços, descansando minha cabeça em seu peito.

— Amanhã, agora estou com sono.

— Talvez possamos resolver o problema de insônia um do outro.

— Vale a pena tentar. — Eu bocejo e beijo seu peito.

— Vá dormir, amor.

Acordo pela manhã, com um lindo dia lá fora e um braço pesado jogado por cima de mim. Nunca dormi com alguém antes, então, isso é algo novo. E maravilhosamente confortável.

Luke está dormindo, deitado em meu travesseiro. Ele parece jovem e relaxado. Precisa fazer a barba e seu cabelo está bagunçado, como sempre. Quero passar meus dedos por ele, mas a natureza me chama, então, cuidadosamente saio de seus braços e vou em direção ao banheiro.

Enquanto sigo até o banheiro na ponta dos pés, Luke ainda está adormecido, mas está virando para o outro lado, enrolando seu corpo nu nas cobertas até que um braço, uma perna, bumbum e costas estejam expostos.

Pelo amor de Deus, ele é uma visão e tanto!

Não consigo evitar. Que mulher com algum respeito por si mesma poderia ter uma coisa daquelas em sua cama e não tocá-la?

Eu não poderia.

Volto para a cama e deslizo a palma da mão em seu calcanhar, ao longo de sua panturrilha e tendões, por seu traseiro durinho e suas costas, e então passo meus dedos por seu cabelo. Mordo seu pescoço e ombros, beijo sua coluna e desço até a base de suas costas, onde há duas covinhas que são deliciosas, bem acima de sua bunda.

Eu o ouço gemer e sorrio.

Passo a ponta dos meus dedos desde seu traseiro até suas coxas, beijando toda extensão de suas costelas.

Lentamente, ele vira de barriga para cima e eu beijo seu corpo por inteiro, mordendo mamilos e descansando minha mão no V sensual de seus quadris. Olho em seus olhos sonolentos e maravilhados.

— Bom dia, bonitão.

— Bem, bom dia, linda.

De repente, sou jogada de costas na cama, e Luke entrelaça seus dedos nos meus, colocando ambas as minhas mãos sobre minha cabeça. Ele beija meu pescoço e meu queixo, passando, então, sua mão debaixo dos meus braços para conseguir apoiar minha cabeça em suas mãos.

— Como você está se sentindo esta manhã? — ele sussurra contra minha boca e esfrega seu nariz no meu de um lado para o outro.

— Bem.

— Só bem? — Ele beija minhas bochechas e eu suspiro.

— Dormiu bem? — pergunto e inclino a cabeça, dando-lhe melhor acesso.

— Maravilhosamente bem — ele sussurra.

Ele se inclina para olhar melhor para mim e encosto a minha mão em sua bochecha.

— Como está? — pergunto.

— Nunca me senti tão bem.

Meus olhos se arregalam com sua resposta séria.

— Uau, eu ficaria satisfeita com "bem".

— Ah, querida, eu ultrapassei o "bem" ontem de manhã.

— Você é muito charmoso.

Ele sorri para mim.

— Você fica muito linda de manhã.

Eu bufo para ele e começo a duvidar, mas ele segura o meu queixo firmemente.

— VOCÊ — beijo — É — beijo — LINDA — beijo.

Puta merda.

— Você também não é nada mau. — Sorrio bem perto de sua boca.

— Eu quero você, amor — ele murmura.

— Posso imaginar. — Eu movo meus quadris contra sua ereção e ele ofega.

— Jesus, você me deixa excitado como um adolescente, Nat. O que está fazendo comigo? — Seus olhos azuis fixam-se nos meus, e ele move os quadris, a ponta de seu pênis descansando sobre mim, sendo assim, eu inclino minha pélvis, convidando-o a entrar em mim.

— Ah! — Eu seguro seus ombros enquanto ele penetra bem fundo. Ele encaixa seu rosto em meu pescoço, gentilmente mordendo e me beijando. Suas investidas tornam-se mais rápidas e mais fortes, e nossas respirações tornam-se ásperas.

— Ah, amor... eu nunca... fazer amor com você é tão bom.

Eu seguro sua bunda e o puxo mais para dentro.

— Goza comigo, amor. — Ele está respirando irregularmente, e eu posso senti-lo no limite e me levando com ele.

— Ah, sim! — eu choramingo e convulsiono.

Minutos depois, quando nossas respirações e corpos se acalmaram, ele levanta a cabeça e me beija gentilmente. Sai de dentro de mim, e sinto que estou um pouco dolorida, mas não me importo.

— Já volto. — Ele se levanta e vai ao banheiro.

Eu me sento e espreguiço preguiçosamente. Ah, sim, eu estou dolorida. Claramente estes músculos já não eram usados há muito tempo. Abraço a mim mesma e então me levanto e visto uma camiseta e calças de ioga.

— Você se vestiu. — Eu rio da expressão desapontada de Luke enquanto ele sai do banheiro. Ele me toma em seus braços e me abraça com força, me fazendo suspirar. *Uau, isso é bom demais para ser verdade.*

— Vou fazer um café. Me encontra lá embaixo? — Acaricio seu rosto.

— Claro. Logo depois de você.

Capítulo Nove

— Bom dia, flor do dia! — cumprimento Jules ao entrar na cozinha. Ela acabou de voltar da sua corrida matinal. Seu cabelo está preso para trás em um rabo de cavalo, e ela está vestida como eu, com uma blusa branca e uma calça preta de ioga. Coloca o pacote com grãos de café de volta na geladeira e sorri para mim.

— Bom dia para você. Ele já foi embora?

— Não. Estará aqui embaixo em um minuto. Vamos tomar café.

— Você o convidou pra passar a noite. — Não foi uma pergunta.

— Sim.

— E o deixou ficar.

— Sim.

Seus olhos azuis estão arregalados.

— Um pouco diferente de seu comportamento usual.

— Eu sei. — Suspiro e tiro três canecas do armário. — Ele é diferente, Jules. Não sei o que está acontecendo, mas quero descobrir.

Ela dá um tapinha em meu ombro e sorri.

— Estou feliz por você, querida.

Ouço Luke se colocando atrás de mim e os olhos de Jules se arregalam. *Eu sei, ele é gostoso.*

Eu me viro e sorrio para ele.

— Luke, esta é minha melhor amiga, Jules. Jules, este é...

— Luke Williams? — Sua voz torna-se estridente, e ela está sorrindo, com suas mãos em punhos, praticamente pulando para cima e para baixo.

— Aimeudeus! Aimeudeus! Aimeudeus! Luke Williams está na nossa cozinha! — Ela empurra meu ombro e faz uma dancinha feliz.

Mas que porra é essa?

Eu olho para Luke, e ele está parado no mesmo lugar. Completamente pálido. Ele engole em seco e olha para mim, mas não me toca.

Jules para de dançar.

— Não vai me dizer que você está saindo com Luke Williams!

— Você o conhece? — pergunto, minha voz soando como um sussurro.

O que eu perdi?

Jules para, de boca aberta e olhos arregalados.

— Claro que eu o conheço. Nat, ele é o Luke Williams.

— Eu sei disso — respondo, mas meu rosto está corado e começo a pensar que estou participando de alguma piada e sou o assunto principal dela.

— Não, Nat...

Luke encontra sua própria voz.

— Natalie, eu posso explicar...

Ele estende a mão para mim, mas saio do seu alcance e vou para o outro lado do balcão para conseguir colocar um pouco de distância entre nós.

— Explicar o quê?

— Natalie... — Julie engole em seco e olha para ele, com um sorriso irritante em seu rosto, e depois para mim. — Luke Williams é famoso.

— O quê? — Eu estreito meus olhos e me viro para ele novamente, e tudo começa a fazer sentido.

Não tire minha foto.

Por que vocês não me deixam em paz?

Não gosto de multidões.

— Dos filmes Nightwalker, Nat — Jules sussurra.

Luke não fala nada e nem está mais olhando para mim. Suas mãos estão nos quadris, e ele está inclinando a cabeça.

— Você mentiu pra mim. — Odeio como minha voz soa frágil.

Ele balança a cabeça e me encara com aqueles lindos olhos azuis.

— Não, não menti.

— Eu te perguntei, mais de uma vez, o que fazia para viver, mas você continuou me enrolando. — *Ah, isso machuca.*

— Eu só... — Ele corre a mão pelo cabelo. — Natalie, o que eu sinto por você...

— Para! — Eu ergo a mão. — Você disse ontem no carro que não queria surpresas.

Ele engole em seco.

— Deus, eu me sinto tão estúpida! — Fecho meus olhos e quero deitar minha cabeça no balcão e chorar.

— Não, amor... — Ele começa a se mover na minha direção, mas eu recuo novamente, fazendo-o parar.

— Não, você é que tem que escutar, *amor*... — A raiva está pulsando e estou começando a me influenciar por ela. — Contei coisas para você que nunca contei pra mais ninguém. E todo esse tempo você mentiu para mim.

— Não foi assim...

— Natalie... — Jules dá um passo à frente, mas com um olhar eu a faço ficar no mesmo lugar.

— Eu fui uma piada pra você? Vamos ver quanto tempo posso enrolar essa garota até que ela descubra quem eu sou? Bem, você fodeu com ela. Que bom para você!

— Não! — Ele dá a volta no balcão, ignorando meus avisos para ficar longe, e segura meus ombros. Seus olhos estão glaciais, seu rosto está tenso como se estivesse sentindo dor. — Não, Natalie. Nada em relação a você é uma piada. E eu não fodi com você, fizemos amor.

Estou tão embaraçada.

— Todo mundo no país sabe quem você é, Luke.

— Nem todo mundo — ele responde.

— Você está certo, aparentemente eu sou a única que não é inteligente o suficiente para te reconhecer. — Eu me afasto do seu toque e recuo. Ele deixa os braços caírem ao lado do corpo.

— Natalie... — Jules tenta novamente. — Como você poderia saber quem ele é? Você nunca viu os filmes dele.

— O rosto dele está em milhares de camisetas, Jules! Tem bonecos com a cara dele.

Luke faz uma careta e se vira.

— Garotas de todas as idades gritam, exatamente como aconteceu com você minutos atrás, e perdem a porra da cabeça! Conhecer rostos é a porra do meu trabalho! Deus, eu sou uma idiota! — Estou tão envergonhada, só quero fugir. Quero que ele vá embora. Quero que me abrace e me diga que não é verdade.

Afinal, o que ele poderia querer comigo? Ele pode ter qualquer mulher do mundo. Literalmente.

— Nat... — Luke estende a mão para mim, mas eu me afasto, ignorando a dor em sua voz.

— Vá embora.

— Não, eu não quero ir. — Seu belo rosto está em agonia, refletindo o meu. Eu abraço a mim mesma para mantê-lo longe.

— Não quero que fique aqui. Não posso ficar com uma pessoa que mente para mim. — Ah, vá embora.

— Eu não menti! Natalie, essa não é mais a minha vida. Vamos conversar.

Eu já ouvi demais, e só quero que ele se afaste.

— Tenho uma sessão de fotos em uma hora, preciso tomar banho e espero que você já tenha ido embora quando eu voltar.

— Você está exagerando! — Sua voz está desesperada, seus olhos, suplicantes.

— Vá embora da porra da minha casa! — grito com ele, enquanto lágrimas quentes caem pelo meu rosto.

— Natalie, não faça isso...

Eu me viro e subo as escadas correndo, entro no meu quarto, indo direto para o banheiro, trancando-me lá dentro. Encosto na porta e deslizo até o chão, meu corpo convulsionando enquanto soluços muito fortes o sacodem.

— Natalie, abra a porta.

Merda, ele me seguiu.

— Vá embora. — Não há muito mais força em minha voz. Só quero que ele vá embora.

— Não vou a lugar nenhum, pelo amor de Deus! Abre a porra da porta!

— Não! — Eu me levanto e encosto a testa na porta, minhas mãos em punhos apoiadas na madeira branca.

— Natalie, pelo amor de Deus, se você não abrir essa porta, eu vou arrombá-la. Saia daí e olhe para mim. — Sua voz soa rouca e muito perto da minha. E ele parece mesmo muito irritado. Mas eu também estou! Eu não respondo, mas de repente Luke bate na parede à esquerda da porta. — ABRA A PORRA DA PORTA!

Eu ainda não respondo; lágrimas quentes rolam por meu rosto.

— Tudo bem, Nat, se quer agir como uma criança, ok, não preciso disso. — Eu o ouço marchar para fora do quarto e descer as escadas.

Como consegui me enfiar nessa confusão? Como não o reconheci? Seu cabelo está um pouco mais longo, e já faz uns cinco anos desde que seu último filme foi lançado, então seu corpo está mais forte, ele está um pouco mais velho, mas como não reconheci seu belo rosto?

De repente, lembro de nossa conversa quando tomamos drinques no pub: *"Se eu assistir ao trailer de mais um filme sobre vampiros idiotas, acho que vou me matar"*.

Ah, Deus! Será que podia ser mais humilhante?

Luke estrelou três filmes de vampiro, e não apenas atuou muito bem como também se tornou uma enorme sensação, que se tornou impossível ir a qualquer lugar sem ver notícias das estrelas ou merchandising de todos os tipos.

E eu passei as últimas quarenta e oito horas me apaixonando por um homem que não apenas estava completamente fora do meu alcance como também nem mesmo jogava o mesmo jogo que eu.

Por que ele não me disse? Por que me deixou lhe contar todos os meus segredos, mas não me contou nenhum dos dele?

Eu entro na banheira e abro a torneira. Tenho que me recompor para minha sessão de fotos. Encolho-me. Os clientes de hoje são um casal, e vou ter que tirar fotos íntimas deles, encorajando-os a se amarem, serem românticos.

Merda.

Tomo um banho rápido, mas deixo a água cair no meu rosto por alguns segundos a mais. Vou ficar horrível com olhos vermelhos e inchados.

Depois de me secar e vestir, seco meu cabelo e o prendo num coque. Examino meu rosto. Sim, olhos vermelhos e inchados. Nem me importo em me maquiar e rezo para que meus olhos se acalmem nos próximos trinta minutos. Só tenho que sobreviver a essa sessão de fotos e então posso me encolher na cama e chorar por dias, se eu quiser. Só preciso passar por essas duas horas, sem pensar em Luke.

Coloco a cabeça para fora do banheiro, mas meu quarto está vazio. Graças a Deus. A parede perto da porta, onde Luke deu um soco, não ficou marcada. Ele não bateu com tanta força assim. Dou uma olhada pela janela. O carro de Luke já não está mais na entrada.

Ele foi embora.

Desço. Jules ainda está na cozinha, segurando uma caneca de café na mão, com lágrimas nos olhos.

— Natalie, me desculpa.

Ergo as mãos, me rendendo.

— Não é culpa sua. Mas não posso falar sobre isso agora, Jules. Tenho uma sessão de fotos em alguns minutos.

— Você está péssima, Nat.

— Pare, por favor.

— Você tem que falar com ele.

— Pare! Jules, não posso falar sobre isso. — Minha voz falha e eu respiro fundo, esperando que as lágrimas fiquem escondidas.

— Ok, conversaremos depois da sessão, então.

— Você não vai trabalhar? — pergunto.

— Eu pedi dispensa hoje. Vou ficar aqui com você. — Ela sorri.

— Eu te amo, Jules. — Eu me viro para sair, mas um pensamento me ocorre. — Pode me fazer um favor?

— Claro, o que é, querida?

— Tire tudo da minha cama e coloque os lençóis para lavar? — Eu não aguentaria sentir o cheiro dele mais tarde, quando me afundasse em meu momento de autocomiseração.

— Claro.

Foi a pior sessão de fotos da minha vida. Eu estava dispersa, triste e nervosa. O casal era ótimo, muito apaixonado, sensual, e eu sei que as fotos ficarão ótimas, mas me sinto mal por não ter sido a sessão divertida que eu normalmente faço, então vou lhes reembolsar inteiramente. É o mínimo que posso fazer.

Troco minha roupa para um short cáqui e uma regata azul, agradecendo a Deus pela minha melhor amiga ao ver que minha roupa de cama tinha sido trocada por uma lavada e passada. Meus músculos passaram a manhã inteira me lembrando das atividades noturnas, e, a cada instante, meu coração se partia um pouco mais.

No andar de baixo, eu pego meu iPhone para checar as mensagens e retornar ligações, sirvo-me de um copo de chá gelado da geladeira e me junto a Jules no quintal.

— Como foi? — ela pergunta.

— Péssimo — eu respondo, dando de ombros, e mergulho numa chaise de veludo vermelha.

— Eu lamento.

— Vou devolver o dinheiro, mas acho que eles ficarão felizes com as fotos. — Ligo meu telefone e respiro fundo.

— Tem certeza que quer checar as mensagens? — Jules pergunta, deitada na chaise ao meu lado. Seus olhos estão fechados e ela está pegando sol.

— Tenho que ver se algum cliente ligou. Vou ignorá-lo. — Me recuso a dizer o nome dele em voz alta.

Tenho sete chamadas perdidas, cinco mensagens de voz e três SMS me esperando.

Não há nada de Luke, e eu não consigo não me sentir desapontada. Ele disse que não precisava disso, então significa que está tudo terminado, certo? Pelo jeito, parece que sim. Luke Williams pode ter a mulher que quiser, por que iria querer a mim?

Desligo o telefone, jogo-o na mesa, do lado da minha bebida, e encolho meus joelhos, até que encostem em meu queixo, descanso minha testa neles e deixo que as lágrimas caiam com força total.

— Ah, querida, não chore. — Jules vem para minha chaise e passa seus braços em volta de mim.

— Eu me sinto tão idiota — murmuro contra seu ombro.

— Você não sabia mesmo quem ele era?

— Não. Ele está um pouco diferente — respondo na defensiva.

— Sim, está mesmo. Envelheceu bem. — Há um sorriso em sua voz, e eu não posso não deixar de concordar.

— É verdade. — Suspiro. — Mas é claro que agora eu percebo isso. Deveria ter entendido quando ele me assaltou na praia.

— Talvez você só esteja surpresa.

— Talvez, mas que desculpa eu tenho? Passei dois dias bem intensos ao lado desse homem, Jules.

— Ei, para de se martirizar. Você se divertiu com um homem doce e sexy por dois dias. Não é nenhum crime.

— Contei muitas coisas para ele. Falei sobre minha mãe, meu pai, o estupro, tudo. Até mostrei meu estúdio para ele.

Jules olhou para mim com olhos arregalados.

— Você até fez sexo na sua própria cama.

— Não me lembre disso.

— Como ele reagiu a tudo isso?

Eu me sento e tomo um gole do chá.

— Pareceu triste por mim, por mamãe e papai terem falecido. O estupro o enfureceu e ele disse que queria matar o filho da mãe. Ele realmente curtiu o estúdio e disse que era sexy e que eu sou talentosa.

— Bem, tudo isso parece bastante encorajador.

— E a noite passada foi... — Como eu posso descrever? — Fantástica e maravilhosa. Ele ama minhas curvas e quando me toca... uau! — Não consigo parar de sorrir e Jules sorri de volta.

— Você transou com Luke Williams! — E é aí que meu sorriso desaparece. — Me desculpa, mas me dê cinco minutos para desabafar. Ele é tão sexy nu na vida real quanto é nos filmes?

— Ele apareceu nu no filme? — eu chio.

— De costas, sim. Minha parte favorita.

Ah, eu definitivamente não gosto de saber que a América inteira viu a bunda de Luke.

— Acho que a bunda dele é mais bonita pessoalmente — respondo.

— Ah, você está me matando! — Parece que Jules tem quinze anos, e eu rio disso. — Você sabe, ele não fez nenhum filme novo desde o último Nightwalker, há cinco anos.

— Por quê?

— Não sei. — Jules dá de ombros e volta para sua chaise, tomando um gole do meu chá. — Dizem que uma fã maluca invadiu a casa dele e acabou se machucando.

Eu engasgo.

— E ele, se machucou?

— Não, acho que não. Acho que ele não estava em casa. Mas quem sabe o quanto as notícias desses tabloides são verdadeiras? Soube que ele saiu de L.A. e parou de atuar. Não fazia ideia que ele tinha se mudado para cá.

— Ele é daqui — digo a ela. — A família dele vive aqui.

— Ah, legal. — Jules olha para mim, especulativa. — Tem certeza que vai terminar com ele, Nat? Você deveria ter visto como ele saiu daqui esta manhã.

— O que ele fez?

— Bem, ele estava com uma expressão bem deprimida, mas você também estava. Ele começou a avançar, e tentei pará-lo antes que corresse atrás de você, porque eu sabia que não era a forma certa de amenizar as coisas.

— Não, eu não queria vê-lo.

— Ele estava um caos. Está louco por você. Acho que você deveria tentar conhecê-lo melhor, saber quem ele é de verdade, e lhe dar uma chance. — Eu franzo o cenho. — Aliás, eu nunca vi você agir dessa forma em relação a um homem. Não desista ainda.

— Ele mentiu pra mim, e você sabe como me sinto com mentiras.

— Ah, Natalie, pense. Já parou para pensar que talvez tenha sido legal ficar com alguém que não queria nada dele? Alguém que não o reconhecia, que não gritava e que não perguntava coisas estúpidas? Ele estava sendo só um cara normal saindo com uma garota normal. Eu não arruinaria isso também.

Penso bem no que Jules está dizendo e, sim, faz todo sentido.

— Mas ele poderia ter me dito, ao menos ontem. — Estou um pouco mal-humorada, mas não me importo.

— Você está certa. Mas deixe que ele se desculpe. Talvez você ganhe alguns bons presentes. Joias? Vinho? Flores? — Ela ri, e eu mostro minha língua para ela.

— Hoje não.

— Não faça joguinhos com ele, Nat.

Faço uma carranca.

— Não estou jogando nada. Ele me magoou. Só quero ficar com minha melhor amiga e fazer coisas de meninas hoje. Além do mais, quando ele saiu do meu quarto, disse que não precisava disso, então, estou presumindo que não está mais interessado.

— Ah, ele está interessado. — Ela afasta o pensamento com um gesto de mão. — Quer ir fazer compras? — ela pergunta, cheia de esperança.

— Não. Ironicamente eu quero ir ao cinema. Mas não quero ver nada que tenha Luke Williams.

— Tudo bem, não tem nada estrelado por ele passando mesmo... Acho que merecemos manteiga extra na pipoca.

— E nada de refrigerante diet. E só porque você o reconheceu antes de mim, você paga.

Jules faz um biquinho enquanto juntamos nossas coisas e entramos no carro, com destino ao cinema onde poderei me perder na história de outra pessoa por algumas horas e passar algum tempo com a pessoa em quem eu mais confio no mundo.

Capítulo Dez

Já é tarde quando eu e Jules chegamos em casa. O filme de ação que assistimos — com ninguém menos que Vin Diesel — era exatamente o que eu precisava para escapar da realidade por algumas horas. E eu acabei cedendo e indo fazer compras com Jules depois. Como eu, Natalie Conner, poderia dizer não para sapatos novos? São meu vício.

— Aquele Louboutin vermelho que você encontrou é demais! — Jules e eu estamos tirando as sacolas do porta-malas do meu Lexus.

— Eu sei. Me apaixonei por ele. Não sei quando vou poder usá-lo, mas não consegui resistir. — Pego a sacola dos sapatos e me encaminho para a porta da frente.

Paramos abruptamente quando vemos o que está nos esperando na entrada. Dúzias de buquês de rosas, de diferentes modelos, tamanhos e cores, todas cobrindo a varanda, os degraus da frente, toda superfície possível. O cheiro é maravilhoso. Deve haver cinquenta dúzias de rosas aqui, no mínimo.

— Ah, Natalie! — Os olhos de Julie se arregalam e seu rosto fica todo emocionado.

Não consigo evitar ficar um pouco emocionada também.

— Uau! — É tudo o que consigo dizer, além de me sentir aliviada. Talvez ainda não tivesse terminado? Caminhamos até os degraus, tomando cuidado para não amassar nenhuma flor, e vejo um envelope grudado à porta, com meu nome escrito nele.

— Aqui! — Jules o descola e o entrega para mim. Está escuro demais para enxergar direito, então entramos em casa e largamos nossas sacolas. Jules começa a pegar os buquês.

— Onde devo colocá-los?

— Hummm, eu não sei. Espalhe-os pela casa. — O sorriso dela é enorme.

— Ele é um pouco louco, hein, garota?

— Sim, ele é. — Sinto meu próprio sorriso se alargar e olho para o envelope, abrindo-o cuidadosamente.

Querida Natalie,

Aqui está uma rosa por cada vez que pensei em você hoje. Gostaria que conversasse comigo e me deixasse explicar por que não te disse quem eu sou, e estou profundamente arrependido que tenha descoberto por sua amiga. Tenho muito a explicar, e espero que me dê uma chance de te compensar por isso.

Por favor, me ligue quando ler este bilhete.

Seu,

Luke.

Ah, sim, ele é um sedutor. Coloco o bilhete em meu bolso e ajudo Jules a colocar todas as flores para dentro, espalhando-as pela casa. Parece que haverá um funeral ou um casamento no meio da minha sala de estar, mas isso me faz sorrir.

— Viu? — Jules sorri. — Eu disse que ele é louco por você.

— Ou só é louco mesmo.

— Acho que você deveria ligar e agradecer a ele.

— Sim, mamãe. — Reviro os olhos. Trancamos a porta assim que o último buquê é trazido para dentro e eu olho ao meu redor. — Pode levar algumas para o seu quarto.

— Você nem precisa falar duas vezes. — Jules pega um buquê com cada braço e vai para o segundo andar com suas compras.

Pego meu telefone, que ficou desligado o dia inteiro, meus sapatos novos e um lindo buquê de rosas vermelhas, com pérolas grudadas em suas pétalas, e vou para meu quarto. Tiro minhas sandálias, coloco o vaso no criado-mudo e os sapatos novos em sua casa nova, no meu closet. Voltando às flores, não consigo resistir, dou uma boa olhada nelas e afundo o meu nariz numa das pétalas, sentindo o delicado cheiro do florescer. Encontro outro bilhete, preso nos caules, e o puxo, sentando na cama para lê-lo.

Estas me lembraram suas maravilhosas pernas longas e os deliciosos lábios vermelhos. E, um dia, eu adoraria vê-la vestida com nada mais do que pérolas.

Ah, meu Deus! É assim que as pessoas se sentem quando são cortejadas? Eu não saberia diferenciar, mas gosto disso. E começo a pensar que ele me cortejou desde o início: o delicioso jantar em sua casa, os momentos que passamos em seu deck, observando o pôr do sol, nosso piquenique de ontem. Ele estava certo quando disse que fez amor comigo na noite passada. Sexo nunca foi tão íntimo para mim.

Mas ele mentiu, mesmo que tenha sido por omissão, e isso estraga tudo para mim.

Decido lhe dar uma chance de se explicar. Vou até sua casa amanhã e vou ouvir o que tem para me dizer. Já sinto falta dele, de seu toque, de seu sorriso, de sua risada, da textura de seus cabelos loiros e macios em meus dedos. Desesperadoramente quero que algo de bom aconteça com esse homem, e é isso que me assusta, até mais do que seu status de celebridade e o fato de que ele poderia namorar qualquer mulher magra e glamurosa do planeta.

Se levarmos as coisas muito adiante, ele pode me magoar.

Mas o pensamento de não vê-lo nunca mais faz meu peito doer.

Pego meu telefone e o bilhete que estava na porta da frente, do meu bolso. Ligo o telefone e impacientemente espero que ele acenda.

Três chamadas perdidas, duas mensagens de voz e duas de texto. Nada do Luke.

Mas as mensagens de voz são de clientes, então, eu as salvo e lembro a mim mesma de ligar amanhã para eles e para os outros quatro que ligaram de manhã.

Eu busco o telefone de Luke na agenda e aperto "ligar".

Ele atende ao primeiro toque.

— Oi — ele diz, suavemente.

— Oi — eu murmuro, com meus olhos fechando ao som de sua voz. — Obrigada pelas lindas flores.

— Gostou delas? — Eu o ouço sorrir.

— São maravilhosas. E exageradas. — Não consigo não rir.

— É que eu pensei muito em você hoje.

— Parece que sim.

— Natalie, me desculpe...

— Não, Luke. — Eu o interrompo; a agonia em sua voz me arruína. — Também peço desculpas. Acho que exagerei um pouco.

— Não, eu entendo. Eu deveria ter te contado ontem.

— Sim, deveria. — Eu suspiro. — Não quero falar sobre isso pelo telefone. Você vai estar ocupado amanhã de manhã?

— Você quer me ver amanhã? — Ouço a excitação em sua voz e me derreto ainda mais.

— Bem, estava pensando que poderia ir à sua casa para conversarmos.

— Sim. Venha agora.

Eu rio e me viro de lado na cama, sentindo meu estômago começar a se acalmar pela primeira vez desde de manhã.

— Estou cansada e não acho que estou pronta para uma conversa longa hoje à noite.

— O que você fez hoje? — ele pergunta.

— Jules e eu fomos fazer compras. — Devo lhe dizer sobre o filme?

— O que você comprou? — Deus, adoro a voz sexy dele!

— Sapatos.

— Você gosta de sapatos?

— Sou uma mulher. Sou desesperadamente e irrevogavelmente apaixonada por sapatos.

— E como são seus sapatos novos?

— São stilettos vermelhos, Louboutins. — Sorrio pensando nos meus sapatos novos e sexy.

Ele assobia.

— Uau!

— Sim, eles são uau. — Rio.

De repente, ele fica quieto e penso que a ligação caiu.

— Luke?

— Sim, me desculpa, estava imaginando você usando nada mais do que esses sapatos e pérolas.

— Uau — eu murmuro.

— Sim, seria uau. — Sua voz fica baixa, eu o ouço sorrir e desejo tocá-lo. — O que mais você fez hoje? — ele pergunta, interrompendo meus pensamentos.

— Bem, ironicamente, eu fui ao cinema.

Eu o ouço engasgar.

— Pensei que não costumasse ir ao cinema.

— E não costumo, mas tive uma manhã difícil e queria esquecer de tudo por um tempo, então, tivemos uma overdose de pipoca, refrigerante e do peito nu do Vin Diesel.

— E foi bom?

— O peito nu do Vin Diesel é sempre bom — respondo com altivez.

— Está me magoando, Natalie.

— O peito nu do Luke é melhor — sussurro.

— Assim está melhor — ele sussurra de volta.

— Gosto quando você sussurra.

— Gosta? Por quê?

— É sexy.

— Sério?

— Muito sexy. — Ah, eu adoro essa paquera que fazemos.

— Vou me lembrar disso.

De repente, eu gostaria de ter aceitado a proposta para ir para a casa dele agora, mas, antes que eu me faça de tola e comece a implorar, termino a ligação.

— Nove horas, amanhã? — pergunto.

— Vou estar com o café da manhã pronto — ele murmura.

— Boa noite.

— Boa noite, linda.

Acordo com o barulho incessante da campainha. Olho para o despertador. Quem poderia estar tocando a porcaria da campainha às sete e meia da manhã? Eu pego minhas calças de ioga e uma camisa, e marcho irritada para o primeiro andar.

Parada à minha porta está uma garota loira, de mais ou menos dezesseis anos, segurando um copo da Starbucks para viagem e uma única rosa vermelha.

— Você é a Natalie? — ela pergunta com um sorriso.

— Sim.

— São pra você. — Ela está empolgada enquanto os entrega para mim.

— Ah, obrigada. — Eu os pego, encostando a rosa no meu nariz.

— Tem um bilhete também. — Ela o entrega para mim e bate palmas. — Essa é a coisa mais romântica que eu já vi na vida!

Eu rio de sua empolgação e abro a porta um pouco mais para que ela possa ver as dúzias de buquês de rosas na sala de estar. Seus olhos quase saltam das órbitas.

— Puta merda! Uau! Você é muito sortuda. Tchau! — Ela acena e vai embora.

Tomo um gole do café — Ah, Deus, está muito bom. Como ele sabe que Mocha é o meu favorito? — e abro o bilhete.

Bom dia, linda.

Só uma coisinha de nada para que comece bem o seu dia.
Mal posso esperar para te ver.

Luke.

Jesus Cristo, ele é tão doce. Jules desce as escadas bocejando.

— Quem era na porta?

— A Starbucks entrega? — pergunto.

— Ah, quem me dera. — Ela vê o café e a rosa.

— Uma garota acabou de entregar.

— Jesus, isso está começando a me deixar enjoada. — Jules vai para a cozinha e eu rio, seguindo-a.

— Vou vê-lo esta manhã.

— Ótimo. Não quero os detalhes. — Ela começa a fazer o próprio café. — Espera. Você é a única que está transando aqui. Sim, eu quero os detalhes. E fotos.

Eu sorrio e aproximo meu nariz da rosa outra vez.

— Não vou transar com ele. Só vamos conversar.

— Ah, claro.

— Sim, é verdade.

— Ok. Depois me conta como foi. — Ela coloca o café para fazer e então sorri para mim. — Fico feliz que esteja dando uma chance a ele.

— Só porque ele é o Luke Williams?

— Não, porque ele é um cara legal que finalmente te trata do jeito que merece ser tratada.

— Onde estou me metendo?

— Em algo divertido. — Ela dá de ombros. — Pare de ficar pensando e apenas aproveite.

— Ok. Vou tomar um banho e sair para tomar café da manhã.

— Se cuida. E me liga.

— Sempre me cuido — respondo.

Estou parada na frente da porta de Luke antes de tocar a campainha. Minha roupa está exagerada? Olho para meu vestido de verão amarelo e minhas sandálias pretas de tiras. O verão parece estar tramando alguma vingança, e o dia vai ser quente. Talvez eu devesse ter colocado um short.

Talvez, eu devesse parar de procrastinar e decidir tocar logo a porcaria da campainha.

Alguns segundos depois, Luke abre a porta e, antes que eu possa dizer qualquer coisa, ele me toma nos braços e me beija com uma urgência que eu nunca senti antes. Ele passa uma mão pelas minhas costas, puxando-me mais para perto. Sua outra mão se coloca na lateral da minha cabeça enquanto sua boca se move pela minha, de um lado para o outro, sua língua dançando e se movendo contra a minha.

Ah, Deus, como senti falta dele! Só faz vinte e quatro horas, mas parece que já não o vejo há dias. Passo minhas mãos por suas costas, por sob sua camisa, sentindo sua pele macia, e gemo contra sua boca.

Ele desacelera o beijo, gentilmente tocando meus lábios com os dele, e, quando abro meus olhos, sua testa está descansando na minha.

— Estou aqui.

— Graças a Deus. — Ele dá um passo atrás e eu deixo que meus olhos passeiem por ele. Seu corpo está maravilhoso em uma camisa branca de botões, com as mangas arregaçadas até os cotovelos, além de uma calça jeans. Está descalço. Seu cabelo está bagunçado e sexy, implorando por meus dedos.

— Você está fantástica. Venha, sinta-se em casa. — O cheiro que vem da cozinha é maravilhoso, e eu sinto meu estômago roncar.

— Você está cozinhando? — pergunto, olhando para ele.

— Eu te prometi café da manhã.

— Você me enviou café, o que foi delicioso e inesperado. Obrigada.

— Me inclino e o beijo castamente na boca.

— De nada. — Ele sorri. — Espero que goste de torradas francesas, bacon, frutas e café.

— Perfeito.

— Está tudo servido lá fora.

Eu o sigo para seu deck magnífico e ele gesticula para que eu tome a dianteira. Será que eu estive aqui há poucas noites mesmo? Parece que foi há muito tempo, pois tantas coisas aconteceram desde então.

A mesa está coberta por um tecido branco. A comida está disposta em pratos, sob tampas de prata. Há café e suco, mas o que chama minha atenção são as rosas vermelhas. Três dúzias de rosas vermelhas, em três buquês separados, estão colocadas a uma certa distância da mesa.

Lágrimas surgem em seus olhos, enquanto sinto a mão de Luke em meus ombros por detrás de mim. Ele se esforçou tanto! Mesmo depois do jeito que falei com ele ontem.

Eu me viro em seus braços e olho para seus olhos azuis intensos.

— Obrigada, mesmo.

— É um prazer, querida. Eu disse no carro que faria muitas coisas por você. Acostume-se com isso.

Nem sei o que dizer. Ele me puxa para um abraço e beija minha testa.

— Vamos comer. Estou faminto.

Sentamos nos mesmos assentos da outra noite. Ele descobre nossos pratos, e sinto o maravilhoso cheiro, apreciando-o.

— O cheiro está fantástico. — Jogo um pouco de calda quente nas minhas torradas francesas e pego um pedaço de bacon. — Hummm... bacon.

Ele ri e pega um pedaço de seu próprio bacon.

— Adoro observar você comendo, amor.

— Por quê? — pergunto com minha boca cheia da torrada deliciosa e macia.

— Porque você é honesta com isso. Como com tudo que você faz, eu acho. Adoro que você saiba apreciar a comida.

— Com certeza. Já viu o tamanho da minha bunda?

Seus olhos brilham conforme ele olha para mim por cima da caneca de café.

— Não se deprecie desse jeito quando estiver perto de mim, Natalie.

Puta merda.

Eu franzo o cenho e olho para meu prato.

— Não sei quantas vezes mais vou ter que te dizer o quão linda eu acho que você é, tire isso da cabeça.

— Luke... — Ele estende seus longos dedos e segura meu queixo, inclinando minha cabeça para trás para que possa olhar nos meus olhos.

— Olha pra mim. Não há nada de errado para que se sinta desconfortável a respeito do seu corpo. Coma o que quiser. Adoro vê-la comer. Adoraria malhar com você, porque adoro observá-la se mover. Suas curvas são lindas e mal posso esperar para colocar as mãos nelas novamente.

— Ok.

O que mais eu poderia dizer?

— Você está tentando ajudar a florista a mandar a filha para a faculdade? — pergunto, tentando distraí-lo.

Luke ri da minha brincadeira, e eu relaxo um pouco. Realmente preciso tomar cuidado com o que digo a respeito do meu corpo quando estou com ele. Nunca tive esse tipo de problema com os homens, porque, provavelmente, não me importava com o que eles pensavam de mim. Eles podiam ficar ou irem embora.

Mas quero que Luke fique.

— Obrigada pelo café da manhã. — Eu pego meu café e me encosto na cadeira, admirando a vista da água e dos barcos navegando por ela.

— De nada. — Ele se levanta e estende a mão para mim. — Venha, vamos ficar mais confortáveis para aquela conversa.

Uau, eu não vou ter que arrancar a conversa dele! Isso é bom. Pego sua mão e abandono meu café, mas levo o suco de laranja e o sigo até o sofá de dois lugares de veludo. Sento-me de frente para ele e espero que comece.

Luke se senta na beirada do sofá e passa a mão no cabelo. Está agitado, provavelmente nervoso. Realmente não sei o que dizer para facilitar as coisas. E quero desesperadamente que ele comece a falar.

— Ei — eu digo e entrelaço meus dedos nos dele. — Tudo bem. Me fala o que te deixar mais confortável, e começamos por aí.

Seus olhos estão preocupados e sua testa está franzida enquanto ele se encosta e beija minha mão.

— Primeiro de tudo, eu não quis mentir para você. — Ele olha fixamente em meus olhos. — Eu deveria ter sido honesto com você desde a primeira noite que veio aqui, mas, francamente, eu fiquei tão vidrado em você... Você me faz esquecer meu próprio nome, às vezes.

Então, ele tem um problema, hein?

— Obviamente, na manhã em que nos conhecemos, eu pensei que estivesse tirando fotos de mim. Isso não acontece mais com muita frequência, mas às vezes acontece e eu entro em pânico.

— Eu nunca tiraria uma foto sua sem permissão.

Ele aperta minha mão e sorri de forma triste.

— Obrigado — ele murmura. Respira fundo e continua. — Alguns anos atrás, as coisas ficaram muito loucas. Os paparazzi podem ser impiedosos e, às vezes, os fãs são piores. Nunca gostei de multidões, e nem sei por que, mas ser literalmente perseguido pela rua por centenas de pessoas regularmente ocasionou uma fobia. Por cinco anos, cada momento da minha vida foi documentado.

Ele se vira novamente para mim, seus olhos arregalados e assombrados.

— Eu não podia ter uma namorada, mesmo se quisesse uma. Nunca tinha um momento para mim mesmo.

— Acho que li alguma coisa sobre você namorar a sua parceira no filme... Meredith alguma coisa.

Ele nega com a cabeça, cheio de frustração.

— Foi tudo fabricado pelo bem dos filmes. Pela publicidade. O estúdio te domina quando você estrela um filme com orçamento alto, Nat. Eles ditam com quem você deve ficar, o que deve fazer, onde deve ir. Eu era muito jovem para entender o que isso significava. Meredith é legal, mas nunca foi minha namorada, e esse é só mais um exemplo de quão rudes os paparazzi são. Eles são capazes de distorcer qualquer coisa até que consigam a história que querem, que é muito melhor que a verdade sem graça. — Ele engole em seco e franze o cenho, e então seus belos olhos azuis encontraram os meus novamente. — Se você tiver alguma pergunta sobre o meu passado, pode me perguntar. Não fique procurando por respostas na internet.

Nossa!

— Ok.

— Isso é importante. Poderia fazer com que terminássemos, e eu me recuso a perder você por causa de algo que já não faz mais parte da minha vida.

— Ainda noticiam coisas sobre você? — pergunto.

— Às vezes, mas com menos frequência. Graças a Deus.

— Você já não faz mesmo nenhum filme há cinco anos?

— Já não atuo em nenhum há cinco anos — ele responde.

— Por quê?

Ele passa a mão pelo cabelo de novo.

— Porque nem todo dinheiro é bom.

— O que isso significa?

— Eu ganhei muito dinheiro com esses filmes, Nat. Ainda ganho graças a merchandising, ao meu contador e aos meus advogados. E eu ainda poderia estar ganhando muito dinheiro atuando em filmes, mas qual é o custo disso? Ser perseguido e ter minha vida governada?

— E aqueles atores tipo Matt Damon e Ben Affleck? Eles parecem ter vidas bem privadas — indago.

Ele assente.

— Sim, eles têm, mas também estão um pouco mais velhos agora e não estão estrelando nenhuma comédia romântica para o público adolescente. Não são mais bons exemplos para isso.

— Então você não vai mais trabalhar com cinema? — pergunto, querendo saber mais, porque ele ainda não me disse o que vai fazer.

— Eu não disse isso.

Ah.

— Ok.

— Sou produtor agora, auxilio para que os filmes sejam feitos. Não sou mais ator.

— Então isso significa que você vai ter que se ausentar por longos períodos de tempo? — Tento afastar o pânico da minha voz, mas o sangue está correndo. Não quero que ele fique longe por muito tempo.

— Não, faço a maior parte do meu trabalho em casa. — Ele beija minha mão novamente. — Vou a Los Angeles ou Nova York por alguns dias de vez em quando, mas é só isso. Também trabalho com outros produtores que são capazes de colocar a mão na massa na maior parte do tempo.

— Ah. — Uau, ele realmente vive em um mundo completamente diferente do meu. — Eu tenho uma pergunta.

— Manda.

— Jules me disse ontem que soube que uma pessoa se machucou na sua casa.

Luke fica pálido e seus olhos de repente parecem enevoados.

— Sim. Eu estava em Nova York promovendo o último filme. — Ele engole em seco. — Uma garota bem jovem, uma fã, invadiu a minha casa. Ela a incendiou.

Eu engasgo.

— Ah, meu Deus.

— Não poderia ter sido pior, ela fez um péssimo trabalho, ficou presa na casa e acabou morrendo lá dentro.

— Puta merda, Luke.

— Quando soube, fiquei arrasado. É uma coisa muito louca, e acho que não nasci para isso. Outros atores lidam bem com esse mundo, mas não vale a vida das pessoas.

— Ela com certeza era uma menina problemática, querido.

Seus olhos fixam-se nos meus.

— Esta é a primeira vez que você me chama de alguma coisa que não seja meu nome.

Eu sorrio timidamente e encolho os ombros.

— Sim, ela era perturbada. Mas isso não muda nada.

— Você sente falta?

— Sinto falta do trabalho. Atuar é divertido, e eu gosto de pensar que sou bom nisso. Estar num set de filmagem é muito bom, e eu aprendi muito. Mas não sinto falta do resto.

— Ok, aí vai a pergunta de um milhão de dólares. Por que não me contou?

— Em um primeiro momento, eu não acreditei quando você disse que não me conhecia. — Ele sorri tristemente para mim. — Isso raramente acontece. E quando se tornou óbvio que era verdade, me sentir um pouco normal foi como uma lufada de ar fresco.

— Você não é normal, Luke, e eu digo isso como uma coisa boa.

Ele sorri.

— Você sabe o que quero dizer. Você não agiu como uma garota de quinze anos, como aconteceu com Jules ontem. Você pareceu gostar de mim, não do personagem de um filme.

— Nunca vi seus filmes. — Eu deixo isso bem claro.

— Adoro isso. — Sua voz soa completamente honesta.

— Mas você nunca iria me contar? Eu ia acabar descobrindo, mais cedo ou mais tarde. É contra esse pensamento que estou lutando, Luke. Foi por isso que enlouqueci ontem. Confiei coisas a você que não dividi com mais ninguém. Nem mesmo Jules sabe sobre as tatuagens.

Seus olhos queimam à menção das tatuagens, mas eu continuo.

— Depois da nossa conversa no carro, você deveria saber que eu tenho problemas para confiar nos homens. Em todos os homens. Não os mantenho na minha vida.

— Estou torcendo para que isso mude — ele sussurra.

— Não foi uma boa forma de começar a me convencer a mudar.

— Natalie, pense em todo o resto do tempo que ficamos juntos. Ainda sou o mesmo homem de antes de irmos para sua cozinha ontem. Gosto de cozinhar, acho seu trabalho sexy e não consigo manter minhas mãos longe de você. Sou apenas um homem.

— Eu sei.

— Você sabe?

— Sim. Não sou idiota. Mas você me conhece melhor do que ninguém, e em menos de uma semana. Não consigo deixar de me sentir um pouco tola. Ontem foi muito embaraçoso para mim.

— Foi embaraçoso pra mim também.

— Fico feliz que tenha acabado.

— O quê?

— Meu primeiro momento constrangedor na sua frente.

Ele sorri, mas é passageiro. Logo fica sério novamente.

— Podemos recomeçar?

— Não.

Seu rosto fica triste.

— Então está terminado?

— Não, eu não quero começar de novo porque isso significaria apagar tudo que tivemos e, honestamente, com exceção de ontem, os últimos dias foram muito bons. — Mordo meu lábio e olho para ele.

Seu rosto impossivelmente bonito se abre em um sorriso de parar corações. Deus, ele parece tão... alegre. Não consigo não fazer o mesmo.

— Natalie, estes foram os melhores dias da minha vida, e eu falo sério.

— Uau!

Finalmente ele me puxa para o colo dele e me abraça. Enterro meu rosto em seu pescoço, coloco meus braços ao redor dele e o abraço, inalando seu cheiro maravilhoso, beijando sua bochecha.

Eu me inclino e pego seu rosto nas minhas mãos, olhando em seus olhos profundamente.

— Só nunca atue comigo.

— Amor, você não precisa se preocupar com isso.

De repente, ele está me beijando e começamos a nos movimentar. Ele se levanta comigo em seus braços e se encaminha para dentro da casa. Está me carregando como se eu não pesasse nada, e isso é tão... incrível.

— Para onde vamos? — pergunto, tocando seus lábios.

— Minha cama.

Ah.

— Nós não lavamos a louça do café da manhã.

— Mais tarde.

— Podíamos ter ficado nus ali no deck mesmo.

Ele rosna.

— Não! Minha cama. — E vamos para o segundo andar. — Vou te despir para que possamos passar uma semana na cama.

Não consigo não rir.

— Tenho clientes na segunda.

— Ok, mas hoje e amanhã você é toda minha.

— Sua? — Ergo uma sobrancelha para ele.

— Minha — ele repete e me coloca gentilmente de pé, ao lado da cama. Depois, segura a barra do meu vestido e o tira pela minha cabeça.

— Minha nossa, você não está usando calcinha.

Eu sorrio.

— Não.

— Esse tempo todo você esteve sentada a centímetros de mim sem a porra de uma calcinha?

— Sim. — Eu rio e começo a desabotoar sua camisa. Seus olhos me fitam com mais intensidade e eu abro os botões, um por um. Tiro a camisa por seus ombros e ele a deixa cair no chão.

Então, coloco meu dedo entre sua cueca e sua pele, da mesma forma como fiz na outra noite, quando ele me parou. Seus olhos brilham de desejo, e ele não faz nada para me parar desta vez. Eu sorrio e passo a língua por seu lábio inferior. Deslizo meus dedos por seu abdômen até o zíper e abro sua calça jeans. Eu puxo o tecido e a cueca cinza por seus quadris estreitos e pernas. Ele dá um passo para sair delas e as chuta para longe.

— Agora você me pegou — murmuro e olho para seus olhos azuis acalorados.

Ele não me toca, o que está me deixando louca com a espera. Quero aquelas mãos experientes em mim!

— Adoro quando me olha assim — ele murmura e vem em minha direção. Dou um passo atrás e as costas das minhas pernas encontram a beirada da cama.

— Como estou te olhando?

— Seus lindos olhos verdes estão me olhando como se você ansiasse muito para eu te tocar.

— E é verdade.

— Deite na cama, amor.

Faço como ele pede e olho-o, aproveitando a bela visão que é Luke. Todo o sangue do meu corpo foi parar no meio das minhas pernas, o que me deixa ofegante. Tudo isso sem que ele me toque.

— O que está fazendo comigo? — pergunto, surpresa por ter dito tais palavras em voz alta.

Ele sorri e sobe na cama. Abaixa a cabeça e toca meus lábios com os dele; uma vez, duas vezes.

— Estou te seduzindo.

— Você é muito bom nisso. — Ele sorri, tocando meus lábios. Agarro seus quadris, mas ele se afasta, ficando fora do meu alcance.

— Ei!

— Agarre-se à cabeceira da cama.

— Quero tocar você.

Ele me beija suavemente outra vez.

— Confie em mim, amor. Agarre-se à cabeceira da cama.

Ergo as mãos e seguro a cabeceira da cama de madeira branca.

— Fique com as mãos aí, ok?

— Ok.

Ele sorri e beija meus lábios mais uma vez, e então meu queixo. Fecho meus olhos e inclino a cabeça para trás, dando-lhe acesso ao meu pescoço. Ele aproveita e me lambe inteira, até a altura da minha clavícula.

Ah, meu Deus!

Ele abaixa seu corpo em direção ao meu, enquanto vai descendo por meu corpo. Pega um seio em sua mão, segurando meu mamilo sensível entre seus dedos enquanto chupa o outro em sua boca, causando uma rápida sensação na minha virilha.

— Ah, merda! — Eu me inclino, afastando-me da cama, meu corpo ziguezagueando pela sensação. Ele assopra meu mamilo suavemente e vai para o outro para lhe dar a mesma atenção.

— Tão bonita — murmura, tocando meu seio. — Adoro seus seios. Eles cabem perfeitamente nas minhas mãos.

— Posso mexer minhas mãos agora?

— Nem pensar. Mantenha-as onde estão.

— Quero tocar você.

— Vai tocar, mas não se mova ainda.

Eu choramingo de frustração e ele começa a beijar meu torso outra vez. Luke lambe o piercing do meu umbigo.

— Isso aqui é demais.

— Eu estava pensando em tirar.

— Não, por favor, eu adoro.

— Ok — digo timidamente.

Ele sorri e se move para baixo, com sua mão correndo pela lateral dos meus quadris. De repente, ele agarra o interior das minhas coxas e as abre. Esfrega o nariz na tatuagem do meu púbis e geme.

— Quem você teve que perdoar, amor?

Eu engasgo e olho para ele com os olhos arregalados. Seus olhos encontram com os meus e fico mortificada ao sentir lágrimas surgindo no canto dos meus olhos.

— Eu mesma — sussurro.

— Ah, amor! — Ele beija minha tatuagem docemente, com seus dedos se movendo da minha coxa para o centro do meu corpo. Corre um dedo pela minha abertura, desde o meu clitóris até meu ânus, e eu choramingo.

— Ah! — Ah, meu Deus!

— Querida, você está tão molhada! — Sua língua segue seu dedo e meus quadris convulsionam. Ele segura minhas coxas com firmeza contra a cama, totalmente abertas para ele. — Tão doce. — Ele corre aquela língua gloriosa novamente até meus lábios e então a pressiona para dentro de mim, beijando-me intimamente como se estivesse me beijando no rosto, seu nariz pressionado contra meu clitóris.

— Puta merda! — eu grito e o sinto sorrir. Suas mãos se movem em torno da minha bunda, então, ele me ergue e pressiona seu rosto em mim, me levando à loucura. Ele esfrega seu nariz de um lado para o outro por cima do meu clitóris, enquanto sua língua se move dentro de mim e eu estou quase com medo do meu orgasmo. Ele vem forte, puxando-me enquanto minhas mãos ainda estão agarradas à cabeceira da cama, enquanto estou chamando o nome de Luke, ou acho que é isso que estou dizendo, de qualquer forma.

Acho que estou falando em outra língua.

Ele continua a doce tortura até que tremo pela última vez; então, ele beija meu corpo, parando para dar uma atenção especial a cada seio, e, finalmente, deitando-se sobre mim, descansando sua pélvis na minha, seus cotovelos em cada lado dos meus ombros. Seu pênis rígido está encostado em minha vagina muito molhada e, quando eu movo meus quadris para encaixar minhas pernas ao redor dele, sinto-o deslizando para cima e para baixo.

Os olhos de Luke se fecham.

— Meu Deus, Nat, você é tão gostosa.

— Você também. — Ergo meu corpo e beijo seus lábios, sentindo meu gosto neles.

Luke agora está movendo seus quadris, deslizando aquele pênis delicioso e grande pela abertura do meu corpo, mas ainda não o penetra em mim. A pontinha dele ainda está roçando meu clitóris, enviando faíscas de sensações por toda parte.

— Deixe-me tocá-lo — imploro.

— Deus, sim, me toque.

Aleluia!

Agarro seus cabelos em minhas mãos e puxo seu rosto para perto do meu. Ele me beija com voracidade, e, por mais que o que ele esteja fazendo seja fantástico, quero-o em mim.

— Luke — sussurro, tocando sua boca.

— O que você quer, amor?

— Você. Dentro. De. Mim. Agora. — Cada palavra sai pausada, entre beijos. Ele geme, bem do fundo de sua garganta, e finalmente desliza para dentro de mim.

Com força.

Minha nossa!

— Ah! — Ele está pulsando dentro de mim, muitas vezes, cada estocada mais forte que a anterior. Sua respiração está entrecortada. Agarro seu traseiro, empurrando-o mais para dentro. — Ah, Natalie, goze comigo, amor! — Suas palavras, sua voz, são minha ruína e eu explodo com ele. Sou pura sensação enquanto ele empurra para dentro de mim até o fundo, indo e voltando, enquanto se esvazia dentro de mim.

Passo meus dedos por toda sua coluna e os enterro suavemente em seu cabelo úmido enquanto ele estremece em cima de mim, sussurrando meu nome como se fosse uma oração.

Capítulo Onze

Adoro seu cabelo. Tem o comprimento certo para que eu possa entrelaçar meus dedos por toda sua maciez, várias vezes. Luke suspira em contentamento, com suas bochechas descansando sobre meu esterno, e eu o aninho em meus braços. Ficamos assim por um bom tempo, em um silêncio sociável.

Quando sua respiração desacelera, e eu acho que adormeceu, ele levanta a cabeça, beija meu peito onde sua bochecha estivera há pouco e nossos olhos se encontram.

— Fica comigo durante o final de semana.

— Achei que já tínhamos combinado isso — respondo.

— Tem razão. — Ele me beija rapidamente e sai de cima de mim, indo em direção ao banheiro. Sim, ele tem um belo traseiro.

— Tenho uma pergunta. — Chamo por ele.

— Manda — ele responde.

— Você usou algum dublê de bumbum em seu filme? — Enfio meu vestido pela cabeça e começo a pentear meus cabelos com os dedos, prendendo-os novamente em um rabo de cavalo.

— O quê? — Ouço a água correndo na pia, e ele coloca a cabeça para fora da porta. — Não.

— Ah! — E como eu me sinto a respeito disso?

— Pensei que você não assistisse filmes. — Ele abre um meio-sorriso para mim. Quase desmaio!

— Eu não assisto. Essa foi particularmente a cena favorita de Jules — explico.

— Ah... — Ele desaparece novamente dentro do banheiro por alguns minutos e então reaparece vestindo uma cueca vermelha limpa — de babar! — e pega seu jeans e camiseta branca de botão.

— Não sei como me sinto com isso — murmuro enquanto o observo se vestir.

— Por quê?

— Não sei se gosto de saber que todas as pessoas pelo mundo afora já viram a sua bunda.

Ele me tira da cama e me puxa para seu peito sólido, colocando suas mãos na curva das minhas costas.

— Por que, Natalie? Está com ciúme?

— De umas cem milhões de garotas cobiçando você? — Ergo minha sobrancelha. — Por que deveria ter ciúmes?

— Por absolutamente nada. — Ele gentilmente toca meus lábios com os dele, de uma forma que faz com que meus joelhos enfraqueçam. — Suas mãos e seus olhos são os únicos que quero em minha bunda, amor.

— Ok — sussurro contra sua boca. — Se vou ficar aqui o final de semana inteiro — dou um passo para longe de seus braços e seguro suas mãos nas minhas —, vou precisar passar em casa para pegar algumas coisas. Não estava planejando férias neste final de semana.

— Vamos lá agora, depois voltamos para cá.

— Você vai querer passar o final de semana inteiro dentro de casa?

— Boa parte dele, sim. — Ele leva minhas mãos aos seus lábios. — Podemos ficar aqui hoje, fazer o que você quiser fazer. Me deixe cozinhar e cuidar de você.

Meu queixo cai e sinto-me incapaz de articular palavras.

— E amanhã, quero que você vá à casa dos meus pais comigo para jantar.

— O quê?

— Eles fazem uma reunião de família todos os domingos, e acho que meu irmão estará na cidade este final de semana.

— Não posso conhecer sua família! — Tiro minhas mãos das dele e abraço minha própria barriga. *Conhecer a família dele!*

— Por que não?

— Você me conhece há menos de uma semana!

— E...?

— E...? E...! Luke...

Rapidamente, ele agarra minha mão outra vez e sorri preguiçosamente para meus olhos cheios de pânico.

— Vão ser só alguns hambúrgueres na grelha, Nat. Não é nada muito grande. Quero que conheça minha família.

— Não estamos indo rápido demais?

Ele faz uma carranca e olha para nossas mãos, depois me olha nos olhos outra vez.

— Você vai passar o final de semana comigo. Parte deste final de semana será uma tarde com minha família. Quero que esteja lá.

Ele quer que eu conheça sua família! Mal consigo focar minha cabeça nessa ideia. Mas ele parece tão esperançoso, e eu tenho que admitir que uma parte minha está muita curiosa para conhecer seus pais e ver como ele cresceu.

— Ok, eu vou.

Seus olhos se iluminam com uma empolgação infantil.

— Vai?

— Sim, não consigo resistir ao seu charme — murmuro sarcasticamente.

— Venha... — Ele dá uma palmada no meu bumbum e me conduz até as escadas. — Vamos pegar suas coisas antes que eu arranque esse vestido de novo.

Capítulo Doze

Estou sentada à mesa de Luke editando fotos. Passamos uma hora mais ou menos juntando minhas roupas, objetos necessários, meu computador, câmera e cartões de memória na minha casa, e depois passamos mais meia hora lavando a louça do café da manhã.

As coisas teriam progredido rápido se não ficássemos muito ocupados nos tocando, beijando e olhando um para o outro o tempo todo.

De repente, *Teenage Dream*, de Katy Perry, passou a fazer todo sentido.

Dou uma olhada por toda a sala de jantar, muito bem iluminada, até o sofá onde ele está sentado casualmente, com os pés descalços cruzados, com uma pilha de roteiros de filmes sobre a poltrona. Ele está com um dos roteiros sobre seu colo e está roendo a unha do polegar enquanto lê.

Me visualizo montada em colo e jogando o roteiro por cima do encosto do sofá e sorrio, mas volto às imagens na tela do meu computador.

Estou editando as fotos que tirei antes da minha briga com o Luke. Umas vinte e cinco delas são minhas favoritas, por isso, vou imprimi-las, emoldurá-las e oferecê-las para venda ao redor da cidade.

Enquanto fecho o arquivo contendo as fotos, sinto que Luke se levanta e vai em direção à cozinha.

— Quer alguma coisa para beber?

— Água, por favor. — Sorrio para ele e abro o próximo arquivo de fotos para editar.

Que vai ser muito mais divertido.

O casal que fotografei no dia anterior aparece na tela. Luke se posiciona atrás de mim e coloca minha água sobre a mesa.

— Uau!

Olho para ele e sorrio.

— Eles são bonitos, não são?

— São. Só precisam se soltar um pouco.

Rio.

— As vinte primeiras fotos sempre são descartadas em qualquer sessão. Leva mais ou menos esse tempo para que o cliente possa relaxar.

Eu passo umas vinte fotos e paro.

— Vê? Eles parecem nem perceber mais que estou lá. — A loira está usando uma cinta-liga preta. O homem é negro e está sentado na cama, de pernas cruzadas, e ela está em seu colo, com os braços ao redor de seu pescoço e os dedos em seu cabelo, beijando-o.

— Sim, muito melhor. — Ele começa a massagear meus ombros, enquanto me observa trabalhar.

— Quando tirou essas? — pergunta.

— Ontem. — Me inclino na direção de suas mãos e gemo. Ele é ótimo com as mãos.

— Depois da nossa briga. — Isso não é uma pergunta.

— Sim. Ah, Deus, não pare de fazer isso.

Ele beija minha cabeça e o sinto sorrir.

— Prefiro ouvir essas palavras saindo de sua boca deliciosa quando você está nua.

Eu rio e inclino a cabeça para trás, observando-o de ponta-cabeça.

— Mais tarde. Tenho que finalizar estas aqui. O cliente vai receber um reembolso, e quero que recebam as fotos o mais rápido possível.

— Por que vão receber um reembolso? Nat, as fotos estão fantásticas.

— Porque não foi a minha sessão de fotos divertida de sempre. Sinto-me mal.

— Sinto muito. — Ele beija minha cabeça outra vez.

— Não sinta. Eles vão ficar felizes com as fotos e por receberem o dinheiro de volta. Me dê uma hora.

— Ok, leve o tempo que precisar, querida. — Ele volta a ler seu roteiro, passando as mãos por seu cabelo desarrumado, e não posso evitar um sorriso, aproveitando nossa fácil convivência.

Dou os toques finais na última foto sensual dos meus belos clientes e sorrio de satisfação. Apesar do meu péssimo humor de ontem, mandei muito bem nestas fotos.

— Ok, venha ver.

Luke levanta graciosamente do sofá e se coloca atrás de mim, outra vez. Mostro-lhe todas as fotos finalizadas, orgulhosa de como ficaram.

— Estão maravilhosas. — Ele beija minha bochecha gentilmente, e eu sorrio abertamente, sentindo-me brilhar com seu elogio.

— Obrigada. Espero que eles gostem.

— Se não gostarem, são uns idiotas. Terminou por hoje?

— Sim, isso é tudo. Estou completamente livre, até minha sessão de segunda-feira. — Desligo o computador e levanto, espreguiçando-me. — Como vai sua leitura? — pergunto, gesticulando em direção à sua pilha de roteiros.

— Tediosa. Até agora só li porcarias.

— Nenhum blockbuster naquela pilha? — Passo meu dedo por sua bochecha, incapaz de parar de tocá-lo.

— Definitivamente não. — Ele se vira e beija a palma da minha mão, fazendo com que eu sinta meu corpo começar a cantarolar.

— Me desculpe se fui uma companhia entediante esta tarde. — Coloco as mãos em seus ombros e ao redor de seu pescoço, puxando-o mais para perto e beijando seu queixo.

— Não há nada entediante a respeito de você, amor. — Ele vira a cabeça, me dando acesso ao seu pescoço, e eu beijo-o castamente por toda a clavícula. — Mas agora que nós dois terminamos o trabalho...

— Sim? — Meus dedos estão em seu cabelo agora, puxando-o para baixo, para que seus lábios encostem nos meus.

— Podemos fazer algo mais energético.

— O que você tem em mente? — Adoro a forma como sinto suas mãos tocarem a curva das minhas costas enquanto ele me puxa mais para perto.

— Você ainda está nua por baixo deste vestido?

— Não sei — digo sarcasticamente e arregalo meus olhos. — Talvez você devesse checar.

— É um trabalho difícil, amor. — Ele segura minha saia com seus dedos, erguendo-a por cima dos meus quadris, e segura meu bumbum nu em suas mãos. — Adoro sua bunda. — Morde meus lábios e massageia meu bumbum ritmicamente. Hummm, é tão bom. Ele desliza uma mão para o meio das minhas pernas e coloca um dedo dentro de mim, me fazendo arquejar em seus braços.

— Ah, Luke.

— Você está tão pronta para mim, querida...

— Fiquei imaginando como seria se eu o atacasse no sofá enquanto você estava lendo.

— Ficou? — Seu sorriso demonstra muito prazer e ele continua a torturar-me com seu dedo.

— Sim, me deixou cheia de desejo.

— Porra, Natalie, só de olhar para você eu fico com tesão.

— Venha aqui. — Eu o guio até o sofá novamente e peço que ele se sente. Ele obedece e olha para mim com seus olhos azuis claros e cheios de luxúria.

Ao invés de montar nele, ajoelho entre suas pernas e busco o fecho de sua calça jeans.

— Você está usando muitas roupas. — Minha voz está ofegante.

Abro seu jeans e ele ergue os quadris para que eu possa tirá-los. Sua ereção se liberta, e ele já está duro e pronto para mim.

Lambo os lábios.

Até mesmo seu pênis é lindo, e esse é um pensamento que nunca tive. É grande, duro, aninhado em um punhado de cabelo loiro e crespo. Nada de depilação aqui, ele não precisa.

Passo minhas mãos por suas coxas e agarro-as. Ele segura a respiração por entre os dentes, enrijecendo os maxilares, e seus olhos se incendeiam.

Minhas mãos começam a se mover para cima e para baixo, e me inclino e o lambo com a pontinha da língua, sentindo um fio do líquido no final.

— Porra, amor...

Ele solta meu cabelo do rabo de cavalo e enrola os dedos nele, fazendo-me ficar mais ousada com a boca, movendo-a mais rápido e mais fundo, esfregando minha língua para cima e para baixo, por toda a impressionante extensão dele. Minha mão esquerda se move mais para baixo, agarrando suas bolas, o que o deixa louco.

— Chega! — Ele me agarra por debaixo dos braços, me erguendo e me colocando sobre ele, sentada em seu colo, penetrando-me suavemente, e eu agradeço por não estar de calcinhas por baixo do vestido.

— Ah!

— Preciso. De. Você. — Nossos olhos se encontram, com suas mãos em meus quadris, movendo-me para cima e para baixo como um ritmo torturante, penetrando tão fundo que chega a ser doloroso. Tiro meu vestido pela cabeça, e os lábios de Luke encontram um mamilo, sugando-o implacavelmente para dentro de sua boca.

Estou agarrando o encosto do sofá sobre sua cabeça, inclinando-me para trás, dando-lhe acesso irrestrito aos meus seios, rendendo-me ao aperto em meu ventre, à flexão de minhas coxas, explodindo, com meu corpo cantando por causa da sensação.

Luke me puxa mais para baixo, com força, esvaziando-se dentro de mim.

— Ah, sim, amor...

Estamos estendidos no sofá, deitados lado a lado. Luke está traçando as letras tatuadas em minhas costelas com as pontas de seus dedos.

— Esta é para os meus pais — sussurro.

— Por que esta frase? — ele sussurra em resposta.

— Porque é importante viver o momento. Ele pode acabar muito rápido.

— E por que a fez do lado esquerdo?

— Porque fica perto do coração.

Ele beija minha testa e corre os dedos para cima e para baixo em minhas costas, acalmando-me.

— Posso perguntar uma coisa sobre eles? — Deus, quando ele sussurra assim, pode me perguntar qualquer coisa que queira.

— Claro.

— O que aconteceu com eles?

Suspiro e beijo seu queixo.

— Morreram num acidente de avião há três anos, mais ou menos. Meu pai costumava pilotar e tinha um pequeno avião que usava em viagens de final de semana.

— É um hobby caro.

— Sim, mas ele podia pagar por isso. — Respiro fundo e olho para os olhos relaxados de Luke. — Acho que mencionei outro dia que ele era um advogado muito respeitado.

— Sim.

— Bem, ele era bom nisso. Se deu muito bem na profissão, portanto, quando eles dois morreram juntos, eu me tornei sua única herdeira.

— Ei, eu não estava perguntando sobre sua situação financeira. — Ele acaricia meu rosto com as costas de seus dedos.

— Eu sei. — Dou de ombros. — Bom, eles iriam passar o final de semana no México. Eu iria com eles.

Os braços de Luke se estreitam ao meu redor, e eu passo meus dedos pelo seu peito.

— Decidi no último minuto ficar em casa, porque tinha provas finais na faculdade, na semana seguinte.

— Sinto muito. — Ele pousa seus lábios em minha testa, enquanto eu me encolho em seus braços, absorvendo sua força, seu calor. — Eles deviam ser ótimas pessoas.

— Por que está dizendo isso? — Inclino-me, buscando seus olhos azuis.

— Porque você é ótima, amor.

Nossa, charmoso é um elogio que nem começa a descrever este

homem.

— Eles eram ótimos — sussurro. — Sei que meu pai sempre quis que eu fosse algo mais do que uma fotógrafa, talvez médica, advogada ou que trabalhasse com finanças; algo que pudesse me dar muito dinheiro. Mas você sabe de uma coisa?

— O quê?

— Nenhum dos dois questionou quando eu disse que queria tirar fotos como profissão. Eles só me amavam. Só queriam que eu fosse feliz. O emprego do meu pai era duro e exigia muito dele, e ele podia ser um filho da puta em um tribunal. Eu já o assisti em julgamento uma vez e nem sequer o reconheci. Quase me assustou. Mas quando estava em casa era tão gentil! Era um homem grande, alto, com mãos grandes. E sempre cheirava a amaciante de roupas e café. E mesmo quando eu já era crescida, ele nunca deixou de me colocar em seu colo e me abraçar.

Luke engoliu em seco.

— O que foi? — pergunto.

— Você não tem mais ninguém para cuidar de você.

— Tenho cuidado de mim mesma há muito tempo, querido. Mesmo quando meus pais ainda estavam aqui.

Ele fecha seus olhos brevemente e enrijece o maxilar, como se estivesse chateado ou frustrado. O que eu disse de errado?

Luke se inclina e toca meus lábios com os dele, deslizando-me para debaixo dele, e, gentilmente, delicadamente, faz amor comigo.

Capítulo Treze

Acordo sozinha no sofá. Um lençol fino me cobre, e ainda estou nua depois de fazer amor com Luke. Minha pele está sensível e quente sob o lençol. Sinto que poderia me encolher ali e dormir a noite inteira.

Uau! Nunca fiz um sexo tão gentil, doce e apaixonado antes e, preciso admitir, tenho muito a dizer sobre isso.

Sento e me espreguiço, olhando ao redor da sala de estar. Já está escuro lá fora, o que me surpreende. Por quanto tempo eu dormi? Aromas celestiais estão vindo da cozinha, mas Luke não está nela. Eu me levanto, enrolo o lençol no meu corpo e vou procurá-lo.

Enquanto marcho até a cozinha, consigo ouvir Luke falando e olho para o deck. Está sentado no sofá de dois lugares, falando no telefone. Viro-me para subir para o segundo andar e tomar um banho para lhe dar um pouco de privacidade, mas escuto meu nome e não posso evitar parar para ouvir o que ele está dizendo.

— Você vai gostar dela.

Será alguém da família?

— Não, Samantha, não é assim. Ela é diferente. Não a levaria para que conhecesse mamãe e papai se esse fosse o caso. Olha, eu só quero te avisar que vou levá-la amanhã. Já falei com mamãe, e ela está empolgada para conhecê-la. Não banque a irmã mais velha superprotetora amanhã. Por favor.

Não consigo evitar um sorriso.

— Estou falando sério, Sam. Também te amo. Te vejo amanhã.

Ele finaliza a ligação e passa a mão no cabelo, levantando-se para entrar na casa, e me vê logo na entrada. Sorrio para ele, dando uma boa olhada em sua beleza desarrumada, vestindo um jeans gasto e uma camiseta branca.

— Irmã superprotetora, hein?

— Você não faz nem ideia.

— Eu me garanto, Sr. Williams. — Ele se junta a mim dentro da casa, e abro o lençol para que ele possa envolver seus braços em minha cintura. Então, eu nos envolvo, passando o lençol por suas costas.

— Eu sei, mas ela pode ser um pouco dura. Eu e Sam sempre fomos particularmente próximos porque temos menos de dois anos de diferença de idade. Ela acha que precisa me proteger, por isso, não fique surpresa se ela não for legal com você amanhã.

— Ela nunca gostou das suas namoradas anteriores?

— Ela nunca conheceu nenhuma delas.

— O que quer dizer com isso?

— Nunca apresentei ninguém à minha família.

— Por que eu?

Ele se inclina e me beija daquela forma gentil só dele, me fazendo suspirar.

— Porque você não sabia quem eu era. E porque penetrou fundo em mim. Acho que nunca vou enjoar de você.

— Gostaria de te conhecer melhor — sussurro, intencionalmente mudando de assunto.

— Eu também, amor.

— Você me conhece melhor do que ninguém.

— Ainda tem muita coisa para aprender. — Ele tira fios de cabelo do meu rosto, e eu seguro seu punho para poder beijar a palma da sua mão.

— Por quanto tempo eu dormi?

— Uma hora mais ou menos.

— Está cheirando bem aqui. — Ele sorri para mim.

— Fritada está bom para o jantar?

— Hummm... parece ótimo. Tenho tempo para um banho antes?

— Claro, amor. Vá tomar banho que vou terminar de preparar o jantar. — Ele sai do lençol, me deixando sozinha nele.

— Vou me acostumar a ser mimada assim — brinco.

Eu me viro, encaminhando-me para as escadas quando o ouço sussurrar.

— Estou contando com isso.

O caminho até a casa dos pais de Luke é relativamente curto. Está uma tarde chuvosa de domingo, então estamos na Mercedes SUV de Luke. *Quantos carros ele tem?* Olho para minha esquerda e respiro bem fundo, tentando lidar com meus nervos. Meu estômago já deu um nó.

Estou apavorada por conhecer seus pais.

Este final de semana tem sido maravilhoso. Depois de jantar na noite passada, deitamos de conchinha no sofá e assistimos comédias antigas dos anos oitenta e rimos a noite inteira. Então, ele me levou para cama e fez amor comigo docemente, da mesma forma como fizemos no sofá.

Uau, ele sabe ser tão carinhoso. Impossível não lembrar de quando ele deu um tapa na minha bunda na primeira vez que fizemos amor, e me pergunto quando o fará de novo.

Variedade é o que apimenta a vida, afinal. Talvez a gente possa brincar quando voltarmos para a sua casa mais tarde.

Ele está tão lindo usando sua camiseta preta e outra calça jeans desbotada. Suas mãos fortes estão no volante, e eu chego a ter calafrios só de pensar em senti-las em mim.

— Está com frio? — Ele coloca a mão nos controles do ar-condicionado do carro, mas o impeço.

— Não, não estou com frio.

Ele olha para mim, em seguida, ergue uma sobrancelha.

— Amo suas mãos — digo enquanto entrelaço meus dedos nos dele. Ele os ergue até os lábios e beija meu punho.

— São apenas mãos. — Sorri maliciosamente, e meu estômago se aperta.

— Elas fazem loucuras comigo — sussurro.

— Comporte-se ou vou parar o carro e foder você aqui. — Engasgo com suas palavras. Aqui está uma atitude completamente diferente da noite passada. E, francamente, dá um tesão enorme. O desejo encharca a minha calcinha, e eu sorrio enquanto decido brincar um pouco com ele.

— Não faça promessas que não pode cumprir.

— Ah, querida, esta é uma promessa que eu definitivamente posso cumprir.

Agarro um fiapo imaginário do meu vestido vermelho de verão. Por cima dele, estou usando uma jaqueta jeans leve, por causa do tempo, e peep toes marrons.

— Prove.

Ele inclina a cabeça na minha direção e estreita seus olhos.

— O quê?

— Você me ouviu — sussurro e ergo a bainha do meu vestido até o topo das minhas coxas, penetrando meus dedos dentro da minha carne já sensível.

— Você quer foder dentro do carro no caminho da casa dos meus pais? — Sua voz é incrédula, mas seus olhos estão em chamas e sua respiração ofegante.

— Sim, por favor.

Ele pega a primeira saída da estrada e estaciona bem atrás de uma galeria. É um local fortemente lineado por árvores e não há trânsito de carros atrás do prédio alto. Ele estaciona e desliga o carro, puxando-me por cima do console para seu colo; uma mão mergulha dentro do meu cabelo enquanto a outra se posiciona em concha no meu traseiro.

— Você é tão gostosa. Quero você o tempo todo.

— Quero você também.

Estou ofegando e cheia de desejo, quero-o agora.

— Monte em mim, amor. — Luke inclina o banco para trás com o botão automático, e eu me encosto no volante enquanto ele abre as calças, liberando sua ereção. Ele agarra minha bunda com ambas as mãos, afasta minha calcinha fio dental para o lado e me abaixa sobre ele.

— Puta merda! Isso, Luke!

— Ahhhh! — Eu me movo para cima e para baixo violentamente no pequeno espaço do carro. Suas mãos continuam em minha bunda, guiando-me, nossos olhos presos e bocas abertas, buscando ar.

— Porra, eu vou gozar.

— Sim, amor, goze para mim. — Cavalgo sobre ele mais uma vez, duas, e então explodo, ordenhando seu pênis com meus músculos, e o sinto se desfazer sob mim, esvaziando-se.

Inclino-me para frente, descansando minha testa contra a dele, enquanto nossas respirações se acalmam.

— Puta merda, Nat, isso foi um pouco inesperado. — Saio de cima dele e volto para meu banco, ajeitando meu vestido.

— Te ver dirigir me excita.

— Bem, acho que vamos viajar bastante, amor. — Eu rio e percebo que isso acabou ajudando a acalmar meus nervos.

Luke fecha a calça, ajeita o banco e dá a partida no carro.

Chegamos na casa de seus pais pouco tempo depois, alguns minutos atrasados. Checo meu cabelo e maquiagem no espelho, reparando em meus olhos brilhantes e nas bochechas coradas, presentes de um sexo muito satisfatório dentro do carro.

— Nervosa? — ele me pergunta.

— Sim — admito e lhe ofereço um sorriso. Ele se inclina por cima do console e segura meu queixo entre seu polegar e seu dedo indicador, beijando-me gentilmente.

— Eles vão amar você. Não tem nenhum motivo para ficar nervosa.

— Espero que esteja certo.

— Vamos.

Ele sai do carro e dá a volta para abrir a porta para mim antes de me conduzir até a entrada da casa grande e linda.

É uma casa no estilo colonial com grama aparada e belos canteiros de flores.

— Sua mãe cuida do jardim? — pergunto.

— Ela é apaixonada por flores — ele responde e não posso evitar sorrir. — Que foi?

— Assim como seu filho. Minha sala de estar poderia rivalizar com o jardim dela agora mesmo. — Ele ri enquanto nos aproximamos da porta e beija minha mão.

— Está reclamando?

— Não, nem um pouco. — A porta vermelha se abre e uma mulher muito pequena e loira nos recebe com um sorriso enorme no rosto.

— Ah, querido, você chegou! — Luke se inclina para que ela possa beijar sua bochecha e a abraça calorosamente.

— Oi, mãe, quero que conheça Natalie Conner.

— Natalie, é um grande prazer. Seja bem-vinda à nossa casa. — Ela aperta minha mão calorosamente e eu gosto dela instantaneamente.

— Obrigada por me receber, Sra. Williams.

— Por favor, me chame de Lucy. Entrem, vocês dois.

Nós a seguimos pela vasta sala de estar, até a parte de trás da casa, onde eu presumo que seja a cozinha. Dou uma breve olhada no local, com móveis brancos e uma sala de estar formal e ampla. Luke ainda está segurando minha mão, beijando os nós dos meus dedos. Olho para ele, que sorri ternamente, mostrando-se feliz por eu estar aqui.

Deus, ele é lindo.

— Luke e Natalie estão aqui! — Lucy anuncia enquanto entramos na cozinha. Esta é ampla e bonita, em tons de marrom e bronze. As bancadas são de granito escuro, os eletrodomésticos são de inox e o fogão é enorme. Qualquer chefe de cozinha cobiçaria uma cozinha como essa. Há uma área de jantar casual, abrindo-se para uma sala de família com uma televisão grande e móveis convidativos em mais tons de marrom, cobre e bronze.

É incrível e confortável.

— Bem-vinda, Natalie. — Um homem loiro e muito alto está ocupado, trabalhando na cozinha. Ele seca sua mão em um pano de prato e dá a volta no balcão, em minha direção. — Estamos muito felizes em conhecê-la.

— Nat, este é meu pai, Neil.

— É um prazer conhecê-lo, senhor. — Ele aperta minha mão com firmeza e seus gentis olhos azuis sorriem para mim. Luke é uma cópia de seu pai.

O irmão mais novo de Luke, Mark, que também se parece com o pai e com o irmão mais velho, está ajudando Neil na cozinha.

— Ei, Natalie.

— Você deve ser o Mark. — Sorrio para ele, que assente.

— Sim, sou o mais bonito aqui, a não ser por você. — Ele sorri para mim maliciosamente, e não consigo não rir. Os homens Williams são todos bonitos como o pecado e charmosos demais!

— E esta — Luke nos interrompe, olhando para seu irmão mais novo — é minha irmã, Samantha.

Samantha está sentada em um dos sofás de veludo, com um iPad no colo e uma taça de vinho na mão. Ela é simplesmente linda e pequena como a mãe: loira e de olhos azuis, com feições delicadas, mas seus olhos são perspicazes, e ela não está sorrindo ou me dando boas-vindas.

— Natalie. — Ela me cumprimenta com a cabeça e então volta para seu impressionante pedaço de tecnologia.

Olho para Luke, mas ele está olhando para Samantha. Posso sentir a tensão nele e me lembro da ligação na noite passada, então, aperto sua mão e ele olha para mim. Claramente, Samantha vai ser a mais difícil de conhecer naquela família.

Eu dou de ombros e sorrio para ele, e ele sorri de volta, com um pouco da tensão deixando seus ombros.

— Natalie, venha se sentar comigo à mesa para conversarmos, enquanto os rapazes cozinham. Luke, pegue um avental, filho. Acho que seu pai precisa de ajuda com os bifes.

— Não preciso de ajuda nenhuma. — Neil parece afrontado, mas posso adivinhar que essa é uma piada interna da família. — Posso preparar um bife muito bem.

Lucy revira os olhos, enquanto me guia até a mesa de jantar.

— Gostaria de uma taça de vinho, querida?

— Sim, por favor.

Acomodamo-nos à mesa com nossas bebidas, e eu dou um bom gole, mentalmente me preparando para o interrogatório que está por vir.

— Então me diga, o que você faz, Natalie?

— Sou fotógrafa. — Olho para Luke, que está na cozinha com seu pai, e minha boca fica um pouco seca ao ver os três homens tão bonitos e viris circulando pela cozinha. *O que há de tão sexy em um homem cozinhando?*

— Ah, que interessante. Que tipo de fotografia você faz? — Lucy apoia os cotovelos na mesa e dá um gole no vinho. Ela está genuinamente interessada em mim, e isso me relaxa.

— Normalmente tiro fotos da natureza. Moro na praia de Alki, não muito longe de Luke, então tenho muitas oportunidades de tirar fotos do mar, barcos e coisas assim. — Dou mais um gole no vinho e Luke me olha com um sorriso malicioso. Logo ele volta a cortar alguma coisa.

— Adoraria ver alguns de seus trabalhos. Você tem um site?

— Não. Eu vendo meu trabalho em lojas lá pela praia de Alki e no centro de Seattle, perto do Mercado Pike.

— Vou procurar por eles. — Lucy sorri, e eu me inclino para que somente ela possa me ouvir.

— Tenho que te agradecer — sussurro.

Seus olhos se arregalam de interesse e seu sorriso se alarga.

— Por que, querida?

— Obrigada por ensinar seu filho a cozinhar. Ele é ótimo na cozinha.

Ela ri, uma risada com vontade, e pega minha mão na dela.

— Ah, querida, não há de quê.

Eu olho para a cozinha, e Luke está olhando para nós de boca aberta. Ele franze o cenho e sorri para mim.

— O que vocês estão cochichando?

— Nada — Lucy responde imediatamente. — Como vai o bife?

Estamos todos sentados à mesa do lado de fora da cozinha. Neil está em uma extremidade, e Lucy na outra. Estou sentada à direita de Neil, com Luke ao meu lado e Samantha e Mark estão do outro lado.

Os homens prepararam bifes de costela, batatas coradas e aspargos assados com alho e bacon. Luke reabastece minha taça de vinho enquanto serve os pratos e os passa ao redor da mesa.

— Então, Natalie... — Neil me passa uma cesta cheia de pãezinhos. — Você é daqui de perto mesmo?

— Sim, cresci em Bellevue.

— Ah! Não é longe daqui. Será que conheço seus pais?

O garfo de Luke para no meio do caminho entre o prato e a boca por causa da pergunta de seu pai.

— Pai...

— Não, tudo bem — murmuro suavemente e sorrio para o pai de Luke. — Meus pais morreram alguns anos atrás, mas talvez você os tenham conhecido. Jack e Leslie Conner.

As sobrancelhas de Neil se erguem.

— O advogado Jack Conner?

— Sim, senhor. — Pego um bife.

— Ele fez um trabalho conosco, na Microsoft, uma vez.

Ergo meus olhos e reparo na leve carranca de Samantha, antes que ela suavize seu rosto em uma perfeita expressão neutra, depois, bebe quase metade da taça de vinho com apenas um gole. Ela enche a taça novamente e bebe um pouco mais.

— Lamento saber sobre seus pais, Natalie — Lucy diz suavemente. — Soube de sua morte no noticiário na época.

— Obrigada. — Quero desesperadamente mudar de assunto, então Mark vem ao meu resgate.

— Como vocês dois se conheceram?

Sorrio presunçosamente para Luke e eu mesma respondo.

— Luke tentou me assaltar uma manhã.

Todos os olhos vão parar em Luke e não posso segurar uma gargalhada. As faces de Luke enrubescem enquanto olha para mim.

— Você deve saber que meu irmão não precisa assaltar ninguém. — A voz de Samantha é fria e desdenhosa, e ela claramente não me acha engraçada.

— Ela está brincando, Sam. — Luke pega minha mão por debaixo da mesa, e eu volto a comer com a mão esquerda, feliz por estar com a direita entrelaçada na dele.

— Eu estava tirando fotos da praia, e ele, erroneamente, achou que eu estava tirando fotos dele, então, se aproximou de mim. Bem irritado, aliás.

Lucy olha para seu filho como se soubesse exatamente como ele era, depois olha de novo para mim.

— E como você reagiu, Natalie?

— Fiquei irritada também. Pensei que ele estava roubando minha câmera.

— Você realmente achou que Luke Williams estava tentando te assaltar? — A voz de Samanta soa incrédula.

— Eu não sabia quem ele era. — Dou de ombros e tomo um gole do vinho.

— Sei... — ela duvida.

— Samantha... — O tom de aviso de Luke soa despercebido por sua irmã levemente embriagada.

— De qualquer forma — continuo —, acabamos nos esbarrando um pouco mais tarde no mesmo dia, quando ele estava procurando um presente para o seu aniversário.

— O que estou reconsiderando, por causa de seu comportamento — Luke acrescenta.

— Então você está querendo me dizer que não sabe a profissão do meu irmão? — Seu rosto torna-se hostil.

— Samantha, o que há de errado com você? — O rosto de Lucy está vermelho, e ela está visivelmente envergonhada com a performance da filha.

— Claro que agora eu sei qual é a profissão de Luke, Samantha — respondo antes que ela possa falar. — Mas não o reconheci, num primeiro momento.

— Então você não está trepando com o meu irmão por ele ser um homem rico e uma estrela de cinema?

Puta merda.

— Samantha!

— Mas que merda!

— Ah, meu Deus!

A família Williams inteira começa a gritar com a irmã de Luke em uníssono, mas ela permanece firme, com os olhos faiscando na minha direção. De forma fantástica, eu respiro fundo e encontro um estado zen que é completamente novo para mim.

Agarro a coxa de Luke quando ele levanta da cadeira cheio de fúria.

— Samantha, mas o que deu em você?

— Luke, pare.

— Não, Nat, eu não vou deixar que falem com você assim, muito menos alguém da minha família.

— Ei! — Eu aperto sua coxa outra vez e sinto os olhos de todos em mim quando olho para ele.

Viro-me novamente em direção à sua irmã e sei que meus olhos traem minha calma aparente. Estou muito puta da vida.

— Primeiro de tudo, e eu digo isso sem desrespeitar sua família, Luke, como você ousa falar algo assim do seu irmão?

Samantha engasga, e eu continuo:

— Você não está só insinuando que eu sou uma prostituta, mas também está presumindo que seu irmão tem a inteligência de merda, por estar com uma mulher que quer tirar vantagem dele por ser uma celebridade ou por causa de seu dinheiro. Está insinuando que ele aceitaria isso. Não quero e nem preciso do dinheiro de Luke. Não que isso seja da sua conta, mas vivo muito bem, obrigada. Nunca vi os filmes dele, mas não duvido que seja muito talentoso. O que sei é que ele é bastante inteligente, é honestamente o homem mais gentil que já conheci e é bonito por dentro e por fora. Não vou tolerar que ninguém fale assim dele, Srta. Williams.

Afasto minha cadeira da mesa e me levanto.

— Natalie... — Luke agarra minha mão, e eu a aperto, tranquilizando-o.

— Tem algum banheiro onde eu possa me recompor? — pergunto a Lucy.

— É claro, querida, no final do corredor à esquerda.

Olho para Luke, pedindo silenciosamente que ele tenha calma, depois inclino-me para beijar seus lábios.

— Já volto.

Enquanto caminho pelo corredor, tentando parecer mais calma do que realmente estou, escuto a mesa inteira irromper em raiva pela irmã de Luke.

Talvez eu devesse ter mantido minha boca enorme calada, mas ela me deixou tão irritada! Não sei qual é o seu problema comigo, mas está sendo completamente hostil a noite inteira. E o último comentário me levou ao limite.

Tenho certeza de que seus pais agora me odeiam por punir verbalmente sua filha à mesa. Apesar disso, eles pareciam estar mais chocados do que qualquer coisa enquanto estava acontecendo, e Mark abriu um enorme sorriso enquanto eu caminhava para longe da mesa.

Ai, como vou voltar para lá e encará-los?

Respiro profundamente cinco vezes. Os tremores começam a parar, e não sei por quanto tempo fiquei trancada no banheiro. Abro a porta e começo a jornada de volta à mesa.

Antes que possa virar na curva, ouço a voz suave de Lucy.

— Querido, ela obviamente ama você.

— Mãe... — Luke começa a falar, mas Lucy o interrompe.

— Eu sei, não é da minha conta, mas está muito claro o que ela sente por você, querido. Por que mais ela o defenderia daquela forma?

— Ela é um achado. — Acho que esta é a voz de Mark.

Decido parar de espionar e volto à sala, reparando que Samantha não

está mais à mesa.

Luke se levanta e rapidamente vem na minha direção, envolvendo-me em seus braços fortes.

— Você está bem?

— Estou. — Me afasto e sorrio para ele, então me viro para sua família. — Sinto muito pela forma como falei com sua filha...

Neil ergue uma mão para interromper meu discurso.

— Não, Natalie, nós é que estamos envergonhados com o comportamento dela. Por favor, termine seu jantar. Samantha não vai mais se juntar a nós.

Olho nos olhos de Luke, e ele parece nervoso e inseguro, enquanto seus olhos procuram os meus.

— Ok.

— Você tem certeza que está bem? — ele murmura.

— Sim, vamos terminar de jantar. — Sentamos novamente em nossos lugares e continuamos a comer. — Está delicioso. — Sorrio para Neil, e ele sorri para mim.

— Fico feliz que tenha gostado.

— Adoro um homem que sabe cozinhar. — Sorrio para Lucy, que retribui, e nos acalmamos para aproveitar o resto da noite.

Capítulo Catorze

Luke está quieto durante o caminho de volta, depois do jantar. Está roendo a unha do polegar, o que me diz que ele está pensando. Não me tocou desde que saímos, e não posso evitar de me sentir um pouco apreensiva.

— Você está bem? — pergunto, interrompendo o silêncio.

Ele olha para mim e franze o cenho.

— Claro.

— Ok. Que bom. — Coloco minhas mãos no colo e olho para as luzes da cidade, à distância, através da janela. Ao chegarmos à sua casa, o silêncio está ensurdecedor. Ele abre a porta para mim e me guia até os degraus da frente e para dentro. Acende a luz enquanto eu caminho até a cozinha e coloco minha bolsa na bancada.

Olho para ele, mas me surpreendo ao ver que não está na sala. Para onde ele foi?

Franzo o cenho enquanto uma inquietação começa a surgir dentro do meu estômago. Ah, meu Deus, eu realmente estraguei tudo. Ele deve estar irritado comigo pela forma como falei com sua irmã. Onde ele está?

Talvez ele queira que eu vá embora e está me dando espaço para que eu arrume minhas coisas.

Subo as escadas e vou até seu quarto, me esforçando para não chorar até que chegue na minha casa. Só vou guardar minhas coisas e desaparecer dali. Depois eu poderei desmoronar.

Assim que cruzo a soleira da porta de seu quarto, meu telefone apita dentro do meu bolso. Eu o pego e percebo que tenho uma mensagem de texto.

De Luke.

Natalie, você poderia se juntar a mim no banheiro?

Hein?

Caminho pelo quarto até a entrada do banheiro e paro.

Ele preparou um banho naquela enorme banheira de formato oval e o cheiro de lavanda está pairando no ar. Há velas iluminando a lateral da banheira. Luke está parado ali, vestindo apenas seu jeans, com o primeiro botão aberto.

Finalmente recupero minha voz e tudo que consigo dizer é:

— Oi.

— Oi.

— Pensei que estivesse irritado comigo.

— Por quê? — Ele caminha até mim e segura meu queixo entre seu polegar e seu indicador, inclinando minha cabeça para trás para que possa olhar para ele.

— Porque você ficou muito quieto depois que saímos da casa de seus pais.

— Só estava pensando. — Seus dedos acariciam meu rosto, e ele gentilmente beija minha testa.

— Sobre? — sussurro.

— Vamos entrar na banheira. — Ah! Quero que ele continue falando.

— Estou muito vestida para um banho.

— Está mesmo, amor. — Ele tira minha jaqueta pelos ombros e pelos braços e a coloca em uma cadeira próxima. Tira meu vestido pela cabeça, dobra-o e o coloca por cima da jaqueta. — Tire os sapatos.

Obedeço, incapaz de tirar meus olhos dele. Ele me toma em seus braços e se inclina para beijar meu ombro, enquanto tira meu sutiã, puxando-o por meus braços. Enquanto dá um passo atrás, engancho minha calcinha nos dedos e a puxo pelos quadris, deixando-a cair no chão. Coloco-me na frente dele e coro de prazer pela forma como seus olhos tornam-se vítreos de desejo, enquanto ele faz com que corram para cima e para baixo na minha nudez.

— Você também está muito vestido — sussurro, e meu estômago se aperta quando vejo suas pupilas dilatadas.

— Estou mesmo. — Ele abre o jeans e tira, tanto a calça quanto a cueca, com um movimento sutil, deixando-se gloriosamente nu na minha frente.

— Venha. — Ele me estende a mão, para que possa me ajudar a entrar na água. Afundo e suspiro quando a água quente me envolve.

— Não vai se juntar a mim?

— Sim. — Ele também entra e se senta de frente para mim, com suas pernas uma de cada lado das minhas, enquanto se inclina para o lado oposto.

— Que gostoso. — E é verdade. A água é bem-vinda depois do difícil encontro com a irmã dele, e ele está nu, o que torna tudo muito melhor.

— É sim.

— Você está muito monossilábico esta noite, sabia?

Ele sorri quase timidamente.

— Me desculpe. Tem muita coisa na minha cabeça.

— Desabafe.

Ele nega com a cabeça.

— Ah, não. O que está acontecendo nessa sua cabeça bonita, Williams.

— Eu realmente sinto muito pela forma como minha irmã te tratou esta noite.

Ah.

— Não, eu é que estou arrependida pela forma como reagi, Luke. Me desculpe se te deixei desconfortável e por falar daquela forma com a sua família.

— Não, não peça desculpas. Ela excedeu o limite. Tinha um mau pressentimento de que ela iria agir assim, por isso liguei para ela ontem à noite.

— Luke... — Pego um de seus pés e começo a esfregá-lo. Seus olhos se arregalam, mas ele logo os fecha e encosta a cabeça na banheira com um gemido. — Eu não tenho irmãos, mas consigo entender o que é querer proteger alguém que se ama. O que eu não entendo é: por que agir com tanta hostilidade? Não consigo entender.

— Bem, uma coisa que você disse chega bem perto da verdade —

ele murmura e então abre seus olhos, olhando para toda parte menos para mim.

— O quê?

— A parte sobre eu ser estúpido o suficiente para estar com alguém que sei que está me usando porque sou rico e famoso.

Engasgo e solto seu pé. *Ah, meu Deus, isso é mortificante.*

— Não entendo.

Ele pega meu pé direito em suas mãos e esfrega o dedo em minha tatuagem, franzindo o cenho.

— Meu último relacionamento foi com uma mulher que estava comigo por essas razões.

— Ah... — Não quero ouvir isso.

— Sim.

— Quanto tempo faz?

— Terminei há um ano.

— Pensei ter ouvido que nunca tinha apresentado ninguém à sua família. — Encosto minha cabeça na banheira. Não consigo olhar para ele quando estou com ciúmes, nervosa e insegura.

— Não apresentei. Eles nunca a conheceram. Souberam dela, principalmente, depois do que aconteceu.

Estou olhando para o teto, ouvindo-o, tentando encontrar aquela calma zen que encontrei na sala de jantar da casa dos pais dele.

— Por quê? — Minha voz soa mais calma do que verdadeiramente me sinto.

— Porque ela foi até os tabloides e disse que estava grávida, quando decidi terminar o noivado.

— Mas que merda! — Minha cabeça dá um estalo e eu olho para ele. — Você é pai?

— Não! — Ele fecha os olhos e balança a cabeça em frustração. — Ela vendeu a mentira para os tabloides para se vingar de mim, por ter terminado com ela.

— Você ia se casar com ela? — Sinto como se tivesse sido chutada no estômago.

— Sim. — Ele está me observando com cautela, com certeza estudando minha reação a isso tudo.

— E você nunca a apresentou para sua família?

— Ela nunca teve muito interesse em conhecê-los. Todas as vezes que eu marcava, algo acontecia. — Ele dá de ombros.

— E você não achava isso estranho?

— Agora acho.

— E por que terminou?

— Porque ela não era a mulher certa para mim.

— Esta é uma resposta meia boca.

— É a verdade. — Ele dá de ombros e então suspira. — Acho que finalmente entendi que, se não fosse famoso ou rico, ela não teria me dado sequer uma chance. Ela não gostou quando eu parei de atuar e esperava que essa coisa de produzir fosse apenas uma fase, queria que eu começasse a sentir falta de ser o centro das atenções. Queria ser a esposa de uma celebridade, e eu não estava interessado nisso.

— Você ainda fala com ela?

— Não.

Inclino minha cabeça para trás novamente e olho para meus dedos enrugados. A água está começando a esfriar. O tempo voa quando você está tentando manter uma conversa calma sobre a ex-noiva de seu amante.

— Acho que isso explica muita coisa.

— Nat...

— Espera. — Ergo minha mão para fazê-lo parar. — Me dê um minuto.

— Ok. — Ele franze o cenho e continua a massagear meu pé.

Por que será que me sinto traída outra vez? E então algo me atinge.

— Devo ter parecido muito estúpida para sua família, por não saber sobre sua ex-noiva.

Abruptamente, ele se inclina e me puxa para seu colo, ignorando a água que respinga no chão, e me prende em seus braços.

— Você foi magnífica esta noite. Não sabia se deveria me sentir orgulhoso ou menos homem pela forma como me defendeu.

— Você deveria ter me avisado.

— Eu sei.

Corro meus dedos por seus cabelos e suspiro.

— Ainda temos muita coisa para aprender um sobre o outro.

— Chegaremos lá, amor.

— Fiquei irritada demais quando sua irmã falou de você daquela forma.

Ele balança a cabeça e ri pesarosamente.

— Ironicamente, ela estava falando de você, amor.

— Eu sei, mas, ao fazer isso, ela acabou ofendendo a você também, e não pude suportar.

— Ninguém nunca me defendeu assim. Você estava tão calma e segura de si mesma, e também tão puta da vida. Seus olhos verdes estavam em chamas, e você parecia tão linda. Senti vontade de trepar com você ali mesmo em cima da mesa.

— Luke Williams! — Afasto-me para poder olhar para ele, chocada.

— É verdade. Você me deixou excitado.

— Não acho que teria sido apropriado, com seus pais sentados à mesma mesa.

— Não acho que eu teria me importado, nem mesmo se o Papa e o Elvis estivessem sentados ali.

Eu rio e me aconchego outra vez.

— Ah, amor, o que vou fazer com você?

— O que quiser.

— Venha... — Ele me levanta da água e me tira da banheira nos braços. Não consigo me cansar de pensar no quanto ele é forte, movendo-se como se eu não pesasse nada.

Ele enrola uma toalha nos quadris e pega outra, macia, branca, felpuda e quentinha, e a enrola em volta de mim. Ele me puxa para perto e me beija profundamente, apaixonadamente, antes de se afastar para que possa secar meu corpo.

Ah, meu Deus.

Ele passa a toalha para cima e para baixo de mim, absorvendo a umidade extra. Não consigo resistir a me inclinar e beijar seu esterno, ouvindo-o inspirar rapidamente.

Quando estou seca, tiro a toalha de sua cintura e retribuo o favor, aproveitando a visão intoxicante de seu físico.

— Aí está, completamente seco — sussurro.

— Obrigado. — Ele me puxa para ele, com suas mãos em meu cabelo, e me beija profundamente. Envolvo-o com meus braços passo minhas unhas por suas costas. — Meu Deus, amor, você vai me fazer desmoronar aqui no banheiro.

— Que bom. — Arranho suas costas novamente, e ele rosna contra meu pescoço. Abruptamente, ele me gira e coloca minhas mãos na bancada, de frente para o espelho sobre a pia. Olho para cima e sou tomada pela sexy visão de Luke atrás de mim, de pé, uns quinze centímetros mais alto do que eu, com seu cabelo dourado e o corpo bronzeado, inclinando-se para beijar meus ombros nus. Segura a parte de trás do meu pescoço e massageia, descendo pela minha espinha, parando um momento na altura da minha tatuagem, observando o progresso da própria mão. Com isso, sua respiração fica mais forte. Ele puxa meus quadris para trás, para que eu possa ficar mais inclinada, e eu não consigo parar de olhar para seu belo e expressivo rosto enquanto ele me toca.

Finalmente ele corre um único dedo pelas minhas costas, até deslizá-lo para dentro de mim.

— Ah, Luke!

— Amor, você está tão pronta... — Sinto-o posicionar a cabeça de seu pênis na minha abertura e devagar — ah, tão devagar — penetra-o em mim. Seus olhos encontram os meus no espelho enquanto ele introduz mais fundo, até que esteja completamente enterrado.

— Me bate. — Porra! Eu disse isso mesmo?

— O quê? — Ele para, com as mãos em meus quadris, observando-me pelo espelho.

— Me bate.

— Gosta de sexo selvagem, amor? — Ele olha para mim com uma expressão questionadora.

— Não gostava, até te conhecer. — Seu rosto muda de uma curiosidade para pura possessão em questão de segundos, e não posso fazer outra coisa a não ser me fechar em torno dele, apertando-o.

— Porra, Natalie! — Ele ergue a mão direita e a abaixa até minha bunda.

— Sim! — Remexo-me, e ele começa a se mover para dentro e para fora de mim, segurando meus quadris. Estou acompanhando-o até encontrarmos um ritmo. Finalmente ele ergue a mão e bate na minha bunda. É delicioso!

— Mais uma vez? — ele pergunta ofegante.

— Sim.

Ele obedece, e eu sinto a tensão crescer bem abaixo da minha barriga. Minhas pernas amolecem, e me aperto ao redor dele, sentindo o orgasmo me dilacerar.

— Ah, amor, sim... — Observo fascinada quando Luke fecha os olhos e agarra meus quadris com força, com seu próprio orgasmo pressionando-o enquanto se esvazia dentro de mim.

Ele desliza aquela linda mão pelas minhas costas outra vez, com a respiração ainda incerta, e sorri para mim pelo espelho.

— Não fazia ideia que você gostava de sexo selvagem.

— É um novo gosto que adquiri.

Ele sai de dentro de mim e se inclina para beijar minha tatuagem da coxa, logo abaixo do meu bumbum, e eu ofego.

— Acho que esta é a tatuagem mais sexy que você tem.

— Acha?

— Hum hum... — Ele está traçando-a com os dedos, e um calafrio sobe pelas minhas costas.

— Por quê?

— Bem, ela me parece sensual demais.

— Que bom que gosta. — Sorrio para ele, ainda olhando-o através do espelho.

— Adoro todas elas — ele diz seriamente, e não consigo não me apaixonar por seu rosto sincero.

— Quero te fazer feliz, Nat.

— Oh... — Eu me viro por causa daquelas palavras, e ele fica ereto, passando os braços ao redor dos meus ombros e me puxando para um enorme abraço. — Não sei o que fazer com todos os sentimentos que tenho por você — sussurro contra seu peito.

— Vamos viver um dia de cada vez, amor. — Ele se afasta e me beija ternamente.

— Ok, acho que posso fazer isso.

— Que bom, vamos dormir. — Ele me ergue em seus braços e caminha em direção à cama.

— Você sabe que posso andar, não sabe? — Eu rio e encosto meu rosto em seu pescoço.

— Não precisa, estou aqui.

— Adoro o quão forte você é.

— Gosta?

— Sim. Falando nisso, tenho que acordar cedo amanhã para a ioga, depois tenho uma sessão de fotos às onze.

— Ok. Quer que eu te pegue para almoçarmos? — Ele puxa o edredom e me coloca na cama, subindo nela logo depois de mim e puxando-me para seus braços.

— Não está enjoado de mim?

— Você está enjoada de mim? — Ele me vira para que possa olhar em seus olhos.

— Não, não estou.

— Então eu quero almoçar com você amanhã. Por favor.

— Ok — murmuro e me aninho em seus braços para dormir.

Capítulo Quinze

Tem alguns dias que o trabalho simplesmente flui. Este, graças a Deus, é um deles.

Foi difícil deixar a cama de Luke esta manhã, mas estou feliz por ter ido à ioga para fazer meu sangue bombear. Tomei um café da manhã relaxante com Jules, onde a coloquei a par dos eventos do final de semana, e nem fiquei irritada quando o meu cliente de onze horas chegou atrasado.

Brad é um rapaz atraente de vinte e um anos com um grande potencial para ser modelo. Tem o corpo e o rosto perfeitos, e me contratou para que eu o ajudasse com seu portfólio. Normalmente eu trabalho com mulheres ou casais, mas Brad é profissional e realmente quer estrear no show business, por isso, não pude me negar a ajudá-lo.

Sem mencionar que ele é alto, negro e extremamente lindo. Nada mal para passar algumas horas do dia.

Estamos nos divertindo muito esta manhã. Brad deve ter um metro e noventa de altura e é completamente sarado. Não como Luke, mas eu preciso afastá-lo para um canto da minha mente para poder focar no trabalho. Onde Luke é puro ouro e bronze, Brad é ébano; com cabelos escuros e olhos como uma sombra em seu rosto esculpido.

Ele está nu, a não ser por uma cueca que mal cobre o essencial, e está enrolado em um tecido de cetim branco da cintura para baixo.

— Você é boa nisso, Natalie. Nem parece que estou trabalhando.

— Obrigada. — Ergo a câmera até meus olhos e começo a clicar. — Sessões assim precisam ser divertidas.

— Você está solteira? — ele pergunta e sorri de forma sexy para a câmera.

— Hum, não. — Franzo o cenho para ele. — Sem paquera, Brad.

— Desculpa, não consegui resistir. Estou na cama, quase nu, e uma mulher linda está tirando fotos minhas.

Rio e troco o cartão de memória. Puxa, está quente aqui! Tiro meu casaco de moletom com capuz, deixando apenas uma blusa leve preta por cima do sutiã casual. Coloquei minhas calças de ioga, mas fui até o banheiro e as troquei por um short também de ioga. Prendo meu cabelo em um coque e tiro os sapatos.

— Ok, Brad, volte para a cama.

— Como posso resistir a isso? — Ele é um paquerador! Então, volta para a cama e abaixa o tecido até os quadris.

— Ok, deite de costas e coloque um braço acima da cabeça. Bom, não se mova. — Eu subo na cama e abro seus quadris com os pés, ficando de pé de frente para ele. — Vai ficar ótima essa foto. — Me afasto, contente com as fotos que estou tirando.

— Devo ficar sério em algumas?

— Claro, não me dê aquele sorriso sexy. Perfeito! — Click, click, click. Caminho, subindo por seu corpo, abaixando a câmera para focar em seu rosto. Quase perco o equilíbrio, mas ele me alcança e coloca as mãos em minhas panturrilhas. — Ui! Obrigada! — Eu rio e continuo a tirar fotos de seu rosto, enquanto ele mantém uma mão atrás da cabeça e outra segurando minha perna para me manter equilibrada.

— Mas que merda está acontecendo aqui?

Brad e eu pulamos de susto por causa do grito irritado que vem da porta da frente.

— Luke! Você me assustou!

Brad imediatamente solta minha perna, presumindo que pode levar um soco no rosto que o faz ganhar dinheiro a qualquer momento.

— Que porra é essa, Natalie?

— Pare de gritar comigo! — Pulo da cama e guardo minha câmera. — Brad, você pode se vestir. Já tínhamos terminado, de qualquer forma.

Brad se levanta da cama, deixando o tecido cair, e eu desvio os olhos. Ele corre para o banheiro para se vestir.

— Qual é o seu problema? — sussurro para Luke.

— O que você acha? Você estava na cama com um homem pelado que tocava em você.

Respiro fundo.

— Ele não estava nu, Luke. Eu não estou nua.

— Quase isso — ele murmura.

— Ei, foi por isso que pedi que não ficasse bravo quando eu mostrei este estúdio.

— Você não me disse que trabalhava com jovens homens nus. — Ele está puto novamente.

— Normalmente não trabalho. Ele é amigo de um amigo meu que precisa de fotos para um portfólio. Não banque o ciumento.

— Você me fez acreditar que trabalhava com casais e com mulheres, Natalie.

— Luke, eu acabei de dizer que isso aqui foi uma exceção.

— Não gosto disso.

— Não importa se você gosta ou não.

Luke olha para mim assustado, como se tivesse crescido outra cabeça em mim, e passa as mãos no cabelo.

Brad sai do banheiro, completamente vestido, usando uma calça jeans, camiseta e tênis.

— Obrigado novamente, Natalie. Foi bem divertido.

Sorrio calorosamente para ele.

— Para mim também, e de nada. Vou mandá-las editadas para você ainda essa semana.

— Ótimo! Te vejo por aí! — Ele vai embora, fechando a porta ao sair.

Volto-me para Luke, para ver que seus olhos azuis glaciais estão me observando. Ele está totalmente puto da vida.

— Com o quê, exatamente, você está irritado? — pergunto enquanto me viro para a cama, começando a retirar os lençóis.

— Natalie, eu acabei de entrar neste estúdio para encontrar minha namorada de pé, vestindo algo que só seria apropriado como roupa de dormir, sobre um homem nu, que está segurando sua perna. Com o que você acha que eu estou irritado? — Sua voz se ergue em vários decibéis, mas estou presa àquela estúpida palavra.

— Namorada?

Ele interrompe o discurso e olha para mim.

— Sim, namorada. Pensei que depois do último final de semana seria assim.

Ah!

Uau!

— Estou errado? — Sua voz está preocupantemente calma.

— Bem... não, eu acho que só não tinha pensado nisso ainda. — Termino de arrumar a cama e me viro para ele novamente. — Luke, este é o meu trabalho.

— Não gosto dele.

— Você não tem direito de me dizer que não quer que eu faça isso.

— Não disse isso.

— Mas é isso que está dando a entender. Faço isso há anos. Nunca ninguém saiu dos limites comigo. Lembre-se que eu disse que nunca fiz sexo aqui e que não faço sexo com clientes. Jesus, será que você não confia em mim?

— Não, é só que... — Ele passa a mão no cabelo e anda para frente e para trás. — Não estava esperando me sentir da forma como me senti ao vê-lo com as mãos em você.

— Como você se sentiu? — Inclino minha cabeça para ele, curiosa.

— Como se quisesse matá-lo — ele rosna.

— Oh...

— Nat, pense em como você se sentiria se eu tivesse que fazer uma cena de amor em um filme. Seria trabalho para mim, mas eu ainda teria que abraçar e beijar outra mulher...

— Pode parar por aí. — Não quero ouvir.

— É a mesma coisa para mim.

Jesus!

Respiro fundo e me sento na beirada da cama, sentindo-me subitamente cansada.

— Me desculpe, não tinha pensado nisso. Querido, faz muito tempo que não tenho que explicar meus atos para nenhuma outra pessoa.

— Eu sei.

— Você ficou com ciúme.

— Ciúme é uma palavra muito educada para o que eu senti.

— Parte de mim quer dar gritinhos e fazer uma dancinha feliz, mas me seguro e olho para ele, impassível.

— Você não tem motivos para sentir ciúme. Só tenho olhos para você, Luke, mesmo quando não está por perto.

Ele fecha seus olhos bem apertados, como se algo muito pesado tivesse sido tirado de seus ombros, e eu penso o mesmo. Luke está vestindo outra camisa de botões hoje, uma preta, e uma calça jeans também preta. Ele parece muito jovem e impossivelmente lindo.

E eu sou sua namorada!

Começo a caminhar até ele, passando os braços ao redor de sua cintura. Ele também coloca os braços ao meu redor, pressionando seus dedos na curva das minhas costas, e ficamos apenas nos olhando por um minuto.

— Por favor, não fique bravo comigo — sussurro.

— Não estou.

— Mas estava.

— Sim, estava. — Ele beija minha testa. — Você não tem nenhuma roupa de verdade aqui?

— Sim, mas ficou calor, então eu as tirei.

Ele estreita os olhos novamente, tornando-os frios. Merda.

— Não comece a ficar puto, isso acontece sempre que estou fotografando. Não tenho ar-condicionado aqui.

— Por que não?

— Bem, honestamente? Porque corpos suados ficam mais sensuais nas fotos.

— Ah! — Ele franze a testa.

— Ei, pare com isso. Você não precisa sentir ciúme, querido. — Passo minhas mãos por seu rosto, adorando a rudeza da sua barba por fazer contra as palmas das minhas mãos.

— Adoro quando me chama assim. — Ele inclina a cabeça na direção do meu toque e fecha os olhos.

— Adora?

— Sim, você normalmente me chama pelo nome.

— Você é um homem carente, hein? — Eu fico na ponta dos pés e beijo seus lábios gentilmente, fazendo seus olhos se aquecerem.

— Isso é óbvio, amor.

— Adoro quando me chama de amor. — Agora seus olhos se iluminam como se fosse Natal.

— Por quê?

— Nunca ninguém me chamou assim antes — sussurro.

Ele suspira e me puxa para perto.

— Eu esqueço o quão inexperiente você é quando se trata de relacionamentos.

— Sim, então, me dê um desconto. Não tive como aprender. — Eu belisco seu traseiro firme, e ele ri.

— Ok, ok! Só me faça um favor. — Seu rosto fica sério novamente.

— O quê?

— Nada de fotografar homens solteiros. Por favor.

Eu franzo o cenho e sinto vontade de argumentar com ele.

— Por favor, Natalie. Por mim.

— E se tivermos uma terceira pessoa aqui?

— Converse comigo antes de agendar outro homem solteiro e discutiremos sobre isso. Não gosto de me sentir assim. E estou pedindo que respeite como me sinto.

Bem, quando ele fala dessa forma...

— Ok, vou falar com você primeiro. — É uma concessão, mas não consigo parar de pensar no que ele disse sobre cenas de amor, e eu sei que enlouqueceria de ciúmes se estivesse em sua posição.

— Tem cenas de amor nos seus filmes? — pergunto e olho para ele.

— Por que você acha que apareço com a bunda de fora? — Ele sorri para mim.

— Não quero ver esses filmes nunca, Luke.

— Por mim tudo bem, amor.

— Então sou sua namorada, hein?

— Com certeza. — Ele me beija profundamente, e eu sorrio, puxando-o para mim.

Quando ele me afasta, não consigo resistir a passar os dedos por seus cabelos.

— Ok, vamos almoçar. Brigar com você me deixou com fome.

— É melhor você colocar uma roupa decente antes.

Deixo Luke com Jules na cozinha e corro para o segundo andar para me vestir. Sorrio comigo mesma lembrando o olhar apreensivo de Luke quando confrontou Jules, mas ela foi tão legal como sempre, e estou aliviada que seu comportamento adolescente, do qual ele tinha medo, desapareceu.

Visto calças jeans que moldam meu bumbum, um top verde e sapatos de salto verde, combinando. Pode ser só um almoço, mas nunca tenho chance de usar meus sapatos altos, e Luke é alto o suficiente para que eu possa usá-los o tempo todo.

Por isso acho que devo. Além disso, ele parece gostar deles.

Escovo meu cabelo, deixando-o solto para que emoldure meu rosto, e coloco um pouco de rímel e delineador.

Estou pronta.

Encontro Luke e Jules ainda na cozinha, conversando sobre culinária.

— Eu cozinho meu bacon — Luke está dizendo. Ele está de costas para mim, então, não me vê entrar. — Assim fica menos sujeira em cima do fogão.

— Não me importa como é preparado — passo meus braços ao redor dele e pressiono meu nariz em seus ombros largos, sentindo seu cheiro. Ele cheira a amaciante e loção, e sua camisa é macia contra meu rosto —, contanto que caia na minha boca — murmuro bem perto dele e o ouço rir.

Ele se vira e olha para mim com um largo sorriso.

— Você fica linda de verde. Combina com seus olhos. — Ele passa os dedos pelo meu rosto e suspira.

— Obrigada. Está melhor do que o que eu estava vestindo mais cedo?

— Muito. Você tem mais alguma sessão de fotos hoje?

— Tenho uma às oito da noite.

Ele franze o cenho.

— Por que tão tarde?

— Algumas pessoas trabalham durante o dia, então, tenho que agendar algumas sessões à noite, às vezes. Não acontece com frequência, porque eu prefiro usar a luz do dia ao meu equipamento de iluminação. Mas às vezes é necessário.

— E quem vai ser? — Ele me olha especulativamente, e eu suspiro.

— Só uma garota que quer tirar umas fotos bonitas para o marido, para lhe dar de presente de aniversário de casamento.

— Ah, ok.

Passo minhas mãos por seu cabelo.

— Não se preocupe, amor. Não há mais nenhum homem solteiro na minha agenda, por enquanto.

— Você vai me avisar quando *houver*?

Jules assobia rapidamente.

— Tudo isso está me fazendo lembrar há quanto tempo não transo. Vão almoçar. Ou para um quarto...

Dizemos adeus e ele abre a porta do Mercedes SUV para mim, para que eu possa entrar. Quando já está atrás do volante, inclina-se por cima do console e me beija suavemente.

— Para onde estamos indo? — pergunto, enquanto ele dá a partida.

— O que acha de frutos do mar?

— Moramos em Seattle. Acho que é um pré-requisito gostar de frutos do mar para morar aqui.

— Frutos do mar, então. — Ele segura minha mão na sua e sorri para mim. — Você está linda.

— Obrigada. — Sinto meu rosto corar e olho para nossas mãos entrelaçadas. — Você está sempre lindo.

Ele ri e balança a cabeça.

— É a genética.

— O que você fez esta manhã? — pergunto, mudando de assunto.

— Fui à academia e malhei com meu *personal trainer*.

— Você tem um personal? — *Claro que ele tem!*

— Sim, e ele acaba comigo. — Sorri para mim, e não consigo evitar sorrir de volta. — Como foi sua ioga?

— Ótima. Eu adoro. Já tentou?

— Hum, não.

— Não é masculino o suficiente para você? — Reviro os olhos.

— Não é isso. Eu gosto de malhação pesada.

— Vá comigo na quarta-feira.

Ele franze o cenho e seus olhos me fitam especulativamente.

— Vamos fazer um acordo?

Ei, onde ele está querendo chegar?

— Que tipo de acordo?

— Vou com você à ioga na quarta-feira se você for comigo à academia amanhã.

Mordo meu lábio e olho pela janela. Tenho medo de parecer uma idiota. Não tenho o corpo durinho e magro que a maioria das mulheres de academia têm. Ioga me mantém tonificada e flexível.

— Você não precisa ir comigo — sussurro.

— Natalie, o que eu falei de errado?

— Nada. — Não consigo olhá-lo nos olhos. Odeio me sentir insegura, e estou me sentindo daquela mesma forma como me senti ao ficar nua para Luke pela primeira vez.

— Amor, o que foi? — Ele para no estacionamento do restaurante e desliga o motor, virando-se no assento para olhar para mim.

— Nada, eu...

— Olhe para mim. — Sua voz soa severa, e, quando meus olhos encontram os dele, estes estão gelados. — Fale comigo.

— Não, você fica irritado comigo quando falo do meu corpo. Só deixa pra lá. Vamos malhar separadamente. Está tudo bem.

— Por que é tão dura consigo mesma? — Ele está surpreso.

— Não sou. Bem, não era até agora — sussurro.

— Pare com isso. Não tem que ter vergonha de nada, amor.

— Não tenho vergonha. Sei que me acha atraente, e adoro isso.

— Então qual é o problema?

— Não quero fazer papel de boba.

— Mas você quer me levar para a ioga para tentar me tornar um pretzel, para que eu faça papel de bobo?

Ah. Bem colocado.

Eu rio e cubro minha boca com a mão.

— Está rindo de mim? — Ele está sorrindo novamente, e a tensão em meu estômago relaxa.

— Eu não ousaria.

— Então, vai comigo à academia ou não?

— Eu queria muito que me deixasse tirar uma foto sua.

Seus olhos se arregalam e ficam parados. Mentalmente, eu me

condeno.

— Por quê?

— Porque eu adoraria tirar fotos suas fazendo ioga. Seria hilário!

Ele relaxa e ri, enquanto sai do carro, dando a volta para abrir a porta para mim.

— Venha, quero te observar comendo.

Capítulo Dezesseis

O restaurante Salty fica no cais em Puget Sound. Oferece uma vista linda e comida igualmente maravilhosa. A *hostess* nos acomoda perto da janela, de onde podemos observar o mar, mas estamos ocupados lendo o cardápio. Olho para Luke e não consigo não suspirar um pouco. Ele é irresistivelmente lindo. Está roendo a unha do polegar enquanto observa o cardápio.

— Posso segurar sua mão, por favor? — Estendo minha mão.

— Você pode segurá-la a hora que quiser, amor. — Ele me dá um sorriso sexy, mas me entrega a mão errada.

— Não, esta que você está roendo a unha, por favor.

Ele estende a mão para mim, enquanto franze o cenho, e eu me inclino em direção à mesa e beijo seu polegar.

— Você vai fazê-lo sangrar. — Olho para seus olhos azuis da cor do mar e fico feliz em ver que sua respiração mudou, que meu toque o está excitando.

— Não comece com isso aqui, por favor. — Sua voz é baixa e sensual, e meu estômago retorce.

— Não sei o que quer dizer com isso. — Arregalo meus olhos inocentemente. — Só estou garantindo que tenha apetite suficiente para almoçar.

— Vou dizer o que está me deixando cheio de apetite. — Ele sorri como um lobo, mas, antes que eu possa responder, a garçonete se aproxima da mesa.

— O que vão querer hoje? Gostariam de começar com uma entrada? — Ela olha para nós dois, sorridente, mas fica inerte ao ver Luke. Todo o sangue de seu rosto desaparece.

— Luke Williams! Ah, uau! Sou sua fã, Luke... bem... senhor... Vi todos os filmes da série Nightwalker umas quarenta vezes. Ah, meu

Deus, eles são tão bons. Não posso acreditar que está aqui! Posso pegar um autógrafo? Tirar uma foto? — As palavras todas saem apressadas e não posso evitar me encostar na cadeira e ficar de boca aberta.

Luke olha para mim, mas logo encontra equilíbrio, sorrindo aquele sorriso maravilhoso, só para a Senhorita Efusiva, mas não sorri com os olhos, e eu descubro que este é o sorriso que ele usa para os fãs.

É fascinante.

— Me desculpe, eu não tiro fotos, mas vou adorar assinar alguma coisa para você.

— Ah, ótimo! Aqui! — Ela lhe entrega seu bloquinho e uma caneta.

— Qual o seu nome, docinho? — Ah, ele está começando a abusar.

— Hilary. Ah, meu Deus, mal posso esperar para contar para as minhas amigas que encontrei com você. Vão ficar morrendo de inveja. — Ela está praticamente pulando, e o sorriso de Luke não desaparece.

— Bem, estou feliz que gostou dos filmes. Aqui está. — Ele devolve o bloquinho para ela, que o aperta contra o peito, com o rosto todo emocionado e pálido, e eu tenho que olhar para baixo, para evitar de rir e revirar os olhos.

Depois de alguns segundos, ela ainda está parada na nossa frente, olhando para ele. Então, eu decido salvá-lo.

— Então... hum... eu gostaria de fazer o pedido agora, se estiver tudo bem para você, Hilary.

Ela se recompõe de seu transe e cora, mas não olha em meus olhos.

— Ah, claro. O que vocês desejam? — Ela olha para Luke cheia de expectativa, e ele sorri.

— O que você quer, amor? — E meu homem está de volta.

— Quero a salada Caesar com salmão, por favor, com molho extra de limão. Que tipo de vinho branco você tem? — Ainda estou olhando nos olhos de Luke e me sinto aliviada por ver que ele está bem humorado.

— Ah, hum... — Ela abre sua lista de vinhos brancos, e eu peço um Riesling adocicado para acompanhar minha salada.

— E o que vai querer, Sr. Williams... é... bem... senhor? — Seu rosto está em chamas.

— Vou querer o mesmo que a minha namorada. Parece delicioso.

Namorada!

— Ok, chamem se precisarem de mais alguma coisa. Obrigada novamente pelo autógrafo! — E então ela se afasta.

— Você está bem? — pergunto quando estamos a sós.

— Sim, não foi tão ruim assim. E você?

— Achei divertido. Não sabia se ria ou se sentia pena dela.

— Ei, está dizendo que eu não sou um ladrão de corações? Fiquei magoado. — Ele se encosta e coloca a mão no peito, bem em cima do coração.

— Ah, não, você com certeza roubou meu coração, e outras áreas também. Sr. Williams... é... bem... senhor...

— Você tem uma boca atrevida, Natalie.

— Que bom que notou.

Deliciamo-nos com nosso almoço, mas outra garçonete e toda a equipe da cozinha vem à mesa para pegar autógrafos ou dissertar sobre o quanto adoraram seus filmes, além de perguntar por que ele não está mais atuando. Graças a Deus o restaurante não está muito cheio, então, os clientes não nos incomodam.

Finalmente, quando já perdemos a conta de quantos funcionários vieram interromper nosso almoço, eu peço licença.

— Você está bem? — Luke pergunta.

— Estou bem, volto logo. — Eu sorrio para ele, para acalmá-lo, e saio da mesa.

Encontro Hilary perto do bar.

— Quero falar com o gerente, por favor.

— Ah, claro, vou procurá-la. — Ela desaparece dentro do que eu imagino que seja a cozinha e reaparece acompanhada por uma mulher ruiva, alta, mais ou menos da minha idade, que não se aproximou de nossa mesa ainda.

— Posso ajudá-la, senhora? — *Nossa, desde quando me tornei uma senhora?*

— Espero que sim. Estou almoçando aqui com Luke Williams, e sua equipe vem nos interrompendo para pedir autógrafos e conversar com ele. Eu realmente gostaria que pedisse a eles que parassem.

Ela franze o cenho enquanto ouve minha reclamação.

— Me desculpe, eles não deveriam ter se aproximado de vocês. É contra nossa política. Posso compensar deixando o almoço por conta da casa?

— Não é pelo dinheiro, é pela falta de privacidade. Tenho certeza que ele não é a primeira celebridade que vem ao restaurante.

— Claro que não. Vamos resolver isso. Peço desculpas em nome da equipe.

Volto para nossa mesa e ouço Hilary se desculpar com a chefe.

Tem um servente parado à nossa mesa quando eu retorno, então, o toco no ombro.

— Sua chefe quer falar com você.

— Ah! Ok. Obrigado pelo autógrafo! — Ele sorri e sai.

— Isso não vai acontecer de novo — informo a Luke.

— O que você fez?

— Fui à gerência. Outros clientes, é até compreensível, mas não é apropriado que a equipe nos interrompa a cada cinco minutos.

— Nat, isso acontece às vezes.

— Bem... — Dou de ombros. — Eles já tiveram tempo suficiente com você. Este aqui é meu almoço com meu namorado, e estou cansada de ter que dividi-lo.

Seus olhos se iluminam e o sorriso que ele me dá é ainda mais luminoso que aquele que deu à garçonete, então, eu me derreto por dentro.

— Seu namorado está gostando deste almoço com você.

— Que bom. — Eu sorrio timidamente e dou um gole no vinho.

O resto da refeição corre maravilhosamente bem, e não somos mais incomodados, a não ser para nos perguntarem se queremos mais vinho ou mais sobremesa. Hilary coloca a conta sobre a mesa e se afasta.

Luke a abre e franze o cenho, então sorri e passa para mim. Ao invés da conta, recebemos um bilhete.

Agradecemos sua paciência e generosidade com nossa equipe. O almoço de hoje é por nossa conta e, por favor, aceite um voucher de U$250,00 para uma nova visita, sem interrupções, muito em breve.

A gerência.

— Ah, meu Deus! Acho que minha conversa com a gerente funcionou.

— Parece que temos um futuro encontro aqui. — Luke sorri e guarda o voucher na carteira.

— Natalie, eu me diverti muito esta noite. Sei que meu marido vai adorar essas fotos. — Darla sorri para mim e me abraça, antes de sair do estúdio.

— Ele vai engolir a própria língua quando vê-las. Garanto.

— Talvez possamos vir juntos, antes do feriado, para uma sessão em casal. Deve ser muito divertido. — Darla coloca sua bolsa preta Coach no ombro.

— Eu vou adorar! Só me avise quando quiserem marcar. Vou te levar lá fora.

Aceno para Darla e começo a limpar as coisas da nossa sessão. Darla foi muito divertida; muito linda e paqueradora, e teve ótimas ideias também. Junto algumas lingeries que preciso colocar para lavar e empurro os móveis para o lugar, desligando a iluminação especial, quando meu telefone apita.

Meu coração pula e não consigo evitar torcer para que seja Luke. Ele me deixou em casa depois do almoço e disse que tinha trabalho para fazer em casa, o que era bom, já que eu precisava lavar roupas e trabalhar também.

Mas sinto sua falta, e só de pensar em não vê-lo até amanhã de manhã, quando eu irei para a academia com ele — o que me enche de pavor —, me deixa deprimida.

Terminou sua sessão de fotos, amor?

Eu realmente adoro quando ele me chama de amor.

Nesse exato momento, estou entrando em casa. O que está fazendo?

Eu tranco o estúdio e vou para casa. Já estamos no outono, por isso, depois que o sol se põe, começa a esfriar, então, abraço meu próprio corpo enquanto cruzo o quintal.

Jules deixou a luz da cozinha acesa para mim, então, eu paro em frente à geladeira para pegar uma garrada d'água e um cacho de uvas antes de ir para o meu quarto. Enquanto subo as escadas, ouço Adele cantar, e por um momento penso que vem do quarto de Jules.

Entro em meu quarto e paro.

Puta merda.

A música está vindo do meu próprio quarto, e Luke está lá, sentado na minha cama, usando um short de basquete preto e uma camiseta preta. Ele está observando seu laptop e roendo a unha do polegar.

— Então é isso que você está fazendo?

Ele sorri e ergue os olhos ao som da minha voz.

— Espero que não se importe. Jules me deixou entrar. Pensei em te esperar aqui mesmo.

Caminho até a cama e engatinho até ele, oferecendo-lhe a última uva.

— Não me importo. Estava mesmo pensando em você.

— Ah, é?

— Sim.

Ele fecha o computador e o coloca no chão quando se senta, me deixando sentar em seu colo.

— Tive medo que achasse que sou atrevido. — Ouço o sorriso em sua voz, enquanto ele beija minha cabeça, então, me ajeito e me aninho em seu peito. É tão bom vê-lo, poder tocá-lo.

— Você está sendo atrevido, mas não me importo.

— Senti sua falta hoje.

Afasto-me um pouco e passo os dedos em seu rosto.

— Você me viu no almoço.

— Sim. Mas isso foi há horas. Não consigo me cansar de você, amor.

— Vai ficar aqui esta noite? — pergunto, quase ofegante.

— Se você deixar, eu fico.

— Bom.

Eu me estico e beijo o canto de sua boca, seu queixo, seu nariz, enquanto corro os dedos por seu cabelo macio. Seus belos olhos estão me observando, e ele, pacientemente, está deixando que eu o toque e o beije. Suas mãos estão massageando minhas costas para cima e para baixo, e o desejo começa, preguiçosamente, a surgir em mim.

Agarro a bainha de sua camisa em minhas mãos e me afasto para tirá-la por sua cabeça.

— Adoro seu corpo — murmuro enquanto corro as mãos por seus ombros, seu peito e vou descendo pelos braços. As mãos dele apertam minha bunda.

— Adora?

— Hummm... — Beijo seu pescoço e mordo o lóbulo de sua orelha. — Você é muito gostoso.

— Meu Deus, amor, eu quero você. — Sinto-me poderosa e sexy, sabendo que o enlouqueço com meu toque. Sendo assim, quero nós dois nus. Agora.

— Sou sua, Luke.

Seus olhos se derretem.

— Puta merda, você é minha.

Ele me livra rapidamente do meu casaco, top e sutiã, e então me empurra para a cama, onde pode me despir das calças e da calcinha. Sua boca está sobre mim agora, inteira, em meus seios, pescoço e na lateral do meu corpo. Minhas mãos estão em seu cabelo, enquanto ele tira seu short e cueca, jogando-os no chão.

— Ah, Luke! — Meu sangue está correndo agora e preciso tê-lo dentro de mim.

— Sim, amor, o que você precisa?

— Você, dentro de mim. Agora. — Ele sorri, tocando minha barriga e lambendo meu piercing com sua língua.

— Ainda não.

Eu resmungo e movo meus quadris debaixo dele.

— Ainda não, amor. — Ele para meus quadris com suas mãos e sobe pelo meu torso, apoiando-se no cotovelo, na lateral do meu corpo. Ele me beija profundamente, devagar, enquanto sua língua faz coisas inacreditavelmente deliciosas com minha boca. Sua mão forte está acariciando-me para cima e para baixo, e eu agarro seu rosto em minhas mãos, retribuindo o beijo com o mesmo ardor.

Ofego quando seus dedos encontram meu mamilo, puxando-o implacavelmente, enviando pequenas faíscas de prazer à minha vagina. Não consigo voltar a movimentar meus quadris e corro minha mão pela lateral do corpo dele, agarrando seu traseiro, puxando-o para mim.

— Porra, Nat, você é tão linda! — Sua boca cruel está descendo pela minha garganta. Ele corre a mão pelas minhas costas, sobre minha bunda, e engata minha perna em seu quadril. Me puxa para frente e, bem devagar, penetra a pontinha de seu pênis em mim.

— Ah, Deus, sim!

— É isso que você quer?

— Sim! — Coloco meus braços ao redor dele, puxando-o para mim. De repente, ele rebola sobre mim, e eu engato a outra perna, fazendo com que ele me penetre totalmente. Rebolo meus quadris e ele geme, com seus lábios nos meus, seus cotovelos ao lado da minha cabeça e suas mãos se entrelaçando no meu cabelo.

Agarro sua bunda, mas ele para abruptamente e olha para mim, com seus olhos azuis. A expressão em seu rosto é absolutamente séria e quase reverente.

— O que houve? — pergunto ofegante.

Ele balança a cabeça e fecha os olhos, como se estivesse sentindo dor, e um pânico apunhala meu coração.

— O que foi? — Suavizo minha mão em seu rosto.

— Eu só... — Ele abre os olhos novamente, olhando-me com aquele olhar intenso, e começa a mover os quadris mais uma vez, entrando e saindo

de mim como se houvesse mais do que apenas desejo incentivando-o. — É que é tão bom, amor...

Eu gemo e movo os quadris, encontrando os dele, e então ele se senta sobre os tornozelos, levando-me com ele, sem quebrar o precioso contato. Coloco minhas mãos ao redor de seu pescoço e meus pés ao lado de seus quadris, e ele me guia para cima e para baixo, com as mãos firmes em minha bunda.

Sinto a familiar pressão conforme meu orgasmo se aproxima, e ele também parece sentir, pois aumenta o ritmo e me penetra com mais força.

— Goze pra mim, amor... Vamos, linda... Goze pra mim. — E eu me desmantelo, completamente exausta.

Ele me penetra mais uma vez, entrando em erupção dentro de mim, chamando meu nome cheio de alívio.

Luke está enrolado em mim, na cama, com sua testa pressionada contra as minhas costas. É acolhedor, confortável e... seguro.

— Você se tornou muito insaciável desde que nos conhecemos, Natalie.

Não consigo segurar a risada.

— Sim, só estou te usando por causa do seu corpo.

— Sabia! — Ele belisca minhas costelas, e me giro em seus braços, virando o rosto para ele.

— Você vai ser duro comigo na academia amanhã? — Corro a ponta dos meus dedos por seu lábio inferior.

— Não, prefiro ser duro com você na cama. — Eu rio e beijo seu queixo.

— Pode fazer isso a hora que quiser, não precisa me levar para a academia para isso.

— Vai ser divertido malharmos juntos.

— Ok.

— Acredite em mim.

— Eu acredito. — A honestidade em minha voz é absoluta. Confio nele, e isso me enche de calor. Não me sinto assim desde que meus pais morreram.

Luke beija minha testa e me puxa para seu peito.

— Durma, linda menina.

Capítulo Dezessete

— Acorde, amor. — Luke está tirando fios de cabelo do meu rosto e beijando minha testa gentilmente.

Quero que ele saia para que eu possa me enterrar nos cobertores outra vez e voltar a dormir. É tão cedo!

— Não.

— Vamos, querida, abra esses lindos olhos verdes.

— Não quero.

Ele ri e beija meu rosto.

— Vamos, garota matinal, acorde. É hora de me deixar excitado e incomodado na academia.

Eu me viro e abro um olho, olhando para ele sem muita certeza.

— Você me odeia.

— Não, amor, é completamente o oposto. Vamos, levanta! — Ele encosta os lábios na minha bochecha e nos meus lábios, e eu suspiro.

— Vamos ficar aqui nos excitando, bonitão.

— Ah, não faça isso. Venha! — Ele dá um tapa na minha bunda e se afasta de mim. Já está até vestido.

— Ah, Deus, você é uma pessoa matinal. Isso muda tudo. — Eu me sento, espreguiço e o observo.

— Já vai terminar comigo? — Ele sorri cheio de prazer.

— Estou pensando nisso. — Esfrego minhas mãos no rosto e sinto cheiro de café. — Estou sentindo cheiro de café?

Luke pega uma caneca na mesa e dá um gole.

— Trouxe isso para você, mas, já que está terminando comigo, vou bebê-lo eu mesmo. — Eu pulo da cama e quase mergulho para pegar a caneca em sua mão.

— Minha!

— Na, na, não! — Ele a afasta do meu alcance. — Você magoou meus sentimentos.

Seu sorriso o trai, mas eu brinco também, gostando do jogo.

— Me desculpe. Posso tomar café? — Mordo meu lábio e olho para ele inocentemente, piscando.

Ele balança a cabeça de um lado para o outro, como se estivesse considerando meu pedido.

— Talvez. Se você me beijar...

Eu faço um biquinho e ergo meu rosto até o dele, pousando um beijo bem sonoro em sua bochecha.

— E agora? — pergunto.

— Ah, acho que você pode fazer melhor do que isso. O café está mesmo muito bom. — Ele dá outro gole e se afasta de mim quando me aproximo para pegá-lo novamente.

Mudando de tática, deslizo minha mão para dentro do seu short e agarro sua ereção, esfregando-a para cima e para baixo.

— E agora?

Seus olhos dilatam, e ele sorri maliciosamente.

— Adoro a sua forma de pensar, amor.

Ele me dá a caneca, e eu o solto, caminhando em direção ao banheiro.

— Ei!

— Vou te deixar excitado na academia, não aqui. — Olho para ele por cima do ombro e fecho a porta atrás de mim enquanto Luke ri.

— Querida — ele grita do outro lado da porta —, você me deixa excitado em qualquer lugar.

A academia de Luke é pequena e um pouco isolada, o que não me surpreende. É menos provável que seja reconhecido aqui, e eu gosto de ver que não se trata de um lugar pomposo, com um rock pulsando no sistema de som. É sem frescuras. Não há lanchonete, nem garotas desfilando quase nuas. As pessoas vêm aqui para malhar, não para serem admiradas.

É bem típico dele.

— Por onde quer começar? — ele pergunta, ao tomar a dianteira na porta.

— Não vamos encontrar com o seu personal? — Estou aliviada por sermos só nós dois. Não me sinto confiante o suficiente para malhar com um personal. Sei que sou forte e torneada, apesar das minhas curvas, mas não gosto de estranhos me tocando ou olhando para o meu corpo.

— Hoje somos só nós dois, amor.

— Ok, acho que vou correr um pouco.

— Parece ótimo. — Ele me leva até uma fileira de esteiras, e escolhemos duas máquinas lado a lado, no final.

— Eu trouxe música. — Tiro meu iPhone e fones de ouvido do sutiã e os coloco em minhas orelhas.

— O que mais você tem aí? — Ele ri, e eu faço o mesmo. Adoro o humor despreocupado dele de hoje. Está se divertindo, e isso me relaxa. — Tudo bem, vou assistir às notícias. — Ele aponta para a TV de tela plana à nossa frente.

Ele me mostra como usar a esteira, faz com que eu inicie, e então vai para a dele e começa uma corrida.

Minha boca fica seca. Minha Nossa Senhora, este homem é maravilhoso. Ele se movimenta sem esforço, e tenho que olhar para outro lado para poder começar.

Escolho a música — Lady Gaga para hoje — e começo meus passos no ritmo da música. Sempre gostei de correr; só nunca parecia encontrar tempo para isso.

Observo o painel do aparelho à minha frente e relaxo minha cabeça, ouvindo Lady Gaga cantar *Bad Romance*. Dentro de minutos, estou em sintonia, e sorrio quando Kelly Clarkson começa a canta *Stronger*.

Sim, acho que eu poderia me acostumar com isso.

Antes que perceba, trinta minutos e quase quatro quilômetros se passaram, e estou suando loucamente. Desacelero o ritmo para caminhar por cinco minutos, e então saio da esteira, buscando minha água. Olho para a direita, onde estava Luke, mas ele não está lá.

Franzo o cenho e procuro por ele por toda a academia. Não o vejo imediatamente, então, pego minha toalha, coloco o telefone dentro do sutiã e caminho entre os halteres.

— Posso te ajudar em alguma coisa? — Eu me viro na direção da voz profunda e então sorrio.

— Brad! Ei, como vai?

— Bem.

Ele me dá um tapinha no ombro, segurando-me por alguns minutos a mais do que seria educado, e continua a sorrir.

— Nunca te vi por aqui antes. Está pensando em se inscrever?

— Ah, estou aqui só de acompanhante hoje.

— Legal. Quer água ou uma toalha limpa?

— Você deve trabalhar aqui — murmuro secamente.

— Sim, trabalho. Ei, posso te mostrar como usar alguns dos pesos, se quiser.

— Não será necessário. — Tanto Brad quanto eu nos viramos ao som da voz fria de Luke.

— Ei! — Brad sorri para Luke e estende a mão para ele. — Sou Brad.

Luke aperta sua mão e sorri para ele, mas o sorriso não atinge seus olhos.

— Luke.

Os olhos de Brad se arregalam e ele engole em seco.

— Puta merda, você é Luke Williams.

Seu sorriso não desaparece.

— Sim, sou.

— Bem... hum... — Brad olha para mim confuso e então sorri para Luke. — Bom te ver. Nos falamos depois, Natalie. — Ele balança a cabeça para mim e desaparece no meio dos aparelhos.

— Pelo que vejo, Brad é mais do que o amigo de um amigo. — Luke se vira para mim, ainda com olhos frios e distantes.

Merda.

— Não, é exatamente isso que ele é.

— Não foi assim que pareceu.

— E como pareceu? — Afasto-me dele e cruzo os braços no peito.

— Como se ele estivesse te cantando.

Balanço minha cabeça com veemência.

— É só um cara paquerador, Luke. Estava sendo gentil. E eu estava procurando por você.

— Recebi uma ligação. Tenho que ir, me desculpe. Tenho que correr para casa e terminar um trabalho.

— Tudo bem, vamos.

— Você vai ter que trabalhar hoje? — Ele abre a porta do carro para mim e eu entro.

— Não — respondo quando ele já está atrás do volante. — Estou com o dia livre.

— Então é bem-vinda para ir à minha casa comigo. — Como ele consegue ir do ciumento irritado ao suave e amável tão rápido?

— Não é preciso, apenas me leve para a minha casa.

— Está chateada comigo? — Ele soa suave, mas não consigo olhar em seu rosto.

— Sim. Você sempre vai exagerar quando um homem falar comigo?

— Ele colocou as mãos em você duas vezes em dois dias seguidos, Natalie. Não estava apenas falando com você.

— Mas eu não fiz nada de errado.

— Ele te quer, e você não fez nada para dissuadi-lo.

— Luke, sou mais do que capaz de dizer não. Confie em mim, já disse muito isso em minha vida adulta. Até conhecer você. — Minha voz está cheia de frustração. *Será que ele não vê que sou louca por ele? Que não quero mais ninguém?*

— Nunca vou achar que está tudo bem quando outro homem colocar as mãos em você. Acostume-se com isso. — Sua voz está afiada como uma faca e seus olhos estão frios.

Ele me deixa na frente da minha casa, e eu saio do carro sem esperar que ele abra a porta para mim. Ele sai do seu lado e me encontra na porta da frente.

— Vá pra casa, Luke. Vá trabalhar. — Coloco minha chave na fechadura e a giro, mas sua mão enorme cobre a minha, então, não consigo girar a maçaneta.

— Natalie, não fique chateada comigo.

— Não ficar chateada com você? Posso ser sua namorada, mas não sou sua propriedade.

— Não disse que você era. — Ele dá um passo atrás, como se eu o tivesse estapeado.

— Brad é só um carinha que gosta de flertar. Acredite em mim, nunca vai acontecer nada com ele.

Seus olhos se arregalam à menção do nome de Brad, e eu quero beijá-lo por ser ciumento e, ao mesmo tempo, mandá-lo para o inferno por ser ciumento ao ponto de ficar cego.

Respiro fundo e decido mudar de tática.

— Lembra que ontem você comparou ver Brad comigo naquela cama em um estúdio com a possibilidade de eu vê-lo em uma cena de amor?

— Sim. — Ele passa a mão pelo cabelo e me observa frustrado.

— Será que eu devo ter ciúme todas as vezes que uma fã te faz carinho? Elas te desejam também. Todas elas. Fantasiam como seria transar com você e sonham com você sendo namorado delas. Acredite em mim, essas garotas passam muito mais tempo pensando em você do que eu imagino.

Ele começa a falar, mas fecha a boca e balança a cabeça.

— Não ouse dizer que não é a mesma coisa. Uma paixonite é uma paixonite. Brad tem tantas chances de transar comigo quanto essas mulheres patéticas têm com você.

Ele expira bem alto.

— Entendo aonde quer chegar.

— Vá trabalhar. Vou tomar um banho.

— Ainda está chateada comigo? — Ele encurta a distância entre nós e segura minha mão na dele com força.

— Um pouco. Mas vai passar. Vá trabalhar e me ligue mais tarde.

— Ok. — Ele se inclina e toca meus lábios com os dele suavemente. Então, entrelaça seus dedos em meus cabelos e me puxa para ele, beijando-me profundamente como se houvesse ali um pedido de desculpas. Não consigo evitar me derreter por ele.

— Você vai me deixar maluca — murmuro.

— Idem, amor. Falo com você à noite.

Ele me deixa na varanda, e eu o observo entrar em seu SUV preto. Ele sorri e acena, saindo da minha casa.

Eu me apaixonei por um homem lindo, sexy, doce e um ciumento controlador.

Merda.

Jules está na cozinha, então, eu entro. Coloco minha bolsa na bancada e abro a geladeira em busca de água.

— Bom dia, flor do dia — Jules diz com sarcasmo.

— O que está fazendo aqui? Não deveria estar trabalhando?

— Vou trabalhar em casa hoje. Ei, você parece puta da vida. O que houve? — Ela coloca as mãos nos quadris e franze o cenho para mim. Imediatamente me sinto melhor.

— Ele me irritou na academia. Luke é ciumento.

— Ciumento assustador ou sexy? — pergunta Jules, com as sobrancelhas erguidas.

— Ciumento estúpido. — Suspiro e me jogo sobre as almofadas do sofá da sala. Jules me segue e senta-se numa poltrona em frente a mim, acomodando seus pés descalços no divã.

— Ele está, obviamente, louco por você. — Ela dá um gole em sua própria água.

Dou de ombros.

— Acho que sim. Sou nova nisso tudo, Jules. Não gosto de ser questionada sobre as coisas que faço.

— Ele está agindo como um idiota controlador?

— Não, mas ele tem um comportamento autoritário. Não é uma coisa ruim. Sei que ele gosta de mim. É muito gentil e doce. Mas, nossa, ele não gosta de Brad. — Reviro os olhos e inclino a cabeça para trás, encostando no sofá.

— Brad? Aquele modelo sexy, seu cliente?

— Sim. — Explico que Luke nos viu no estúdio ontem e que encontramos Brad na academia hoje.

— Nossa, até dá pra imaginar. O garoto tem uma quedinha por você.

Franzo o cenho para ela.

— Não tem não. Ele só é paquerador. Não comece também.

— Você nunca saberia dizer quando uma pessoa está interessada em você, Nat.

— Luke não tem com o que se preocupar.

— Ah, eu sei disso. — Ela afasta minhas palavras com um movimento de mão.

— E por que ele não sabe disso?

— Acho que é algo novo para ele também.

— De que lado você está?

— Do seu, querida. Sempre do seu. Onde ele está agora?

— Foi pra casa, trabalhar. Alguém ligou para ele enquanto estávamos malhando.

— Talvez seja bom que passem um dia separados.

— Provavelmente. Ei, o que você está realmente fazendo aqui? Tem trabalhado muito em casa nos últimos dias.

Jules franze o cenho e dá de ombros.

— É fácil trabalhar à distância.

— Tá bom. Não acredito nisso. — Ela não está me contando alguma coisa. — Conheço você muito bem, Julianne Montgomery.

— Meu novo chefe é meio que um babaca. — Ela dá de ombros mais uma vez, mas parece que está lutando contra as lágrimas. Alarmada, sento-me no divã, fazendo com que ela tire o pé de lá, e seguro suas mãos.

— Ele te magoou?

— Não, é só um babaca condescendente. — Dá de ombros mais uma vez, mas se debulha em lágrimas. Puta merda.

— Querida, o que houve? — Ela deixa a cabeça cair nas mãos e chora; um choro soluçante e pesado.

— Eu transei com ele. — Ela chora por trás das mãos.

— O quê? — Encosto-me, de boca aberta, chocada. Jules tem uma postura bem restrita sobre não transar com colegas de trabalho.

— Na noite que você trouxe Luke para casa. — Eu me lembro daquela noite, quando Jules foi direto para o segundo andar sem parar na cozinha para conhecer Luke.

— Como? Jules, isso não é típico de você.

— Eu sei. — Ela seca os olhos e o nariz com as costas das mãos. — Saímos para jantar com outras pessoas do escritório e bebemos muito.

— Querida, ele está tentando estragar as coisas para você no trabalho?

— Não! Nada disso. — Ela respira bem fundo e eu lhe entrego um lenço. — É que é tão desconfortável. E não ajuda o fato de ele ser extremamente gato. Quase tão gato quanto Luke. — Ela sorri, e meus ombros relaxam um pouco.

— Nossa, ele deve ser muito gato mesmo.

— Pois é! — Ela balança a cabeça e começa a parecer triste outra vez. Odeio ver Jules triste. — E, Nat, você ficaria chocada com o que ele esconde por baixo daqueles ternos que usa para trabalhar. Uau! Foi o melhor sexo da minha vida.

— Jules, você está gostando desse cara?

— Não importa se estou. É proibido se relacionar com colegas de trabalho no nosso escritório. Nós dois podemos ser demitidos. — Seus olhos ficam tristes novamente, e eu me sinto impotente.

— E como ele está reagindo a isso tudo?

— Bem, ele ficou muito puto da vida quando acordou na manhã seguinte e eu tinha ido embora.

— Ah, então você dormiu com o cara e fugiu enquanto ele ainda estava dormindo? — Eu assinto, compreendendo.

— Sim. Não queria olhar para ele na manhã seguinte.

— Não posso te culpar por isso. Mas, se ele ficou puto porque você foi embora, talvez realmente goste de você.

— Não importa. Não tem jeito.

— Mas...

— Não tente consertar as coisas, Nat. Já está feito. Vou ter que voltar ao escritório mais cedo ou mais tarde; só preciso de um tempo para me recompor. Tirei alguns dias de férias, e agora estou trabalhando em casa até que consiga me controlar ao vê-lo novamente.

— Ok. — Acaricio o braço dela com carinho, e então me levanto. — Vou tomar um banho. Me avise se precisar de mim.

— Obrigada. — Ela sorri com lágrimas nos olhos. — E... Nat?

— Sim?

— Ciumento estúpido até que é sexy.

Capítulo Dezoito

Vou te buscar em uma hora. Por favor, vista-se formalmente.

Ah, meu Deus. Olho para a mensagem de texto e a leio novamente.

Confiro o relógio. São cinco e meia, e definitivamente não estou nem perto de estar formal ou sexy. Nem sei por onde começar.

Esse é um trabalho para Jules.

— Jules! — grito da porta do quarto, mentalmente vasculhando meu closet.

— O quê?

— Preciso ficar sexy.

— O quê?

Coloco meu telefone nas mãos dela, e ela sorri.

— Uau, ele sabe como cortejar uma garota.

— Jules! — Eu agarro seu ombro e balanço-o. — Me ajuda! Não sou boa nisso.

— Venha. — Ela agarra meu pulso e me arrasta até o meu closet. — Aqueles Louboutins vermelhos são obrigatórios. — Ela os tira da prateleira e os entrega a mim.

— O que vou usar com eles? — Estou em pânico.

— Você não tem um vestido preto?

— Não. — Franzo o cenho. Não tenho muitos vestidos.

— Todo mundo tem um vestido preto, Natalie.

— Eu não. — Dou de ombros.

— Entre no banho, esfregue-se, depile-se e esfolie-se. Já volto.

— Vai doer. — Meus olhos se arregalam de medo e Jules sorri para mim.

— Só estamos começando. Vá! O relógio está correndo. — Ela corre para seu quarto e eu começo o banho.

Cinquenta minutos depois, estou polida e lustrada. Jules cacheou meu cabelo castanho e conseguiu prendê-lo de forma sexy, com mechas caindo no meu rosto.

O rosto ficou uma das obras de arte de Julianne. Ela fez com que meus olhos ficassem esfumaçados e sensuais, acentuando o verde deles. Minhas maçãs do rosto estão definidas e meus lábios, pintados com um batom vermelho, que garante não sair por dezoito horas, o que parece bom demais para ser verdade para mim, mas acabei usando-o.

Meus olhos correm pelo resto do meu corpo, no espelho de corpo inteiro que fica atrás da porta do meu closet.

Estou gata.

Jules me emprestou um vestido preto de matar. A gola me lembra algo que Elizabeth Taylor usaria, presa nos ombros com um profundo decote em V. As costas dele vão abertas até a curva das minhas costas. Não tem mangas e é preso na cintura por um cinto apertado. A saia é esvoaçante e macia, chegando até os joelhos.

Sob o vestido, coloquei calcinha preta e cinta-liga com meias cor da pele. Nunca usei ligas antes, mas são maravilhosamente confortáveis, me fazendo sentir sexy e poderosa.

Meus stilettos Louboutins estão de matar com o vestido.

Jules entra no quarto e deixa escapar um assobio bem alto.

— E não é que você mandou muito bem, minha amiga?

Eu rio e dou uma voltinha para que ela veja por completo.

— Mandei?

— Garota, ele vai morrer do coração no minuto em que te ver. Está maravilhosa. — Ela sorri e me abraça forte. — Aqui, esta bolsa combina com a roupa. — Ela me entrega uma linda bolsa vermelha que combina perfeitamente com os sapatos, e eu sorrio em agradecimento.

A campainha toca e sinto cinco mil borboletas no meu estômago.

— Vou atender. Demore um pouco, faça-o suar. — Ela beija meu rosto e desce as escadas.

Olho-me no espelho por mais alguns minutos, e então coloco minhas coisas na bolsa de Jules.

Não cabe quase nada nela.

Não caia nas escadas. Não caia nas escadas. Este é meu mantra enquanto desço. Acho que não estou conseguindo respirar. Estou nervosa demais. Aonde ele vai me levar?

Chego ao final das escadas e entro na sala de estar, e meu juízo me abandona completamente.

Luke está vestindo um terno preto, com uma blusa branca e uma gravata azul que combina perfeitamente com seus olhos incríveis. Seu cabelo bagunçado está penteado, quase implorando por meus dedos. Ele parece muito mais com o astro de cinema sexy e sofisticado, e é todo meu.

Seus olhos se prendem aos meus e um sorriso lento e cheio de prazer se espalha por seu rosto.

— Natalie, você me tira o fôlego.

— Você também não está nada mal.

Luke diminui a distância entre nós e me entrega um buquê de rosas.

— São para você.

— Obrigada — murmuro enquanto enterro o nariz nelas e as cheiro. — São adoráveis.

— Temos que ir, temos reservas. — Ele pega minha mão e beija os nós dos meus dedos, enviando calafrios pelo meu braço.

— Ok.

Jules magicamente aparece do nada.

— Vou colocá-las na água para você. Divirtam-se, queridos. Ambos estão fantásticos.

— Obrigada, Jules. — Entrego-lhe as flores, e Luke me conduz para fora de casa.

Ao invés de sua Mercedes ou do Lexus, há uma limusine preta, com um motorista vestido formalmente, parado em frente à porta traseira já aberta.

— Madame... — Ele me cumprimenta com a cabeça e eu sorrio em retorno. Puta merda, Luke ficou louco! É assim que ele pede desculpas? Se sim, tenho que brigar com ele mais vezes.

Entro na espaçosa limusine e deslizo no banco para que Luke possa fazer o mesmo. Seu interior, onde caberia facilmente dez pessoas, é todo de couro macio e tem um impressionante sistema de som e outros apetrechos. O vidro de privacidade está levantado.

Luke se aproxima de mim graciosamente e beija minha mão.

— Luke, isso aqui é... maravilhoso. Obrigada.

— Nem começamos ainda. — Ele parece tão jovem e feliz, e está claramente empolgado para fazer o que planejou para a nossa noite.

— Já é muito mais do que você precisaria fazer.

— Não, é exatamente o que você merece, amor. — Ele se inclina e me beija doce e suavemente, daquele jeito que faz minhas entranhas se revirarem. — Você está linda esta noite.

Sorrio e fico corada com o elogio.

— Obrigada.

— Estes são os seus sapatos novos?

— Sim. — Sorrio.

— Eles são... uau!

— Eu sei.

Ele ri e me serve uma taça de champanhe enquanto o motorista se afasta da casa e sai em direção a Seattle.

— Um brinde. — Ele segura a taça no ar, e eu olho para ele. — A uma linda mulher, que se tornou muito especial para mim, e que é a pessoa mais incrível que já conheci. Obrigado por estar aqui comigo. — Ele bate sua taça na minha, e eu pisco para conter as lágrimas, tomando um gole da bebida cor-de-rosa.

— Você é muito charmoso — murmuro e sorrio timidamente para ele.

— E você é sexy demais.

— Aonde estamos indo? — Dou outro gole no champanhe. Hummm... delicioso.

— É uma surpresa.

— Vai demorar para chegarmos lá?

— Um pouco. Por que está perguntando?

Tiro a bebida de suas mãos e a coloco do lado da minha em uma pequena mesa perto do frigobar.

— Porque... — Ergo minha saia e sento em seu colo. Seus olhos se arregalam de surpresa, e suas mãos fortes deslizam por minhas pernas. — Quero transar nesta limusine.

— Puta merda, amor, você está usando ligas. — Sorrio presunçosamente e assinto.

— Tenho uma cena de sedução toda planejada para mais tarde. — Sua respiração falha enquanto encosto o centro do meu corpo direto em sua ereção.

— Acredite em mim, não quero arruinar seus planos. — Inclino-me para frente e roço meus lábios nos dele.

— Mas, se você não estiver dentro de mim em vinte segundos, no máximo, não serei responsável pelos meus atos.

— Essa é uma oferta que não posso nunca recusar, amor. — Ele me afasta um pouco, para que possa desabotoar sua calça, tirando a camisa de dentro dela e abaixando-a até suas coxas.

Ao invés de sentar novamente em seu colo, saio de cima dele e fico de joelhos no carpete luxuoso. Suavizo minhas mãos, chupo-o e seus olhos se arregalam.

— Está gostoso?

— Hummm, meu favorito.

Coloco-o em minha boca, apenas girando minha língua na pontinha de seu pau e deslizando minhas mãos para cima e para baixo em sua impressionante extensão. Sinto seus dedos segurando meus cabelos atrás da minha orelha e sei que ele quer agarrá-los, mas também não quer desarrumá-los.

Eu aperto seu eixo com meus lábios firmemente e afundo-o até que o sinto tocar o fundo da minha garganta.

— Meu Deus, pare, Natalie!

Sorrio para mim mesma e me afasto, mas acabo afundando-o de novo, adorando o fato de que o estou enlouquecendo.

— Não, pare, não quero gozar na sua boca. — Ele me pega e me ergue até seu colo, onde me senta novamente. Ele afasta minha calcinha para o lado e eu me esfrego nele, sentindo que meu líquido se espalha por seu corpo.

— Ah, amor, você está tão molhada.

— Você é tão delicioso, querido... Preciso de você dentro de mim.

Ele geme e me beija com força, erguendo meu traseiro sobre ele, facilmente me penetrando. Agarro o encosto do banco atrás da cabeça dele e começo a cavalgá-lo, devagar a princípio, mas suas mãos se movem para cima e para baixo, cada vez mais rápido.

— Vem, linda. Agora. — Ele está beijando meu pescoço, mas movimenta uma das mãos colocando-a entre nós, para posicionar seu dedo em meu clitóris, e me sinto perdida. Estremeço e me agarro nele, choramingando enquanto ele se movimenta uma última vez, esvaziando-se dentro de mim.

— Porra, Natalie! — Sua respiração está falhando. Embrenho meus dedos em seus cabelos e o beijo com tudo que tenho, derramando meu coração e alma neste beijo, tentando transmitir as palavras que não consigo dizer: que eu o amo muito.

Ele segura meu rosto em suas mãos e desacelera o beijo, afastando-me para poder olhar em meus olhos, e vejo amor refletido neles. Isso me faz brilhar por dentro, me faz querer correr o mais rápido possível na direção oposta.

— Obrigada por esta noite — sussurro.

— Ah, amor, ela só está começando. — Ele sorri lenta e docemente, erguendo-me e colocando-me sobre o banco. Procuro ao redor e encontro lenços de papel, com o quais nos limpamos e ajeitamos nossas roupas.

Após nos endireitarmos no banco, Luke pega nossos champanhes e coloca o braço ao meu redor.

— Sinto muito por hoje — ele murmura.

— Eu também. — Suspiro e encosto minha cabeça em seu ombro. — Conseguiu terminar seu trabalho?

— A maior parte dele. Vou ter que fazer algumas ligações amanhã.

— Ah, que bom. — Ele está acariciando meu braço nu com as pontas dos dedos, quase me fazendo ronronar.

— O que você fez hoje?

— Fiquei um pouco com Jules. — Pego sua mão na minha e enlaço meus dedos nos dele, amando suas mãos longas. — Ela está com alguns problemas, então, fiz meu papel de melhor amiga.

— Ela está bem? — Ele parece sinceramente preocupado, o que me faz sorrir. *Meu doce homem.*

— Vai ficar. Problemas com um homem.

— Ah. E o que vocês fazem com essa coisa de melhores amigas? — Ele beija minha testa.

— Bem, muita conversa, tomamos sorvete e outras coisas que não estou autorizada a divulgar.

— Ah, é? — Ele ri e beija minha testa outra vez.

— Sim, eu poderia te contar, mas aí teria que te matar, e acabei me apegando muito a você.

— É verdade? — Ele se inclina para poder olhar em meus olhos, e eu assinto seriamente.

— Sim, me apeguei muito a você.

— E ao que mais se apegou exatamente? — Ele sorri docemente, e eu sei que, apesar da brincadeira, ele quer uma resposta sincera.

— Me apeguei a isso aqui... — Inclino-me e beijo seus lábios suavemente. — Você diz coisas muito doces com essa boca e faz meu corpo cantar com ela também.

— Fico feliz em ouvir isso, menina linda.

Sorrio e beijo a palma de sua mão.

— E gosto de suas mãos, quão expressivas elas são e como me fazem

Fica Comigo | 195

sentir quando estão dentro de mim.

— Hummm, elas adoram ficar dentro de você, amor.

Encosto meu rosto em seu peito, bem na altura do coração.

— E, mais do que tudo, adoro seu coração; quão bondoso você é e quão gentil é comigo. Na maior parte do tempo — acrescento e sorrio.

Seus lábios se abrem enquanto ele expira.

— Natalie, não sei o que fiz para merecer alguém como você, mas faria de novo, várias vezes. — Ele acaricia meu rosto e me beija ternamente enquanto a limusine para. — Chegamos.

Luke sai antes de mim e pega minha mão para me ajudar a sair do carro impressionante. Ele me puxa para seu lado e meus olhos grudam no enorme Chateau na nossa frente.

— Ah, meu Deus!

— Este é o Chateau Ste. Michelle. Vamos jantar aqui hoje.

— Eu não sabia que eles tinham um restaurante. — Meus olhos arregalados encontram os dele.

— Não têm. Só abrem para eventos especiais. Hoje, por algumas horas pelo menos, ele é todo nosso.

Fico inerte. *Ele alugou o Chateau inteiro para mim?*

— Venha. — Ele me guia até a frente da propriedade, onde uma mulher mais velha, com seus cinquenta e poucos anos, está esperando por nós.

— Sejam bem-vindos, Sr. Williams e Srta. Conner. Sou a Sra. Davidson. É um prazer tê-los conosco. Podem, por favor, me seguir? — Ela nos guia pelo corredor até a lateral do Chateau. Há uma fileira de postes de luz antigos, iluminando toda a lateral da propriedade.

Luke pega minha mão e a entrelaça em seu braço, guiando-me pelo caminho, logo atrás da Sra. Davidson. Enquanto fazemos a curva atrás da casa, eu quase engasgo com a visão.

— Ah, Luke. — Sinto-o sorrir para mim, observando minha reação quando vejo a coisa mais linda que já vi. O caminho de pedras nos leva a um pequeno bosque coberto por videiras. Estas chegam a estar pesadas com suas enormes uvas roxas. Há luzes brancas de Natal sobre dez mesas para duas pessoas, passando por todo o bosque, iluminando aquele pequeno espaço. Há um blues suave tocando.

A pequena mesa no centro do pátio de pedras está coberta por um tecido branco. A porcelana também é branca, mas em um dos pratos há uma rosa vermelha. Luke toma a dianteira, puxa a cadeira para mim, e eu sento.

Ele pega a rosa e eu olho em seus olhos cheios de alegria. Ele cheira a flor delicada antes de entregá-la a mim.

— Para você, linda.

— Obrigada. — Aproximo-a do meu nariz e cheiro toda sua doçura.

Luke senta no lado oposto da mesa.

— Querido, isso é maravilhoso! Obrigada. — Pego sua mão por cima da mesa, emocionada com seu gesto devastadoramente romântico.

— Fico feliz que tenha gostado. — Ele sorri e gesticula para o garçom.

— Senhor... madame... — O garçom está vestindo um paletó branco e calças pretas, além de uma gravata borboleta. É um cavalheiro de cabelos brancos e um sotaque inglês, e não há como não se apaixonar um pouco por ele. — Obrigado por se juntarem a nós esta noite. Vamos lhes servir três refeições, além de uma entrada e, é claro, sobremesa. Espero que estejam com fome. — Ele pisca para mim e gesticula para alguém dentro da propriedade. — Aqui está a entrada: lula ao alho combinada com nosso vinho seco Riesling 2009 e espetos de frango à havaiano, combinando com nosso Cabinet Riesling 2008. — Os pratos são colocados na nossa frente, junto com taças de vinho.

Encontro os olhos de Luke do outro lado da mesa.

— Está bonito demais para comer.

— Aproveite, amor.

Então aproveitamos nossas entradas. Os vinhos complementam cada prato perfeitamente, inundando minha boca com gostos e texturas maravilhosos.

Luke segura minha mão, acariciando os nós dos dedos com seu polegar, enquanto finalizamos nosso vinho e esperamos pelo próximo prato.

— Está se divertindo?

— Muito mais do que isso. Isso aqui é... um conto de fadas. — Sinto minhas bochechas queimarem, mas é a verdade.

— É uma bela videira. Temos que vir aqui durante o dia para que você possa ver os jardins.

— Adoraria isso.

— Posso lhes apresentar o primeiro prato? — Nosso garçom está de volta, removendo os pratos vazios e as taças de vinho. — Este é o nosso filete de alabote marinado com manga, abacate e salsa, servido com um Midsummer's White 2009. Aproveitem. — Ele se afasta novamente, deixando-nos com a refeição deliciosa.

Mais dois pratos nos são servidos, com lombo de porco e bife Nova York com batatas Yukon Gold, e, é claro, os vinhos perfeitos para acompanhá-los.

Estou me sentindo muito satisfeita e um pouco embriagada com todo aquele vinho quando chega a hora da sobremesa ser servida.

— Ah, meu Deus, Luke, não sei se ainda tem espaço para alguma sobremesa neste vestido. — Encosto-me e esfrego a barriga, o que faz Luke rir, com olhos iluminados de felicidade. Ele está mesmo se divertindo, e foi gentil e cortês durante a refeição. É muito bom nisso.

Ele gesticula para o garçom, que imediatamente aproxima-se da mesa.

— Sim, senhor.

— Acho que eu e a Srta. Conner vamos dividir a sobremesa, por favor.

— Muito bem, senhor.

— Belo plano. Além disso, vamos perder essas calorias todas na ioga amanhã de manhã.

— Ah, sim, a ioga! Você vai mesmo me fazer ir, hein?

— Sim, com certeza.

— Podemos pular essa parte e ficar na cama o dia inteiro. — Ele pisca para mim por cima da taça de vinho.

— Não posso. Sou a instrutora.

— Eu não fazia ideia. — Ele fica confuso.

— Só dou três aulas na semana. — Dou de ombros. — Além disso, sou muito flexível. Acho que você irá apreciar o show. — Sorrio de forma travessa, escondendo-me com a taça, e observo seus olhos se arregalarem.

— Não perderia por nada nesse mundo.

O garçom reaparece com nossa sobremesa, que é um Crème brûlée de morango e duas taças do vinho Eroica Ice.

Ele também coloca uma caixa da Tiffany, do tamanho de um colar, sobre a mesa, faz uma reverência para nós dois e vai embora.

Ah. Meu. Deus.

Capítulo Dezenove

Eu observo a pequena caixa azul perfeita em cima da mesa, me sentindo um pouco entorpecida. O que será isso?

— É para você — ele murmura e segura minha mão. Meus olhos encontram os dele e eu nem sei o que dizer.

— Você não deveria ter feito isso. — Minha voz é apenas um sussurro.

— Você ainda não abriu — ele responde secamente, mas seus olhos estão esperançosos. Sei que esta não era a resposta que ele estava esperando. Não quero magoá-lo.

Ele pega a caixa e a entrega para mim.

— Abra, amor.

Retiro a fita da caixa e, preso a ela, há um bilhete.

Elas me lembram você. Simplesmente lindas.

Luke

Ah, meu Deus.

Eu sorrio para ele e vejo que seus ombros relaxam um pouco. Ele está inclinado para frente, apoiando-se na mesa, esperando com ansiedade que eu abra a caixa.

Abro a tampa e quase engasgo.

Aninhado dentro da caixa da Tiffany há um colar de pérolas elegantíssimo. Ele tem um fecho de platina, e as pérolas são brancas como leite, com um brilho quase iridescente que reflete as luzes cintilantes ao meu redor. Eu as ergo da caixa e percebo que são suaves e geladas ao toque.

— Luke, é fabuloso.

— Aqui. — Graciosamente, ele se levanta e se coloca atrás de mim, pegando as belas pérolas das minhas mãos, e abre o colar. Ele as coloca ao redor do meu pescoço, e meus dedos imediatamente as tocam enquanto é fechado. Elas tocam exatamente a minha clavícula. Luke se inclina e me beija gentilmente no rosto. Depois, me oferece a mão enquanto Norah Jones começa a cantar *Come away with me*.

— Dance comigo. — Seus olhos azuis estão brilhando de felicidade, e eu estou tão perdida no romance, tão perdida nele, que não consigo resistir.

— Será um prazer. — Ele me puxa para seus braços e começa a deslizar comigo pelo pátio.

— Obrigada pelas lindas pérolas — sussurro para ele.

— De nada, linda. Ficaram perfeitas em você. — Enquanto ele me balança para um lado e para o outro, no ritmo da música, inclina-se e deposita seus lábios gentilmente nos meus.

— Você é bom nisso.

Ele sorri para mim.

— O estúdio me fez participar de algumas aulas.

— Eu aprovo.

— Fico feliz em saber disso. — Quando a música termina, ele me puxa contra seu peito e me envolve com seus braços, encostando os lábios na minha testa. — Venha para minha casa esta noite.

— Prefere ficar na sua casa?

— Sim. Quero você na minha cama.

Eu sorrio e passo os dedos por seu cabelo loiro macio, depois toco seu lindo rosto. Seus olhos são tão azuis e seu maxilar recém-barbeado é tão esculpido. Nunca amei ninguém assim.

— Ok. Vou precisar pegar algumas coisas na minha casa.

Seus dedos traçam minha pele bem abaixo das pérolas e um calafrio sobe pela minha espinha.

— Jules já providenciou isso.

Eu ergo uma sobrancelha.

— Muito confiante, hein?

— Só esperançoso, amor. — Ele beija minha testa outra vez e segura meu rosto nas mãos. Seus lábios encontram meu nariz, minhas bochechas e então param suavemente nos meus lábios. É um daqueles beijos especiais, gentis, e eu suspiro quando os músculos da minha barriga começam a apertar.

— Me leve para casa — sussurro contra seus lábios e seus olhos piscam, ardendo de desejo.

Ele me guia novamente até a mesa, e vejo que nossas coisas foram levadas para o carro. O garçom aparece com minha bolsa, e Luke coloca a mão no meu cotovelo, guiando-me até o carro, deslizando no banco de couro, logo atrás de mim.

Lá dentro, há uma garrafa nova de champanhe e outra rosa vermelha.

— O que há com você e rosas vermelhas?

— Não gosta delas? — Sua voz soa preocupada, e ele enruga a sobrancelha.

— Não, eu adoro. Só que você está me mimando. — Enterro o nariz na flor e olho para ele por cima das sobrancelhas.

— Você está muito linda usando essas pérolas e esse vestido preto, com a rosa pressionada no rosto. — Ele corre os dedos pelo meu rosto, e eu suspiro.

— Obrigada.

— Vem aqui. — Ele me ergue, sem nenhum esforço, para seu colo, e eu me aninho nele, enterrando o rosto em seu pescoço.

— Esta foi a noite mais mágica da minha vida, Luke.

Sinto que ele sorri e beija minha testa.

— Da minha também.

—Acorde, amor, chegamos em casa. — Luke está beijando minha testa e acariciando meu rosto.

— Me desculpa, acabei caindo no sono. — Eu sento e percebo que ainda estou segurando a rosa.

— Adoro tê-la adormecida nos meus braços, amor. Venha, vamos entrar. — O motorista abre a porta de Luke, e ele me coloca no banco, me ajudando a sair do carro logo depois dele. Agradece ao motorista e me guia até a casa.

Meus pés começam a sentir o efeito daqueles sapatos fantasticamente lindos, mas não quero tirá-los ainda. Luke tira a bolsa dos meus ombros, passando seus dedos pela minha pele, e eu sinto minha libido me acordar.

— Seus pés estão doendo? — Ele sempre está atento a como me sinto, e isso me faz sorrir.

— Um pouco, mas tudo bem.

Ele se inclina e me pega no colo, me carregando até o quarto.

— Você gosta mesmo de me pegar no colo — murmuro e beijo seu rosto.

— Faço isso puramente por razões egoístas.

— Ah, é? E quais seriam elas? — Beijo seu rosto outra vez. Amo a forma como sinto sua pele na minha.

— Bem, uma delas é que eu adoro tê-la nos meus braços. E a segunda é que não quero que tire esses sapatos.

Chegando ao quarto, me coloca de pé no meio dele. Aperta um interruptor na parede, e a luz ilumina, enviando sombras suaves por todo o local.

— Deixe-me ajudá-la com esse vestido.

Eu me viro e ele beija meu ombro, enquanto abaixa o zíper nas minhas costas e desliza as alças pelos meus braços. O vestido cai aos meus pés. Ele segura minha mão, enquanto saio de dentro dele, e me viro em sua direção.

Luke ofega e dá um passo para longe de mim, sem me tocar, e eu nunca me senti tão bonita. Seus olhos estão brilhando em adoração e desejo, olhando-me desde os cabelos, passando pelas pérolas, e pelos seios firmemente posicionados dentro de um sutiã sem alças. Ele desce o olhar para o piercing do meu umbigo, para a liga que combina com o sutiã, as meias e os sapatos vermelhos de matar.

Sim, eu sei que estou linda neste momento, e esse é o sentimento

mais maravilhoso e poderoso do mundo.

Eu não me movo na direção dele, apenas fico onde estou, deixando que ele me coma com os olhos. Lentamente, estendo a mão e solto meu cabelo, cacho por cacho, e deixo-o cair nos meus ombros, jogando os grampos no chão.

— Você é exatamente como todas as fantasias que eu já tive, Natalie. — Ele engole em seco, enquanto abre e fecha as mãos em punhos, e eu sei que ele está morrendo de vontade de me tocar.

Eu sorrio suavemente, não querendo quebrar o feitiço, e coloco as mãos para trás, para abrir meu sutiã, e deixo que ele se junte aos grampos no chão, libertando meus seios. Meus mamilos enrugam com seu olhar faminto.

— O que você gostaria que eu fizesse agora? — sussurro.

Seus olhos estão focados em mim, um pouco vítreos, como se ele estivesse embriagado, mas eu sei que não tem nada a ver com o vinho que tomamos a noite inteira. Ele fecha os olhos brevemente e começa a tirar as roupas, deixando-as cair no chão ao redor dele.

De repente, ele está parado na minha frente, nu.

— Estou quase com medo de tocá-la — ele sussurra.

— Por quê? — Inclino minha cabeça para o lado, confusa. *Toque-me. Por favor, pelo amor de tudo que é mais sagrado, toque-me.*

— Tenho medo que você não seja real. — E assim que vejo uma vulnerabilidade em seus olhos, caminho até ele, erguendo minhas mãos até seu tórax, subindo para seus ombros e cabelo. Seus olhos azuis estão olhando para mim, e eu sorrio cheia de ternura.

— Sou real. E sou sua. — Toco seus lábios com os meu, e ele se encolhe, expirando profundamente.

Ele segura minha bunda em suas mãos e me ergue, entrelaçando minhas pernas em sua cintura, enquanto nos leva à cama. Mas ele não me joga lá, ele me envolve com seus braços impossivelmente fortes e me deita gentilmente, sem tirar seus lábios dos meus.

Luke me beija loucamente, com voracidade, segurando meu rosto em suas mãos enquanto deita sobre mim, apoiando-se nos cotovelos. Minhas mãos vão direto para seu bumbum e retornam a seus ombros, indo e voltando várias vezes. Sua ereção está pressionada na minha calcinha molhada, e ele balança os quadris para frente e para trás, enviando correntes elétricas para mim.

— Deus, eu tenho esta fantasia desde o dia em que te conheci — ele murmura, enquanto beija minha boca e meu pescoço.

— Que fantasia?

— Você, usando pérolas e estes sapatos, toda enrolada em mim.

— E como está sendo para você? — Ofego quando ele se esfrega em mim outra vez e coloca minhas pernas ao redor de suas coxas.

Ele sorri contra o meu pescoço.

— Melhor do que qualquer sonho.

Ele esfrega o nariz nas minhas pérolas.

— Você está magnífica com elas.

— Eu as adorei. Obrigada.

Ele se apoia nos cotovelos e me olha intensamente com aqueles olhos azuis. Acaricia meu queixo com os polegares, e eu passo meus dedos por seu cabelo.

— O que foi? — pergunto, deleitando-me com a forma como ele está olhando para mim.

— Eu te amo.

As palavras são fortes, firmes, sem hesitação. Seu olhar não deixa de me encarar um segundo, e eu sei, sem dúvidas, que ele fala a verdade. Meu coração para, e lágrimas enchem o canto dos meus olhos enquanto eu seguro seu rosto precioso em minhas mãos e olho para o homem incrível que tenho.

— Também te amo. — Ele seca minhas lágrimas com as pontas de seus dedos e então se inclina e beija meus olhos.

— Não chore, amor. — Seus lábios tocam meu queixo e vão parar nos meus lábios novamente, e sinto-me aturdida e perdida por ele.

— Faça amor comigo, por favor. — Eu o desejo mais que tudo. Quero senti-lo dentro de mim, se movimentando. Quero ver a paixão em seu rosto, enquanto ele irrompe dentro de mim.

Ele sorri ternamente, tirando minha calcinha com a ponta dos dedos.

Ergo meus quadris para que possa deslizá-la pelas minhas pernas. Ele coloca-se novamente sobre mim e acaricia minha perna, por cima das meias, e esfrega a ponta dos dedos exatamente onde a meia termina.

É delicioso.

As mãos talentosas se movem entre as minhas pernas, e ele desliza dois dedos para dentro de mim; o polegar provocando espasmos no meu clitóris, e eu arqueio para fora da cama.

Ah, Deus, é tão bom!

— Sinta isso, amor.

Ah, eu sinto. Meus quadris se movem e os dedos dele entram e saem de dentro de mim em um ritmo sensual. Ele se inclina e me beija, invadindo minha boca com sua língua no mesmo ritmo de seus dedos. Assim que sinto meu corpo despertar e os calafrios começarem, ele o tira de dentro de mim.

— Não!

Ele sorri e rapidamente me preenche, enterrando-se dentro de mim.

— Ah, sim.

— Melhor? — Seus olhos queimam os meus e ele começa a se mover, subjugando-me com a sensação. Meu corpo está em chamas, e meu coração está cheio de amor por este belo homem. Não consigo encontrar minha voz, então simplesmente balanço a cabeça e me agarro a ele, agarrando seu traseiro, puxando-o mais para mim.

— Ah, amor, você é tão apertada. — Ele trinca os maxilares, e eu o agarro com os músculos mais íntimos, sabendo que ele está muito próximo de sua explosão violenta, então, sinto que vou chegar ao clímax com ele.

— Goze comigo, meu amor. — Seus olhos se arregalam e se fecham novamente, enquanto ele treme dentro de mim, fazendo meu corpo segui-lo, apertando-se ao redor dele, pulsando de desejo. — Ah, Natalie, sim!

Luke está em sua posição favorita, com a cabeça descansando entre meus seios, seus braços ao redor dos meus quadris e sua respiração começando a desacelerar.

Não posso acreditar que tive que esperar por vinte e cinco anos para encontrar um homem capaz de fazer amor doce e ternamente comigo.

Bem, quase vinte e seis anos, a serem completados no sábado.

E quase também não posso acreditar que ele deixou a palavra com A escapar. Espero que não tenha sido por causa do calor do momento, por causa dessa noite impossivelmente romântica. Mas, enquanto penso na forma como ele me olhou ao dizer as três palavrinhas, sei que falava a verdade. Mesmo que nos conheçamos há tão pouco tempo e ainda tenhamos muito a aprender um sobre o outro.

Eu também sei que meu coração nunca se sentiu tão pleno, e nunca conheci um homem tão gentil, inteligente e doce como ele. Sinto-me segura com ele, bonita e protegida.

Sim, ele é um baita ciumento, mas não somos todos?

— Não fique pensando muito nisso, amor.

Olho para baixo, confusa.

— Pensando muito em quê?

— Consigo ouvir as engrenagens do seu cérebro girando dentro dessa cabecinha linda. — Ele beija meu esterno, sai de cima de mim e se deita ao meu lado, apoiando a cabeça no cotovelo.

— Não estou pensando.

— Você não mente muito bem. — Ele se inclina e beija meu nariz, tirando um pouco de cabelo do meu rosto.

— Preciso tirar essas pérolas. — Eu me sento e viro de costas para ele e o sinto abrir o fecho.

— Por quê? — Ele as coloca no criado-mudo enquanto me deito na cama de volta.

— Não quero que elas fiquem presas em alguma coisa e se quebrem no meio da noite. — Suspiro e deslizo minha mão pela lateral da sua coxa.

— Eu falei a verdade, você sabe disso, não é?

Sorrio e me espreguiço preguiçosamente.

— Eu sei.

— A que horas temos que acordar amanhã? — Estou aliviada por ele

ter mudado de assunto. Tenho muito a pensar.

— A aula começa às nove.

— Então é melhor dormir.

— Não vou dormir de sapatos.

Ele ri e se levanta, tirando cada sapato do meu pé e colocando-o gentilmente no chão. Então solta as meias das ligas e as desliza pelas minhas pernas.

— Você tem pernas lindas, amor. — Ele as beija e também tira a liga, jogando-a no chão. Ele engatinha para perto de mim e nos cobre com o edredom, me puxando para seus braços. Descanso a cabeça em seu peito e suspiro, sentindo seus lábios na minha testa.

— Vá dormir, linda.

— Boa noite — murmuro e caio no sono, exausta.

Acordo de repente e procuro por Luke, mas ele não está lá. A cama está fria e vazia.

Aonde ele foi?

Coloco a camiseta branca que ele estava usando mais cedo e saio do quarto. Ele não está no loft, então, vou para o primeiro andar.

Está escuro. Eu não o vejo na sala de estar, nem na cozinha. Estou começando a ficar muito assustada quando percebo uma movimentação no deck.

Caminho pela escuridão até a porta aberta sem que ele me note. Está de pé, apoiado na grade, banhado pela luz da lua. Veste uma calça de pijama preta, presa em seus quadris sensuais, sem camisa. Está apoiado pelos cotovelos na grade, olhando para a água azul da meia-noite que está refletindo a lua.

Queria muito estar com minha câmera aqui.

Fico atrás dele e beijo suas costas, envolvendo-o com meus braços. Adoro abraçá-lo assim.

— Te acordei? — ele sussurra.

— Não, acordei porque você não estava lá. — Beijo-o novamente. — Você está bem?

— Estou, só não consegui dormir. — Ele se vira para olhar para mim, apoiando os quadris na grade e envolvendo-me em seus braços. Seu rosto está iluminado pela luz da lua, seus olhos olham para mim intensamente. — Como você está?

— Solitária. Volte para a cama.

— Ok — ele sussurra e beija minha testa. — Vejo que pegou minha camisa emprestada outra vez.

— É um mau hábito meu.

— Tudo bem, você pode me devolvê-la lá em cima. — Ele me levanta nos braços outra vez, e eu rio enquanto ele me carrega para o quarto.

Capítulo Vinte

Fico surpresa por acordar antes de Luke. Temos que chegar na aula de ioga em mais ou menos uma hora, mas não consigo resistir a ficar ali deitada observando-o dormir.

A luz da manhã entra por sua janela que vai do chão ao teto. Adoro seu quarto enorme, com os móveis enormes. A cama é imensa, e os lençóis brancos parecem de algodão egípcio, macios sob minha pele.

Luke está deitado de costas, com uma mão sobre a cabeça. Seu rosto fica suave enquanto ele dorme, sua barba matinal é sexy, e seu cabelo bagunçado fica mais bagunçado que o normal.

E ele me ama!

Vou ao banheiro para atender ao chamado da natureza e, quando volto ao quarto, pego as roupas, sapatos e grampos da noite anterior, ainda espalhados pelo chão, um sorriso surgindo em meu rosto.

Reparo que uma das minhas malas está sobre uma cadeira perto da janela e faço uma nota mental para agradecer a Jules.

Fico feliz em encontrar minhas roupas de ioga, roupas de baixo limpas e outras roupas casuais e artigos de higiene, incluindo uma escova de dentes novinha. Decido tirar tudo e me estabelecer um pouco. Se ele quiser que eu tire tudo, sem problemas. Se quiser que eu deixe algumas coisas minhas em sua casa, tudo bem também.

Adiciono minha escova de dentes e um desodorante ao seu armário da pia, além de um frasco de xampu e sabonete líquido ao box. Jules deve ter saído para comprar isso tudo, e eu quero não apenas agradecê-la, como também planejo surpreendê-la com um tratamento especial.

Deixo as roupas na mala, mas pego as que vou usar na ioga e volto para a cama.

Luke ainda está dormindo, e temos muito tempo, então, o deixo ali e vou até o primeiro andar para preparar o café.

Caminho por sua cozinha, abrindo os armários coloridos até finalmente encontrar o café e a cafeteira, além de algumas canecas. Enquanto o café passa, abro as portas francesas que dão para o deck e vou lá para fora para aproveitar a bela vista de Puget Sound. Respiro bem fundo aquele ar fresco.

Está um dia lindo. O céu amanheceu com um azul brilhante, enquanto o sol da manhã está pleno e brilhando sobre a água azul. A balsa está deslizando graciosamente pela Ilha Bainbridge. Gaivotas voam por cima da água, e a brisa está soprando meu cabelo gentilmente. Um dia glorioso.

— Pensei que você não fosse uma pessoa madrugadora.

Eu me viro ao ouvir o som de sua voz rouca e sexy. Ele me envolve em seus braços e me abraça apertado.

— Bom dia, querido.

— Bom dia, amor.

Inclino minha cabeça para trás, sorrindo para ele.

— Estou fazendo café.

— Eu senti o cheiro. Obrigado. Por que não me acordou? — Ele beija minha testa e respira bem fundo.

— Você parecia tão em paz, e não temos pressa.

— Você tirou algumas coisas da mala. — Encosto minha cabeça em seu peito, evitando seu olhar.

— Sim, mas posso guardá-las, se você preferir que eu não deixe minhas coisas aqui.

Ele segura meu queixo em seus dedos e inclina minha cabeça para trás, tocando meus lábios com os dele em um beijo que faz com que meus dedos se curvem.

— Gosto de ter suas coisas aqui. Pode deixá-las.

— Ok. — Sorrio timidamente. — Vamos tomar café.

— Está pronto? — Sorrio para Luke, que agora está vestindo um short de basquete e uma regata. Está fantástico.

— Tanto quanto poderia estar. — Ele parece nervoso, e meu coração derrete.

— Vai ficar tudo bem. Lembre-se do que eu disse sobre manter seu próprio ritmo e só se alongue até o ponto que for confortável. Não quero que se machuque.

— Não vou me machucar.

— Ok. — Eu sei que ele pensa que vai ser moleza. Não tenho dúvidas disso, pois ele está em ótimas condições físicas, mas ioga demanda mais força do que muitas pessoas imaginam.

Eu abro o estúdio e convido-o a entrar. As janelas de vidro são todas foscas, assim as pessoas do lado de fora não podem parar e olhar. Há espelhos cobrindo uma parede inteira, com uma barra montada para a aula de balé daquela tarde. Tapetes de ioga estão enrolados e encostados em um canto. Caminho até o sistema de som e escolho uma música calminha.

— Ok, vamos pegar nossos tapetes. Os alunos vão começar a chegar logo, logo.

— Quantas pessoas costumam frequentar esta aula? — Sinto seu medo de ser reconhecido.

— Umas oito ou dez. É uma turma pequena.

Ele assente e nós espalhamos nossos tapetes. Coloco o meu de frente para a turma, perto do espelho, com ele na minha frente. Os alunos começam a chegar e pegar seus tapetes, espalhando-os por todo o estúdio. Ninguém presta atenção em Luke, e eu o vejo relaxar. Sorrio para ele, que pisca para mim.

— Ok, pessoal, vamos começar. — Durante a hora seguinte, eu conduzo a classe a fazer várias posições, variando-as para acomodar tanto os alunos mais novos quanto os mais experientes. Como sempre acontece, me perco por causa da música e pelo fluxo da ioga, mas não consigo não me distrair com Luke e seu corpo forte. Ele é mais flexível do que pensei, além de ser gracioso. E observar seu corpo tonificado se mover e se flexionar é um prazer.

Ele também está me observando, com mais interesse de que apenas para ver qual pose estou fazendo. Quando nossos olhos se encontram, o calor é inegável, e eu sei que o estou excitando tanto quanto ele está me excitando.

Mal posso esperar para ficar a sós com ele.

Estou na postura do cachorro olhando para baixo e me viro para dar uma olhada na turma. Vejo que Luke está olhando para minha bunda.

Sorrio.

Finalmente, a aula termina e eu estou tão excitada que mal consigo enxergar. Os alunos de despedem e saem para começar seu dia, e finalmente eu e Luke somos deixados sozinhos. Ele caminha até a porta e a tranca, fazendo meu coração pular dentro do peito.

— Vai ter mais alguma aula aqui hoje de manhã? — pergunta.

— Não, só à tarde — respondo.

— Bom.

— O que está pensando? — pergunto.

— Estou pensando — ele começa a caminhar na minha direção bem devagar — que você é a mulher mais sexy que eu já vi em toda a minha vida.

Seus olhos se estreitam e seu rosto fica sério enquanto ele caminha até mim.

— Ah. — Tento me manter no controle. — Então você gostou da aula.

— Não tinha ideia de que você conseguia mexer esse corpinho lindo dessa forma.

— Já faço isso há muito tempo.

— Sim, estou vendo. — Ele finalmente se coloca a menos de um passo de distância, e eu estendo a mão para acariciar seu rosto.

— Estou feliz por ter participado. Foi um prazer ver você se mexendo.

Ele sorri, encantado comigo, e pega minha mão na dele, deixando-se levar por meu toque e fechando seus olhos por alguns minutos. Ele abre aqueles olhos azul-bebê, que agora estão em chamas.

Puta merda, adoro quando ele me olha assim.

Luke me encosta no espelho e segura meu rosto em suas mãos, beijando-me como se a vida dele dependesse disso. Agarro seus quadris com minhas mãos e me entrego ao beijo, despejando toda a minha frustração da última hora nele.

— Quero você — murmura contra meus lábios.

— Eu estou te querendo há mais de uma hora. Estou surpresa por ter conseguido falar durante a aula. — Ele sorri contra os meus lábios.

— Vamos tirar estas roupas, pode ser? — Ele tira meu top e o sutiã por cima da minha cabeça e os joga no chão, trabalhando rapidamente na minha calça e calcinha. Devolvo o favor, livrando-o de suas roupas de malhação, e ele me vira de frente para o espelho. — Coloque as mãos na barra, amor.

Obedeço feliz. Ele beija meu ombro e me envolve com seus braços, segurando meus seios em suas mãos, massageando os mamilos sensíveis com seus dedos. Observar nosso reflexo no espelho envia eletricidade direto para a minha vagina. Suas mãos grandes se espalham pelo meu peito, agarrando meus seios. Seus lábios estão em meus ombros, seus olhos estão fechados, e a expressão em seu rosto é primitiva, desejosa e... *ah, meu Deus!*

— Ah! — Inclino a cabeça para trás, contra seu peito, empurrando meus seios em suas mãos.

— Você me enlouqueceu com essas posições todas, amor. Não sei como consegui me controlar.

Eu ofego e sorrio para ele pelo espelho.

Ele desliza uma das mãos pela lateral do meu corpo, traçando minha tatuagem, pelo meu quadril, minha bunda e encontra minha parte central.

— Porra, amor, você está tão pronta pra mim. — Seus lábios estão no meu pescoço, mordendo, enviando calafrios pela minha espinha.

De repente, ele afasta meus quadris, deixando-me inclinada, com as mãos na barra, e morde meu ombro com força antes de me penetrar.

— Ah, Deus! — Ele agarra meu cabelo com uma das mãos e meu quadril com a outra, penetrando-me, mais rápido e mais forte, com seus olhos tempestuosos presos aos meus no espelho.

Porra, é tão bom! Eu me inclino mais para ele e sinto o orgasmo me dilacerar, rápido, forte, e eu explodo.

Ele dá mais duas estocadas e se rende à sua própria libertação.

Enquanto saímos do estúdio de ioga, recebo uma mensagem de Jules.

Jantar de aniversário na casa dos meus pais amanhã à noite. Traga o Luke.

Eu franzo o cenho. Como vou mencionar isso para ele?

— O que foi? — Ele me conduz até seu carro e se inclina para me beijar antes de se colocar atrás do volante.

— Nada.

Ele ergue uma sobrancelha para mim, e eu me ajeito no banco.

— Fale comigo, amor.

— Os pais de Jules nos convidaram para jantar amanhã à noite.

— Ah, é? Qual a ocasião? — Ele dá a partida no carro e começa a dirigir em direção à sua casa.

— Meu aniversário — sussurro e mordo os lábios.

— O quê? — Ele olha para mim, com os olhos arregalados, e então segue na estrada.

— Bem, é só no sábado, mas eles querem fazer um jantar para mim amanhã. — Estalo meus dedos sobre o colo e olho para baixo. Isso é um pouco desconfortável.

— Quão próxima você é da família dela?

— Ah, eles praticamente me adotaram depois que meus pais morreram. — É muito mais fácil falar disso. — Os pais dela são ótimos. Ela tem quatro irmãos mais velhos. O mais velho, Isaac, e sua esposa acabaram de ter neném. Ainda não a conheci.

— Então vai ser um lance de família? — *Ah, o que ele está pensando?* Ele não parece irritado, mas não parece animado também.

— Sim. Você pode ir comigo?

— Claro. Parece divertido. Mas quando você ia me contar que seu aniversário é neste final de semana?

Dou de ombros e olho pela janela.

— Eu não tinha pensado nisso, honestamente. Normalmente não dou muita atenção a isso.

— Mas talvez eu queira dar atenção a isso. — Sua voz está enganosamente macia.

— Não fique chateado — sussurro. — É que eu me sentiria estúpida dizendo: Então, vamos à ioga? E, a propósito, meu aniversário é no sábado.

— Não, mas teria ajudado bastante. — Ele me deixa em casa, para que eu possa trabalhar. Pega o vestido de Jules e meus sapatos no porta-malas e entramos.

— Então, vamos ao jantar amanhã à noite?

— Sim, vamos. — Ele me abraça forte.

— Obrigada. Você tem muito trabalho para hoje? — pergunto, tentando distraí-lo.

—Sim. Um pouco. E você?

— Tenho duas sessões e preciso levar o vestido de Jules para a lavanderia.

Ele franze o cenho.

— Vestido de Jules?

Merda.

— Sim, ela me emprestou.

— Por quê?

— Porque eu não tenho nenhum vestido formal. — Dou de ombros. — Mas não tem problema.

— Quero te levar para fazer compras pelo seu aniversário.

— Não. — Eu balanço a cabeça enfaticamente e caminho em direção à cozinha.

— Por que não?

— Você não precisa comprar roupas para mim. Posso comprar um sapato de três mil dólares sem nem piscar o olho, Luke. Não preciso que me vista.

— Não disse que você precisa. Sou seu namorado, pelo amor de Deus. É isso que fazemos. Deixe-me mimá-la.

— Você já me mima. — Sorrio quando lembro das flores, do café, do jantar da noite passada. — Você me mima de todas as formas.

— Nat, eu sou muito rico. Posso me dar ao luxo de gastar dinheiro com você.

— Idem. — Cruzo meus braços no peito.

— Você é tão teimosa! — Ele balança a cabeça e passa a mão no cabelo, o que me faz ficar maravilhada. — Você está sorrindo?

— Quase isso. Você fica engraçado quando está bravo comigo.

Ele ri e olha para o teto.

— Deus, você é frustrante.

— Eu sei. Mas te amo.

Seus olhos suavizam, e ele me puxa para seus braços.

— Amo você também.

Eu me inclino e o beijo suavemente nos lábios e depois no canto de sua boca.

— Estou falando sério, amor. Pegue meu cartão de crédito e vá com a Jules ao shopping. As duas, por minha conta, pelo seu aniversário.

Eu abro minha boca para argumentar, mas Jules entra na cozinha.

— Ok, não precisa nem falar duas vezes. Obrigada. — Ela pisca para ele e sorri.

— Ei! Nem pensar. E estou falando sério.

— Jules, você tem planos para amanhã, antes do jantar na casa dos seus pais? — Luke está falando com ela, mas olhando para mim.

Vou perder a briga.

— Não. Estou com a agenda livre. — Ela sorri.

— Ótimo. Você pode levar minha namorada para fazer compras, por favor? E um spa também está na lista.

Um spa também? Meu queixo cai.

— Vai ser uma honra e um prazer, generoso cunhado. — Jules ri de sua própria piada, e Luke se junta a ela. Tudo que posso fazer é olhar de um para o outro.

— Estou na droga da sala, gente!

— Eu sei, amor, só estou planejando umas coisinhas para o seu aniversário. — Ele dá um sorriso malicioso e pisca. Não sei se devo beijá-lo ou espancá-lo.

— Gosto do seu namorado, Nat. — Jules sorri docemente para mim, e eu sei que estou perdida.

— Tudo bem — eu murmuro.

— Seu entusiasmo é inspirador. — Os olhos de Luke estão brilhando de bom humor.

— Vamos ao spa, mas nada de compras. — Estou torcendo muito para que ele aceite o compromisso, mas vejo que não vou conseguir argumentar.

— Você vai fazer compras. Compre o que quiser. O cartão de crédito não tem limite.

Balanço a cabeça para ele.

— Vamos falar sobre teimosia.

Ele dá de ombros e me beija com força, mas se afasta abruptamente, me deixando sem equilíbrio.

— Você vai para a minha casa quando terminar suas sessões de fotos?

— Sim. Te mando uma mensagem quando terminar. — Suspiro, resignada com meu destino de amanhã. Sei que Jules vai seguir todas as instruções de Luke.

Traidora.

— Bom, te vejo mais tarde. — Ele me beija novamente e encosta a testa na minha. — Amo você, linda.

E, como se meu mundo voltasse ao lugar, neste momento, sou capaz de fazer qualquer coisa que ele queira.

— Também te amo, homem autoritário.

Capítulo Vinte e um

— Jules, não quero gastar o dinheiro dele. — Ouço a lamúria em minha própria voz, mas não me importo.

— Querida, ele quer fazer algo legal por você. É seu aniversário.

Estamos andando pela loja Neiman Marcus, no centro de Seattle. A loja não está muito cheia hoje, levando em consideração que estamos no meio da semana. A vendedora é muito atenciosa e está ansiosa para receber uma comissão inesperada.

— Me sinto uma golpista.

Jules ri enquanto pega uma blusa de uma arara, mas logo a devolve.

— Você não é uma golpista. Vamos, experimente essa aqui. — Ela me entrega uma blusa preta e continuamos a andar.

Já fomos ao spa de manhã. Nós duas fizemos limpeza de pele, massagens, pedicure, manicure e nos depilamos. Tenho que dizer, foi fantástico.

— O spa era suficiente. Seria um presente generoso, relaxante e perfeito.

— Nat, pare de lutar contra isso. Luke está sendo incrivelmente generoso e *quer* que aproveitemos o dia de hoje. Concordo que não tem necessidade de sair comprando como uma louca, mas faça o homem feliz e compre algumas coisas bonitas. Você vai mesmo precisar de um vestido formal se ele continuar a planejar encontros como o da noite passada, e você tem que fazer o seu papel.

Puta merda, é verdade.

Nunca tinha considerado isso. Será que ele vai a pré-estreias dos filmes que produz?

Que droga.

Duas horas e alguns milhares de dólares depois, saímos da loja cheias de bolsas e caixas. Não posso acreditar que ela me convenceu a tudo isso. Estou feliz que ela também comprou algumas coisas para si mesma. Luke vai aprovar.

Comprei três vestidos de noite e os acessórios apropriados para eles, algumas blusas, jeans, dois novos pares de sapatos — *Manolo Blahniks!* — e uma bolsa da *Gucci*.

Talvez eu enlouqueça e devolva tudo amanhã.

Jules comprou para ela um par de Louboutins e uma bolsa de mão. Enquanto saímos da loja e caminhamos até o carro, sinto que ela está mais feliz do que nunca, desde a sua escapadinha com o chefe; sorridente, solta e relaxada. Isso a deixa ainda mais linda.

Três horas em um spa e duas horas gastando o dinheiro de outra pessoa na Neiman fazem bem a qualquer garota.

Voltamos para nossa casa para nos arrumarmos para a festa. Estou muito feliz porque vou encontrar a família de Jules e conhecer sua nova sobrinha, a pequena Sophie.

Luke vai chegar em uma hora.

— Você vai usar aquela blusa vermelha linda com a calça jeans nova? — Jules pega sua nova bolsa Louis Vuitton de sua capa marrom e começa a passar suas coisas para ela.

— Acho que sim. Esta bolsa é linda. — Além de sapatos, bolsas são a minha fraqueza, e não posso evitar namorar minha nova Gucci.

— Eu já mencionei que gosto do seu namorado? — Jules sorri.

— Ele é um homem acima da média, com certeza.

— Ele realmente te ama, Nat. Consigo ver isso escrito nele inteiro. Só quer te fazer feliz.

Meu coração fica um pouco emocionado com seu discurso. Ela está certa. E se me mimar com coisas novas é o que o faz feliz, quem sou eu para reclamar?

— Você avisou sua família sobre ele? Não quero que ninguém dê uma de fã maluco com ele hoje.

— Sim, eu avisei. Eles tiveram bastante tempo para bancarem os fãs loucos em segredo. Você sabe que eles são legais. Além do mais, eu tenho irmãos. Eles não se importam se ele é gostoso ou não.

— Bom argumento. — Sorrimos uma para outra e então subimos para nos prepararmos para hoje à noite.

— Oi, linda! — Luke me puxa para seus braços e me dá um beijo estalado.

— Oi, bonitão. — Sorrio para ele e faço com que entre na casa.

— Estão prontas, moças? — Ele está delicioso vestindo um jeans preto e uma camisa de botão branca. Passo meus dedos por seu cabelo loiro e macio.

— Sim.

— Você parece feliz. — Ele beija minha bochecha e me abraça de novo. — E está linda com esta blusa vermelha.

— É nova. — Sinto meu rosto corar.

— É? Gostei muito dela.

— Obrigada, por tudo. — Eu o beijo, segurando seu lindo rosto em minhas mãos.

— Vocês se divertiram?

— Foi ótimo. Você nos mimou hoje. Obrigada por incluir Jules.

— Gosto de Jules.

— Ah, é? — Ergo uma sobrancelha.

— Ela te ama e é sua melhor amiga.

Nossa, ele é tão doce!

— Ah, Deus, por favor, não fiquem assim a noite inteira. — Jules chega na sala revirando os olhos.

— Olá para você também. — Luke ri e beija minha testa, soltando-me.

— Obrigada por hoje, Luke. Nos divertimos muito e estou morrendo de orgulho da minha bolsa. — Jules sorri docemente.

— Combina com você. E de nada. Podemos ir?

Pego a bolsa da minha câmera e sigo Luke até o carro. Ele ergue uma sobrancelha, olhando para minha bolsa.

— Acha que eu vou a um jantar de família com um bebê recém-nascido e não vou levar minha câmera? Sou uma garota, Luke!

Ele sorri e abre a porta para mim.

Luke e eu seguimos Jules em carros separados até a casa de seus pais. Eles vivem em uma subdivisão ao norte de Seattle, onde a maioria das casas são iguais: gramados bem cuidados, cercas baixas com canteiros de flores coloridos e crianças andando de bicicleta nas calçadas. A casa é grande, com um enorme quintal.

Ninguém, nem mesmo os próprios Montgomery, sabe que eu sou a doadora anônima que pagou a hipoteca deles no início do ano.

— É um bairro legal — Luke comenta, e eu sorrio para ele.

— É sim. Combina com os pais da Jules. Todos os seus filhos já saíram de casa, então, ela tem o tamanho perfeito para eles. Estou feliz que o dia está bonito hoje, assim podemos nos sentar no quintal. O pai dela fez um ótimo trabalho com ele. Você vai amar.

Ele para em frente à casa, e Gail, mãe de Jules, vem correndo nos receber.

— Ah, minhas meninas estão em casa! Olá, querida! — Ela me envolve em seus braços, e eu sinto lágrimas surgirem em meus olhos. Esta mulher é muito especial para mim.

Ela me afasta e me olha, com suas mãos segurando meus ombros.

— Está adorável, querida. Feliz aniversário.

— Obrigada, Gail. Este é meu namorado, Luke.

— Sra. Montgomery... — Luke lhe oferece a mão, mas ela também o envolve em um enorme abraço.

— É um prazer conhecer você, Luke. Por favor, me chame de Gail. Bem-vindo.

O sorriso dele se alarga, mas parece um pouco envergonhado.

— Obrigado.

— Oi, mãe! — Jules abraça a mãe bem forte.

— Todo mundo está aqui. Estamos no quintal. Seu pai está fazendo churrasco, e estou rezando para que não queime a casa toda.

Luke pega minha mão e caminhamos pela casa lindamente mobiliada, passando pela bela cozinha, e saímos para o quintal. Sorrio quando vejo Luke ficar impressionado.

— Eu te disse — murmuro para ele.

A parte de trás da casa dá para um cinturão verde, por isso não há vizinhos atrás deles. O terreno tem pouco menos de um hectare. Belos arbustos aumentam a altura da cerca de privacidade que envolve o quintal. Há caminhos de pedras revestidas com luzes solares que levam a diferentes partes dos jardins. Há uma profusão de cores de todas as flores, vermelhas, amarelas, roxas, rosa. Em alguns dos jardins há pequenos bancos onde se pode sentar para aproveitar o dia.

Também há muitas árvores frutíferas para fazer sombra. Steven Montgomery passa horas neste jardim, e dá para perceber isso.

Uma parte grande do quintal é coberto. Tem uma enorme churrasqueira de aço no canto esquerdo, com fumaça saindo dela naquele momento. Há duas mesas de quintal redondas, com cinco cadeiras em cada uma, bem no meio do pátio, e um pouco mais longe há uma área com dois sofás de dois lugares.

— Eu poderia passar o dia inteiro aqui — Luke murmura, e eu concordo.

Olho para as mesas e vejo dois rostos familiares, embora inesperados.

— Seus pais estão aqui!

Ele fica corado e encolhe os ombros.

— Jules perguntou se ela podia convidá-los, e eu pensei que seria uma boa ideia. Quero que nossas famílias se conheçam, Nat.

— Uau! — Estou pasma. Ele nunca para de me surpreender.

— Tudo bem?

Se está tudo bem? Eu o amo. Seus pais são adoráveis, e, sim, quero que conheçam minha família. A família de Jules é a única que tenho.

— Tudo ótimo. — Ele sorri, aliviado, e beija minha mão.

Guio Luke até as mesas e começo a apresentá-lo à enorme família de

Jules, abraçando Lucy e Neil.

— É bom te ver, querida. — Lucy me abraça bem forte, e eu retribuo.

— Obrigada por virem. Estou feliz em vê-los.

O pai de Jules abandona a churrasqueira e vem em minha direção.

— Venha aqui, aniversariante! — Ele me ergue do chão em um abraço enorme e me gira no ar. — Você está muito magra. Vou te engordar um pouco hoje.

Eu rio e beijo seu rosto macio. É um homem baixinho, mas com músculos sólidos assim como os de seus filhos, careca, embora costumasse ser loiro como a filha. É um dos homens mais bondosos que já conheci.

— Mal posso esperar. Estou faminta.

— Que bom. Este é o seu homem? — Ele se vira para Luke e lhe estende a mão.

— Sim, este é Luke.

— Então você é um astro do cinema, hein? — *Ah, meu Deus.* Ele vai encher o saco de Luke. Um silêncio cai sobre o pátio enquanto todos param de falar para ouvir a resposta.

Sinto que meu rosto fica escarlate e começo a interromper, mas Luke coloca a mão no meu cotovelo e sorri para mim antes de apertar a mão de Steven firmemente.

— Não, senhor, não sou um astro. Obrigado por incluir a mim e a minha família aqui hoje.

— Posso te matar se magoá-la? — Steven ainda segura a mão de Luke na sua, estreitando seus olhos para ele, e eu só quero morrer. Agora.

Puta merda.

Luke ri.

— Não, senhor. Posso ajudar na churrasqueira.

— Você sabe usar uma churrasqueira? — Steven sorri e suspira.

— Sei.

— Então por que não disse logo? Estamos preparando costelas e frango. — E logo Steven dá um tapinha nas costas de Luke e o conduz até a churrasqueira.

Os irmãos de Jules se apresentam a Luke e lhe oferecem uma cerveja. Assim, a conversa prossegue.

A esposa de Isaac, Stacy, me abraça forte.

— Feliz aniversário. — Ela é uma mulher pequena de cabelos vermelhos e olhos azuis sorridentes.

— Obrigada. Você está fantástica. Onde está o bebê? — Meus olhos observam o pátio até que encontro Sophie nos braços de Jules, em um dos sofás.

Eu e Stacy nos juntamos a ela e eu estendo as mãos.

— Bebê. Minha.

Jules ri.

— Eu acabei de pegá-la.

— Não importa. Eu nunca a segurei. Pode me passá-la, Montgomery.

Jules me passa a pequena Sophie e eu me derreto. Ela é pequena, tem menos de duas semanas de vida. Seu cabelo escuro é longo e macio, e um pouco selvagem como todo cabelo de bebê. Stacy colocou uma faixa cor de rosa em sua cabecinha. Ela está usando um lindo vestidinho com uma calcinha cor-de-rosa e está descalça.

Passo minhas mãos por seu rosto e pressiono os lábios em sua testa. Ela está dormindo, sem nem perceber a festa que acontece ao seu redor.

— Ah, Stacy! Estou apaixonada por ela. — Sorrio para a mãe, e esta se envaidece.

— É uma bebê muito boazinha.

— É preciosa! — Olho para ela novamente e a movimento, fazendo com que descanse em meu peito, enroladinha sob meu queixo. Acaricio-a novamente e começo a niná-la e cantarolar. Não há nada como ter um recém-nascido no colo.

— Você é tão doce... — murmuro para ela.

Olho para cima e meus olhos encontram o olhar intenso de Luke. Ele está me observando, mas é impossível ler seus pensamentos. *O que será que ele está pensando?*

Sorrio para ele, e um canto da sua boca se ergue e seus olhos suavizam.

Olho para minha direita e vejo a mãe de Luke olhando para mim, também pensativa. Um sorriso lentamente se espalha pelo seu rosto, e ela pisca para mim.

Sophie dá um gemidinho, e eu olho para ela. Pego sua chupeta e a coloco em sua boca, e ela começa a chupá-la avidamente enquanto passo a ponta dos dedos por seu cabelo macio.

— Natalie!

— Hum?

Jules está rindo.

— Perguntei se você trouxe sua câmera.

— Claro. Estou segurando minha mais nova modelo. Talvez possamos tirar algumas fotos da família depois do jantar?

— Com certeza. Agora me devolve o bebê.

— Não.

— Você é egoísta. — Julie faz uma careta para mim, e Stacy ri.

— Sim. Eu e Sophie vamos dar uma caminhada. — Eu me levanto e caminho com ela por um dos caminhos que leva a um jardim com sombra. — As flores não são lindas, Sophie? — sussurro para a bebê adormecida e balanço-a de um lado para o outro.

— Você tem jeito com bebês. — Luke se junta a nós, e eu sorrio preguiçosamente para ele.

— Adoro bebês. Nunca tive irmãos, então estou vivendo a experiência indiretamente através de Jules. — Eu dou de ombros e beijo a cabecinha de Sophie.

Ele estende a mão e passa as costas do dedo pelo rostinho de Sophie, e eu sinto meu coração se revirar. Seu dedo parece tão grande naquela carinha pequena.

— Ela é um docinho — murmuro.

— Você é um docinho. — Ele prende uma mecha de cabelo atrás da minha orelha e passa o dedo pelo meu rosto, antes de deslizar a mão para dentro do bolso.

Olho para o bebê adormecido e, pela primeira vez na minha vida, imagino como seria ter algo assim um dia. Um marido e um bebê, e, quando pinto essa imagem na minha mente, o homem em questão está bem na minha frente.

Isso não é bom. Pare com isso. Largue o bebê.

— Ei! O jantar está pronto e eu quero esse bebê de volta! — Jules está parada em uma das extremidades do quintal, gritando na nossa direção, e eu sorrio para Luke.

— Vou ter que disputar com ela uma queda de braço mais tarde para poder pegar essa doçura de novo.

Luke ri e nos acompanha até o pátio para jantarmos.

Este foi o melhor jantar de aniversário da minha vida. Os Montgomery se enturmaram com os pais de Luke, envolvendo-os na conversa e aproveitando sua companhia. Neil e Lucy pareciam relaxados e felizes, rindo com Steven e Gail, compartilhando histórias sobre a infância de seus filhos.

Todos os irmãos, Isaac, Will, Caleb e Matt, provocaram Luke sem piedade por ele ser um ator famoso, perguntando sobre atrizes bonitas, e conversaram muito sobre futebol americano, uma vez que Will está jogando pelos Seahawks, e porque eles são homens.

Qual o problema entre garotos e futebol?

Luke riu mais do que eu já tinha visto, e eu me apaixonei ainda mais por ele ao observá-lo com minha família. Ele foi atencioso comigo, enchendo meu copo, segurando minha mão e se mantendo próximo de mim durante toda a noite. Suspeito que teria me sentido sufocada se fosse outra pessoa, mas com ele só me sinto amada.

Porque ele me ama.

A pequena Sophie ficou passando de braço em braço durante toda a noite, e agora está deitadinha nos braços de Lucy, que está cantarolando para ela.

— Netos não são a melhor coisa do mundo? — Gail sorri para sua linda netinha.

— Não tenho nenhum ainda, mas mal posso esperar. — Lucy sorri para Gail e logo passa para Luke, e ele se remexe no banco.

Não consigo evitar rir dele bem alto.

— Você me acha engraçado, amor? — Luke estreita os olhos para mim, mas vejo humor neles.

— Sim, isso foi engraçado.

— Ok! Hora do bolo! — Jules aparece carregando um belo bolo de chocolate com vinte e seis velas nele.

— Você vai colocar fogo na casa, Jules!

Ela sorri afetadamente e se coloca na minha frente.

— Faça um pedido — Luke sussurra no meu ouvido.

Sopro todas as velas de uma única vez.

Gail corta o bolo e o passa adiante. Está com um cheiro divino. Gail faz os bolos mais deliciosos.

— Obrigada por fazer o meu bolo favorito, Gail. — Eu me inclino e beijo se rosto.

— Não há de quê, querida. Amo você.

— Amo você também.

— Ok, agora os presentes! — Jules dá um pulinho e eu franzo o cenho.

— Sem presentes! Quantas vezes vou ter que dizer, pessoal? Sem presentes.

Todo mundo ri de mim.

— Não vamos te ouvir, pentelha. — Isaac sorri para mim, e eu olho para ele.

— Não gosto de você.

— Você me ama.

— Vocês já fizeram muito por mim. — Olho para Luke nervosamente. — Fico envergonhada quando compram coisas para mim.

— Não é um aniversário se não tiver presentes. — Jules coloca uma linda bolsa de presentes vermelha na minha frente. — Abra o meu primeiro. — Ela está quase pulando na cadeira de tão empolgada, e meu humor melhora um pouco.

Ela comprou meu perfume favorito e um lindo bracelete de prata.

— Ah, obrigada! Eu adorei!

— Posso pegar emprestado? — Todos nós rimos e me sinto relaxada outra vez, divertindo-me com sua família.

Como sempre, eles fizeram o mais fácil. Os garotos se reuniram e compraram um cartão-presente.

— Mais compras! — Jules e eu exclamamos em uníssono e caímos na risada.

Luke ri ao meu lado e beija minha testa, me fazendo sorrir timidamente para ele.

Lucy e Neil me dão um cartão-presente bem generoso para usar na loja da Microsoft em Bellevue. *Uau!*

— Muito obrigada.

— É um prazer, querida. — Lucy sorri e beija a cabecinha de Sophie.

— Agora é o nosso.

— Mas a festa já era mais do que suficiente.

— Você não vai nos convencer disso. — Steven balança o dedo para mim, tentando parecer severo, mas eu já ouvi este tom antes, por isso, rio. — Vou te colocar no meu joelho e te dar umas palmadas.

— Sim, senhor. — Abro a sacola e encontro um par de brincos que reconheço e engasgo, olhando para eles.

Ambos estão sorrindo ternamente para mim.

— Mas eles são seus! — Olho novamente para os belos brincos de diamante e passo o dedo neles. Foram recentemente limpos e brilham na luz suave da noite.

— Queremos que fique com eles. — Gail tem lágrimas nos olhos, e eu estou prestes a me juntar a ela.

— Eram da sua mãe. Deveriam passar para Jules. — Minha voz está engasgada pelas lágrimas.

— Tenho muitas joias. Eles têm que ficar com você. A vovó te adorava. — Jules está passando a mão pelo meu cabelo, e sei que se me mexer vou chorar. Estou maravilhada com o amor desta família por mim.

Balanço a cabeça, empurro minha cadeira para trás e dou a volta na mesa para abraçar Gail e Steven bem forte. Gail está com os olhos marejados, e Steven segura meu rosto em suas mãos e sorri para mim.

— Amamos você, garotinha.

— Amo vocês também. Obrigada.

Volto para minha cadeira e olho para o belo rosto de Luke. Ele sorri e beija meus dedos.

— Por último, mas não menos importante. — Luke coloca um envelope na minha frente.

— Não, querido, você já me deu muita coisa. — Balanço a cabeça e empurro o envelope de volta para ele por cima da mesa.

— Abra — ele diz, exasperado, devolvendo-o a mim.

— Abre logo isso! — Will grita do outro lado da mesa, e eu olho para ele. — Não aguento a porcaria do suspense.

— Nós todos rimos, e eu abro o envelope. Puxo de lá duas passagens e um itinerário. Leio-o e sinto o sangue desaparecer do meu rosto e meu queixo cair.

— Nós vamos ao Taiti?

Toda a mesa irrompe em exclamações, assobios e gritos de alegria. Os irmãos aplaudem, ovacionando Luke, que ri.

— Sim. Vamos amanhã e ficaremos uma semana.

— Mas temos que trabalhar.

— Meu projeto atual já está encaminhado, e espero que você consiga reagendar seus compromissos. — Ele está olhando para mim cheio de amor em seus olhos azuis.

— Uau! Taiti?

Ele ri e me beija na boca, bem na frente da minha família inteira.

— Ah, vão para um quarto! — Matthew grita.

Pigarreio e olho ao redor do pátio.

— Só quero dizer — começo e deixo as lágrimas caírem dos meus olhos — que todas as pessoas que mais amo no mundo estão aqui, e não consigo nem começar a dizer o quanto estou agradecida por tê-los. Obrigada a todos pelo que fizeram por mim, e não apenas pelos presentes, embora eles sejam maravilhosos. Sou abençoada. Até mesmo os meninos têm seus bons momentos. — Sorrio para eles, e eles me saúdam com suas bebidas e jogam piscadelas para mim.

Respiro fundo.

— Obrigada por me deixarem ser parte desta família. Amo muito vocês.

Olho para Luke e ao redor do pátio, para cada rosto que é tão querido para mim.

— Agora, me dá aqui esse bebê.

Capítulo Vinte e dois

— Gostei deles. — Luke entrelaça seus dedos nos meus e beija minha mão enquanto nos leva de volta à praia Alki.

— Eles também gostaram de você. Obrigada por ter ido e por ter convidado seus pais. Eu me diverti muito. — Não consigo esconder um sorriso cheio de prazer.

— Fico feliz. Está empolgada com a nossa viagem? — Seu sorriso se alarga.

— Tenho muitas coisas a fazer esta noite para me preparar. Talvez eu deva ficar em casa hoje à noite para que possa fazer as malas, ligações e outras coisas.

Luke franze o cenho.

— Não vou demorar muito para arrumar as malas. Posso te deixar em casa, ir arrumar as malas e voltar para a sua casa. — Ele engole em seco e olha para mim.

— O que há de errado? — Por que ele de repente parece tão nervoso?

— Não quero que mude de ideia.

— Mudar de ideia?

— Sim, decidir que não quer ir.

De onde veio aquela vulnerabilidade?

— Eu quero ir.

— Ótimo. — Ele sorri para mim.

Descubro que também não preciso de muito tempo para arrumar as malas. Uma semana inteira no Taiti pede alguns biquínis, cangas, blusinhas de renda e sandálias. Acrescento também um belo vestido para o caso de sairmos para jantar e um par de sapatos altos, além de alguns shorts e tops.

Vou colocar meus artigos de higiene na mala pela manhã, antes do voo de nove horas.

Sento-me à mesa da cozinha e começo a ligar para os clientes da semana seguinte para reagendar quando ouço Luke entrar pela porta da frente.

— Amor?

— Na cozinha.

— Oi! — Ele se inclina e me beija docemente, me fazendo suspirar.

— Oi. Estou dando uns telefonemas. Fique à vontade.

— Ok. — Ele anda pela cozinha e pega uma garrafa d'água da geladeira.

Meia hora depois minhas ligações foram feitas, os compromissos, reagendados e estou oficialmente de férias.

Imagine só!

Tenho um sorriso malicioso no rosto enquanto engatinho até o colo de Luke, que está sentado no sofá lendo um roteiro.

— Olá, menina feliz. — Ele encosta o nariz no meu.

— Olá, namorado obsessivamente generoso. — Ele ri e me envolve em seus braços gentilmente.

— Estou ansioso para me deitar na areia da praia com você, amor.

— Hummm... eu também. E para mergulhar!

— Você mergulha? — Ele acaricia meu pescoço com o nariz, morde minha orelha e eu estremeço.

— Sim, eu costumava mergulhar. Mas já faz um tempo.

— Você tem um cheiro tão bom... O que mais quer fazer?

— Bem, durante um dia inteiro... — Passo meus dedos por seu cabelo e me inclino para trás para que possa olhá-lo melhor.

— Sim?

— Quero ficar nua na cama com você.

— Este vai ser o meu dia preferido dessas férias. — Ele desliza a mão gentilmente para cima e para baixo das minhas costas. Eu sorrio.

— O meu também. Nós vamos ficar em uma daquelas cabanas sobre a água?

— Sim.

— Legal! Vamos poder nadar nus!

Ele ri prazerosamente.

— E não é que você é uma exibicionista?

— Não, podemos fazer isso à noite. — Encosto minha cabeça em seu ombro e suspiro profundamente, sentindo-me cansada, mas completamente relaxada. — Posso levar minha câmera?

— Eu imaginei que levaria.

— Mas posso não levar se isso te deixar desconfortável. — Fiz questão de não deixá-lo sair em nenhuma foto do jantar, enquanto eu estava tirando algumas da pequena Sophie e do resto da família.

— Confio em você completamente. Pode tirar uma foto minha.

Endireito-me em seu colo, meu queixo cai e meus olhos se arregalam.

— Posso?

— Bem, vamos querer fotos das nossas férias, não vamos? Natalie, depois de tudo que fizemos, como posso não confiar em você para tirar uma foto minha? Temos que ter lembranças juntos.

Sinto meu sorriso se alargar e fico tão... feliz.

— Estou morrendo de vontade de tirar uma foto sua, mas você ficou irritado comigo daquela vez.

— Não vou ficar irritado com você — ele diz com uma risada.

— Quero tirar uma foto sua porque é isso que eu faço, e você é tão bonito, Luke. Houve tantos momentos em que eu quis tirar uma foto sua. Eu nunca iria compartilhá-las, a não ser que me desse permissão, mas quero tirar algumas. Quero ter fotos nossas juntos.

— Também quero fotos nossas.

Eu o abraço bem forte e deito minha cabeça em seu ombro.

— Está com sono? — murmura enquanto passa os dedos no meu cabelo ritmicamente.

— Um pouco. — Ergo meus olhos para olhar os dele. — Obrigada.

— Amor, eu te disse, gosto de te mimar.

— Não, não é isso. — Balanço a cabeça e olho para baixo. — Mas por isso também. É só que...

— O quê? — Ele inclina meu queixo para cima para que eu possa olhar em seus olhos.

— Eu te amo.

Seus olhos se arregalam e inspiro profundamente.

— Também te amo, amor.

— Vamos para a cama.

— Com prazer. — Ele me ergue sem nenhum esforço em seus braços e me carrega para o segundo andar.

— Vai ser um voo longo. — Minha voz está firme, mas meu estômago está dando nós. Luke contratou um motorista para nos levar ao aeroporto, e estamos no banco de trás. Estou segurando forte em sua mão e prendendo meu lábio entre os dentes.

— Nós vamos ficar bem. — Ele me senta em seu colo e beija meu pescoço. Reconheço a tática de distração, mas não ajuda.

— Vamos fazer escala em L.A.? — pergunto.

— Não.

— Ah... — Franzo o cenho e prendo a respiração quando seus lábios tocam a parte sensível bem abaixo da minha orelha. — Não sabia que havia voos diretos de Seattle para o Taiti.

— Não sei se tem. Um amigo meu vai nos emprestar seu avião.

— Ah... — Puta merda!

— Nat, você já viajou de avião depois que seus pais morreram? — Ele ergue meu queixo e me olha nos olhos, parecendo nervoso e preocupado comigo. Seguro seu rosto nas mãos.

— Não.

— Amor, tudo bem para você? — Ele beija a palma da minha mão.

— Vou ficar bem. É como arrancar um band-aid, tenho que fazer isso.

— Se isso te faz sentir melhor, planejo mantê-la ocupada durante todo o voo. Você não vai ter tempo para ficar assustada. — Ele sorri maliciosamente para mim, e eu rio.

— Promessas, promessas...

Chegamos ao SeaTac, e o motorista estaciona na pista, perto de um jatinho particular.

— Este aqui é muito maior do que qualquer coisa que meu pai já pilotou.

O motorista abre a porta e começa a transferir nossas bagagens para a bela aeronave. Luke conversa com o piloto, o copiloto e a bela aeromoça, mas meus ouvidos estão zumbindo com o nervosismo e não consigo ouvir, ou me importar, com o que eles estão falando.

O interior da cabine é lindo. Cabem doze pessoas. Os assentos são largos e de couro preto. Luke me conduz até dois assentos lado a lado e sentamos.

— Como você está?

— Como pareço? — sussurro.

— Pálida e com olhos arregalados.

— Então estou apavorada.

— Sim.

— É normal.

Luke afivela meu cinto de segurança — Nossa! — e coloca um braço ao meu redor.

— Estou aqui com você, amor.

— Eu sei. Vou ficar bem daqui a pouco.

Seus belos olhos azuis estão pesados de preocupação, e eu puxo sua cabeça para baixo para beijá-lo. Ele toca meus lábios com os dele, de um jeito que me faz estremecer, e passa os dedos pelo meu cabelo.

— Você está linda hoje. — Estou vestindo jeans azul e uma blusa verde. Olho para sua blusa preta e a bermuda cáqui e sorrio.

— Digo o mesmo para você, bonitão.

A voz do piloto sai dos alto-falantes, anunciando que estamos prontos para decolar, a qual altitude estaremos e quanto tempo o voo vai levar. Graças a Deus vai ser um voo relativamente rápido.

Ouço os motores roncando e tiro o braço de Luke de mim para segurar sua mão. Em segundos, estamos correndo pela pista e saindo do chão.

Acho que vou desmaiar.

— Respire, amor. — Inspiro bem fundo e expiro. — Outra vez. Fica comigo, amor. Só respire.

Deus, eu o amo ainda mais neste momento. Sua voz está me acalmando e, conforme ganhamos altitude e estabilidade, começo a me acalmar.

— Estou bem — sussurro.

— Vocês querem alguma coisa? — A aeromoça alta e de pernas longas está do nosso lado. Não tinha notado ainda o quanto ela é bonita. — Posso lhes trazer um café da manhã, se quiserem.

Balanço a cabeça com veemência.

— Só água, por favor.

— Água para nós dois, por favor. — Bebemos a água gelada. Os olhos de Luke ainda estão fixos no meu rosto e eu coro um pouco.

— Então, de quem é este avião? — pergunto.

— Spielberg. — Ele sorri para mim.

Puta merda!

— O Steven? — pergunto.

— Ele mesmo. Ele dirigiu um filme que eu estava produzindo. Depois, trabalhamos juntos algumas vezes. Estava me devendo um favor. — Ele dá de ombros.

— Você está tão fora do meu alcance. — Balanço a cabeça.

— O que isso significa? — Minha mão o aperta com mais força e meu queixo cai ao perceber o olhar que ele está me dirigindo.

— Me desculpa. — Eu franzo o cenho e observo a cabine do avião. É mais do que luxuoso. E eu conheço coisas luxuosas. Isso aqui está no nível da lista da Forbes das cem pessoas que poderiam comprar um país de terceiro mundo.

— Não é meu. Eu peguei emprestado. Pensei que fosse gostar.

— Eu gostei. Tudo isso é maravilhoso. Você é maravilhoso. Você só me deixa um pouco enlouquecida às vezes, Luke.

— Sim, bem, isso deve ser contagioso, porque você me seduz completamente. — Sinto-me vulnerável e assustada, excitada e apaixonada, e só quero estar em seus braços. Então, desafivelo meu cinto de segurança, passo uma perna por cima do seu colo e me sento ali. Suas sobrancelhas se erguem em surpresa, e ele agarra meu bumbum curvilíneo em suas mãos. Adoro o fato de ele ser alto o suficiente para que possamos ficar olhos nos olhos, mesmo nesta posição. Eu seguro seu rosto em minhas mãos e me inclino para beijá-lo como se minha vida dependesse disso.

Sinto suas mãos correrem para cima e para baixo pelas minhas costas e esfrego o centro do meu corpo nele.

— Porra, amor, você me enlouquece.

— Hummm... — Eu mordo o canto da sua boca e abro os olhos para ver que seus olhos azuis estão olhando para mim. — Quero você. Me faça esquecer onde estamos.

Ele toma o controle do beijo, segurando meu cabelo em suas mãos e fazendo meu rosto encarar o dele, beijando-me como se já não me tocasse há dias.

Como se não tivéssemos feito amor de manhã.

Ele coloca a mão entre nós e desafivela seu cinto de segurança, me erguendo facilmente, com as mãos firmemente plantadas em meu traseiro, segurando-me. Envolvo minhas pernas ao redor de sua cintura e agarro seu cabelo em minhas mãos, colocando meus braços em seus ombros.

— Para onde estamos indo? — murmuro.

— Para o quarto. — Quarto? *Em um avião?*

— O que há de errado com a poltrona onde estávamos sentados? — Inclino-me e mordo o lóbulo da sua orelha.

— Não vamos dar à aeromoça um show de sexo, né?

— Ah! — Eu tinha esquecido. É isso que ele faz comigo. Me faz esquecer. E é tão gato!

Ele me carrega até a parte traseira do avião e entra por uma porta, chegando em um pequeno quarto com uma cama de casal, com lençóis de linho e travesseiros nos tons de marrom e verde.

— Sexo no avião! — Eu me endireito em seus braços e seguro seu rosto nas minhas mãos. — Nunca fiz sexo em um avião!

Ele sorri e me beija no queixo.

— Nem eu.

Passo meus dedos suavemente por seu cabelo loiro macio e olho em seus olhos azuis como o céu, não conseguindo compreender o que fiz para merecer este homem lindo.

— Você é tão lindo! — Ele franze o cenho por causa da minha mudança de ritmo e apenas fica ali, no meio do quarto, comigo entrelaçada nele, sem me colocar no chão.

Ele balança a cabeça e me beija bem na clavícula.

— Não sou nada de especial.

— Ah, querido... — Eu o abraço com força. — Você é lindo. Por dentro e por fora — sussurro em seu ouvido.

— Nua, agora! — Ele rosna e me coloca no chão. Não consigo não rir quando um emaranhado de roupas começa a voar pelo quarto. Estamos ansiosos para ficarmos nus e tocarmos um ao outro.

Quando a última peça de roupa é jogada no chão, Luke me agarra, puxando-me para ele em um abraço apaixonado, mas, ao invés de nos jogar na cama, ele me encurrala na parede, colando seu torso pesado e quadris contra mim e sua dura ereção encostada na minha barriga.

Ele desliza as mãos pelos meus braços, entrelaça os dedos nos meus e leva nossas mãos para cima da minha cabeça, prendendo-me ali. Sua boca gloriosamente macia está no meu pescoço, beijando-me. Ele segura ambos os meus punhos com uma mão só e leva a outra aos meus seios, segurando um mamilo entre os dedos.

— Porra, Luke!

— Deus, você é linda. Adoro como seus seios preenchem minhas mãos.

Arqueio meu corpo para fora da parede, minhas mãos ainda presas sobre minha cabeça, desejosas.

— Fique quieta, amor. — Sua mão viaja pelos meus quadris e pela minha bunda, massageando-a suavemente. Então ele me dá uma palmada. Com força.

— Ah! — Sinto-o sorrir contra meu pescoço e mordo o lábio. Desde quando um tapa na bunda me excita tanto? Dá um tesão do caramba. — Outra vez — sussurro.

— Ah, amor... — Ele beija meu queixo e os cantos da minha boca, mordendo-me. — Quer que seja selvagem?

— Só com você. — E é verdade. Só ele pode me tocar daquela forma e fazer com que minha pele cante. É intoxicante.

— Que assim seja. — Ele me bate outra vez e engancha minha perna em sua coxa, mas ele é alto demais para encaixar seu pênis na minha vagina.

— Me levante — imploro.

— Ah, vou fazer isso. Paciência, linda. — Sua mão gloriosa desliza para trás de mim outra vez, sobre meu bumbum quente, e encontra minha abertura. Ele desliza um dedo para dentro e faz movimentos circulares, enviando-me sensações espirais.

— Luke! Por favor! — Estou tentando soltar meus punhos sem sucesso. Quero tocá-lo. Quero-o dentro de mim!

— O que você quer, amor? — ele murmura enquanto assalta minha vagina de uma forma deliciosa.

— Você. Por favor — sussurro contra seu pescoço.

— Você vai me ter. Seja paciente, meu amor. Vou te fazer esquecer, lembra?

— Não lembro nem da porra do meu nome agora.

Ele ri e me beija docemente.

— Vou soltar suas mãos agora. Coloque-as na cabeça.

— O quê? — Não está fazendo sentido.

— Só as coloque na cabeça.

— Quero tocar você. — Eu faço um biquinho, e ele morde meu lábio inferior.

— Ainda não. Confie em mim.

Ele solta minhas mãos e eu as abaixo até a cabeça, entrelaçando meus dedos, encostando a cabeça na parede.

— Bom. Não mexa as mãos, amor.

— Ok — sussurro.

Ele continua a beijar meu rosto, gentilmente mordendo o lóbulo da orelha. Então, começa a descer.

E eu sei exatamente o que ele vai fazer.

— Porra! — Olho para baixo, enquanto ele beija meus seios, colocando os mamilos dentro da boca. Minha respiração está entrecortada e meu sangue está correndo pelo meu corpo em super velocidade.

Nunca me senti tão excitada na vida.

— Calma, amor. Estou com você.

Enquanto ele se ajoelha no chão, engancha minha perna direita em seu ombro e coloca seus braços ao meu redor, suportando meu peso em seu antebraço e agarrando meu bumbum com suas mãos enormes.

— Vou cair.

— Não vou deixar você cair. — Ele beija meu piercing, e então beija minha tatuagem três vezes docemente. Sem nem pensar, eu abaixo a mão e entrelaço meus dedos em seu cabelo, mas ele ergue a cabeça para me olhar.

— Na. Cabeça.

Ah.

— Mas eu quero te tocar.

— Mais tarde. Venha, amor, brinque comigo.

— Ok. — Minha mão volta para minha cabeça e, sem hesitar, seus lábios tocam meu clitóris, e ele o suga.

Puta que pariu!

— Porra! — Meus quadris se remexem, aproximando-se de sua boca, e ele os afasta gentilmente para que possa mover os lábios bem onde está me beijando intimamente, correndo a língua para cima e para baixo, me provocando. Ele o morde gentilmente e então enfia a língua dentro de mim enquanto sente meu cheiro.

Não consigo tirar meus olhos dele. Ver sua boca em mim é a coisa mais erótica que já testemunhei.

Suas mãos estão apertando minha bunda. A mão direita, ainda suportando meu peso, desliza mais para perto do meu centro. Ele enfia o dedo em mim, entrando e saindo enquanto sua boca continua a me torturar deliciosamente.

Seus olhos azuis estão olhando para o meu rosto. Estou tão consumida pela sensação que ela me enfraquece. Aquele dedo está se movendo devagar, para dentro e para fora, e o sentimento é inimaginável. Faz com que eu me sinta suja e devassa, e é tão sexy!

Ele pressiona o nariz no meu clitóris e está terminado. É como se ele estivesse apertando todos os botões de uma vez só — literalmente — e eu desmorono, tremendo e pulsando, indo e vindo. Parece que nunca vai parar.

Luke tira o dedo de dentro de mim e beija meu púbis, minha barriga, meus seios e, finalmente, meus lábios. Ele me prende na parede de novo com seu corpo, porque, sem ele para me segurar, acho que cairia no chão.

— Por favor — choramingo, não reconhecendo minha própria voz.

— O que quiser, amor.

— Me foda. — Seu olhar encontra o meu, parecendo sombrio.

— Acabei de fazer isso — ele murmura contra minha boca, esfregando seus lábios nos meus de um lado para o outro. Segura minhas mãos nas suas novamente, bem acima da minha cabeça.

— Me foda naquela cama. — Eu o beijo. — Por favor.

Ele me segura contra seu peito e nos leva até a cama. Joga o edredom para longe dos lençóis e me deita ali.

— Deite-se de bruços, amor.

Eu rolo para ficar de barriga para baixo, e ele se põe sobre mim, pressionando seu pênis duro em minha bunda, seus pelos do peito fazendo cócegas nas minhas costas. Beija o centro do meu pescoço e desce pela minha espinha, prestando atenção extra na tatuagem bem no centro das minhas costas.

— Por que esta diz "Ame profundamente"? — ele pergunta.

— O quê?

— Por que esta tatuagem?

Tenho que piscar e acionar algumas células cerebrais para responder a pergunta.

— Porque é tudo que eu sempre quis, amar e ser amada profundamente.

Ele esfrega o nariz na tatuagem.

— Você é, Nat.

— Eu sei.

Sinto seu sorriso enquanto ele retoma a jornada pelas minhas costas. Ele beija meu traseiro uma vez e cola seus lábios na tatuagem da minha coxa direita, bem abaixo da minha bunda.

— E esta aqui? Por que diz "Felicidade é uma jornada"?

— Porque demorei uma longa jornada para ser feliz outra vez.

— Ah, amor! — Ele afasta minhas pernas com as dele e corre um dedo pelo meu ânus até chegar ao meu clitóris, fazendo-me arquear para fora da cama.

— Ah, Luke!

Ele agarra meus quadris e desliza para dentro de mim, enterrando-se o mais fundo que consegue.

É glorioso. Sinto-me plena, feliz, gostosa e muito amada.

Ele dá um tapa na nádega que foi ignorada quando estávamos presos à parede e começa a se mover para dentro e para fora de mim, com força, repetidamente.

Agarro os lençóis com meus punhos e choramingo quando sinto meus músculos se repuxarem ao redor de seu pênis. Minhas pernas se apertam. Ele agarra meus quadris, quase dolorosamente, enquanto me penetra mais uma vez e goza violentamente, perdendo-se dentro de mim.

Capítulo Vinte e três

Estou de pé no deck da nossa linda cabana, apontando minha câmera para a água e tirando fotos de peixes coloridos. Tiro mais ou menos uma dúzia de fotos e então olho para cima, para tirar algumas da ilha. O sol já está quase se pondo e mal posso esperar para tirar fotos das silhuetas das palmeiras à luz do crepúsculo.

— Ei, amor. — Luke coloca seus braços ao meu redor, abraçando-me por trás, e enterra o nariz no meu pescoço. — Como você está?

— Acho que vou estar um pouco dolorida amanhã, mas estou bem. Tinha esquecido o quanto mergulhar é exaustivo. — Sorrio e viro meu rosto para ele.

Ele sempre rouba meu fôlego. Está sem camisa, usando apenas um short preso em seus quadris, daquele jeito delicioso, mostrando os músculos que formam um V que desaparece dentro do tecido. Ele tomou um pouco de sol, o que fez sua pele ficar bronzeada. Minha boca fica seca todas as vezes que olho para ele.

E só porque eu posso, ergo minhas lentes e tiro uma foto dele. Ele sorri, timidamente, e eu tiro outra.

— Adoro tirar fotos suas.

— Já percebi. Você ficou com essa coisa apontada para mim mais do que qualquer coisa nesses três dias em que estamos aqui.

— Não é verdade. — Eu rio, e ele pega a câmera das minhas mãos e de repente eu me torno o assunto. — Ei! Eu estou do lado errado das lentes!

— Virando o jogo, amor. Me dê aquele sorriso lindo. — Inclino-me na grade e poso para ele de brincadeira, inclinando um quadril para o lado e colocando a mão na curva da minha canga.

— Temos que vir aqui com mais frequência — ele murmura, mas continua tirando fotos minhas.

— Por quê?

— Porque eu adoro te ver andando por aí o dia inteiro de biquíni. Isso me deixa ver suas tatuagens.

Eu sorrio e me viro de costas para ele, deixando meu lado esquerdo exposto, e levanto o braço esquerdo na lateral do meu rosto, olhando para ele através da dobra do meu cotovelo.

— Tire uma foto dessa tatuagem, assim você vai poder olhar para ela quantas vezes quiser.

— Nossa, você é boa nisso. — Ele tira a foto, com os olhos brilhando, cheios de humor e luxúria, e eu sorrio.

— Ok, espere. — Eu tiro a canga, deixo-a cair no chão do deck e observo seus olhos se dilatarem. Sei que ele gosta do meu corpo. Minhas antigas inseguranças desapareceram. Viro-me de costas para ele e jogo meu cabelo por cima do ombro. Minhas mãos estão descansando na grade. Sei que deste ângulo ele pode ver as tatuagens das minhas costas e da coxa. — Agora sim.

Ouço a câmera disparar desesperadamente e a respiração de Luke mudar.

— Terminou com essas? — pergunto.

— Sim — ele sussurra. Viro-me de frente para ele e pulo na grade, sentando-me. — Cuidado!

— Estou bem, não vou cair. — Eu me ajeito, ficando sentada em um ângulo, colocando meu pé direito para descansar sobre a grade. Minha tatuagem fica exposta. — Pode tirar a foto.

Ele dá um zoom no meu pé e clica umas dez vezes.

— Odeio desapontá-lo — murmuro secamente —, mas a última tatuagem vai ter que ser um segredinho nosso.

Seus olhos escurecem enquanto ele dá um passo atrás para tirar mais fotos minhas.

— Então ninguém mais viu estas tatuagens? — ele pergunta com a câmera ainda em seu rosto.

— A maioria delas.

— O que isso significa? — Ele abaixa a câmera e olha para mim.

Merda.

— Esta no meu púbis é a mais nova e ninguém, além de você, a viu. A das minhas costas às vezes fica exposta quando eu uso certos tipos de blusas ou vestidos, mas ninguém nunca me perguntou o que significa. Na verdade, ninguém nunca soube o que nenhuma delas significa.

— E a da lateral do corpo e a da perna? — ele pergunta.

Dou de ombros.

— Eu não era virgem quando te conheci.

Ele franze o cenho e olha para baixo, deixando-me desesperada para melhorar seu humor.

— Ei! — Eu pulo da grade e encurto a distância entre nós. — O passado já era, Luke. Para nós dois.

— Eu sei. — Ele engole em seco e olha para mim com seus olhos azuis. — É que eu fico louco só de pensar em outros homens tocando você.

— Querido... — Eu sorrio e passo meus dedos por seu rosto. — Seu toque é o único que importa. Você me apresentou sentimentos que eu nem sabia que existiam. Não se preocupe com o antes. Você é tudo que eu vejo. Além do mais — pego a câmera de volta e coloco a tampa das lentes de volta —, você, meu amor, com certeza também não era virgem antes de mim.

— Como você sabe? Talvez eu fosse. — Ele ri.

— Não tem nem como alguém ser tão bom de cama sendo virgem.

— Ah! E quão bom eu sou? — Ele pisca para mim e me puxa para seus braços, passando as mãos pelas minhas costas quase nuas.

— Hummm... você é razoável. — Ele ri enquanto se inclina para me beijar de forma suave, bem no canto da boca.

— Razoável, hein?

— Sim, eu aguento. Pelo seu bem.

— Só aguenta? — Ele continua a mover aqueles lábios experientes e macios pelo meu rosto e pela minha orelha.

— E é bem difícil, mas de alguma forma eu encontro forças para isso.

Ele ri e segura meu rosto gentilmente em suas mãos, tocando meus lábios com os seus, suavemente, beijando-me profundamente, mas ainda com suavidade. Amorosamente. Como se tivéssemos o dia inteiro para isso. Entrego-me a seus lábios, engato meus dedos no cós de seu short, deixando metade da minha mão sobre o tecido e a outra metade em sua pele.

Deus, meu homem sabe beijar.

Ele me afasta e, ainda segurando meu rosto, olha em meus olhos.

— Uau! — murmuro e seu rosto se ilumina de humor.

— Você suportou isso numa boa?

— Você é muito bom nisso.

— E você também. Trouxe um vestido?

Fico confusa com a mudança de assunto.

— Sim, por quê?

— Planejei algumas coisas para o jantar.

— Ah... eu ia tirar fotos do pôr do sol.

— Você ainda pode fazer isso. Leve a câmera.

— Ok. Quando vamos sair?

— Daqui a meia hora.

— Aonde nós vamos? — pergunto.

— É uma surpresa, aniversariante. — Ele sorri e passa o polegar pelo meu lábio inferior.

— Meu aniversário já acabou.

— Esta é sua viagem de aniversário, então você ainda é a aniversariante. — Ele me beija castamente e então entrelaça sua mão na minha, guiando-me para dentro.

Nossa cabana — embora cabana não seja a palavra certa para descrevê-la — é de perder o fôlego. É um bangalô sobre a água. Nenhuma cabaninha de hotel poderia ser suficiente para este homem.

Temos um espaço grande, com dois quartos, uma área comum enorme e dois banheiros. O banheiro maior tem uma banheira onde cabem duas pessoas, que fica a céu aberto em uma plataforma, com vista para o oceano.

Na verdade, a maioria dos cômodos é aberta para o lado de fora, com belas cortinas para nos dar um pouco de privacidade. Os pisos são de madeira escura, mas há aberturas de vidro na maioria dos quartos para que possamos ver os peixes lá embaixo.

Os móveis são confortáveis, caros e convidativos. A cama principal é enorme, com lençóis brancos macios, edredons e travesseiros. A área comum é bem colorida; laranja, amarela e vermelha. É realmente muito linda.

— Já esteve aqui antes? — pergunto enquanto pego meu vestido e os sapatos.

— Não, primeira vez. Não precisa ir de salto alto.

— Ah, ok. Rasteirinha?

— Sim.

— Vamos para algum lugar na areia?

Ele sorri e pisca. *Tudo bem, não vai me dizer.*

— Você vai se trocar?

Ele coloca uma camisa de botões e a deixa desabotoada.

— Pronto, me troquei.

Eu rio e desamarro as tiras do biquíni, deixando-o cair em minhas mãos. Olhando para baixo, faço o mesmo com a calcinha. Caminho nua até o quarto e pego uma calcinha.

— Nada de calcinhas. — Eu me viro e olho para ele. Seus olhos estão latejando.

— Mas...

— Nada de calcinhas.

Nossa. Ele é tão mandão. Mas eu gosto. Estranho...

— Ok. — Coloco o vestido preto por cima da cabeça e o ajeito no lugar, colocando meus pés nas sandálias rasteiras. Penteio meu cabelo vigorosamente e então o prendo em uma trança simples, jogando-a para o lado esquerdo para que ela possa repousar sobre meu seio. Passo um pouco de rímel e me viro para notar que Luke está me observando, com uma expressão que não consigo ler.

— Estou pronta.

Ele sacode a cabeça, como se estivesse colocando os pensamentos em ordem, e sorri para mim afetuosamente.

— Vamos.

— Então... qual foi sua parte favorita da viagem até agora? — pergunto a Luke enquanto pego um pedaço do meu bife. Ele me surpreendeu com um jantar em uma pequena ilha particular. O resort nos levou de barco até lá, onde uma pequena mesa estava posta com nossos pratos e bebidas. Tanto a mesa quanto as cadeiras foram colocadas sobre a areia, tocando a água cristalina.

Isso aqui quase rivaliza com a noite na videira na escala do romantismo.

— Mergulhar hoje foi divertido. — Ele toma um gole do vinho. — Mas minha parte favorita é estar aqui com você.

Eu balanço a cabeça e sorrio.

— Seu sedutor.

Ele ri e continua a comer.

— E você? Parte favorita?

— Eu também gostei de mergulhar hoje. Aquele peixe Manta Ray é incrível. Mas eu também gostei de conhecer a cidade ontem. Mais uma vez obrigada pela tornozeleira.

— Ficou linda em você.

— O que vamos fazer amanhã? — pergunto, mexendo meus pés na água, para frente e para trás. A sensação nos meus dedos é gostosa.

— Acho que me lembro de você ter dito algo sobre passar um dia inteiro na cama.

— Ah. — Meus olhos se arregalam.

— Amanhã estaremos no meio da viagem. Acho um bom dia. — Ele ergue uma sobrancelha para mim, e eu sorrio.

— Vamos mergulhar nus! Podemos assustar os peixes.

— E a vizinhança. — Ele sorri.

— Ah... a parte de trás do nosso quarto é isolada. Já chequei.

Ele olha para mim, surpreso, e então cai na risada. Sorrio de volta e bebo do meu vinho.

— Isso aqui é lindo. — Olho para a água e suspiro. O sol está começando a se por, e nós terminamos nosso jantar. — Você se importa se eu tirar algumas fotos?

— Vai fundo, amor. — Ele se serve de mais uma taça de vinho e se encosta para me observar. Passo a alça da câmera pelo pescoço, porque não quero deixá-la cair no mar, e me levanto, caminhando pela água rasa. Ela está quentinha, na altura dos meus tornozelos, a areia é macia e a luz está perfeita.

Tiro umas cem fotos da água, das árvores e da pequena ilha. Parece algo saído de um calendário tropical. Então eu viro as lentes para meu namorado relaxado e tiro algumas fotos sem que ele perceba. Ele está olhando para o vinho, com uma expressão pensativa. Olha para mim e sorri aquele meio-sorriso sexy, perfeito. Com a camisa aberta, short preto, o cabelo loiro e a pele dourada, sentado casualmente naquela mesa romântica para dois, com apenas uma rosa vermelha em um vaso.

A visão é devastadora.

De repente, ele se levanta e caminha na minha direção, através da água, e pega a câmera de mim. Passa seu braço ao meu redor e me puxa para seu lado, virando a câmera na nossa direção, fazendo uma foto de nós dois juntos.

Nos últimos três dias, quando estávamos passeando, se eu estava com minha câmera, ele sempre pedia que algum passante tirasse uma foto nossa juntos.

Sim, capturamos muitos momentos, e isso me faz sorrir.

Ele coloca a alça novamente em volta do meu pescoço e beija minha testa.

— Obrigada pelo jantar. Estava delicioso e romântico.

— O prazer foi meu.

— Quando vão voltar para nos buscar? — Passo minhas mãos por seu peito, por baixo da camisa aberta.

— Em uns dez minutos.

— Ok, então vamos caminhar um pouco pela ilha. É pequena, não vamos levar mais do que dez minutos.

— Vamos. — Ele entrelaça seus dedos nos meus e começamos a andar, vagando pela água rasa.

Quando voltamos à mesa, nossa carona está chegando. Entramos no pequeno barco e saímos pelas águas escuras.

Acordo com o sol batendo no meu rosto e meu corpo nu descoberto. O rosto do Luke está entre as minhas pernas.

— Puta merda! — Pulo da cama, apoiando-me nos cotovelos, e olho para ele com uma expressão de puro choque enquanto Luke inclina meus quadris para cima para que possa enterrar seu rosto em minha vagina, lambendo e provocando meu clitóris.

— Bom dia, amor — ele sussurra contra o núcleo do meu corpo e sopra a parte mais sensível.

— Ah, meu Deus! — É tudo que consigo dizer enquanto colapso novamente sobre a cama. Sinto seu sorriso enquanto ele desliza dois dedos dentro de mim, movimentando-os como se gesticulasse um "venha aqui", causando uma erupção dentro de mim.

Puta merda!

Eu gozo violentamente enquanto ele continua a sugar meu clitóris e mexe aqueles dedos dentro de mim. Meus músculos estremecem ao redor dele. Finalmente ele beija minha tatuagem gentilmente e faz sua mágica por todo o meu torso até que está deitado ao meu lado, tirando o cabelo do meu rosto.

— Bom dia — murmuro. — Nada mal acordar assim.

— Fico feliz que tenha aprovado. — Ele me beija e sinto meu gosto nele, o que incita minha libido novamente. Surpreendo-o agarrando seus ombros e puxando-o de volta para cama, deitando sobre ele e colocando meu sexo pulsante sobre seu pênis duro. Jogando o jogo que ele mesmo criou, prendo meus dedos nos dele e empurro suas mãos para os lados de sua cabeça, segurando-o ali.

— O que vai fazer comigo? — Ele sorri, com olhos brilhando de desejo. Rebolo meus quadris sobre ele, o que o faz respirar fundo.

— Bem... — Eu me inclino e mordo seu pescoço suavemente, lambendo-o depois. — Depois de acordar daquele jeito fantástico, acho que vou comer você.

— É sério? — Ele tenta se soltar, mas eu o seguro com toda força. Nós dois sabemos que ele poderia se libertar, mas está seguindo o jogo. — Não estou te impedindo, amor.

Eu me inclino para frente até que a cabeça de seu pau esteja dentro de mim. Depois eu a enterro inteira até que ele esteja completamente dentro.

— Porra! — ele sussurra por entre os dentes.

— Você é tão gostoso.

Começo a me mexer, devagar e superficialmente, para frente e para trás, zombando e provocando-o. Com cada movimento, eu aperto os músculos ao redor dele e os solto novamente quando me mexo para trás. Gentilmente passo meus lábios pelos dele e a pontinha do meu nariz no dele.

Quando vejo que ele está prestes a gozar, eu solto meus músculos.

— Ah, você é uma provocadora. Eu deveria bater em você.

— Estou segurando suas mãos — respondo e começo a me mexer outra vez.

— Sim, você está. — Seus olhos se fecham e ele morde o lábio quando eu aumento o ritmo, e o prazer é muito forte. Solto suas mãos e me sento, cavalgando-o rápido e forte.

— Segure no encosto da cama. — Adoro ser a dominadora, e seus olhos dilatam ainda mais. Mas ele obedece.

De repente, saio de cima dele, segurando-o na minha mão e o tomando inteiro na boca, sugando com força.

— Puta merda! — Ele agarra minha cabeça, mas eu me solto e olho para ele.

— Na. Cabeceira. Da. Cama.

Ele sorri e obedece, e eu continuo com a doce tortura, lambendo toda a minha doçura dele, movendo minhas mãos para cima e para baixo de sua rigidez, e ele goza em minha boca.

Enquanto ele se acalma, eu beijo seu corpo inteiro, reverenciando seu abdômen esculpido, provocando-o com meus dentes. Passo a ponta dos meus dedos na lateral do seu corpo, e ele treme e ri. Beijo seu pescoço, seu queixo e finalmente beijo-o castamente na boca.

— Virando o jogo, amor — sussurro as mesmas palavras que ele disse ontem, e ele geme.

— Jesus, Nat, você vai me matar.

— Mas até que é um bom modo de se morrer.

Ele ri e me beija suavemente, levantando-se abruptamente me jogando em seu ombro nu.

— Eu tenho a melhor vista da sua bunda neste momento, meu amor. — Eu bato nele levemente, e ele retribui o favor na minha bunda. — Aonde estamos indo?

— Vamos mergulhar nus!

Ele corre — corre! — comigo sobre seu ombro até o deck e desce os degraus que levam até a água e me joga nela.

Atinjo a superfície quente fazendo um barulho alto de *splash* e subo sem ar. Não é tão profundo, só uns dois metros, e, quando eu tiro o cabelo molhado do meu rosto, vejo Luke mergulhar de cabeça. Ele nada graciosamente até mim, e não posso deixar de admirar a forma como seus músculos se movem.

— Oi. — Sorrio timidamente quando ele surge na minha frente e entrelaça minhas pernas em sua cintura.

— Oi. — Ele sorri e coloca as mãos na minha cintura e então me joga no ar, fazendo-me cair de novo na água.

— Ah, nós vamos brincar! Nus!

Eu rio quando volto à superfície, jogando água nele, que joga água em mim com uma risada. Ele nada até mim outra vez, e eu tento escapar, mas ele me pega e me joga de novo.

— Está tentando me afogar?

— Talvez eu queira fazer respiração boca a boca.

— Você não precisa me matar para isso! Eu juro. — Eu rio e jogo água nele outra vez, me deliciando com seu corpo nu. Ele fica lindo na água cristalina, refletindo seus perfeitos olhos azuis.

— Deus, você está tão linda agora — ele diz.

— Eu estava pensando a mesma coisa. — Nado até ele e coloco meus braços ao seu redor.

— Gosto de brincar com você — ele diz e beija meu nariz.

— Eu também. Na cama e fora dela. — Sorrio provocantemente e mordo o lábio.

— Tenho que dizer que esta manhã foi a primeira vez que fui dominado.

— Foi bom ou ruim? — Passo meus dedos por seu cabelo molhado, adorando a forma como nossos corpos nus se entrelaçam no oceano.

— Definitivamente bom, embora eu tenha que admitir que prefiro estar no controle.

— Bem, variar é o que apimenta a vida. Gosto de te surpreender uma vez ou outra. — Beijo seu queixo, e ele ri.

— Não estou reclamando, amor.

— Hummm... bom saber.

Ele ergue meus quadris e me surpreende ao me penetrar. Encosto minha testa na dele enquanto ele me preenche.

— Eu te amo.

— Ah, amor, eu também te amo. Vamos assustar os peixes.

Capítulo Vinte e quatro

É nossa última manhã no paraíso tropical, e eu acordo mais cedo que Luke, propositalmente. Ele fez tanto por mim esta manhã — bem, no mês inteiro — e eu só quero fazer algo especial para ele antes que voltemos para a realidade. Não que a realidade seja ruim, mas é que eu adorei tê-lo comigo durante a semana inteira.

Depois do nosso "Dia da Nudez", que ficará gravado para sempre na minha memória, Luke me surpreendeu com um passeio para alimentarmos os tubarões, o que, antes dessas férias, eu teria achado que incluiria a mim mesma no cardápio deles, mas acabou sendo uma das experiências mais emocionantes da minha vida. Nunca vou me esquecer da água que batia na minha cintura, e eu parada, com dúzias de tubarões dóceis nadando ao nosso redor, pegando comida das nossas mãos.

Ontem passamos o dia em um spa fazendo tratamentos românticos para dois. Nas duas últimas semanas, eu fui mais para o spa do que nos últimos dois anos.

Não estou reclamando.

Mas hoje é nosso último dia. Coloco minha cabeça para dentro do quarto outra vez para ter certeza de que ele está dormindo. Então, desço as escadas do bangalô até a água, para pegar nosso café da manhã que será entregue por uma canoa. Coloco a comida e o café em uma bandeja e vou para o quarto.

Depois de colocar a comida com cheiro delicioso sobre um divã aos pés da cama, eu me coloco sobre Luke e beijo seus lábios.

— Luke, querido, acorde. — Eu mordo seus lábios e beijo seu pescoço enquanto ele se mexe embaixo de mim.

— Bom dia — ele murmura.

— Bom dia, amor. Acorde. Tenho algo para você.

Ele passa a mão nas minhas costas e franze o cenho.

— É difícil fazer amor com você quando está vestida, linda.

Eu rio enquanto ele abre aqueles olhos lindos.

— Não é isso que eu tenho para você.

Saio de cima dele e ando até os pés da cama enquanto ele se senta, com o lençol caindo até seu quadril, passando a mão no rosto e no cabelo. Sua barba matinal é impossivelmente sexy.

— Café da manhã! — Coloco a bandeja entre nós e tiro a tampa de prata de cima do prato. Panquecas, bacon, ovos e frutas. No outro lado tem uma jarra de café e duas canecas.

— Você pediu isso? — ele pergunta.

— Sim, achei que seria bom alimentá-lo pelo menos uma vez. — Ele sorri e segura meu rosto em suas mãos.

— Obrigado, amor.

— Não há de quê. Espero que esteja com fome. — Seguro um morango na frente da sua boca, ele dá uma mordida e coloco o resto na minha boca.

— Faminto — ele diz, com seus olhos cheios de luxúria.

— Mais tarde — sussurro.

— Você não é divertida. — Ele faz biquinho enquanto se serve com um pouco de café, e eu rio.

— Não foi o que você disse ontem à noite. — Lembranças de nós dois fazendo amor na banheira surgem na minha mente, e eu mordo o lábio.

— A noite passada não conta.

— A que horas vamos embora? — pergunto.

— Só à noite. Por quê?

— Temos algum plano especial para hoje? — Dou uma mordida numa panqueca e chego a gemer. — Nossa, isso aqui tá bom demais.

— Eu adoro te observar comendo, amor. Não, não pensei em nada para hoje. Tem alguma coisa em mente?

Eu dou de ombros e como mais um pedaço de panqueca.

— O que é?

— Nada, podemos fazer o que você quiser. — Dou de ombros novamente, mas evito seu olhar, sentindo-me tímida de repente. Não quero ir a lugar algum hoje, só quero ficar com ele, e não sei por que de repente me sinto tão tímida para falar isso para ele. É uma bobeira.

— Natalie... — Sua voz soa severa, e eu olho para ele. — O que há de errado?

— Nada. Eu só estava pensando... — Coloco meu garfo no prato e mordo o lábio. — Só quero ficar aqui, até termos que ir para o aeroporto. Quero que fiquemos sozinhos, pelo máximo de tempo que pudermos, aqui na nossa bolha tropical. — As últimas palavras não são nada mais que um sussurro, e o olho para ver sua reação.

Ele está sorrindo com doçura.

— Por que isso te deixou tímida?

Dou de ombros novamente e olho para baixo.

— Eu não sei. Pensei que talvez você quisesse fazer alguma grande aventura antes de irmos, mas eu só quero você.

— Amor, olhe para mim. — Obedeço sem hesitar e fico aliviada em ver seu belo sorriso. — Passar o dia sozinho com você neste belo paraíso tropical é perfeito pra mim.

— Oba! — Sorrio para ele, aliviada, e continuo a comer minhas panquecas.

Terminamos nosso café da manhã e, enquanto Luke está no chuveiro, o serviço de quarto na canoa vem para levar as louças sujas. O homem é enorme e fala muito enquanto coloca as coisas numa caixa para levá-las para a canoa.

— Seu marido é um homem de muita sorte. — Ele sorri para mim, e eu sorrio também, mas algo não parece certo.

Que coisa mais inapropriada para se dizer! Não corrijo seu engano a respeito do meu estado civil e só digo:

— Obrigada.

— Há quanto tempo estão casados?

— Hummm, não muito. — Por que ele está me assustando? Aprendi há muito tempo a confiar nos meus instintos, então dou a volta no quarto, colocando-me atrás de um sofá enorme, perto da porta do banheiro.

— Ah, que legal. — Ele caminha em direção ao sofá, fingindo pegar um fiapo de tecido laranja no chão. Meu coração acelera quando o medo surge. Ele está tentando se aproximar de mim e agora seus olhos parecem predatórios. — Reparei em você esta semana. É muito bonita.

— Acho que você deveria ir embora. — Novamente me movo para o outro lado do sofá, mas ele está me seguindo. Meu coração sobe à garganta.

— Por quê?

— Porque não quero você aqui. Meu marido vai aparecer em um minuto, e não estou interessada. Saia daqui ou vou fazer com que te demitam.

— Não pode fazer isso, meu tio é dono do resort. — Ele ri e começa a se aproximar de mim mais rápido.

— Luke! — eu grito, mas, antes que a palavra termine de sair da minha boca, o homem está sendo jogado na parede. Luke, com a respiração pesada e o rosto contorcido de raiva, está com as mãos na garganta dele. Ele o soca no rosto, duas vezes, e sangue espirra do nariz do homem, fazendo-o gritar como uma mulherzinha.

Tenho certeza que nunca ninguém ousou colocar a mão nele antes.

— Vou fazer com que nunca mais toque nenhuma outra mulher neste resort, seu merda. — A voz de Luke é fria e calma, seus olhar glacial, e este é um lado dele muito zangado que eu nunca tinha visto antes. — Você está bem, amor? — Ele não olha para mim ao falar, pois não tira os olhos do homem.

— Estou bem. — Minha voz soa mais forte do que eu realmente me sinto e fico feliz por isso.

— Ligue para a recepção e peça que chamem a polícia. Conte-lhes o que aconteceu.

Faço como ele pede e, depois de alguns minutos, um barco a motor surge no bangalô, com a administração e a polícia, e um homem que deve ser o tio do babaca.

A polícia toma o controle da situação e livra Luke de qualquer acusação. Assim, Luke corre para mim e me toma em seus braços. Eu devo

estar chocada demais para fazer qualquer coisa além de arregalar os olhos para o que está acontecendo ao nosso redor.

— Você está bem? — Suas mãos estão acariciando minhas costas, tentando me acalmar.

— Sim, estou bem. Ele não me tocou, mas foi realmente assustador, e eu sei que ele teria me tocado se você não estivesse aqui. Senti desde o momento em que ele entrou aqui, por isso me coloquei atrás do sofá, perto do banheiro, para o caso de ele tentar alguma coisa. E ele tentou. — Eu tremo, e Luke me puxa mais para perto.

O tio está gritando que devem prendê-lo. Parece que não é a primeira vez que isso acontece. O babaca está chorando e resmungando, mas ninguém parece se importar.

Enquanto observo o que está acontecendo ao meu redor, o medo é substituído por puro ódio. Saio dos braços de Luke e ando até o babaca, que está sendo algemado pela polícia. Ele está choramingando para mim, fraco e assustado, e, antes que eu perceba o que estou fazendo, ergo meu joelho e o acerto bem no meio das pernas, fazendo-o desabar.

Meu peito está pesado, e um súbito silêncio se forma ao nosso redor.

— Não sou uma vítima. — Minha voz está firme, controlada e alta, porque eu quero que ele ouça cada palavra. — E você não é nada além de um pedaço de merda.

— Viu o que ela acabou de fazer comigo? Quero prestar queixa — o babaca choramingador grita, mas o tio ergue a mão, silenciando-o.

— Não vi nada que você não merecesse. Tire-o deste bangalô.

Ele é escoltado para fora e o dono do local se desculpa profusamente, oferecendo reembolso, compensações e tudo mais que eu nem sequer poderia imaginar. Tenho certeza de que ele está torcendo para que não contemos nada para a imprensa, o que não vamos fazer, de qualquer forma.

Luke não faria isso.

Viro-me e olho para Luke, cujo olhar está vidrado e o rosto, duro. Ele avisa à gerência que vamos embora ainda hoje.

— Vamos prestar queixa, mas não queremos que isso chegue à imprensa também — Luke murmura, e meu coração para.

Ah, meu Deus. Isso poderia dificultar muito as coisas para ele se chegasse aos tabloides. De repente, me sinto culpada. Deixo Luke cuidar do resto da burocracia e vou para o quarto fazer as malas.

Luke entra no quarto quando já estou terminando. Ele vem na minha direção e me puxa para seus braços fortes, embalando-me para frente e para trás, beijando minha testa.

— Você está bem mesmo?

— Sinto muito.

— Pelo quê? — Ele me afasta e me olha com a testa franzida. — Você não fez nada de errado.

— Isso pode ficar muito ruim para você, se algum tabloide souber.

— Acredite, eles não vão saber. Nem o resort nem eu queremos isso. Mas isso não é importante; você é, amor. Ele te machucou?

— Não, eu te disse, ele não me tocou. Mas foi bom chutar as bolas dele. — Sorrio, e Luke me puxa para ele outra vez.

— Fiquei tão assustado quando saí do banheiro e te ouvi gritando. Vi aquele safado te perseguindo e juro que não me lembro de nada que aconteceu depois. Só queria me certificar que ele não tinha te tocado. — Ele passa o dedo pelo meu rosto e eu beijo sua mão.

— Obrigada.

— Eu sempre vou te proteger, amor. É para isso que estou aqui. É o que quero fazer.

— Eu sei, e essa é uma das razões que me faz te amar. E nem sei por que não estou surtando. — Dou de ombros e sorrio. — Acho que me sinto forte, e sei que você estava aqui, que ele não iria me machucar. — Passo minhas mãos por seu cabelo. — Você está bem?

— Contanto que você esteja bem, eu também estou. Deus, adoro que você seja tão forte, amor. Foi uma visão e tanto vê-la fazê-lo desmoronar daquele jeito.

— É bom que se lembre disso para o caso de pensar em sair da linha. — Pressiono meu corpo no dele e sorrio.

— Ah, é? Você acha que pode comigo? — Ele esfrega seu nariz no meu, e eu suspiro.

— Provavelmente não, mas tentar seria muito divertido.

Ele sorri ternamente para mim. E agora é hora do presente.

— Então, antes de sermos rudemente interrompidos, eu ia te dar um presente assim que você saísse do chuveiro.

Suas sobrancelhas se erguem.

— Você comprou um presente para mim?

— Algo assim. — Estou usando uma saída de praia preta que é um pouco conservadora. Tem um capuz e fecha com zíper na frente, cobrindo-me dos joelhos ao pescoço.

Dou um passo atrás, soltando-me de Luke, e começo a abrir o zíper devagar. Quando está completamente aberto, afasto o tecido dos meus ombros e ele cai aos meus pés.

Luke ofega e seus olhos se arregalam, encontrando os meus, e seu rosto se desfaz em um sorriso. Coloco minhas mãos nos meus quadris nus e inclino a cabeça para o lado.

— Gosta do meu traje?

Ele caminha na minha direção e passa os dedos nas pérolas, beijando-me daquele jeito carinhoso só dele, e sinto meus joelhos bambearem.

— Amor, você sabe que eu adoro esse traje. Não há nada como você usando apenas pérolas.

— Adoro a forma como olha para mim — sussurro.

Os olhos de Luke percorrem meu corpo vorazmente e, quando seu olhar retorna ao meu, ele me beija com carinho.

— Não quero foder você hoje, Natalie — ele sussurra contra meus lábios. Oh!

— Não quer? — sussurro de volta, jogando minha cabeça para trás enquanto seus lábios passeiam pelo meu pescoço.

— Não.

— Adoro sua voz sussurrante.

Ele sorri.

— Eu sei.

— O que você quer fazer?

— Quero fazer amor com você, lento e docemente. — As pontas de seus dedos mal me tocam, passeando de um lado para o outro, enviando calafrios ao meu corpo. Seus lábios tocam meu pescoço. A sensação me deixa louca.

— Parece adorável.

Ele me ergue em seus braços, e eu emaranho meus dedos em seus cabelos quando nossos lábios se encontram em um beijo suave. Gentilmente, ele me coloca na cama e me cobre com seu corpo, suas pernas entre as minhas. Ele coloca a mão no meu braço esquerdo e une nossos dedos, mas, ao invés de segurá-los sobre minha cabeça, ele simplesmente os coloca ao lado das nossas cabeças, na cama.

Ele não quer me conter nem brincar comigo. Ele quer me mostrar o quanto me ama, e isso me enche de força, confiança e carinho.

Ele corre os dedos da mão esquerda pelo meu cabelo e rosto enquanto continua a me beijar com delicadeza e paciência. Coloco a sola do meu pé em sua panturrilha, acariciando-o para cima e para baixo, enquanto passo as pontas dos meus dedos em suas costas musculosas.

Posso sentir sua ereção contra mim, mas ele não se movimenta para me penetrar. Ainda não.

— Você é tão linda — ele murmura contra os meus lábios.

— Você me faz me sentir linda — sussurro para ele, que geme.

Ele planta beijinhos ao lado da minha boca, e emaranho meus dedos em seus cabelos e o acaricio.

— Adoro seu cabelo. Adoro senti-lo em meus dedos.

— Já percebi isso — ele sussurra e o sinto sorrir contra meu pescoço. — Você sempre coloca as mãos nele.

— Nunca o corte curto, por favor. — Adoro ouvir sua voz sussurrante.

— Ok. — Ele beija o lóbulo da minha orelha e o belisca com os dentes. — Você tem uma pele maravilhosa, tão macia e suave. E cheira tão bem.

Suas palavras são sedutoras, e sua mão está se movendo dentro do meu cabelo, fazendo todo o meu corpo cantarolar.

Meu quadril começa a se mover sob ele e sinto seu sorriso em minha garganta.

— Você sabe o que faz comigo.

— Você faz o mesmo comigo, amor. — Ele flexiona os quadris, colocando seu pênis bem na minha parte molhada. A pontinha toca meu clitóris e eu ofego.

— Quero você.

— Eu sei. Também te quero. — Adoro os sussurros, os suspiros suaves e os gemidos. Esta é a primeira vez que fazemos amor tão quietos, mas não é menos intoxicante.

Lentamente, ele começa a me preencher, um centímetro por vez, até que se enterra até onde é possível. Ele me preenche fisicamente, emocionalmente, e sinto lágrimas saírem dos cantos dos meus olhos.

Este homem doce, protetor, gentil e sexy me ama. E eu o amo... tanto.

— Não chore, amor. — Sua voz sussurrante está rouca de emoção, e ele começa a se mover mais devagar, para dentro e para fora de mim. Minhas pernas se engancham mais alto em seus quadris, levando-o ainda mais fundo, até que ele atinge o ponto mais sensível, me fazendo sentir faíscas voarem ao meu redor.

— Ah, eu vou gozar, meu amor.

— Sim — ele sussurra no meu ouvido, e eu me sinto perdida, com meu orgasmo me consumindo, mas eu nem sequer emito um som, contagiada por nosso amor silencioso.

Luke para, me penetra mais uma vez e se esvazia dentro de mim, sussurrando meu nome.

Capítulo Vinte e cinco

Decido que voltar ao mundo real não é assim tão ruim.

Chegamos em casa, depois de nossa escapada ao Taiti por uma semana, e voltamos a uma confortável rotina de trabalho, mensagens de texto de flerte durante o dia, academia e ioga juntos e alternar entre a minha casa e a dele à noite.

Hoje, vamos ficar na minha casa para podermos jantar com a Jules.

— Não é assim que se prepara uma massa. — Jules está linda, como sempre, enquanto olha para o meu namorado, me fazendo rir.

— E como você prepara? — Luke fica extremamente frustrado com ela, enquanto estou sentada, com uma taça de vinho e me divertindo com o show.

— Você tem que colocar sal na água antes de colocar para ferver. Todo mundo sabe disso.

— Quer saber? Faça você. Vou dar uns beijos na minha namorada. — Ele deixa que Jules termine o jantar e se senta na bancada da cozinha para me beijar.

— Ela está sendo cruel com você? — pergunto, acariciando seu rosto.

— Não, ela só não sabe cozinhar, mas não gosta de ouvir.

— Posso te ouvir, sabia? — Jules olha para nós e ri.

Adoro passar as noites com estes dois. Eles são tudo para mim, e adoro como se dão tão bem.

— Então, Luke, quando é que seu filme novo estreia? — Jules está abrindo a massa.

— Sexta-feira agora — ele responde e toma um gole do vinho.

— O quê? — exclamo. Eu não fazia ideia. Por que ele não me conta essas coisas?

— Hummm... Um filme meu vai estrear sexta-feira.

Olho para ele, me sentindo enganada. Jules olha para nós e, então, murmura:

— Ops!

— Por que não me disse nada? — Meus sentimentos estão magoados.

— Não pensei nisso. — Ele franze a testa e dá de ombros.

— Você tem um longa metragem prestes a ser lançado para que milhões de pessoas possam vê-lo, mas não pensou em contar para sua namorada? — Viro-me para ele no banco.

Mas que merda!

— Eu só trabalhei em uma parte da produção; não vou estrelá-lo nem nada assim.

— Não importa, Luke. É uma coisa grande. Você vai à estreia?

— Não, com certeza, não. — Ele balança a cabeça e passa a mão pelo cabelo.

— Por quê? Você deveria ir. É parte do seu projeto.

— Não. — Engole em seco. — Não faço mais essas coisas.

— De qualquer forma, deveria ter me contado. Você nunca fala comigo sobre o seu trabalho, mas sabe tudo sobre o meu. — Isso é uma coisa que já vinha me incomodando, e fico feliz que Jules tenha iniciado o assunto.

— O que faz um produtor? — Jules pergunta enquanto começa a montar a lasanha em um refratário.

— Depende do produtor. Há muitas funções diferentes. Alguns ficam no set durante toda a produção e controlam as coisas por lá. Alguns trabalham por trás das câmeras, conseguindo dinheiro de algum estúdio ou contratando atores e diretores. Há muitas coisas a se fazer, e normalmente há poucos produtores fazendo diversos trabalhos.

— Ok, mas o que você faz especificamente? — pergunto, sinceramente interessada.

— Eu tenho trabalhado atrás das câmera, na pré-produção de filmes, para que possa trabalhar daqui. Às vezes, eu viajo para L.A. ou Nova York para reuniões, mas é muito raro hoje em dia. A maioria das coisas pode ser feita por telefone ou e-mail. Então, eu falo com diretores e atores, e às vezes participo de conferências para conseguir dinheiro para financiar um projeto. — Ele está gesticulando ao falar, tão animado e entusiasmado que faz com que eu perceba que ele realmente gosta do que faz. Sorrio e beijo sua bochecha.

— Estou orgulhosa de você.

— Por quê?

— Porque você faz algo que ama e é bom nisso.

— Como sabe disso?

— Eu não namoraria alguém ruim — respondo em tom de zombaria, e ele ri.

— Então, quanto de dinheiro você precisou conseguir para o filme que vai estrear sexta-feira? E quem está atuando nele? — Jules coloca a lasanha no forno e se inclina no balcão para ouvi-lo atentamente.

— O título é "O último tiro", com Channing Tatum. É um filme de ação, com várias acrobacias e muitas coisas explodindo, então, o orçamento foi alto. Quase cem milhões.

Eu e Jules nos entreolhamos e depois olhamos para Luke.

— Peraí, você disse cem milhões de dólares? — Minha voz está estridente. Isso é assustador. Quase tão assustador quanto meu namorado ser responsável por levantar cem milhões de dólares.

— Sim. — Ele sorri timidamente. — Filmes de ação e aventura sempre têm um orçamento mais alto, porque tem muita cinematografia, computação gráfica e outras coisas envolvidas que eu não entendo nem um pouco por que são tão caras.

Engulo em seco. Uau!

— Então vai ser um filmaço.

— Sim, estamos esperando um retorno de cento e cinquenta milhões só neste final de semana. — Ele dá de ombros novamente, mas eu vejo o orgulho em seus olhos.

— Então é aqui que eu faço uma pergunta mais pessoal, e você pode me pedir para cuidar da minha própria vida se quiser, mas estou curiosa, porque eu trabalho com dinheiro... — Os olhos de Jules estão brilhando de curiosidade, e eu sei exatamente o que ela vai perguntar.

— Ok, vá em frente. — Luke sorri. Ele também sabe.

— Bem, eu sei quanto os atores ganham mais ou menos para fazerem filmes com orçamento alto, mas e os produtores?

— Quando tudo está pronto, depois dos royalties e tudo mais, eu devo levar mais ou menos quinze milhões.

Estreito meus olhos para ele e mordo o lábio, não muito certa de ter entendido as palavras que acabaram de sair de sua boca. Olho para Jules e sua boca está abrindo e fechando, sem que nenhum som saia dela.

Luke não está olhando para nenhuma de nós duas. Está olhando para o vinho.

Finalmente Jules é a primeira a falar.

— Por favor, me diz que você tem um bom advogado e um time de contadores com excelentes reputações. Porque se não tiver, eu conheço alguns. — Ela está completamente séria.

Luke assente.

— Sim, eles já trabalham comigo há anos.

— Que bom — ela respondeu.

Eu ainda não sei o que dizer. Sabia que ele era rico, mas não fazia ideia. Finalmente Luke olha para mim.

— Você está bem?

— Estou — sussurro.

— Você parece um pouco pálida. — Ele parece preocupado.

— Estou bem. — Tento mudar meu olhar, virando-me para Jules, procurando orientação.

— Nat — ela diz —, dinheiro não é uma coisa nova para você.

— Não, não é.

— Seus pais te deixaram mais ou menos uns vinte milhões.

Luke empalidece.

— Eu sei.

— Então, o que há de errado? — ela pergunta baixinho.

Eu franzo o cenho.

— Bem, eu acho que é muita coisa para assimilar. — Olho para Luke e, finalmente sinto que preciso tocá-lo, por isso seguro sua mão na minha. — Me desculpa, querido. Dinheiro não é importante para mim, você sabe disso. Acho que só estou surpresa em saber que meu homem lida com atores e filmes de cem milhões de dólares e que tem amigos como Steven Spielberg. É fácil esquecer disso porque você está muito longe dessa vida.

— Nat, eu me afastei de propósito.

— Eu sei.

— Não fique brava comigo — ele sussurra.

— Não estou brava com você. — Sorrio, encontrando equilíbrio.

— Hum, posso fazer mais uma pergunta? — Jules ergue uma mão, como se estivéssemos em uma sala de aula, nos fazendo rir.

— Pode.

— Me dá o telefone do Channing Tatum?

Todos nós caímos na risada, e me sinto aliviada quando a tensão desaparece.

— Ele é casado, Jules.

— Merda! — Ela franze o cenho. — Todos os bons já foram enlaçados.

— Luke... — Eu pulo do meu banco e me coloco entre suas coxas, passando a mão em seus braços. — Quero ver seu filme neste final de semana.

— Você quer? — Ele se mostra completamente chocado.

— Sim. Esse é o seu trabalho. Quero te apoiar. Vamos à pré-estreia.

— Eu disse que não vou a premières. Não vou a L.A. para isso. — Ele balança a cabeça com veemência.

— Não! Eu quero dizer aqui. Vamos à pré-estreia em Seattle.

Jules dá alguns pulinhos empolgados.

— Quero ir também! Tenho certeza que consigo uma companhia.

— Vamos fazer nossa noite. Um encontro duplo, vamos ao cinema e depois jantamos. Vamos comemorar.

Luke abre um largo sorriso que me derrete e, desde que o conheço, pela primeira vez, ele parece genuinamente orgulhoso e empolgado com o que faz.

— Você quer mesmo ir?

— Com certeza.

— Bem, então eu acho que nós vamos. Mas vamos tentar ir a um cinema mais vazio. Não quero que nossa noite seja arruinada com as pessoas me reconhecendo e fazendo filas de três horas para autógrafos.

— Podemos ir a uma sessão bem tarde, no subúrbio, depois do jantar. Você pode usar um sobretudo com um chapéu e óculos escuros. — Sorrio para ele, que estreita os olhos para mim.

— Você é mesmo uma espertinha.

— Mas você me ama. — Sorrio docemente.

— Deus, vão para o quarto! — Jules tira a lasanha do forno.

— Estou nervosa. — Olho para Jules e me encolho. — E se eu não gostar?

— Então você vai mentir, sorrindo com todos os seus lindos dentes e dizer a ele que amou. É isso que namoradas fazem, não importa o que seus namorados fazem para viver. — Ela procura no meu closet algo para vestir esta noite.

— Quem vai com você esta noite? — pergunto enquanto coloco meu vestido preto pela cabeça e calço meus Manolo Blahniks pretos.

— Não me julgue.

— Hum, ok.

— Vou levar meu chefe.

— Puta merda! Pensei que você ia parar de sair com ele. — *Mas que merda!*

— Nós não estamos saindo.

— Vocês estão dormindo juntos?

— Não. Definitivamente não. Mas ele não é tão ruim quanto eu pensei que fosse. Depois que passou o constrangimento... bem, ele é um cara bem legal. Então eu pensei, por que não levá-lo? — Ela morde o lábio e coloca um par de brincos de prata.

— Espero que saiba o que está fazendo, Jules.

— Não tenho muita certeza se é o certo, mas é só uma noite. Por favor, seja legal com ele, ok?

— Eu sou a definição de legal. Fico ofendida por você pensar o contrário. Vai ser bom conhecê-lo durante o jantar.

Ela sorri e a campainha toca.

— Um dos nossos rapazes chegou. — Vou até a porta, já pronta. — Eu atendo.

Corro escada abaixo e abro a porta, encontrando um enorme buquê de rosas vermelhas bem na minha frente.

— Bem, olá!

Luke mostra a cabeça por cima delas e sorri para mim.

— Ei, linda, são para você.

— Obrigada, meu amor. — Enterro meu nariz nelas e as cheiro enquanto ele entra e fecha a porta. Ele está fantástico em uma camisa azul de botões que combina com seus olhos, e uma calça cáqui. — Você está lindo — murmuro e beijo seus lábios suavemente.

— Você está de tirar o fôlego. — Ele acaricia meu rosto com a ponta dos dedos, e eu enrubesço.

— Venha, vou colocá-las na água e depois vou sair para ver o filme do meu namorado.

Luke ri.

— Vai? Que legal!

— Eu sei. Ele é muito famoso, mas não posso te dizer quem ele é, porque é uma pessoa muito discreta. — Balanço a cabeça para ele, com os olhos arregalados.

— Tem certeza que não consigo arrancar o nome dele de você? — Ele me envolve em seus braços, enquanto eu arrumo as flores no vaso.

— Não, minha boca é um túmulo.

— Droga, eu tinha esperança de conseguir sair com você esta noite. — Ele morde meu pescoço, e eu suspiro.

— Bem, provavelmente eu poderia sair com você mais tarde, depois do meu outro encontro.

Luke faz cosquinhas em minhas costelas e eu me encolho.

— Nem a pau. Você é minha, amor. Acostume-se com isso.

Eu me viro em seus braços e corro minhas mãos por seu cabelo, sorrindo para ele.

— Você é o único que eu quero, meu amor.

Seus olhos suavizam e ele me dá aquele beijo que me deixa tonta.

— Idem, amor.

— Ah, meu Deus, será que vocês nunca param? — Jules revira os olhos quando entra na sala, e Luke sorri, beijando meu rosto.

— Não.

— Putz! Olha, o Nathan acabou de me mandar mensagem, dizendo que vai estar aqui em...

A campainha toca.

— Ele vai estar aqui agora mesmo... Eu atendo. — Ela sorri e vai até a porta da frente.

— Quem é o cara? — Luke pergunta.

— Um cara com quem ela trabalha — respondo, e as sobrancelhas de Luke se erguem.

— Sério?

— Sim. Acho que pode ser interessante.

— Entre e venha conhecê-los. — Jules entra na cozinha antes de um homem muito atraente, vestindo um jeans escuro e uma blusa de botões de manga comprida. Ele é tão alto quanto Luke, com ombros largos e quadris estreitos. Tem um cabelo longo bem escuro, puxado para trás em uma espécie de rabo de cavalo, preso na nuca, olhos cinzentos e um maxilar quadrado muito bonito. Sim, ele é tão gato quanto Jules disse antes. Também tem olhos bondosos, que não param de olhar para Jules enquanto ela o apresenta para nós.

Ele está fisgado.

— Nate, esta é minha colega de casa, Natalie, e este é o namorado dela, Luke Williams.

Nate aperta nossas mãos e sorri para Luke.

— É um prazer conhecê-lo. Não posso dizer que era fã dos filmes nos quais atuou, mas adoro os que produz agora. Venho esperando o lançamento de "O último tiro" há meses. — Ele sorri para nós dois e dá um passo atrás, envolvendo os ombros de Jules com seu braço.

— Espero que goste dele. — Luke parece relaxado, e eu suspiro de alívio.

— Podemos ir? Estou faminta.

— Vamos. — Luke pega minha mão, e todos nós entramos em sua Mercedes SUV, comigo na frente, com ele, e Jules e Nate atrás.

— Onde querem comer? — Luke pergunta.

Eu viro minha cabeça e vejo Nate beijando a mão de Jules. *Só amigos uma ova.* Vou interrogá-la mais tarde.

— O que acha daquele restaurante mexicano que você me levou na semana passada? — sugiro. — É calmo, e eles têm umas margaritas deliciosas.

Tanto Jules quanto Nate concordam.

— Então iremos ao mexicano. — Luke pega minha mão e a beija, me fazendo sorrir timidamente para ele.

O restaurante está relativamente vazio para uma sexta à noite. Os donos conhecem Luke, então eles nos escoltam para uma mesa isolada perto dos fundos, onde não seremos notados.

Depois que os nachos são servidos e os pedidos, feitos, nos acomodamos para tomar nossas margaritas e conhecer Nate.

— Então, Nate, o que você faz? — Luke pergunta.

— Trabalho na mesma empresa de investimentos que Julianne — ele responde e sorri para Jules.

Minhas sobrancelhas se erguem quase até a raiz do meu cabelo, buscando os olhos de Jules.

Julianne? Ninguém a chama assim.

Jules estreita seus olhos para mim, telepaticamente me pedindo para calar a boca.

— Há quanto tempo tem feito isso? — Luke pergunta, sem nem perceber nossa conversa silenciosa paralela.

— Há uns oito anos.

Continuamos a conversar pelo resto do jantar. Nate é educado, atencioso e está completamente caído por Jules.

E é recíproco.

Luke coloca a mão na minha coxa, apertando-a, e eu entrelaço meus dedos nos dele.

— Você veleja? — Nate pergunta.

— Já velejei algumas vezes, mas já faz algum tempo. E você?

— Sim. Na verdade, eu tenho um catamarã ancorado em Seattle. Será que vocês dois gostariam de se juntar a nós em um tour por Sound, em uma tarde qualquer?

Luke olha para mim, para saber o que eu acho, e assinto e sorrio, dando uma olhada em Jules.

— Parece divertido.

A conta chega, mas eu a pego de cima da mesa antes que qualquer outra pessoa o faça.

— Você não vai pagar isso! — Luke pega sua carteira, mas eu afasto a conta dele.

— Sim, eu vou. Estamos comemorando a première do seu filme,

então, eu vou pagar.

— Porra, não! Me dá essa conta.

— Minha! — Eu a aperto contra o peito enquanto tiro o cartão da minha carteira.

— Que merda, Nat...

Eu puxo seu rosto na direção do meu e o beijo lentamente. Quando nos afastamos, estamos ambos ofegantes.

— Deixe-me fazer isso. Estou orgulhosa de você, droga.

— Não consigo argumentar com você quando faz isso — ele murmura e parece um pouco contrariado, mas vejo um resquício de humor em seus olhos impossivelmente azuis. Então, sorrio enquanto passo meu cartão e a conta para o garçom.

Nate nos observa com curiosidade e começa a rir.

— Cara, você se deu mal nessa — ele diz para Luke.

— Você não faz ideia — Luke rosna.

Capítulo Vinte e seis

— Quatro entradas para "O último tiro", por favor. — Eu passo meu cartão para a menina da bilheteria no cinema e sorrio para ela. Estamos um pouco adiantados, mas quero pegar os assentos lá de trás, para que possamos passar despercebidos e sair antes de todos os outros quando terminar.

— É a última vez que você paga alguma coisa para mim — Luke resmunga atrás de mim.

Jules e Nate riem dele, e eu apenas sorrio tranquilamente.

Compramos dois baldes enormes de pipoca e refrigerante. Depois, encontramos nossos lugares. Embora estejamos mais de meia hora adiantados, estou surpresa por ver que já tem pessoas sentadas aguardando.

Subimos até a fileira mais alta da sala e nos sentamos no meio, com Jules e eu no meio dos rapazes.

Luke esfrega ambas as mãos nas coxas e respira bem fundo.

— Está nervoso? — sussurro em seu ouvido.

Ele sorri para mim e beija minha testa.

— Um pouco.

— Você assiste seus próprios filmes? — pergunto.

— Sim, mas normalmente espero passar a semana de lançamento para ver o que o público está achando. As semanas de lançamento me deixam estressado e ocupado.

— Estou feliz por estarmos aqui. É excitante.

Ele ri e pega uma mão cheia de pipoca.

— Eu também. Espero que goste.

— Vou amar.

A sala enche rapidamente e finalmente as luzes são apagadas e os trailers começam.

Fico impressionada ao ver que dois dos cinco filmes apresentados foram produzidos por Luke E. Williams. Olho para ele, surpresa, e ele sorri timidamente. Balanço minha cabeça e coloco um pouco de pipoca em sua boca, fazendo-o rir.

Fico empolgada quando "O último tiro" começa, e sinto vontade de levantar e aplaudir quando o nome de Luke aparece na tela, durante os créditos iniciais. Ao invés disso, eu o beijo estalado e abro um sorriso ridiculamente orgulhoso.

É difícil dizer, mas acho que ele está corado.

O filme é fantástico. Quando Channing Tatum aparece nu na tela, Jules e eu olhamos uma para a outra e começamos a rir. Não podemos resistir. Luke joga pipoca em mim, irritado.

O filme tem duas horas, com um ritmo rápido e que te mantém na adrenalina de querer saber até o final "quem é o culpado". Realmente tem muitas cenas de ação e coisas explodindo. Também tem uma cena de amor muito intensa entre Channing e sua colega, e eu não consigo evitar assisti-la de uma maneira mais clínica, sabendo que Channing é casado na vida real, me perguntando como sua esposa lida com cenas como aquela.

E isso me deixa incrivelmente feliz, por saber que Luke escolheu tomar um caminho diferente na indústria dos filmes.

Uma cena particularmente sangrenta faz com que eu e Jules nos encolhamos em nossos assentos.

— Ah, meu Deus, é sério? — Eu coloco a mão na boca, reparando que eu falei alto demais e que Nate e Luke estão rindo de nós.

Quando os créditos finais aparecem, não consigo parar de sorrir. Eu realmente bato palmas, sem nem perceber, quando o nome de Luke aparece novamente, e ele sorri para mim. Mal posso esperar até que último espectador saia e as luzes acendam para que possamos sair da sala. Quando nos levantamos, jogo meus braços ao redor de Luke e o abraço com força, enterrando meu rosto em seu peito e sentindo seu cheiro delicioso. Inclino minha cabeça para trás e olho em seus olhos brilhantes.

— Adorei! Estou tão orgulhosa de você. Vamos fazer isso com todos os filmes. Quero um calendário.

Ele acaricia meu rosto com os dedos e sorri.

— Vou te passar um. — E me beija gentilmente.

— Hum... Nat? É um encontro duplo. Pare de dar amassos no seu namorado super legal e famoso, por favor. — Eu rio e olho para Jules.

— Só estou apreciando sua arte — digo.

— Aprecie em particular. Vamos, vamos sair. — Jules e Nate tomam a dianteira para sair da sala. Eu me preparo para segui-los, mas Luke segura meu cotovelo, me mantendo no lugar.

Eu me viro para ele, que me beija, apaixonadamente desta vez. Ele me afasta e encosta sua testa na minha.

— O que foi? — pergunto.

— Obrigado por esta noite. Eu te amo.

— Eu também te amo.

Decidimos continuar a comemorar e saímos para tomar alguns drinques. Acabamos escolhendo um restaurante perto de casa, no Celtic Swell, e acabo sorrindo, lembrando da primeira vez que eu e Luke tomamos uns drinques juntos aqui. Parece que aconteceu há muito tempo.

O bar está lotado de moradores locais, mas ninguém parece prestar atenção em nós, conforme nos encaminhamos para uma mesa nos fundos.

— Eles fazem uma margarita muito boa aqui — Luke comenta e sorri para mim. Ele também se lembra!

Eu sorrio e assinto, e todos decidimos continuar com margaritas.

Luke pede a minha do jeito que eu gosto.

— Então, Nate... — Tomo um gole da margarita. Deliciosa. — O que achou do filme?

— Excelente, como eu já sabia que seria. E você?

— Obviamente minha opinião é um pouco tendenciosa, mas eu gostei mesmo. Exceto a parte sangrenta.

— Pois é, por que garotos gostam tanto de sangue? — Jules franze o nariz encantadoramente.

— Sou homem. Gosto de sangue. — Nate bate o punho no peito e caímos na risada.

— Mas ver Channing Tatum nu é sempre um deleite para os olhos. — Olho para Jules e piscamos uma para a outra.

Luke me cutuca com o cotovelo enquanto Nate olha para Jules, me fazendo rir.

— Eu realmente acredito que o senhor tem um sucesso nas mãos. — Beijo o rosto de Luke, e ele sorri para mim daquele jeito sexy. Senhor!

— Estou feliz que tenha gostado.

— E o que você achou, afinal? — Jules pergunta.

— Estou feliz com o resultado final. Acho que o elenco e a equipe fizeram um bom trabalho, e o filme ficou divertido. O público pareceu gostar.

Sei que estou com um sorriso idiota no rosto, mas não consigo evitar.

— No que está trabalhando agora? — pergunto.

— Acabei de conversar com um estúdio sobre outro filme da Marvel que vai sair no próximo verão. O filme no qual comecei a trabalhar antes de irmos para o Taiti é uma comédia romântica com a Anne Hathaway que vai sair na primavera.

Ouvi-lo falar sobre seu trabalho é tão... *estimulante*. Passo as pontas dos dedos para cima e para baixo em sua coxa enquanto ele fala. Seguro sua mão e a levo até a boca, beijando os nós de seus dedos, depois coloco nossas mãos no seu colo.

— Antes que eu me esqueça — Luke toma um bom gole de sua bebida —, meu pai está organizando uma grande festa surpresa para minha mãe no próximo sábado. Jules, você e sua família estão convidados.

Sorrio para ele, feliz por ele querer que minha família esteja na festa dos seus pais.

— Ah, que divertido! Vou falar com eles. É formal? — Jules pergunta.

— Sim, meu pai está caprichando. É o aniversário deles de trinta e cinco anos de casados.

— Uau! — Tomo um gole da bebida. Trinta e cinco anos!

— O que foi? — Luke olha para mim, e eu engulo.

— É bastante tempo. — Encolho os ombros.

— Meus pais já estão casados há quarenta — Jules acrescenta.

— Seus pais ainda estão juntos, Nate? — pergunto.

— Não, meu pai me criou. Ele sempre foi solteiro.

— Posso ajudar com a festa? — pergunto a Luke.

Ele sorri calorosamente para mim e beija minha testa.

— Não, acho que papai e Sam já têm tudo preparado. Só venha comigo.

— Ah, então eu sou um tipo de bibelô que você exibe? — Finjo que estou ofendida e Luke ri.

— Ah, você é muito mais do que um bibelô. — Ele me beija gentilmente e Jules profere uns sons abafados enquanto Nate ri.

— Acho melhor a gente ir enquanto ainda conseguimos separá-los — Jules diz e acena para a garçonete, pedindo a conta.

Acordo no sábado de manhã em uma cama vazia. Sento-me e me espreguiço, com o lençol branco suave deslizando pelo meu torso nu e se embolando no meu colo. Ouço os sons da casa de Luke, tentando decifrar onde ele está, mas está tudo quieto.

Passo as mãos no rosto e reparo em um copo da Starbucks para viagem e uma rosa vermelha sobre o criado-mudo, junto com um bilhete.

Ah, ele realmente me mima.

Tomo um gole do café. Ainda está quente, o que me diz que ele não saiu há muito tempo. Cheiro a linda rosa e abro o bilhete.

Trabalhando esta manhã.
Estou no escritório, no andar de baixo.

Amo você - Luke.

Escritório? Não me lembro de ter visto um escritório. Tem um cômodo lá embaixo que ele disse que é um depósito quando conheci a casa. Pergunto-me se é este. E se for, por que ele disse que era um depósito?

Dou de ombros e bebo mais café em sua linda cama. Está chovendo hoje, então, as enormes janelas estão cobertas de pingos, fazendo a água do Sound parecer embaçada. Visto a camisa azul de botões que Luke usou ontem à noite e vou procurá-lo.

Assim como eu imaginei, quando chego no primeiro andar e caminho pelo corredor, vejo que o cômodo que Luke disse ser um depósito está aberto e consigo ouvi-lo falando no telefone.

— Sim, eu vi os números hoje de manhã. Ótimas notícias. Estou feliz que ficou satisfeito. Não, vamos esperar os números de segunda-feira antes de tomar essa decisão. Ok, nos falamos, então. — Ele desliga conforme eu entro no ambiente.

— Bem, aqui não é exatamente um depósito. — Olho para o escritório e não consigo evitar de me sentir dentro de um filme.

É aqui que ele guarda suas lembranças de filmes. Os pôsteres dos filmes Nightwalker, com ele em todos, estão presos às paredes. Há prêmios e certificados, fotos dele com celebridades e pessoas importantes espalhadas pelo cômodo. Na maioria das fotos, ele parece impossivelmente jovem.

Olho para meu homem, sentado à sua mesa impressionante. Está encostado na cadeira, usando uma camiseta branca e jeans, observando-me apreensivo.

— O que foi? — pergunto e inclino a cabeça para o lado.

— Está chateada?

— Porque você mentiu sobre este cômodo?

— Sim.

— Não.

— Oh... — Ele ergue as sobrancelhas e olha para mim um pouco confuso.

— Eu entendo o que você fez. Mais alguma surpresa por aqui? — pergunto enquanto dou a volta na mesa.

— Não.

— Que bom.

Luke afasta a cadeira para trás e eu sento sobre a mesa, em frente a ele, apoiando os pés nos braços da cadeira, enquanto ele chega para frente e enlaça seus braços na minha cintura, enterrando o rosto na minha barriga.

Coloco as mãos em seus cabelos e me inclino para beijar sua cabeça.

— Você está cheirando bem — murmuro. — Tomou banho sem mim?

— Sim, acordei cedo. A manhã depois de uma estreia é sempre cheia. Além do mais, eu tinha que comprar café para você.

Sorrio encostada em sua cabeça.

— Obrigada pelo café.

— De nada.

O telefone toca. Ele encosta e o atende, mantendo o braço ao redor da minha cintura.

— Williams. — Sua voz soa profissional, e eu sorrio para ele.

— Ei, Channing, obrigado por retornar a ligação, cara. Só queria dizer que assisti ao filme ontem à noite. Você foi fantástico. — Ele ouve por um momento e ri. — Eu sei. Fico feliz que tenha sobrevivido. Como está sua linda esposa? Que bom. Ei, tenho outro projeto para o ano que vem, posso te enviar o roteiro? É muito bom. — Luke acaricia minha barriga, e eu quase consigo ouvir a voz de Channing — Channing Maravilhoso Tatum! — falando do outro lado da linha. — Ok. Vou te enviar na semana que vem. Aproveite o final de semana, você merece. Tchau.

— Ele parecia feliz — murmuro.

— Deve estar, os números estão muito bons, esta manhã.

— Já mencionei que fiquei muito orgulhosa de você ontem à noite?

— Sim. E eu gostei principalmente de ouvir isso quando você estava nua. — Ele me dá um sorriso malicioso, e eu rio.

— Eu também gostei.

— Na verdade — ele coloca as mãos no meu traseiro e me puxa mais para perto dele —, você não pediu permissão para usar esta camisa.

— Nossa, eu tenho que parar de fazer isso.

— Eu sei. Pensei que a essa altura já teria aprendido o que acontece quando você usa minhas camisas.

— Mas eu gosto delas. — Faço biquinho para ele.

— E eu gosto de fazer isso. — Ele abre cada botão da camisa lentamente e a tira de mim, deixando-a cair na mesa, bem atrás de mim.

Ele respira bem fundo, com os olhos na altura dos meus seios, e corre os lindos olhos azuis por todo o meu corpo, como se estivesse me comendo viva com o olhar.

— Jesus Cristo, você é linda. — Ele se inclina e esfrega a ponta do nariz no meu mamilo direito, fazendo círculos, e ele logo se intumesce. — Adoro como seu lindo corpo responde a mim.

Ele dá a mesma atenção ao mamilo esquerdo, e eu gemo suavemente.

Luke está sentado naquela cadeira, completamente vestido, e eu estou quase gozando só por causa do seu nariz.

Inacreditável.

Ele ergue os olhos para mim, enquanto toma um mamilo na boca e o suga, lambe e o beija, traçando um caminho até o outro lado, fazendo o mesmo. Suas mãos estão me acariciando e apertando minha bunda enquanto ele beija meu torso.

— Incline-se para trás e apoie nas mãos, amor.

Faço o que me é pedido e ele beija meu piercing.

— Tão sexy. Há quanto tempo você o tem?

— Fiz quando tinha dezoito anos.

— É sexy. — Ele o beija novamente, e mordisca minha pele até uma das tatuagens.

Abruptamente, ele me puxa para a beirada da mesa, me fazendo me inclinar um pouco mais, deixando-me exposta. Ele deposita um beijo nas letras escuras.

— Não se deite. Quero que observe.

Porra! Essa pode ter sido a coisa mais sensual que ele já falou para mim.

— Ok. — Minha voz está carregada de desejo, e ele sorri com seus lindos olhos azuis, fixos em mim.

Ele se inclina para baixo e com a pontinha da língua lambe meu clitóris para frente e para trás, deixando sua boca ali, girando a língua e sugando gentilmente.

Jogo minha cabeça para trás e gemo seu nome bem alto, erguendo a cabeça para continuar olhando para ele.

É tão sexy quando sua boca está em mim!

Ele coloca uma mão na minha bunda e desliza um dedo para dentro de mim. Eu arqueio sobre a mesa, com meus pés ainda plantados nos braços da cadeira, mas ele me segura com força contra sua boca. Sua língua desliza para frente e para trás e seu dedo está fazendo mágica dentro de mim. Seus profundos olhos azuis estão nos meus enquanto eu explodo, bem alto.

Sinto beijos por toda a minha coxa, enquanto ele tira o dedo de dentro de mim.

— Deus, você tem um gosto tão bom. Te quero o tempo todo, Nat. Nunca enjoo de você.

— Dentro de mim. Agora. — Estou ofegante, precisando dele.

Luke se levanta e deixa o jeans deslizar por suas coxas.

— Coloque as pernas ao meu redor, amor.

Ele me penetra assim que me entrelaço nele, inclinando-se para me beijar, segurando meu rosto com uma mão e segurando a beirada da mesa com a outra enquanto me puxa sem parar.

— Ah, Deus! — Minhas mãos estão em sua bunda, puxando-o com mais força. Sinto que meu orgasmo já está chegando.

— Goze para mim, linda — sussurra no meu ouvido, com aquela voz sussurrante sensual, e me leva até o limite de outro maravilhoso clímax, que faz com que eu pressione meus tornozelos no bumbum dele. — Jesus Cristo, Nat! — Ele treme enquanto sai de dentro de mim, espalhando beijos por meu rosto, colocando as mãos no meu cabelo.

— Recomendo sexo sobre a mesa — murmuro e sorrio preguiçosamente para ele.

Ele ri e me coloca sentada.

— Sim, temos que fazer isso com mais frequência.

Capítulo Vinte e sete

— Ei, Natalie! Obrigado por me encontrar aqui, ao invés de me fazer pegá-la no seu estúdio.

Sorrio para Brad e lhe dou um rápido abraço. Nos encontramos na Starbucks para que eu possa lhe entregar as fotos finalizadas que serão adicionadas ao seu portfólio, antes que ele participe de algumas audições esta tarde.

Sentamos a uma mesa com nossas bebidas enquanto ele as folheia.

— Uau! Você é muito boa.

— Tive um bom modelo. — Pisco para ele e dou um gole no meu café. Os dias estão ficando mais frios e chuvosos por causa do outono, por isso, agradeço ao bom e quente mocha.

Brad sorri timidamente e continua a olhar para as fotos.

— Você me fez parecer bonito. Quando poderemos agendar outra sessão?

— Bem, Brad, acho que isso pode ser um problema. — Faço uma careta e penso em Luke. Bem, Luke nem ia gostar de saber que estou tomando café com Brad.

— Ah, é? — Ele ergue uma sobrancelha.

— Meu namorado não gosta que eu tire fotos de homens solteiros quando estou sozinha. É um problema para ele. — Dou de ombros e sorrio, me desculpando.

— Eu nunca te machucaria, Nat. — Brad franze o cenho, e eu me sinto uma merda.

— Sei disso. Talvez eu possa pedir que Jules fique lá conosco, então, não estaremos sozinhos. Luke não deve se importar com isso.

— Por mim, tudo bem. Você faz um ótimo trabalho. Me desculpe se forcei a barra antes. Você é linda, e eu seria um estúpido se não tentasse, mas entendo que não está disponível. Mas tudo bem. Posso falar com ele, se você quiser. — Brad parece sincero, e eu dou um tapinha em seu ombro.

— Obrigada. Vamos resolver isso.

— Natalie?

Olho para cima e vejo dois olhos azuis familiares. Meu coração afunda bem no meu estômago.

— Olá, Samantha!

— Sabia que era você. — Seus olhos brilham astutamente conforme ela olha para Brad, mas, quando ela olha para mim novamente, quero me encolher. Merda! *De todas as pessoas que poderiam ter me encontrado aqui com Brad!* — Você vai na festa dos meus pais no sábado? — ela pergunta, com um sorriso falso em seu belo rosto.

— Sim, eu e Luke estaremos lá.

— Bem, vejo vocês lá. — Ela sai da cafeteria e eu resmungo, segurando a cabeça nas mãos.

— Quem ela é?

— Irmã do Luke.

— Tenho certeza de que ela não gosta de você.

Olho para ele e rio.

— Não, não gosta.

— Por quê?

— Longa história. Fico feliz que tenha gostado das fotos. Te aviso quando conseguir conversar com Luke e Jules sobre marcarmos um novo dia.

— Ok. Legal. Ei, e eu falei sério sobre aquele negócio de conversar com o Luke, se isso ajudá-lo a entender que não estou interessado em você sem ser profissionalmente.

— Vou lembrar disso. Obrigada pelo café.

— Foi um prazer.

Merda.

Como vou explicar para Luke sobre meu encontro com Brad hoje? Sei que Sam vai contar para ele, e eu rezo para que ela não tenha telefonado antes de eu chegar em casa. Luke é muito possessivo em relação a Brad, e sei que já deveria ter avisado a ele antes que iria encontrá-lo, mas me pareceu uma coisa boba ter que pedir permissão para encontrar um cliente em um local público.

Acho que vou ficar encrencada. Talvez eu possa distraí-lo com sexo.

— Querido, estou em casa. — Entro na casa, usando a chave que ele me deu quando voltamos do Taiti.

— No escritório — ele avisa.

Coloco minha bolsa de mão no sofá e carrego duas sacolas pesadas de shopping para o escritório.

Ele me cumprimenta com um sorriso caloroso e ergue as sobrancelhas em surpresa quando vê as sacolas.

— O que é isso?

— Fiz umas coisinhas para o aniversário dos seus pais. — Sorrio para ele, nervosa.

— Fez? — Ele sorri, maravilhado. — O que é?

— Bem, seu pai me ajudou um pouco esta semana. — Começo a pegar as molduras. São oito no total. — Pedi fotos de seu pai e de sua mãe a cada cinco anos em que estiveram casados, começando por uma do casamento.

Depois de pegar todas as molduras, eu as arrumo sobre a mesa de Luke. Seus olhos passeiam por elas e param na última.

— Fiz a do casamento e esta que tirei na minha festa de aniversário maiores, e as outras podem ser colocadas ao redor delas.

Ele pega a foto que tirei na festa e fica olhando para ela por um bom tempo. Eles posaram para mim, com sorrisos e os corpos duros, e Luke fez uma piada sobre alguma coisa, fazendo-os gargalhar. Na foto, Lucy está rindo olhando para a câmera, e Neil está sorrindo para ela, os rostos muito próximos. O amor que paira entre eles é quase tangível.

É minha foto favorita daquele dia.

— Você é tão talentosa, amor. Eles vão amar estas. Minha mãe vai pendurá-las na sala principal. — Ele coloca a moldura na mesa e me puxa para ele, beijando-me daquele jeito suave que faz meus joelhos fraquejarem.

— Espero que gostem.

— Você é tão doce. Não precisava fazer isso. Já coloquei nossos nomes no presente que comprei para eles.

— Eu sei. — Eu o abraço e enterro meu rosto em seu peito. — Mas queria fazer algo legal para eles. Me apeguei muito aos seus pais. Coloquei nossos nomes nestes também.

Sinto seu sorriso contra minha cabeça.

— O que você comprou para eles, afinal?

— Nós. — Ele me corrige, e eu sorrio. — Uma segunda lua de mel no sul da França.

— Claro que nós compramos! — Eu sorrio e beijo seu peito.

— Isso é engraçado?

— Não. — Me afasto um pouco para olhar em seu rosto impossivelmente lindo. Ele não fez a barba esta manhã, e eu passo minha mão por seu rosto, curtindo a aspereza. — Adoro que seja tão generoso.

Ele dá de ombros e parece um pouco desconfortável.

— Eles merecem.

— Sim, merecem mesmo.

— Já decidiu o que vai usar no sábado? — ele pergunta, enquanto eu junto as molduras, colocando-as de volta nas sacolas.

— Sim, comprei uma roupa no dia em que eu e Jules levamos Stacy às compras. Obrigada por incluir a família de Jules no convite. Eles estão animados.

— Meus pais realmente gostaram da família da Jules. Vão ficar felizes em tê-los lá.

— Você tem muito trabalho para fazer hoje? — pergunto, me preparando para contar sobre Brad.

— Não, já terminei. E você?

— Estou com a agenda livre pelo resto do dia.

— Hummm... O que podemos fazer com um dia inteiro de chuva? — Ele ergue um dedo até os lábios e finge estar realmente pensando. Eu rio, mas me lembro de que preciso estar em outro lugar, e meu humor muda. Além disso, o encontro com Brad e Samantha é a coisa mais distante nos meus pensamentos.

— Na verdade, me desculpe por romper sua bolha, mas tenho que executar uma missão. — Olho para minhas mãos e depois para ele, mordendo meu lábio.

— Ok, quer companhia?

— Você não precisa ir se não quiser.

— Eu sempre quero estar com você. Aonde está indo? — Ele parece preocupado, encostando-se na cadeira, com os braços cruzados no peito.

— Ao cemitério. — Me encolho nervosa.

— Por quê?

— Só vou lá duas vezes no ano, no meu aniversário, que eu perdi porque meu namorado incrivelmente gostoso me levou para um paraíso tropical. — Eu sorrio atrevida para ele, que sorri de volta.

— E no aniversário deles? — ele pergunta, confuso.

— Eles faziam aniversário no mesmo dia, com três anos de diferença. Sempre deram muita importância a isso, com uma grande festa ou uma viagem divertida para algum lugar. Sempre me incluíram, então, eu quero sempre lembrá-los por isso. — As últimas palavras saem como um sussurro.

Ele se aproxima de mim e beija minha testa.

— Vamos.

Melancolia se instala em mim conforme nos aproximamos do cemitério. Vamos no meu carro, uma vez que eu sei exatamente onde ir no enorme local, e porque eu precisava de algo para ocupar minha cabeça.

Luke pode dirigir na volta para casa.

— Me desculpa, querido, mas este pode se tornar um dia triste para mim. Não acontece com muita frequência, mas posso não ser uma companhia muito boa quando sairmos daqui.

Ele beija meus dedos gentilmente e suspira pesadamente.

— Gostaria que você nunca tivesse passado por isso, Nat. É uma coisa que não posso consertar para você, e eu faria qualquer coisa, se pudesse.

— Eu sei — sussurro.

Estaciono na única faixa da entrada pavimentada, algumas fileiras atrás da sepultura dos meus pais. Depois que saímos do carro, pego dois buquês de flores no banco de trás: lírios para meu pai e girassóis para minha mãe. Eram suas favoritas.

Caminho por onde eles descansam, com Luke poucos passos atrás de mim, me dando espaço. Ele sempre sabe o jeito certo de me confortar. Terei que agradecê-lo mais tarde.

Esta parte do cemitério fica no topo de um morro, com uma bela vista do centro da cidade, do Space Needle e do Sound. Eu olho ao meu redor, dando uma checada na vista, e então volto à grande sepultura de mármore preto.

Ajoelho em frente a ela, sem me importar com o chão molhado, com as folhas de árvores ou com a grama mal aparada. Só prestando atenção em seus nomes e as datas de nascimento e morte. Coloco as flores sob seus nomes e sento-me sobre meus tornozelos, olhando para cima.

CONNER está escrito bem grande, em letras em negrito, com seus nomes e as datas logo abaixo. Sob isso tem a frase: *"Eu pertenço à minha amada, e minha amada me pertence"*.

Eu me inclino para frente e coloco as palmas das minhas mãos no mármore frio, onde seus preciosos nomes estão, e fecho meus olhos, deixando as memórias inundarem minha mente.

Luke ajoelha ao meu lado e coloca a mão nas minhas costas.

— Fale sobre eles, amor. — Sua voz está rouca, e ele está acariciando minhas costas gentilmente.

— Minha mãe gostava de cozinhar. Nós fazíamos biscoitos todo final de semana, mesmo quando eu estava na faculdade. Ela era linda e me abraçava o tempo todo. — As lágrimas estão mais fortes agora, correndo descontroladas e despercebidas pelo meu rosto, misturando-se com a chuva que cai ao meu redor. — Ela fez MBA em Stanford, mas, ao invés de me deixar em uma creche, preferiu ficar em casa e cuidar de mim. E ela sempre me disse que foi a melhor coisa que fez e que agradecia a oportunidade de poder cuidar de mim e do meu pai. Era inteligente e divertida... minha melhor amiga. — sussurro e seco as lágrimas do meu rosto antes de colocar as mãos no mármore outra vez. — Meu pai era divertido também, mas de um jeito mais seco. Era louco pela minha mãe. O sol nascia e se punha nela, em sua opinião. Ele a mimava incessantemente, e isso faz com que eu me lembre dele quando penso em você. — Sorrio para mim mesma. — Não importava o quanto seu trabalho era agitado, ele sempre voltava para casa, para nós. Era um homem de negócios muito duro, mas era o cara mais gentil que eu já conheci. E quando se tratava de defender a filha, ele era voraz, tenaz e nada o parava. Eles eram o centro do meu mundo. — Coloco a mão na cabeça agora, balançando-a para trás e para frente, deixando toda melancolia sair de mim. Luke me envolve em seus braços e me acomoda em seu peito, me embalando, murmurando palavras que eu não entendo. Ele me beija e me diz que sente muito.

Finalmente, quando não há mais lágrimas a serem choradas, eu seco meu nariz na manga e olho para a pedra escura, lendo seus nomes, datas e as inscrições.

— Eles também completariam trinta e cinco anos de casamento este ano. — Ele engasga e beija minha cabeça novamente. — Tentaram me conceber por sete anos. Tentaram de tudo, mas nunca funcionou, então, eles desistiram e se resignaram com a ideia de não terem filhos, ou talvez adotar mais tarde. Minha mãe conseguiu uma sociedade em uma firma, e suas vidas começaram a tomar um caminho onde não caberia uma criança. E então, de repente, no oitavo ano, ela engravidou. Ela quase me perdeu nos cinco meses de gravidez e precisou ficar de cama por muitos meses, mas aqui estou eu, sã e salva.

— Graças a Deus — Luke sussurra.

— Sinto falta deles.

— Eu sei, amor.

Ficamos ajoelhados lá, no chão molhado, com a chuva caindo sobre nós por um bom tempo. Parece que se passam horas, mas são apenas minutos. Finalmente, Luke se levanta e me ergue nos braços, aninhando-me em seu peito, e me carrega até o carro. Me coloca no banco do passageiro e beija minha testa. Enquanto ele caminha até o lado do motorista, ergo meus joelhos e os abraço, transformando-me em uma bola, e choro por todo o caminho até em casa.

Luke me carrega para dentro, até o seu quarto. Não estou chorando mais, mas estou exausta, meus olhos doem e estou muito triste.

Ele me senta gentilmente na beirada da cama e tira meus sapatos.

— Levante-se, amor. — Eu obedeço e ele tira meu jeans sujo. — Levante os braços — ele diz e puxa minha blusa por cima da cabeça.

Tira meu sutiã e segura meus ombros com as mãos, deitando-me na cama. Ele caminha até o closet e pega uma camiseta branca, aproxima-se de mim e me veste. Ele tira as próprias roupas sujas e coloca uma blusa limpa e calças de pijama.

Luke tira as cobertas da cama e me deita.

— Estamos no meio do dia — eu protesto, mas ele beija minha testa e acaricia minha bochecha com seus dedos.

— Tire um cochilo. Você está exausta, amor. Vou trazer meu laptop e me sentar aqui com você, ok?

— Obrigada. — Pego sua mão, levando-a até meu rosto, beijando sua palma. — Obrigada por hoje. Eu te amo muito. Não sei o que faria sem você. — Sinto lágrimas começando a cair novamente e fico mortificada.

— Ei, calma, amor. — Ele está beijando minha testa e rosto, acariciando minhas costas com a mão livre. — Nada vai acontecer comigo. Durma. Volto logo.

Ele pega seu telefone e o desliga e faz o mesmo com o meu, coloca as cobertas ao redor dos meus ombros e sai do quarto.

Alguns minutos depois, ele está de volta com uma grande garrafa d'água e seu laptop.

Ele sobe na cama, colocando-se ao meu lado, e me viro para olhar para ele. Levantando a mão, ele joga meu cabelo para trás com seus dedos e sorri suavemente para mim.

— Te amo, linda. Durma um pouco. Te acordo em algumas horas.

— Ok — sussurro e fecho meus olhos, aproveitando as carícias ritmadas de Luke em meu cabelo, e acabo caindo no sono.

Capítulo Vinte e oito

Hoje à noite é a festa dos pais de Luke, e eu não poderia estar mais empolgada. Estou dando os retoques finais em minha maquiagem — Estou ficando boa nisso! — enquanto Luke está se vestindo no meu banheiro. Jules entra e sai do meu quarto para pegar alguma coisa emprestada, me falar algo ou só para conversar porque também está nervosa.

Eu a amo.

Ouço a risada de Luke e saio do quarto. Ele está no telefone e, ao me ver, seus olhos escurecem e se tornam vidrados, enquanto eu assinto satisfeita.

Missão cumprida.

Estou usando um vestido preto de apenas uma alça. Tem strass ao longo de toda a cintura, e cai aos meus pés, calçados com meu Louboutin vermelho. Coloquei meu cabelo para o alto, graças às mãos hábeis de Jules, e minhas pérolas.

Sinto-me sofisticada e sexy.

— Ok, pai, tenho que ir. Nos vemos no clube. Diga a ela que vai levá-la para jantar. Ok. Tchau. — Ele desliga e caminha na minha direção.

Ele está tão lindo em seu terno preto, com a camisa branca e a gravata preta. Seu cabelo loiro está razoavelmente ordenado, mas tenho certeza que logo irei deixá-lo bagunçado.

Ele ergue os olhos por todo o meu vestido e passa as pontas dos dedos em minha pele sob as pérolas.

— Você é a mulher mais linda que eu já vi. — Ele me beija, de uma forma que me faz quase desmaiar, e eu passo as mãos por seu rosto macio.

— Obrigada. Você também não está nada mal, bonitão. Você vai ficar bem com todas aquelas pessoas lá?

— Sim, vou ficar bem. Sou um ator, lembra? Posso interpretar meu papel por uma noite.

— Não quero que fique desconfortável. — Ele não me engana. Posso ver o nervosismo em seus olhos e pela forma como fica mexendo na gravata.

— Conheço a maioria das pessoas lá. Meu pai não iria convidar um bando de estranhos, então, vai ficar tudo bem. — Ele beija minha testa e meus lábios se curvam em um sorriso. — Está preocupada comigo?

— Claro que estou. Eu te amo.

Seus olhos suavizam.

— Te amo também.

— Ei. Nat, posso pegar emprestado... Ah, Deus, não temos tempo para isso. — Jules balança a cabeça demonstrando nojo e marcha até meu closet, saindo de lá com um par de brincos. — Posso pegá-los emprestados?

— Sim. — Eu rio. — Esse vestido é de matar.

— Eu sei! — Ela sorri como o gato Cheshire e gira em um círculo, mostrando seu vestido sem alças. Ela fica deslumbrante de vermelho.

— Vai levar Nate? — pergunto.

— Nem pensar que eu vou apresentá-lo à minha família. — Jules balança a cabeça com veemência e deixa isso de lado. Ela ainda não fala muito sobre Nate.

— Ok. — Eu dou de ombros e sorrio. — Quer uma carona?

— Não. Isaac e Stacy vão vir me buscar. Vejo vocês lá.

— Pronta, amor? — Luke pergunta para mim.

— Vamos.

A festa de aniversário está sendo celebrada em um country clube em Bellevue, do qual a família de Luke é sócia. O salão de baile está decorado lindamente, com centros de mesa de flores coloridas, luzes cintilantes e velas. Há um banco para duas pessoas na entrada, com canetas pretas para que todos possam assiná-lo como um livro de visitas. Neil irá colocá-lo no jardim de Lucy, em casa.

— Luke, está lindo! Samantha e seu pai fizeram um ótimo trabalho. Sua mãe vai ficar encantada.

Luke sorri abertamente.

— Ela vai amar. Venha, deixe-me te apresentar para algumas pessoas.

Ele pega duas taças de champanhe de um garçom e entrega uma para mim. Depois, começamos a caminhar pelo salão. Fico feliz em ver que Gail e Steven já chegaram e abraço os dois.

— Ah, meu Deus, vocês dois estão tão lindos! — Gail está simplesmente deslumbrante, com o cabelo loiro e curto emoldurando seu rosto, e ela está usando um lindo vestido de noite azul royal. Steven está mais elegante do que nunca de terno e gravata. Sinto-me orgulhosa deles.

— Querida, você está de tirar o fôlego. — Gail me abraça bem forte, com olhos cheios de amor e felicidade.

— Obrigado por virem, vocês dois. Meus pais vão ficar felizes em vê-los. — Luke aperta a mão de Steven e beija Gail no rosto.

— Obrigada por nos convidar. Você está lindo, querido.

— Estamos felizes por estarmos aqui — Steven responde e pisca para Luke.

Hã? Eu olho para Luke, me perguntando o que significa aquela piscadinha, mas seu rosto não me diz nada.

O salão rapidamente fica cheio de pessoas, e Luke fica bem perto de mim, com a mão nas minhas costas, me apresentando para sua família e amigos.

Finalmente, quando ficamos sozinhos, ele me passa uma nova taça de champanhe e sussurra no meu ouvido:

— Você está inacreditavelmente linda esta noite. E está seduzindo a todos neste salão.

Seu sorriso é possessivo e apaixonado, e eu desarmo com suas palavras.

— Você é que é o sedutor. Está se divertindo?

— Sim. Estou ansioso para ver a reação da minha mãe. Na verdade — ele checa o relógio —, é hora de pedir que todos se sentem.

Ele conversa com o líder da banda, que logo depois anuncia.

— Senhoras e senhores, por favor, acomodem-se em seus lugares. Os convidados de honra já vão chegar.

Luke e eu nos sentamos à cabeceira da mesa com Samantha, seu convidado e o irmão de Luke, Mark.

— Luke, Natalie, este aqui é Paul, meu convidado. — Luke aperta a mão dele, enquanto o olha especulativamente, e eu sorrio para mim mesma.

Irmão superprotetor.

— Olá, linda! — Mark me dá um sorriso típico dos Williams e me abraça. — Que bom saber que você ainda está aturando as chatices do meu irmão... Quando se cansar dele, pode me ligar. — Ele pisca para mim, e eu não consigo não rir.

— Pare de dar em cima da minha namorada. Encontre uma para você. — Luke me afasta de Mark, enquanto este sorri.

Sim, estes homens da família Williams são uns conquistadores.

Luke pega minha mão e beija meus dedos enquanto me guia até meu assento, entre ele e Mark.

De repente, as portas se abrem e todo o salão irrompe em aplausos. Neil está sorrindo apaixonadamente para sua esposa, enquanto o queixo de Lucy cai conforme ela olha para todo o salão, compreendendo que conhece todo mundo.

Ela se vira para Neil com um sorriso surpreso, e ele se abaixa e a beija com carinho. Não consigo ouvir o que diz a ela, mas tenho quase certeza de que é algo como: *"Feliz aniversário, meu amor"*.

Não consigo parar de sorrir.

Lucy está vestindo um lindo vestido preto de noite, e Neil, um terno preto com uma gravata vermelha. Eles parecem jovens e felizes, ainda muito apaixonados.

Enquanto caminham pela multidão até nossa mesa, param para cumprimentar as pessoas e abraçar outros convidados. Eu me viro para Luke e sorrio para ele.

— Eles estão tão felizes. E eu estou feliz por eles.

— Eu também. — Ele beija minha testa, e decido ser a madura da situação, tentando acertar as coisas com a irmã dele.

— Samantha — inclino-me no abraço de Luke, em direção à sua irmã, para chamar sua atenção —, a festa está linda. Você fez um trabalho fantástico.

Ela parece chocada por um momento, mas logo coloca aquele sorriso falso no rosto e meu coração aperta. Não vai dar para acertar as coisas esta noite.

— Obrigada, Natalie.

Eu olho para Luke e dou de ombros. Ele balança a cabeça decepcionado e volta sua atenção para os pais.

Lucy me abraça bem forte quando chega à mesa.

— Ah, Natalie, isso é maravilhoso.

— Estou feliz que esteja surpresa e feliz, Lucy. Feliz aniversário.

— Obrigada. — Ela beija minha bochecha e puxa Luke para um abraço.

— Oi, querida! — Neil me abraça, cheio de sorrisos. — Conseguiu terminar aquele projeto no qual estava trabalhando?

— Sim, estará comigo amanhã na hora do almoço. — Vamos preparar um almoço para eles na casa de Luke amanhã para lhes entregar os presentes e fazer uma comemoração particular da família.

— Perfeito. Obrigado. — Ele sorri gentilmente para mim e dá a volta na mesa.

— Meus pais te amam — Luke murmura no meu ouvido.

— É recíproco.

Nós nos sentamos e Neil se levanta, batendo na sua taça com a colher, e todo o salão fica em silêncio. Alguém lhe entrega um microfone.

— Quero agradecer a todos por terem vindo esta noite, mas mais ainda à minha adorável filha, Samantha, por ser minha parceira neste crime nos últimos meses. Foi bem difícil manter este segredinho da minha linda esposa. — Ele sorri para ela, que cora lindamente. — Tenho sido um homem de muita sorte por trinta e cinco anos. Lucy, você é minha melhor amiga, o amor da minha vida, e eu faria tudo de novo a cada dia da minha vida. Obrigado por aturar minhas travessuras, por nossos três filhos lindos e por me ensinar como se frita um bife.

Todos nós rimos, e Lucy enxuga uma lágrima no canto de seu olho, sorrindo para o marido.

— Feliz aniversário, meu amor. Lá vamos nós para mais trinta e cinco anos juntos. — Lucy se levanta com os aplausos, e Neil a beija.

A banda começa a tocar num tom de blues, e um jantar delicioso é servido.

— Então, Natalie, como foi no Taiti? — Lucy sorri calorosamente para mim, do outro lado da mesa.

— Acolhedor, romântico e completamente perfeito — respondo com uma piscadela. — Não queria voltar para casa.

Luke beija meus dedos.

— Vamos voltar lá.

A banda começa a tocar *At last*, da Etta James, e Neil se levanta.

— Acho que essa é a sua música, querida.

Neil pega sua mão e todos nós os observamos, enquanto ele a conduz até a pista de dança. Estão olhando um para o outro como se houvesse só eles no salão.

— Seus pais são tão apaixonados — murmuro para Luke.

— Sim, é um pouco estranho, como filho deles, observar. — Ele balança a cabeça, mas seus olhos estão cheios de humor. — Quer se juntar a eles?

— Claro.

Enquanto ele me guia até a pista de dança, vejo outros casais, incluindo os pais de Jules, se levantarem com a agradável música. Luke me puxa para seus braços e deslizamos pelo chão.

— Adoro dançar com você. — Corro meus dedos por seu rosto, e seus olhos azuis se iluminam.

— Temos que fazer isso com mais frequência.

— Sim, temos mesmo. — Sorrio para ele, e seus olhos de repente ficam sérios. *O que há de errado? Será que ele ainda está nervoso por causa da multidão?*

— Nat, eu...

Jules está nos braços de um dos primos de Luke.

— Que bom que vim desacompanhada — ela murmura quando passa por mim, sorrindo e acenando para nós, claramente aproveitando a noite.

— O que você estava dizendo? — pergunto a Luke.

Ele inspira e me abraça mais forte, acariciando o lóbulo da minha orelha com seu nariz, sussurrando:

— Amo você.

A noite passa rápido, magicamente. Luke me mantém por perto a noite inteira, olhando de cara feia para todos que ousam me convidar para dançar, e eu não consigo evitar rir do meu homem possessivo.

Ninguém pede autógrafo, e Luke posa educadamente para a fotógrafa que Samantha contratou para a ocasião, que estava ciente de que as fotos seriam propriedade da família.

— Aí está você! — Viro-me na direção da voz empolgada de Stacy e a abraço.

— Olá, menina bonita. Eu disse quando você o comprou que este vestido era quase um nocaute. — Eu dou um passo atrás para admirar seu belo vestido branco tomara que caia. Ele cai perfeitamente em seu corpo, e ela está brilhando de felicidade.

— Obrigada. O seu é deslumbrante também.

Isaac me abraça.

— Ei, pentelha! Obrigado por ajudar Stacy a encontrar este vestido. É torturante. Não vou poder tocá-la por mais duas semanas, e acho que vou morrer.

Todos nós rimos com sua expressão desesperada, e dou um tapinha em sua bochecha.

— Pobre menino. Acho que Sophie vale o esforço.

— Sim. — Seu rosto se transforma em um doce sorriso. — Ela é. Ei, dança comigo?

Olho para Luke, e ele dá de ombros, virando-se na direção de Stacy.

— Me dá a honra, linda?

O rosto de Stacy fica vermelho enquanto ele pega sua mão e a conduz para a pista de dança. Sei como ela se sente, ele é um ladrão de corações.

Isaac também não é nada mau. É alto, bronzeado e musculoso, com um cabelo loiro escuro e olhos castanhos matadores. Eu tive uma quedinha por ele por muitos anos.

— Está se divertindo? — pergunto a ele.

— Sim, principalmente Stacy, então, não posso reclamar. Luke é um cara legal. Não estava muito certo a respeito dele no início, mas gosto dele.

— E o que o fez mudar de ideia?

— Eu e papai conversamos com ele outro dia.

— O quê? — *Por que ele não me contou sobre isso?*

— Sim, você estava trabalhando, e ele convidou todos nós para um almoço. — Ele dá de ombros e sorri, como se estivesse escondendo algo. Conheço Isaac. O homem é como o Forte Knox. Se tem um segredo, ele não vai contar.

— Ah, ele não mencionou isso.

— Não? — Ele dá de ombros novamente, como se não fosse nada demais. — Bem, o que eu quero dizer é isso, gosto dele.

— Uau! Quer dizer que eu consegui o selo de aprovação do irmão mais velho? — Arregalo os olhos, e meu queixo cai sarcasticamente.

— Contanto que ele se comporte, sim.

— Gosto quando ele não se comporta. — Pisco para ele e rio enquanto ele faz uma careta.

— Sem detalhes! Não quero saber disso. Você está feliz? — Ele olha para mim, sério, e eu me sinto amada.

— Estou. Ele é um bom homem, Isaac. E me ama. Não tem nada a ver com a profissão dele, ou o que ele fez no passado, ou quanto dinheiro nós temos. Tem a ver com quem eu sou quando estou com ele. — Dou de ombros, um pouco constrangida. — Ele faz com que me sinta especial.

— Ah, Nat! Você é especial, querida. Fico feliz em saber que, finalmente, você entendeu isso. É um prazer observá-la se apaixonando.

— Ele pisca para mim. — Agora, antes que eu fique todo emocionado, você pode cuidar da Sophie uma noite dessas? Preciso muito ficar sozinho com minha esposa.

Eu rio.

— Claro, que tal daqui a duas semanas?

— Oh, Deus. Obrigado.

Quando a noite estava quase terminando, Luke me levou à pista para uma última dança. Meus pés estão me matando, mas eu não consigo negar nada a ele. Adoro estar em seus braços.

Percebo que a banda está tocando *Come Away with me*, de Norah Jones, e me viro para olhá-lo. Ele está sorrindo para mim ternamente.

— Acho que esta é a nossa música. Você está tão linda hoje quanto estava naquela noite, na videira, usando estas pérolas. Você me deixa sem fôlego, Natalie Grace Conner.

Oh.

Sinto lágrimas preenchendo meus olhos, enquanto olho para ele. Corro meus dedos por seu cabelo macio.

— Você sabe mesmo como deixar uma garota de pernas bambas, Luke Edward Williams.

Seus olhos observam meu rosto enquanto ele me conduz pelo salão. Juro que parece que somos os únicos aqui e não me importo se tem alguém nos observando.

Ele se inclina e gentilmente encosta o rosto no meu.

— Obrigado — ele sussurra.

— Pelo quê? — sussurro de volta.

— Por ser minha.

Quando chegamos à casa de Luke, ele me guia para dentro e fecha a porta da frente. Então pega a minha mão, me puxando para seus braços.

— Você estava maravilhosa esta noite. Seduziu a todos — ele murmura, beijando meu cabelo.

— Foi divertido. Sua família é maravilhosa. — Eu me aninho em seu peito, sentindo seu cheiro sexy.

— Tem certeza que está tudo bem eles virem para cá, amanhã de manhã, para um brunch?

— Claro. Até vou te ajudar a cozinhar.

Ele ri.

— Obrigado.

— É por uma boa causa. Vamos para a cama. — Eu me preparo para subir, mas ele me para, com olhos muito sérios de repente.

— Ainda não.

— Você está bem?

— Estou mais do que bem. Tenho uma coisa para te mostrar.

— Ah, ok.

Ele pega minha mão na dele e me guia pela sala. Ele para perto do sistema de som e liga seu iPod. Uma música melancólica e lenta começa a sair dos alto-falantes. Ele nos leva até o deck, abrindo as portas francesa, e acende a luz, me fazendo engasgar.

O deck foi transformado em um local romântico. Buquês de rosas com pequenas pérolas brancas coladas em suas pétalas cobrem toda a superfície. Luzes cintilantes estão penduradas por todos os lados, bem alto no teto do local, e uma pequena mesa está posta em frente ao sofá de dois lugares, com um balde de gelo, champanhe e duas taças.

Eu viro para olhá-lo, com os olhos arregalados.

— Quando você fez isso tudo?

— Mandei fazer mais cedo, enquanto estávamos na sua casa nos arrumando para a festa.

— Luke, isso é mágico. — Eu me viro para dar uma boa olhada no belo espaço, ofegante. Ele é tão romântico.

Atrás de mim, ele coloca os braços ao meu redor e enterra o rosto na minha nuca.

— Gostou?

— Amei. Obrigada.

— Venha se sentar. — Ele me guia até o sofá e nós sentamos. Meu vestido flutua por minhas pernas enquanto sento e o toque do tecido é macio em minha pele. Sorrio para mim mesma, lembrando que não estou usando calcinha. Luke vai se divertir quando descobrir.

Ele nos serve duas taças de champanhe, faz um brinde, e eu tomo um gole.

— Esta noite está agradável. Não está nem frio. — Me encosto contra as almofadas e fecho os olhos, ouvindo a água que não conseguimos enxergar na escuridão. Luke coloca meus pés em seu colo, e eu me viro para poder olhar para ele.

Ele tira meus sapatos e começa a massageá-los.

— Ah, Deus do céu, eu te amo.

Ele ri.

— Estão doendo?

— Um pouco. Mas esses sapatos valem o sacrifício.

— Sim, eles valem. Já mencionei que você está linda esta noite?

— Uma ou duas vezes. — Pisco para ele e suspiro quando seus polegares massageiam a curva do meu pé. — Você é muito bom com as mãos.

— Fico feliz que aprove.

— Eu poderia me acostumar com isso, sabe? Todas essas flores e massagens nos pés, o champanhe e você, meu lindo namorado.

Ele franze o cenho e meu coração para por um momento. O que eu disse de errado?

— Ei... — Eu tiro meu pé do seu colo e me aproximo, me encostando nele. Ele coloca os braços ao meu redor, me apertando contra seu peito, e eu seguro seu rosto nas minhas mãos. — O que foi?

Seus olhos estão nos meus, intensamente azuis e sérios, e eu sei que tem algo importante em sua mente.

— Converse comigo, amor. — Continuo a acariciar seu rosto, e ele vira a cabeça para depositar um beijo na palma da minha mão.

— Eu acho que não quero mais ser seu namorado.

— O quê?

Eu paro e estreito meus olhos na direção dele.

— Ok, vou pegar minhas coisas. — Tento me levantar, mas ele me segura mais forte, enrijecendo seus maxilares e fechando os olhos bem apertados.

— Não, não é isso que eu quero dizer. Não estou terminando com você.

— O que está fazendo, então? — sussurro.

— Estou fodendo com tudo... — Ele abre os olhos e vejo que estão apavorados, ansiosos e apaixonados.

O que é isso?

— Quis fazer isso a noite inteira, mas não encontrei a hora certa, e estou feliz que não fiz, porque tinha que ser aqui, agora que estamos sozinhos. — Ele engole em seco e respira fundo. — Natalie, desde que te conheci, meu mundo mudou. Encontrei algo em você que não sabia que estava faltando, mas já queria muito. Você é uma mulher linda, por dentro e por fora. Você me seduz. Não consigo parar de tocá-la. Você é tão sexy, divertida e inteligente. Sua boca atrevida me enlouquece. — Ele sorri para mim e corre a ponta dos dedos pelo meu lábio inferior.

Estou sem fala, o que é bom porque ele parece não ter terminado.

— Não posso mais imaginar minha vida sem você. Você é o centro do meu mundo, Nat. Eu quero te amar, te proteger, lutar por você, ter filhos com você e mimá-la para o resto da minha vida.

Ele respira fundo e pega uma caixinha azul da Tiffany do bolso da calça. Sinto meus olhos se arregalarem, meu coração acelerar e perco o fôlego.

Meus olhos o procuram enquanto ele segura a caixinha em suas belas mãos.

— Natalie, seja minha esposa. Case-se comigo.

Capítulo Vinte e nove

Ah. Meu. Deus.

Meus olhos estão presos em seu rosto e todo o fôlego desaparece do meu corpo.

Casar com ele! *Casar com ele?*

É tão repentino. Nós nos conhecemos há pouco menos de dois meses. Dois meses incríveis.

Seus olhos preocupados estão olhando para mim profundamente, azul no verde, e eu sei em meu coração que a resposta é sim. Depois de tudo que vivemos nestes dois meses, tudo que compartilhamos, também não consigo imaginar minha vida sem ele.

E não tenho que fazer isso.

Ele quer se casar comigo!

— Amor, você está me matando aqui! — Luke começa a abrir a caixinha azul, mas eu coloco minha mão sobre a dele, impedindo-o. Ele vira os olhos assustados na direção dos meus novamente, mas eu sorrio acalmando-o.

— Eu tenho umas coisas a dizer. — Sinto-me tonta e dando pulinhos por dentro. Meu coração está na minha garganta, mas estou maravilhosamente calma por fora.

— Vai fundo — ele murmura, ainda parecendo um pouco assustado e inseguro.

— Quando penso no meu futuro, Luke, eu vejo você. *Você*, não o seu dinheiro ou sua profissão, ou quem você conhece. Amo e respeito você pelo homem gentil, generoso e amoroso que é. Quero o que meus pais tiveram, o que seus pais têm. Eu ficaria honrada em ser sua esposa, ter filhos e construir uma vida com você.

Enquanto eu falo, lágrimas correm pelo meu rosto. Os olhos de Luke suavizam e seus braços se apertam ao meu redor.

— Isso é um sim? — ele sussurra, e eu rio por entre as lágrimas.

— Sim.

— Graças a Deus. — Ele toca meus lábios com os dele, e eu seguro seu rosto em minhas mãos. — Você me deixou preocupado por um minuto — ele sussurra contra meus lábios.

Ah, eu adoro Luke sussurrante. Eu adoro Luke por inteiro.

— Você me surpreendeu. Acho que esqueci de respirar por um minuto.

— Posso te mostrar isso aqui agora? — Ele segura a caixinha do anel e sorri para mim.

— Sem dúvida.

Ele me senta no pequeno sofá e se ajoelha na minha frente. Ah, meu Deus. Ver aquele homem sexy, com o cabelo bagunçado, seus olhos azuis, naquele terno preto, com a gravata afrouxada, ajoelhar-se diante de mim, segurando uma caixinha de anel, é uma imagem que vou guardar na memória para sempre.

— Quando vi este anel, soube que tinha que ser seu. Eu o comprei no mesmo dia que comprei as pérolas.

Eu engasgo de olhos arregalados. Ele já queria se casar comigo desde aquela noite na videira!

— Achei que você não estava preparada naquela ocasião. — Ele ri, e eu balanço a cabeça.

Ele abre a caixinha e, preso ao veludo, está um diamante perfeito. A pedra central tem um corte princesa e é grande, mas não de forma exagerada. Está aninhada em platina, com duas linhas de diamantes menores de cada lado, que se cruzam na pedra central.

Lágrimas surgem em meus olhos outra vez enquanto ele o tira da caixinha, coloca-o em meu dedo e o beija.

— Obrigada. É perfeito!

— Assim como você. — Ele se inclina e me beija apaixonadamente, e eu coloco meus braços ao redor dele, puxando-o para mim.

Ele junta minha saia longa em suas mãos e a coloca em volta das minhas coxas, passando as mãos por elas e agarrando meus quadris.

— Deus, adoro esse seu novo hábito de não usar calcinha. — Sorrio contra seus lábios. — Temos que escrever isso nos nossos votos. Nada de calcinha para você.

Rio com vontade e então ofego quando ele puxa meus quadris para frente e me joga nas almofadas macias do sofá.

Ele respira bem fundo enquanto olha para mim, exposta da cintura para baixo, com a saia presa na cintura, e em minhas pérolas.

— Você tem ideia do quanto está linda neste momento?

— Você me faz sentir bonita.

Ele se senta em cima dos tornozelos e coloca um dedo dentro de mim, com os olhos fixos no centro do meu corpo, observando a própria mão.

— Você é a mulher mais linda que eu já vi na vida, amor.

Eu solto um gemido enquanto ele continua a me torturar com aquele dedo. Minha respiração falha, e eu começo a ofegar. Jesus, o que ele é capaz de fazer com apenas um dedo!

— Luke, eu quero você.

— Ah, acredite em mim, você vai me ter. — Tira o dedo molhado de dentro de mim e o chupa. — Você tem um gosto bom.

Ele se inclina e abre minhas coxas, abrindo minha vagina no processo. Eu agarro as almofadas no sofá, preparando-me para a incrível invasão de sua boca, e arqueio os quadris quando ela me toma, sua língua me penetrando.

— Ah, meu Deus. — Minhas mãos mergulham em seu cabelo, e meus quadris fazem movimentos circulares. Ele agarra minha bunda, inclinando minha pélvis para cima, e continua a me deixar louca com sua boca talentosa. Esfrega a ponta do nariz no meu clitóris e eu me rendo ao orgasmo, convulsionando e tremendo, chamando seu nome.

Ele morde a parte interna da minha coxa, e meu corpo se acalma.

— Puta merda, você é bom nisso. — Eu ofego e passo meus dedos por seu cabelo.

— Hummm, fico feliz que aprove, amor. Levante-se para mim. — Ele se ergue graciosamente e tira seu paletó, a gravata e a camisa, jogando-os no chão do deck.

— Depois do que acabou de fazer comigo, minhas pernas não são nada mais do que geleias. Acho que não consigo me levantar.

Ele pega minhas mãos e me ergue, colocando meus braços ao redor de seus ombros.

— Só segure-se em mim.

— Com prazer — murmuro contra seu pescoço, enquanto suas mãos deslizam pelas minhas costas, abrindo meu vestido. Abaixo meu braço direito para que ele possa puxá-lo e deixá-lo cair aos meus pés.

— Também não está usando sutiã? Que bom que não reparei nisso antes, ou teria nos trancado no banheiro do clube e te mantido nua a noite inteira. — Suas mãos suavizam o toque sobre meu bumbum.

— Você não está nu.

— Ah, você também quer que eu fique nu? — ele pergunta inocentemente enquanto mordo seu pescoço.

— Fique. Nu.

— Você é uma coisinha autoritária, não é?

— Por que você não está nu? — Suas mãos deslizam do meu bumbum, passando pelas minhas costas e começando a tirar os grampos do meu cabelo, fazendo com que caia ao meu redor.

— Adoro seu cabelo — ele murmura e o observa cair, formando uma cascata de uma vez só.

— Também adoro seu cabelo. — Passo meus dedos nele, e ele sorri.

— Eu sei.

Quando meu cabelo está solto, ele pega minhas mãos nas dele e as beija, um dedo de cada vez, com seus olhos nos meus. Ele dá um passo para longe de mim, e o ar frio da noite me envolve, enviando um calafrio até mim, fazendo meus mamilos enrijecerem.

— Adoro seu corpo. Adoro o fato de você ser curvilínea, mas forte e esbelta. — Seus olhos passeiam cheios de cobiça por minhas curvas.

— Que bom. — Sorrio. — Mas você ainda não está nu.

Ele ergue uma sobrancelha.

— Impaciente?

— Quero que meu noivo faça amor comigo — sussurro, e seus olhos dilatam.

— Diga mais uma vez — ele sussurra.

— Faça amor comigo — sussurro de volta.

— Não, a outra parte.

Um pequeno sorriso se espalha por meus lábios.

— Meu noivo.

— Deus, você disse sim! — Ele engole em seco, de olhos arregalados, e então abre um sorriso de partir o coração, cheio de alegria, e eu me apaixono por ele mais uma vez.

Eu assinto e olho para meu lindo anel. Mal posso esperar para ver um anel na mão dele também.

— Você pensou que eu diria não?

— Não, eu só... — Ele passa a mão no cabelo. — Eu estava muito nervoso.

Diminuo a distância entre nós e beijo seus lábios suavemente.

— Não tem nenhuma razão para que fique nervoso comigo. Você já tem meu coração há um bom tempo. Agora, meu lindo noivo, leve-me para a cama e faça amor comigo.

Ele me levanta em seus braços e me carrega para o quarto, me beijando suavemente por todo o caminho.

— Ei, linda, acorde. — Luke morde o lóbulo da minha orelha e eu me viro para ele, sonolenta.

— Você me deixou acordada até muito tarde — murmuro sem abrir os olhos e o ouço rir.

— Me desculpe. Mas temos que levantar para começar a preparar o brunch. — Ele beija meu rosto e meu nariz.

Meus olhos se abrem, e eu seguro seu rosto com minha mão esquerda, fazendo meu anel capturar a luz da manhã. Eu sorrio para ele, que sorri de volta e me beija suavemente.

— Vamos ficar na cama o dia inteiro e fazer amor.

— Por mais tentador que isso me pareça — ele se afasta na cama —, todos vão chegar daqui a duas horas, e temos coisas para fazer. O café está no criado-mudo ao seu lado. Vá em frente e tome um banho. Te encontro na cozinha.

— Te amo.

Ele sorri para mim.

— Também te amo. Mas levante-se. Te vejo lá embaixo.

Ele sai do quarto e eu sento na cama por um minuto, sorrindo estupidamente, olhando para o meu anel. Finalmente balanço a cabeça e pego meu café, me encaminhando para o chuveiro.

— Ok, o que posso fazer? — pergunto enquanto ando pela cozinha. Luke está ao fogão, com um pano de prato branco pendurado no ombro esquerdo. Ele está vestindo uma blusa de linho branca com um jeans desbotado, descalço.

Gostoso.

— Aqui, corte umas frutas. — Ele pega melão, morangos, uvas e pêssegos na geladeira, e eu pego uma tábua e uma faca afiada, começando minha tarefa.

— Então, Isaac mencionou na noite passada que você levou os rapazes para almoçar outro dia. — Pego o melão e o parto no meio, tirando as sementes, e começo a cortá-lo em cubinhos.

— Ele mencionou? — Luke franze o cenho levemente, misturando a massa da panqueca.

— Sim, e foi tudo que ele me disse, além de que gosta de você, contanto que se mantenha na linha. Disse a ele que prefiro quando você sai dela. — Sorrio e começo a tirar os cabinhos dos morangos.

— Queria perguntar se eles se importariam se eu te pedisse em casamento.

Eu fico zonza com suas palavras, com a boca abrindo em choque. Ele dá de ombros e coloca a massa no fogo.

— Por quê?

— Porque eles são sua família. Eles te amam e te protegem, e porque é uma tradição. — Ele dá um gole no café e olha para mim especulativamente.

Uau.

— O que eles disseram?

— Eu fiz o pedido, não fiz?

— E se eles dissessem que não?

Ele ri e balança a cabeça.

— Eu teria pedido da mesma forma.

Ele gira as panquecas, e eu caminho até ele segurando um morango, colocando-o em seus lábios.

— Aqui. — Ele dá uma mordida e coloco o resto na minha boca. — Hummm, está gostoso!

Lambo meu polegar, e ele segura meu punho em suas mãos, lambendo meu dedo indicador.

— Adoro te ver comer.

O desejo surge, rápido e quente, através de mim.

— Mesmo?

— Mesmo.

Volto para as frutas e tiro uma uva do cacho. Quando eu me viro, Luke tirou as panquecas do fogo e o desligou.

Gosto da forma como ele pensa.

Passo a uva pelos meus lábios e então a coloco dentro da boca, mastigando suavemente.

— Quer um pouco? — Seguro uma uva para ele. Lentamente, ele encurta a distância entre nós e pega a uva dos meus dedos com seus lábios.

— Gosto de brincar — ele sussurra, e eu sorrio. Ele me ergue do chão, me colocando sobre o balcão, até que meus pés estão pendurados, e coloco outro morango em meus lábios. Seguro-o com meus dentes e então me inclino para trás para que ele possa dar uma mordida, beijando os meus lábios ao mesmo tempo.

Ele tem gosto de morangos e de Luke, e eu solto um gemido.

— Deus, você é muito gostoso.

Tiro minha camisa verde por cima da cabeça e a jogo no chão, então, meu sutiã a segue. Pego outro morango, olho em seus olhos, mordo o lábio e passo a fruta vermelha nos meus mamilos, fazendo-os enrijecer. Rapidamente Luke perde o fôlego, apertando meu traseiro com seus dedos, como se gostasse do que está vendo.

Coloco o morango no meu peito, contra minha pele, sob meu queixo e o levo à boca, aproveitando a doçura da fruta.

Ele não se move, apenas observa, com as mãos agarrando meu traseiro. Estou nua da cintura para cima, empenhada em seduzir meu noivo gostoso.

Coloco um pedaço de melão na boca de Luke, inclinando-me para beijá-lo, sugando o suco de sua boca.

— Você está me enlouquecendo — ele sussurra contra a minha boca.

— É isso que eu quero — sussurro de volta.

De repente, ele me ergue, entrelaçando minhas pernas ao redor dele, virando-se e indo em direção à mesa de jantar. Ele me senta lá, tirando meu jeans pelos quadris, enquanto eu os ergo, passando pelas minhas pernas, puxando minha calcinha com ele.

Ele tira a própria camisa pela cabeça, sem se importar com os botões, e abaixa o jeans azul-claro por suas coxas.

— Não consigo enjoar de você. — Ele me cobre com seu torso, suas mãos em meu cabelo e o rosto enterrado em meu pescoço, beijando e sugando minha pele sensível.

— Não quero que enjoe de mim. — Envolvo seu quadril com a minha perna, e ele me penetra bem fundo, me fazendo arquejar.

Ele pega minha mão direita na sua esquerda, segurando-a sobre minha cabeça, começando a se mover, para dentro e para fora de mim, em um ritmo estável.

— Fico excitado só de vê-la comer. Sua boca maravilhosa é o afrodisíaco mais sexy que já vi. — Seus lábios encontram os meus e eu me perco em suas palavras e nos movimentos graciosos de seu corpo sobre o meu.

Corro minhas mãos por suas costas, por seu bumbum firme, segurando-o com força quando ele aumenta o ritmo.

— Ah, Deus! — Solto um gemido.

— Olhe para mim! — ele rosna, e meus olhos encontram os dele. — Quero te ver gozar.

Porra!

E isso é tudo que ele precisa para me levar ao limite. Penetra-me mais duas vezes, para, morde o lábio e erupciona dentro de mim.

— Deus, Nat, você vai me matar. — Ele me beija gentilmente, saindo de mim, me ajudando a saltar de cima da mesa.

— Não posso fazer nada se você tem um fetiche com comida. — Dou uma palmada em seu bumbum nu e recolho minhas roupas enquanto vou ao banheiro para me limpar e me vestir.

Quando me junto a ele na cozinha, ele está completamente vestido e já tem mais panquecas no fogo.

Beijo seu rosto e continuo a cortar as frutas.

— Terei que ir para L.A. semana que vem. — Luke vira as panquecas e olha para mim.

— Por quê? — Termino com os morangos e pego os pêssegos.

— Tenho uma reunião que precisa ser pessoalmente. Mas vai ser só por uma noite.

— Ah, ok. — Eu franzo o cenho. Vai ser a primeira noite que passaremos separados desde nossa mágica noite na videira.

— Venha comigo — ele sugere.

— Não posso. Ainda estou compensando os clientes daquela semana de férias. Estarei muito atarefada na semana que vem. — Jogo algumas coisas no lixo e pego outro pêssego.

— Vai ser só uma noite — ele murmura, e percebo que ele está de pé atrás de mim. De repente, começo a me sentir vulnerável e nem sei por quê. Vai ser só uma noite! Obviamente eu posso sobreviver a uma noite sem ele.

Eu me viro e sorrio, sem querer que ele perceba minha insegurança.

— Vai ficar tudo bem. Que dia você tem que ir?

— Na quarta-feira de manhã cedo. Estarei em casa na quinta, por volta de meio-dia.

— Vai ser uma reunião longa. — Ergo minhas sobrancelhas.

— Vou aproveitar e marcar outras reuniões, já que estarei lá. Tem certeza de que vai ficar tudo bem?

— Claro. Eu te amo, mas acho que consigo sobreviver uma noite sem você. Jules e eu vamos fazer uma noite de garotas.

— Ok. — Ele beija meu nariz e volta para suas panquecas, jogando um pouco de bacon no fogo.

— O que vamos fazer com as flores lá fora? — pergunto, mudando de assunto.

— O que quer dizer?

— Você não vai querer comer lá no deck?

— Não, vamos comer aqui. Mas podemos trazê-las para dentro, se quiser.

Caminho até a porta de vidro e olho para minhas belas flores, tentando afastar meu humor melancólico agora que Luke vai viajar na semana que vem.

— São lindas. Não sei onde colocá-las.

— Deixe-as ali por enquanto, sei que vamos descobrir mais tarde.

— Ok. — Arrumo a mesa de jantar para seis, colocando a jarra de suco de laranja e o café na mesa, e logo em seguida a campainha toca.

— Eu atendo. — Luke sorri para mim, e relaxo um pouco, empolgada por ver seus pais e lhes entregar os presentes.

— Olá, querido! — Lucy beija o rosto de Luke e entra na sala. Neil e Mark a seguem, com Samantha a tiracolo.

Obviamente eles já passaram muito tempo na casa de Luke. Parecem confortáveis naquele espaço, e eu fico ali parada por um momento, aproveitando a visão que é a família de Luke.

Minha família agora.

— Pessoal, quero que conheçam minha linda noiva, Natalie. — Eu rio enquanto Luke se aproxima de mim e beija minha mão.

— Sim — eu digo —, já nos conhecemos.

— Oh, Natalie, estou tão empolgada que você vai fazer parte da família. — Lucy me abraça forte, e eu pisco por causa das súbitas lágrimas que surgem.

— Obrigada.

— E eu que pensava que você ia escolher o irmão certo! — Mark balança a cabeça tristemente e finge um biquinho.

— Mas eu escolhi. — Eu rio de seu rosto contrariado e o abraço forte. — Não fique triste. Você vai encontrar uma boa garota.

Mark ri e se encaminha para a cozinha para roubar um pedaço de bacon.

— Precisa não. Eu sou bom.

— Fique longe desse bacon! — Luke alerta.

Neil me abraça e segura meu rosto em suas mãos, com seus olhos gentis muito felizes.

— Está feliz, docinho?

— Sim, obrigada.

— Que bom.

Os pais de Luke são generosos e acolhedores. Samantha, por outro lado, revira os olhos e se serve de um pouco de café.

— Então... — Seus olhos brilham de maldade e ela olha para Luke, e depois para mim, e eu me preparo para o que está prestes a sair de sua boca perigosa. — Quem era aquele homem deliciosamente atraente com quem você estava na cafeteria outro dia?

Eu franzo o cenho e então o sangue desaparece do meu rosto, e me viro para Luke. Suas sobrancelhas estão erguidas bem alto. O cômodo inteiro fica em silêncio.

— Encontrei com um cliente para entregar o trabalho pelo qual ele pagou. — Meus olhos não abandonam o rosto de Luke, mas sua expressão muda e lá se foi meu homem relaxado e feliz. Ele sabe exatamente de quem estou falando e está puto da vida.

Merda!

Esqueci de contar a ele sobre meu encontro com Brad. Foi no mesmo dia em que fomos ao cemitério.

— Qual é o nome dele? — Sam pergunta e dá um gole no café.

— Brad — murmuro, observando Luke enquanto ele expira e inclina a cabeça para trás. — Esqueci de contar porque fomos ao cemitério naquele dia. — Minha voz soa baixa e fraca.

Samantha franze o cenho por um momento e engole em seco, quase parecendo arrependida. Luke olha para mim, seus olhos frios como gelo, e eu me sinto ameaçada.

— Por favor, não fique irritado, eu só lhe entreguei as fotos, e ele perguntou se poderia marcar outra sessão, mas eu disse que você não iria gostar. Ele até se ofereceu para ligar para você e conversar para explicar que não está interessado em mim desse jeito. Não foi nada demais.

— Por que não contou quando chegamos em casa?

— Eu esqueci mesmo. Não foi nada.

— Não parecia nada para mim quando você sorriu e esfregou a mão em seu ombro.

Samantha dá de ombros, e eu engasgo.

— Sam... — A voz de Lucy torna-se aguda e alta.

Os olhos de Luke não abandonam meu rosto enquanto balanço a cabeça.

Olho para Sam com um olhar irritado e fecho minha mão em punho. *Como ela se atreve?*

— O que há de errado com você? — Minha voz treme de raiva.

— O que eu fiz? — Ela arregala os olhos inocentemente.

— Eu me encontrei com um cliente. Dei um tapinha em seu ombro

quando ele ficou nervoso com a conversa sobre meu namorado protetor e sobre a possibilidade de fazermos uma sessão de foto acompanhados. Estávamos em uma porra de um local público conversando. É assim que vai ser sempre, Samantha? Você vai ficar questionando todos os meus movimentos com seu irmão pelos próximos sessenta anos? Quando meus pais morreram, eu herdei mais de vinte milhões de dólares. — Sam empalidece e ouço Lucy engasgar, mas continuo a falar. — Seu irmão é famoso. Supere isso! Eu não o amaria nem um pouco menos se ele fizesse hambúrgueres para viver. Você parece ser a única aqui se preocupando com o que ele é. Vou casar com ele, Sam. Não estou nessa de brincadeira. Prefiro ter um relacionamento amigável com você. Acho que, se me desse uma chance, acabaria gostando de mim. Mas não vou continuar sendo desrespeitada por você. Não mereço isso.

— Não confio em você — ela cospe as palavras por entre os dentes.

— Não confio em você também, então, estamos quites. — Olho para Luke e vejo que ele está pensando. Suas mãos estão nos bolsos, e ele está olhando para mim pensativo. — Quer que eu vá embora?

— Não! Não vá! — Lucy vem em minha direção, olhando para a filha. — Samantha, você está sendo ridícula.

Continuo a olhar para Luke. Ele ainda não respondeu. Neil e Mark estão ambos olhando para Samantha.

— E aí? — Ergo a sobrancelha para ele.

— Não, aqui é a sua casa — ele diz calmamente e seus olhos se tornam calorosos. *Ah, graças a Deus!* — Sam — ele diz tranquilamente e dá a volta na mesa na direção da irmã. Ela ainda está olhando para mim, então, ele vira seu queixo para ele, para fazer com que o olhe nos olhos. Lucy segura minha mão na dela, e eu sorrio. Estou tremendo como louca. — Pare com isso. Vou me casar com Natalie. Estou apaixonado por ela, Sam. Ela não é igual a ninguém do meu passado. Dê a ela uma chance. Ela não te fez nada.

Sam balança a cabeça e fecha os olhos, mostrando-se cansada de repente.

— Não posso suportar te ver machucado outra vez.

— Mas *você* está me machucando, Sam.

Ela engasga como se ele tivesse batido nela.

— O quê?

— Quando machuca a ela, machuca a mim. Pare. Aqui é nossa casa, se você não consegue respeitá-la aqui dentro, está convidada a sair.

Puta merda. Ele está defendendo a mim ao invés de sua irmã e tudo que eu quero é abraçá-lo e beijá-lo, mas fico onde estou, controlada.

Olho por todo o local procurando por Lucy, Neil e Mark e decido que isso já durou muito tempo.

— Estou com fome. — Minha voz está calma e clara. — Vamos comer. Acho que Mark vai acabar comendo o bacon todo sozinho.

Lucy sorri para mim e aperta minha mão enquanto vamos até a cozinha para colocar a comida na mesa. Mark e Neil nos ajudam a arrumar tudo, enquanto eu vejo Luke murmurar algo para Sam. Ele a abraça gentilmente e se junta a nós na cozinha.

— Me desculpe. — Eu o abraço e sinto seu cheiro.

— Não se desculpe. Você não fez nada de errado. Me desculpe por Sam.

Balanço a cabeça.

— Vamos comer.

— Ok.

Nos deliciamos com a ótima refeição, e o humor melhora consideravelmente. Fico aliviada que a conversa não fica forçada nem desconfortável depois da minha briga com Sam. Ela continua a me olhar cheia de especulações, do outro lado da mesa, mas não está mais me encarando, então, compreendo que demos um passo.

— Natalie, deixe-me ver o anel. — Lucy se inclina na minha direção, e eu mostro meu lindo anel com um sorriso bobo no rosto.

Lucy sorri para o filho.

— Fiz um bom trabalho criando você.

Luke sorri, e eu assinto.

— Fez mesmo. Ele tem bom gosto.

Luke beija minha mão e sorri para mim, com olhos suaves e amorosos.

Depois de comer, limpamos a mesa. Lucy, Sam e eu arrumamos a bagunça e nos juntamos aos homens na sala de estar com café fresco.

— Presentes! — Dou alguns pulinhos e bato palmas, animada para entregar os presentes aos pais de Luke. Todo mundo ri. — Adoro dar presentes.

— Vocês não tinham que ter comprado nada pra gente.

— Só se celebra um aniversário de trinta e cinco anos uma vez na vida. — Decido dar a Sam uma nova chance, então, me viro para ela. — Pode me ajudar a pegar os presentes deles na outra sala?

Seus olhos se arregalam em surpresa, mas ela dá de ombros.

— Ok.

Sorrio e a conduzo até o escritório de Luke, onde a caixa enorme está sobre a mesa.

— Puta merda, é uma caixa enorme.

Eu rio.

— Eu sei, me deu um trabalho danado para embrulhar. Aqui, você levanta aquele lado, e eu pego este aqui.

Levantamos a caixa juntas. Não é assim tão pesada, só grande, e assim a carregamos até a sala de estar.

— O que você fez, comprou móveis para eles? — Mark pergunta. Mostro a língua para ele, e Sam e eu colocamos a caixa no chão, na frente de Neil e Lucy.

— Podem abri-la. — Sento-me perto de Luke no sofá, e ele coloca um braço ao redor do meu ombro.

Eles atacam a caixa de lados opostos, rasgando o papel e tirando o laço.

— Ah, meu Deus! — A mão de Lucy cobre sua boca enquanto ela observa o conteúdo. Ela começa a pegar as fotos emolduradas da caixa, uma por uma, e Neil vai pegando-as dela, arrumando-as no chão. No fundo da caixa tem duas molduras maiores, a do casamento e a do dia do meu aniversário.

— São maravilhosas! — Eles seguram a imagem da festa na frente deles e ficam olhando para ela. — Natalie, você é muito talentosa.

Eu enrubesço, deliciada por eles terem gostado do presente.

— Obrigada.

Luke beija minha mão.

— E tem mais.

— O quê? — Neil franze o cenho, não sabendo desta parte do presente, e eu rio.

— Vamos mandar vocês para uma segunda lua de mel, no sul da França. Já está tudo pago, podem ir quando quiserem.

Seus queixos caem, e Lucy olha para as fotos novamente, começando a chorar.

— Nossa, mãe, o que tem de errado? — Mark dá um tapinha em suas costas, claramente desconfortável por ver uma mulher chorar.

— Estou um pouco emocionada, eu acho. Primeiro, foi a festa ontem à noite, e agora meu filho me presenteia com uma linda nora e nós vamos para a França. É muito para absorver em tão pouco tempo.

Neil beija sua testa e lhe entrega um lenço. Não sabia que os homens ainda os carregavam.

Eu sirvo mais café para todo mundo e sentamos para conversar sobre casamento por pelo menos uma hora.

— Já escolheram uma data? — Lucy pergunta.

—Não. — Rio e olho para Luke. — Ele fez o pedido doze horas atrás.

— Casamentos no inverno são adoráveis.

— Vou precisar de ajuda. Além do mais... — Eu franzo o cenho e olho para Luke, que está acariciando minhas costas.

— O que foi?

— Não quero que os paparazzi saibam.

— Você quer um casamento grande? — Neil pergunta.

— Não, só a família e amigos íntimos. — Dou de ombros. — Nunca pensei nisso, na verdade.

— Toda garota pensa no seu casamento. Isso assusta os homens à beça. — Mark se encolhe.

Balanço a cabeça.

— Nunca planejei me casar. Não estava no meu radar.

— Não fazia ideia — Sam fala suavemente. — O que acha de um casamento em outro lugar? Vocês podem mandar as pessoas para lá e fazer um casamento pequeno em algum lugar bonito, como o Taiti ou algo assim.

A ideia se forma no meu cérebro e eu sorrio. Olho para Luke, e ele está sorrindo para mim.

— O que você acha? — pergunto a ele.

— Sou o noivo. Só me diga quando e onde devo aparecer, o que devo vestir, e estarei lá.

Sorrio para Sam.

— Gosto da ideia. Vamos conversar sobre isso mais tarde.

Sam sorri para mim — *sorri para mim!* —, e começo a visualizar eu e Luke nos casando em uma praia com areia branquinha e água cristalina nos rodeando.

Capítulo Trinta

— Então, quais são seus planos amanhã com Jules? — Luke e eu estamos enrolados no sofá. Já é terça-feira à noite, e ele vai sair amanhã em sua viagem, na qual eu tenho tentado não pensar. Não quero que ele vá.

— Acho que vamos ficar no estúdio.

Luke ergue uma sobrancelha e olha para mim.

— Por quê?

— Ela quer tirar algumas fotos. — Dou de ombros. — Não tenho certeza do motivo, já que ela tem uma boa coleção.

— O que quer dizer com isso?

— Você deve ler a Playboy.

— Não desde a adolescência. Por quê? — Ele parece perplexo enquanto me viro no sofá para olhar para ele. Então, ele compreende e seus olhos se arregalam. — Você está brincando.

— Não. Ela posava para eles na faculdade. — Eu rio ao lembrar daquela época. — Ela foi a pessoa com quem eu mais pratiquei para me tornar boa no que faço. Ela fez trabalhos para a Playboy por um ano, mas parou de repente. Disse que estava cansada e que era hora de parar.

— Uau.

— Não vá para a internet procurar fotos de Jules nua. — Estreito meus olhos e cruzo os braços sobre o peito.

Luke ri.

— Não, obrigado. Ela é muito bonita, mas acho que criei um carinho de irmão por ela. Não quero vê-la nua.

— Fico feliz em ouvir isso.

— Não, só tem uma mulher que quero ver nua.

— Ah, é? — pergunto inocentemente. — Quem poderia ser essa mulher sortuda?

— Uma linda morena que conheço. Ela é cheia de curvas e tem as tatuagens mais sensuais que já vi na vida. — Ele me puxa para seu colo, fazendo com que meus joelhos fiquem um de cada lado de seus quadris. Estou usando uma de suas camisas e uma calça, pois estávamos assistindo TV antes de irmos para a cama.

— Conheço ela? — pergunto.

— Não sei. Ela sempre rouba minhas camisas, e está usando um belo anel na mão direita. — Ele puxa a camisa por cima da minha cabeça e acaricia um mamilo com o nariz.

— Acho que sei de quem você está falando — sussurro e fecho meus olhos, conforme ele envia calafrios às minhas costas por causa daquele nariz.

— Sabe?

— Hummm, ela é completamente apaixonada por você. — Esfrego minha vagina em sua ereção, sentindo o toque de seu jeans contra mim.

— Porra, amor, consigo sentir o quão quente e molhada você está mesmo com esse maldito jeans. — Suas mãos estão nos meus quadris, e ele está me puxando mais.

— Quero você. — Beijo seus lábios. — Agora.

Ele me desliza até seus joelhos, abre o jeans e os desliza pelos quadris. Suas mãos enormes seguram meu traseiro e me erguem para cima dele, me penetrando.

— Ah, Deus! Luke você é tão bom! — Começo a rebolar meus quadris, cavalgando-o, olhando para aqueles olhos azuis. Sua boca está aberta, sua respiração saindo dura e rápida.

Ele suga um mamilo em sua boca e eu choramingo. Meus mamilos estão extremamente sensíveis.

— Devagar. — Eu ofego e ele solta o mamilo de seus lábios e passa a língua por ele suavemente.

— Tudo bem? — ele pergunta.

— Sim, mais do que bem.

Ele continua se movimentando fluidamente, comigo ainda entrelaçada nele e sem quebrar nosso precioso contato. Ele me deita no sofá e cobre meu corpo com o dele. Ergue minha perna esquerda, colocando-a pressionada em seu peito e sobre seu ombro, me deixando aberta, começando a martelar dentro de mim.

— Luke! — eu choramingo enquanto sensações me atingem. Meus quadris estão se movimentando contra os dele, e ele está olhando para mim, todo possessivo, como uma fera.

— Sim! — Ele solta minha perna e me afasta abruptamente, me virando de barriga para baixo. Ergue meu traseiro e enfia seu pênis em mim, me batendo durante o processo.

— Puta merda! — grito e agarro as almofadas.

Ele junta meu cabelo com sua mão forte e o puxa para trás, só um pouco, e agarra meu quadril com a outra mão, puxando-me para trás com força e bem rápido contra seu pênis duro.

Adoro quando ele me fode.

Sua respiração está entrecortada e muito rápida.

— Goze de novo.

— Não posso. Se eu gozar de novo, vou desmaiar.

— Goze. De. Novo. — Ele puxa meu cabelo com mais força e bate na minha bunda mais uma vez, e eu não consigo evitar. Meus músculos ficam tensos, e eu sinto o mais intenso orgasmo que já tive. Grito incoerentemente, batendo meus punhos no sofá enquanto meu corpo chega mais para trás, para mais perto de Luke, e ele rosna meu nome enquanto explode. — Porra! — Ele sai de mim e me puxa para ele, beijando meu rosto, minhas bochechas, nariz, olhos, segurando meu rosto em suas mãos. — Você está bem?

— Claro. — Eu franzo o cenho, sem entender. — Por que não estaria?

— Nunca fui tão bruto com você. Jesus, Nat, você me deixa devastado. Esqueço de mim mesmo com você. — Suas mãos acariciam minhas costas, me acalmando.

— Querido, eu gosto de sexo selvagem com você. Sabe disso. Confio em você completamente. Estou bem. — Sorrio para ele. — E você pode me bater na bunda quando quiser. Dá muito tesão.

Luke ri, ainda recuperando o fôlego.

— Nossa, eu te amo!

Capítulo Trinta e um

Não consegui dormir a noite inteira. Meu estômago ficou se revirando, me deixando enjoada. Eu sei que é porque Luke vai partir esta manhã. Vou ficar preocupada com ele até que chegue em casa, a salvo. Odeio o fato de ele ter que voar.

Não que ele possa dirigir até L.A.

O brilho esverdeado do despertador avisa que são cinco da manhã. Luke tem que levantar e se arrumar para seu voo das oito, então eu começo a acordá-lo.

Adoro fazer isso.

Beijo seu rosto e passo meus dedos pelo seu cabelo.

— Acorde, meu amor.

— Humph.

— Vamos — respondo, rindo dele. — Acorde, você tem que se arrumar para sair.

Ele se vira para mim, me prendendo em seus braços, enterrando seu rosto no meu pescoço.

— Volte a dormir — ele murmura.

Ah, eu adoro seus braços fortes.

— Se voltarmos a dormir, você vai perder o voo. — Beijo seus lábios e continuo a acariciar seus cabelos.

— Queria que você viesse comigo.

— Você vai estar em casa amanhã.

— Não gosto de te deixar.

Eu sorrio e meu coração dá um pulo.

— Vou ficar bem.

— Vai me levar ao aeroporto?

— Claro.

Ele suspira, com os olhos sérios enquanto estes param em meu rosto.

— Você está bem? — Acaricio seu rosto.

— Já sinto sua falta.

— Ah, você está apaixonado, Sr. Williams.

Luke ri e me gira até que eu fique deitada de costas. Passa os dedos pelo meu rosto e me beija daquele jeito gentil que faz meu corpo todo se emocionar.

— Acho que sim.

— Também estou — sussurro.

— Fico feliz em ouvir isso.

Ele esfrega seu nariz no meu, e eu entrelaço minhas pernas em sua cintura. Ele ainda está nu do sexo da noite anterior. Inclina-se, então, fazendo com que seu pênis duro encoste na minha fenda e começa a se mover para frente e para trás.

Sei que vai ser bem diferente do jeito que transamos ontem à noite. Vai ser lento e doce.

Ele me beija com carinho, com os olhos abertos mirando os meus. Ele joga o quadril para trás e desliza para dentro de mim bem devagar.

— Luke — eu suspiro contra sua boca.

— Eu te amo — ele sussurra.

Ele não aumenta a velocidade, apenas continua neste ritmo estável, entrando e saindo, segurando meu rosto em suas mãos. E é tão lindo que eu mal posso evitar as lágrimas que saem do canto dos meus olhos.

— Não chore, amor. — Ele seca as lágrimas com a ponta dos dedos e esfrega seu nariz no meu de novo.

— Eu te amo muito — sussurro para ele. — Por favor, volte a salvo. — Seus olhos se arregalam, e sei que ele consegue ver a vulnerabilidade nos meus, finalmente compreendendo meu medo por causa de sua viagem.

— Ah, amor... — Ele fecha os olhos bem apertado e enterra a cabeça no meu pescoço. Coloco meus braços ao redor dele, segurando-o perto, enquanto ele gradualmente acelera a pressão, e eu gozo, pulsando, e ele se esvazia dentro de mim.

— Eles estão chamando seu voo. É melhor você passar pela segurança.
— Luke está usando um boné de baseball e óculos, esperando não ser reconhecido no aeroporto. Está gato.

Sempre está gato.

— Divirta-se com Jules hoje à noite. — Ele me puxa para ele e me beija devagar e longamente.

— Seja bonzinho. — Ergo uma sobrancelha para ele, que ri.

— Te vejo amanhã. Ligo quando chegar no hotel. — Ele me beija outra vez e então beija minha testa, respirando fundo como se não quisesse se afastar de mim.

— Ok. Tenha um bom voo, meu amor. — Corro minhas mãos por seu peito e dou um passo atrás, observando-o passar pela segurança e ir para seu terminal.

— Natalie? — Jules chama quando eu abro a porta da frente de casa. Mal fiquei aqui durante a semana.

— Sim, sou eu. — Não me sinto bem e estou começando a achar que não tem a ver com a viagem de Luke.

— Luke já foi?

Vou para a cozinha. Jules está preparando um pão, e o cheiro atinge meu nariz, revirando meu estômago.

— Ah, merda. — Corro pelo corredor até o banheiro e vomito, quase não chegando a tempo.

— Ei, você está bem? — Ela aparece na porta, me observando. Jules é uma das únicas pessoas no mundo que eu deixaria ficar ali e me ver vomitar.

— Acho que estou doente. Estou enjoada desde cedo. Pensei que fosse por estar nervosa, mas acho que não é isso.

Meu estômago convulsiona outra vez e eu agarro a privada enquanto coloco tudo para fora violentamente.

Jules desaparece e volta com um copo d'água para que eu limpe minha boca e um pano molhado. Ela coloca o copo na pia e pressiona o pano gelado na minha nuca, me fazendo gemer.

— Obrigada.

— Vamos lá para cima, para o seu quarto. Deite-se por um tempo e veja se seu estômago se acalma.

— Ok.

Jules me segue até o segundo andar. Não me sinto tão mal, só extremamente nauseada. Odeio vomitar.

Meu telefone apita no meu bolso enquanto deito na cama. É uma mensagem de Luke.

Estou prestes a decolar. Ninguém me reconheceu. Já sinto sua falta, linda.

Sorrio e aperto para responder.

Também sinto sua falta. Fique bem. Quero você em casa inteiro.

E sinto que preciso vomitar de novo. Corro para o banheiro e fico lá pelos próximos trinta minutos. Jules me traz mais toalha molhada e mais água, me fazendo colocar uma toalha sob meus joelhos.

— Acho que você deveria ir à emergência.

— Não, estou bem. — Vomito um pouco mais.

— Ah, tô vendo que você está em plena forma — Jules responde secamente.

— Não seja grossa.

— Nat, estou preocupada. Você não para de vomitar.

— Não tenho mais nada para vomitar.

— Sim, você vai desidratar. Isso não é normal, nem mesmo para uma virose. Você não está com febre.

Minha barriga está começando a doer, já que eu continuo a vomitar.

— Nat, não me faça ligar para minha mãe.

— Ela vai ficar do meu lado — respondo.

— Tudo bem, vou ligar para Luke.

— Não, ele não pode fazer nada de Los Angeles.

Mais vômito. Deus, não tem mais nada dentro de mim. O que há de errado?

— Ok, Nat, entre no maldito carro. Isso é uma ameaça. — Jules coloca uma tigela de plástico sob meu rosto e me ajuda a levantar. — Uma hora de vômito é demais. Você deve estar desidratando.

Ela me ajuda a entrar no carro e me leva a um hospital próximo de casa. Surpreendentemente está bem vazio, e eu passo pela triagem e sou levada a um quarto rapidamente. Estou feliz que Jules está comigo para passar minhas informações pessoais; não consigo parar de vomitar por tempo suficiente para formar uma frase.

Pego uma amostra de urina e visto uma camisola de hospital.

— Natalie, sou a Mo. Serei sua enfermeira hoje. Coloque este comprimido sob a língua. É um Zofran e vai parar com a náusea. — Aceito o remédio agradecida e respiro fundo para a gentil e pequena enfermeira. — Vamos checar seus sinais vitais. — Mo sorri e mede minha temperatura, pressão e batimentos cardíacos. — Está tudo normal. É um bom sinal. A Dra. Anderson estará aqui em um minuto.

— Obrigada. — Jules puxa uma cadeira para perto de mim e meu telefone começa a tocar. É Luke.

— Alô?

— Oi, amor. Estou no hotel. Está tudo bem?

— Sim, tudo bem. Só estou passeando com Jules. — Os olhos de Jules se arregalam e ela murmura "Que merda você está fazendo?" para mim. Eu aceno para ela.

— Que bom. Vou entrar na minha primeira reunião. Te mando uma mensagem assim que der.

— Tudo bem, tenha uma boa reunião. Te amo.

— Também te amo. — Percebo o sorriso em sua voz enquanto ele desliga.

— Natalie...

— Para. Ele não pode fazer nada de Los Angeles. Não tem necessidade de preocupá-lo. Além do mais, ele vai estar em casa amanhã.

— Ele tem que saber que você está no hospital. — Deus, como ela é teimosa.

— O remédio que eles me deram já está funcionando. Provavelmente vão me mandar para casa.

— Toc, toc. — Uma pequena mulher loira coloca a cabeça na porta. — Sou a Dra. Anderson. Fiquei sabendo que não está se sentindo bem, Natalie.

— Estou vomitando há uma hora e meia.

— Tem sido constante ou vai e vem?

— Constante. Não conseguia nem respirar até que a enfermeira me deu um comprimido anti-enjoo.

— Outros sintomas como diarreia, febre, dor abdominal? — Ela está tomando nota enquanto conversamos.

— Não, só os vômitos. Eu estava um pouco enjoada de manhã, mas achei que fosse nervosismo. Então comecei a vomitar.

— Ok, me parece que você já está estabilizada. — Ela checa a pele da minha mão, minha boca e nariz. — Você está muito desidratada, então, vou começar com uma intravenosa e recolher alguns fluidos. Vamos colher sangue e fazer um exame de urina e ver o que encontramos, tudo bem? — Ela sorri para mim gentilmente.

— Ok. Vou poder ir para casa hoje?

— Provavelmente sim. Vamos pegar alguns resultados de exames e estarei de volta muito em breve.

— Viu? — falo para Jules depois que a médica sai. — Provavelmente estou com uma virose.

A enfermeira Mo volta para o quarto e começa a intravenosa.

— Ah, não, me deixa sair daqui. — Jules pula e foge do quarto.

Sorrio para Mo.

— Ela odeia agulhas assim como a maioria de nós odeia aranhas.

Mo ri enquanto colhe um pouco de sangue e sai novamente, e Jules volta.

— Como está se sentindo? — ela pergunta.

— Melhor. Ainda estou um pouco enjoada, mas acho que não vou vomitar mais.

— Que bom. Você estava começando a me assustar.

Ficamos em silêncio por um tempo, ambas checando os telefones e assistindo um pouco de TV. Esperamos por um bom tempo, umas duas horas, talvez, antes de podermos ver a médica outra vez.

— Me desculpe por fazê-las esperar. Fizemos alguns exames de sangue, e eles demoram um pouco. — Ela puxa uma cadeira para perto de mim, fazendo parecer que seria uma longa conversa.

Merda, o que há de errado comigo?

— Tenho boas notícias, e algumas podem não ser tão boas, depende de como vai preferir encará-las.

— Ok. As boas notícias primeiro, por favor.

— Você está bem saudável. Todos os seus sinais vitais estão normais, e seus exames estão bons.

— Que bom!

— Então, aqui vão as outras notícias: você está grávida.

Ouço Jules engasgar ao meu lado, mas não entendo.

— O que você disse?

— Você está grávida.

— Não, é impossível. — Balanço a cabeça com veemência. Deve haver algum erro.

— Ah... — A médica ergue uma sobrancelha. — Por que diz isso?

— Eu tomo anticoncepcionais. Eu nunca, nunca, esqueço de tomar um. Nunca. Sou a nazista dos anticoncepcionais.

— A pílula pode ser muito eficiente na prevenção da gravidez, mas, assim como qualquer método anticoncepcional, pode falhar.

— Não, se for tomada do jeito correto, como eu sempre tomo, não há como engravidar.

Vejo Jules pegar seu telefone e começar a digitar ferozmente enquanto a médica sorri pacientemente para mim, dando tapinhas na minha perna.

— Natalie, a pílula é noventa e nove por cento eficaz quando tomada corretamente. Tem um por cento de chance de falhar, e parece que você entrou nesse um por cento.

— O quê? — O mundo começa a desmoronar ao meu redor.

— Ela está certa, Nat. — Jules aproxima seu telefone do meu rosto. — Uma médica formada está aqui dizendo isso, e os médicos da internet concordam. Noventa e nove por cento eficaz.

— São más notícias? — pergunta a Dra. Anderson.

Olho para Jules e ela parece tão chocada quanto eu.

— Não sei.

A doutora olha para o meu anel e sorri abertamente.

— Talvez seja apenas um choque. Fizemos tanto o exame de urina quanto o de sangue para confirmar. Gostaria de fazer um ultrassom para ver de quanto tempo está.

A enfermeira Mo entra no quarto com uma máquina de ultrassom de rodinhas. Ao invés de colocar uma câmera na minha barriga, a médica coloca meus pés nos estribos para poder usar a câmera intravaginal.

— O bebê é muito pequeno para ser visto com a câmera externa — explica.

Bebê? *Ah, meu Deus.*

A enfermeira apaga as luzes e todas nós olhamos para a tela da máquina. De repente, vemos um pequeno círculo preto, do tamanho de um grão, cujo interior está vibrando.

— Aqui está! — Dra. Anderson sorri. — Eu diria que está com umas seis semanas.

Jules segura minha mão enquanto olhamos para a tela com admiração.

— Isto aqui é o coração? — pergunto, apontando para a vibração na tela.

— Sim. É difícil dizer muito mais por essa máquina, mas a área preta é o líquido amniótico e a vibração é o coração. Sua náusea e os vômitos são chamados de hiperêmese gravídica. É um enjoo matinal multiplicado por cem. Você provavelmente vai sentir muito enjoo durante a gravidez, então, vou prescrever alguns remédios para tomar em casa. Não vão afetar o bebê. Além disso, pare com a pílula imediatamente, comece a tomar algumas vitaminas com ácido fólico e marque uma consulta com seu ginecologista nas próximas quatro semanas.

Ela aperta o botão da máquina e tira uma foto do ultrassom.

— Aqui. Para você mostrar para os outros. — Ela pisca para mim. — Vamos te manter aqui por mais um tempinho para tomar mais uma bolsa de soro e para nos certificarmos de que seus vômitos estão sob controle. Depois, pode ir para casa.

— Ok.

Ela sai e Jules e eu nos entreolhamos.

— Você está bem? — ela pergunta.

— Não. — Me sinto entorpecida.

— Adorei seu anel. A foto que me mandou no sábado não fez jus.

— Obrigada.

— Ok, vamos falar sobre isso com racionalidade. — Jules pega minha mão na dela e me olha nos olhos. — Ele te ama.

— Ele vai achar que eu armei um golpe.

Ela ri — *ri* — e aperta minha mão.

— Natalie, ele nunca vai pensar isso.

— A família dele vai.

— E quem se importa?

— Ele acabou de me pedir em casamento.

— Agora você só está falando por falar. Natalie, olhe para mim.

— É cedo demais. — Meus olhos se enchem de lágrimas quando

encontram com os dela. Graças a Deus ela está aqui comigo. — Acabamos de nos conhecer, ainda estamos conhecendo melhor um ao outro, Jules. Estamos noivos há menos de uma semana. É cedo demais.

Lágrimas surgem quando o telefone toca. Mando a chamada direto para a caixa postal.

— Nat, você tem que falar com ele.

— Não vou contar por telefone.

— Eu sei, mas ele vai ficar preocupado se você não atender, sua boba. — Meu telefone toca de novo, mas estou chorando muito para atender.

— Atende pra mim. Diga que estou no banheiro ou algo assim.

— Telefone da Natalie — Jules atende. — Não, me desculpe, Luke, ela está no banheiro. Quer que eu peça para que ela te ligue? Ah, ok, vou falar para ela. Tchau.

— E aí? — pergunto quando ela desliga.

— Ele vai entrar em outra reunião e depois te liga.

— Que bom. — Deixo minha cabeça cair na cama. — Ah, meu Deus, o que vai acontecer?

— Do que você está falando? Você e Luke vão ser papais. — Jules pega minha mão outra vez. — Nat, vocês vão ser ótimos pais.

— É cedo demais — sussurro e coloco as mãos no rosto para chorar.

Capítulo Trinta e dois

Meu choro para e respiro fundo quando a enfermeira Mo volta para trocar a intravenosa.

Como vou contar para Luke que estou grávida? Sei que ele quer filhos, e eu também, mas não ainda. Não estamos nem casados ainda. Não vou conseguir suportar se ele pensar que estou tentando dar um golpe fazendo algo que ele não quer.

Jules liga a TV e zapeia pelos canais, pausando quando encontra um programa de fofocas.

— Vimos Luke Williams hoje...

Puta merda!

— Ele estava em um jantar romântico com Vanessa Horn, uma de suas colegas da franquia Nightwalker. Será que Luke finalmente vai sair de seu esconderijo para iniciar um relacionamento com a adorável Vanessa? Eles estiveram prestes a se casar antes de se separarem no último ano. Tem cheiro de romance no ar? Vamos nos manter informados sobre Luke e Vanessa e voltamos em breve com mais detalhes. — E mostram uma série de fotos na tela, tiradas hoje. Reconheço a camisa preta e o jeans que ele estava usando no avião. Ele e a bela loira Vanessa estão mesmo deixando um restaurante. Os braços dele estão nos ombros dela e ele está sorrindo, com o nariz encostado em sua orelha. E então tem uma foto dele puxando-a para um beijo. O ângulo da câmera é ruim, portanto, não dá para ver os lábios se tocarem, mas é óbvio o que estão fazendo. Na foto seguinte, ela está entrando em um carro, e ele está segurando a porta para ela. Na última foto, ele está entrando do lado do motorista no mesmo carro.

— Puta merda, ele está me traindo.

— Não sabemos se é verdade.

— Estou vendo com meus próprios olhos!

— Nat, são os merdas dos paparazzi. Eles fazem o que querem.

— Fotos não mentem. Eu sei disso melhor do que ninguém. Você viu a forma como ele a estava tocando e olhando para ela. Ele a beijou.

O ciúme que corre por minhas veias é primitivo. Meu coração está pulsando forte, estou respirando fundo, e sinto meu rosto queimar. Se não tivesse tomado os remédios para enjoo, estaria vomitando outra vez.

— Natalie — Jules murmura e pega minha mão. — Tenho certeza de que não é o que você está pensando.

Balanço a cabeça e me debulho em lágrimas.

— Está acabado.

— Não, Natalie, não! Converse com ele amanhã.

— Não tenho nada para falar com ele. — Balanço a cabeça novamente, incapaz de acreditar no que vi. — Não posso confiar nele. Não quero viver essa vida de celebridade com ele.

— Está sendo boba.

— Cale a boca! Você tinha que estar do meu lado! Você é *minha* amiga, porra, não dele. Ele está me enganando! Eu vi provas, então me mostre um pouco de lealdade, Jules.

— Me desculpa. — Ela começa a chorar também, e eu me sinto uma merda.

— Vem cá. — Eu me afasto e ela sobe na cama comigo, me abraçando enquanto choramos. — O que vou fazer?

— Se dê um tempo. Você acabou de descobrir que está grávida depois de se sentir violentamente mal. Não está pensando com a razão. Espere um pouco. — Ela está acariciando meu cabelo, e eu sou muito agradecida a ela.

— Ok.

Meu telefone apita e é outra mensagem de Luke.

Estou quase terminando as reuniões de hoje, amor. Te ligo de noite. Te amo.

— Filho da puta! — Jogo o telefone de lado e nem me preocupo em responder, mas acabo chorando mais ainda. Cinco minutos depois, tem outra mensagem.

Não falei com você o dia inteiro. Sinto sua falta. Você está bem?

— Nat, você tem que falar com ele.

— Não. — Desligo o telefone e o jogo dentro da minha bolsa.

Uns minutos depois, a Dra. Anderson volta com suas prescrições e me passa algumas instruções.

— Você está livre para ir embora, Natalie. Boa sorte.

Vou precisar.

Jules nos leva até a farmácia e depois para casa. Me abasteço com medicamentos e vitaminas.

Quando chegamos em casa, vou para o meu quarto e engatinho até a cama, me enrolando como uma bola, e choro como não chorava desde que meus pais morreram. Sinto como se meu mundo estivesse literalmente desmoronando e, na essência, está mesmo. Não posso ficar com Luke. Ele vai inventar desculpas para o que vi hoje, mas não posso mudar nada. Ele estava com as mãos naquela mulher, de forma íntima. Já foram noivos, e ele mentiu quando disse que não falava mais com ela.

Coloco as mãos na minha barriga. Ah, Deus, o que vou fazer com o bebê? Ser uma mãe solteira? Acho que posso fazer isso, não vejo escolha. Mas só de pensar nisso meu coração desmorona.

Eu caio no sono no meio da cama, chorando e lamentando pelo melhor relacionamento que já tive, pela perda da única pessoa com quem quero passar o resto da minha vida.

— Acorde, Nat. — Me assusto com a voz de Luke.

— O que está fazendo aqui? — Seus olhos estão preocupados, e ele está inclinado sobre mim, com o rosto pálido.

— Não consegui falar com você o dia inteiro e fiquei preocupado, por isso vim para cá. Por que não me disse que estava doente?

— Quem te disse que estou doente? — Eu me sento e me afasto de seu olhar, enquanto ele franze o cenho, confuso.

— Jules disse que você passou mal o dia inteiro e te levou ao hospital. Amor, você não parece bem.

— É, e provavelmente é contagioso. Você deveria ir para casa. — Abraço a mim mesma e não consigo olhar em seus olhos.

— Natalie, o que há de errado?

— Não me sinto bem.

— Mentira, olha para mim. Onde está o seu anel? — Seus olhos param na minha mão esquerda.

— Na minha caixa de joias.

— Por que não está no seu dedo? — Sua voz começa a aumentar, e ele começa a parecer desesperado, mas ainda me sinto triste e em uma crise de hormônios e sei que isso não está dando certo.

— Luke, você deveria ir para casa.

— Não. Me diga o que aconteceu.

Não consigo impedir as lágrimas de caírem pelo meu rosto. Luke estende a mão para mim, mas me afasto.

— Deixe-me tocá-la.

— Não. — Balanço a cabeça. — Só quero que vá para casa.

Luke passa a mão pelo cabelo, cheio de frustração.

— Nat, me deixe ajudar. Fale comigo.

— Você já fez demais.

— O que quer dizer com isso?

— Vá para casa! — grito.

— Não! — ele grita de volta.

Eu coloco a cabeça nas mãos e odeio a mim mesma por chorar na frente dele.

— Só vá embora — eu sussurro.

— Você está me assustando. O que houve?

— Eu vi você. — Ergo meu rosto e olho para ele. — Eu vi você e Vanessa saindo de um restaurante em Los Angeles. Eu vi você com o braço ao redor dela, e seu nariz encostado na porra da orelha dela, sua boca tocando a dela. Vi você entrando no carro com ela.

Ele franze o cenho e engole em seco.

— Agora saia daqui.

— Natalie, foi um almoço de negócios para um filme que eu quero que ela faça. Tinha outras três pessoas lá. Você viu as fotos deles também.

— Eu não me importo.

— Não estou mentindo para você.

— Sei o que vi.

— Você viu exatamente o que os filhos da puta dos paparazzi queriam que visse! Eu disse isso desde o início, você precisa falar *comigo*, Natalie.

Balanço minha cabeça com veemência.

— Você mentiu para mim quando disse que não falava mais com sua noiva. Brigou comigo por causa de Brad, pediu que eu respeitasse seus sentimentos, mas nem sequer pensou em mim quando saiu com uma mulher com quem você costumava transar e com quem quase se casou. De acordo com essas fotos, você não apenas conversou com ela. Transou com ela dentro do carro?

— Jesus, não! É isso que você está pensando?

— Vá embora. Não consigo confiar em você e não te quero aqui.

— Você está fazendo tempestade num copo d'água. Estou te dizendo que foi um encontro de negócios.

— Ok, mesmo assim, não te quero aqui.

— Porra, Nat! — Ele se levanta e anda pelo quarto, olhando para todos os lados, passando a mão no cabelo. — Por que não acredita em mim?

— Você mentiu para mim, e não posso lidar com isso.

— Não menti! — ele grita. — Eu não falava com ela até esta semana, quando pedi que participasse da porra do filme.

Por que ele não vai embora? Estou sentindo as lágrimas novamente.

— Amor, não chore. Juro que não estou mentindo. — Ele se aproxima de mim outra vez, mas ergo a mão, fazendo-o parar.

— Você precisa saber o que ver aquilo me causou. Vocês não

pareciam colegas, Luke. Você estava com as mãos nela e o olhar em seu rosto era o mesmo que você usa comigo quando sorri. — Ele engole em seco, e eu continuo. — Você realmente dilacerou meu coração e o transformou em pó só com um olhar. Agora, estou triste, ferida e em uma crise de hormônios, e não consigo lidar com isso no momento. Preciso que me dê espaço, e preciso agora, porque não consigo nem te olhar.

— Natalie, nós dois fizemos coisas das quais nos arrependemos. Droga, seu corpo inteiro é um mapa dos seus erros.

Pisco. *Ele falou mesmo isso?*

— Acho que isso vai ser mais uma experiência para eu adicionar ao mapa. Agora, saia da minha casa antes que eu chame a polícia.

— Eu te amo. — Ele está olhando para mim, seus olhos azuis brilhando de medo. — Isso aqui ainda não acabou. Vou te dar um tempo, mas, que merda, Nat, ainda não acabou.

Ele sai do meu quarto e bate a porta. Alguns segundos depois, eu ouço a porta da frente bater também. Depois ouço o carro — o Lexus? — cantar pneu.

Deito de novo na cama, exausta demais para chorar ou, ironicamente, dormir.

— Não falei para ele do bebê — digo quando Jules entra no quarto.

— Percebi. Ele negou?

— Ele disse que era um almoço de negócios por causa de um filme que ele está querendo que ela faça. — Minha voz soa monótona.

— Ele pode estar dizendo a verdade.

Olho para ela, que continua:

— Natalie, se você não tivesse recebido a notícia do bebê cinco minutos antes de ter visto o programa, será que estaria reagindo dessa forma?

— Sim.

— Não acho. — Jules sobe na cama comigo, mas não me toca. — Querida, acho que hoje você está em uma montanha-russa emocional.

— É verdade. — Suspiro e jogo um braço na frente do rosto. —

Magoamos um ao outro bem feio hoje.

— Eu ouvi.

Olho para ela outra vez, e ela encolhe os ombros.

— Meu quarto fica a poucos metros daqui, e vocês estavam gritando.

— O que você acha? — pergunto, porque a amo e ela me ama, e sei que vai dizer a verdade.

— Quer que eu fale a verdade ou faça o papel de amiga leal?

— Hum, os dois.

— Ok. — Ela respira fundo e olha para mim. — Luke foi a melhor coisa que te aconteceu. Não acredito que estava te traindo hoje. Acho que ele precisa ser um pouco mais cuidadoso, especialmente em público, porque as porras dos paparazzi gostam de distorcer a verdade para torná-la uma boa história. Mas ele já está afastado há anos, e posso entender por que baixou a guarda.

Ela faz uma pausa e olha para mim.

— Natalie, ele te ama. Estava com lágrimas nos olhos quando saiu daqui. Sabe que está ferrado. E não só isso — ela ergue a mão para me impedir de falar —, você tem que pensar no bebê também. Não estou dizendo para ficar com ele só por isso, mas ele precisa saber, e você tem que lembrar que está muito mais emotiva.

Estou tentando processar tudo que ela está dizendo. Está certa. Provavelmente eu estou exagerando.

— Não quero que ele pense que estou dando um golpe por causa do bebê — sussurro.

— Querida, por que ele pensaria isso? Você não fez de propósito.

— Estou assustada.

— Vai ficar tudo bem. — Ela coloca os braços ao meu redor e me abraça bem forte.

Na manhã seguinte, começo a me sentir um pouco estúpida. É maravilhoso o que uma boa noite de sono, remédios contra enjoos e muito choro podem fazer.

Agora, como vou acertar as coisas?

Tomo um bom banho e dou uma olhada no espelho antes de me preparar para o dia de hoje. Estou horrível. Visto uma calça jeans e um suéter, pego meu anel na caixa de joias e o coloco no dedo.

Temos muito que conversar, mas vamos superar.

Jules está na cozinha quando desço.

— Você está horrível.

— Obrigada. Me sinto melhor.

— Bom. Vai falar com ele?

— Sim.

— Que bom.

— Bem, acho que eu já vou.

— Vai ficar tudo bem.

— Obrigada. Por tudo, Jules.

— Eu te amo. Agora, vá pegar o seu homem. — Sorrimos uma para a outra e eu saio da casa, a pé. Vou caminhar até a casa dele, para fazer um pouco de exercício e tomar ar puro. Ele não mora assim tão longe de mim.

Enquanto caminho, penso em todas as demonstrações de amor que ele me deu nos últimos dois meses. Os cafés, as mensagens, o quanto ele se preocupa com meus pensamentos. Mesmo sua possessividade é amor. E as flores! Todas as centenas de flores.

Sem mencionar meu aniversário e a viagem para o Taiti. Como cuidou de mim no avião. A forma como me abraçou no cemitério.

Meu Deus, ele me ama muito. E eu o acusei tanto na noite passada.

Tenho que me desculpar. Tenho que consertar tudo.

Caminho mais rápido e chego em sua casa em menos de quinze minutos. Decido bater na porta ao invés de usar minha chave, porque não sei como vou ser recebida, mas ele não atende. Toco a campainha algumas vezes, mas não há resposta.

Estranho.

Entro usando a chave e caminho pela casa, chamando seu nome. Ele não está em lugar nenhum. Subo as escadas, mas ele também não está. Sua cama está arrumada, como se ele não tivesse dormido ali desde antes de viajar.

Merda. Onde ele está?

Tiro meu telefone do bolso e ligo para ele. Chama e chama, e acaba caindo na caixa de mensagens.

— Ei, sou eu. Estou na sua casa, mas você não está aqui. Por favor, me ligue, estou preocupada. — Não consigo não me sentir um pouco hipócrita quando desligo o telefone, depois de ele ter ido até a minha casa, alegando estar preocupado, e eu tê-lo mandado embora.

Envio uma mensagem de texto também, para o caso de ele não checar as de voz, e vou para o primeiro andar.

Saio para o deck e cheiro minhas flores. Elas parecem frescas graças ao tempo frio do outono. Sento em nosso sofá e não consigo não lembrar da noite de sábado, depois da festa dos pais de Luke, quando ele me pediu em casamento.

Olho para meu anel e sorrio.

Onde ele está?

Tento telefonar mais uma vez, mas cai na caixa de mensagens.

De repente, a campainha toca e eu vou atender. É Samantha.

— Graças a Deus você está aqui! — Ela me abraça, e eu automaticamente a abraço em retorno, chocada.

— O que foi?

— Estou tentando te encontrar. Não sei seu telefone. Estava na sua casa, e Jules me disse que você estava aqui.

— O que foi? — repito.

— Foi Luke. Nat, ele sofreu um acidente. Temos que ir ao hospital.

Ah, meu Deus, não!

Capítulo Trinta e três

— O que aconteceu? — Sento no banco do passageiro do SUV de Samantha, e ela começa a dirigir como um morcego dos infernos. Me seguro no painel quando ela faz uma curva perigosa.

— Não sei os detalhes. Papai me ligou há meia hora e disse que recebeu uma ligação do Hospital Harbor View, avisando que Luke está lá. Eles tiveram que esperar que ele acordasse para pedir um telefone de contato.

Sua voz engasga com um soluço e instintivamente eu pego sua mão. Quem se importa se ela me odeia? Sou tudo que ela tem agora.

— Então ele está acordado? — As lágrimas rolam pelo meu rosto. Só quero chegar até ele, abraçá-lo e me certificar de que está vivo.

— Ele estava, acho que está indo e voltando. Mamãe, papai e Mark já estão lá. Não sei por que nenhum de nós tinha seu número. Bem, sei por que eu não tenho, mas ninguém mais tinha, mas Luke me disse uma vez onde você morava, então, fui até lá. Foi quando Jules me disse que você tinha ido até a casa dele.

— Obrigada por procurar por mim. Eu não fazia ideia. — *Deus, dirija mais rápido!*

— Natalie, me desculpe por qualquer coisa. — Nós duas estamos chorando agora. — Eu não tinha percebido antes de sábado o quanto vocês gostam um do outro, e eu só estava tentando cuidar dele. Aquela piranha da Vanessa fez um estrago, e eu não poderia suportar que outra pessoa o magoasse novamente. Mas vejo o jeito como olham um para o outro, vocês realmente se amam.

— Eu sei. Não se preocupe com isso, Sam. Só nos leve até ele, por favor. — *Deus, o que vou fazer se perdê-lo? Depois de todas as coisas horríveis que falei?*

E se ele nunca conhecer o filho?

Não, não posso pensar nisso. Ele vai ficar bem.

Por favor, que ele fique bem!

Samantha encontra uma vaga e checa suas mensagens de texto, enquanto corremos pelo enorme hospital, procurando pelas instruções do pai sobre onde estavam.

Estamos de mãos dadas durante a mais longa subida de elevador da minha vida. Finalmente encontramos o quarto. Neil e Lucy estão do lado de fora, falando com um médico. Lucy vem até nós imediatamente quando nos vê correndo pelo corredor.

— Ele vai ficar bem.

Ah, graças a Deus!

— O que aconteceu? Posso vê-lo? — Não consigo controlar as lágrimas que rolam pelo meu rosto, e só quero correr para o meu amor.

— Sim, você pode vê-lo. Ele está sedado. — Lucy segura cada uma das minhas mãos nas dela. — Podíamos tê-lo perdido.

Olho para ela e vejo as olheiras sob seus olhos azuis e a pele pálida. Abraço-a bem forte.

— O que aconteceu? — pergunto de novo.

— Ele sofreu um acidente de carro bem cedo de manhã, por volta das duas. Um motorista bêbado atingiu a lateral de seu carro, fazendo com que ele parasse na mediana, na Interestadual 5. — Lucy seca as lágrimas sob seus olhos e eu me sinto nauseada.

Foi logo depois de eu tê-lo mandado embora. Ah, meu Deus, foi minha culpa!

— Por que ele estava tão tarde na rua? — Samantha pergunta.

— Nós brigamos — sussurro. — Foi minha culpa. Ah, Deus, me desculpem.

— Não, querida, não. — Lucy me envolve em seus braços e me embala. — Não foi sua culpa.

— Nat, vá vê-lo. Vou ficar aqui com a minha mãe. — Sam dá tapinhas em meu ombro, confortando-me, e eu vou até o quarto de Luke.

Meu mundo para de girar.

Ele está deitado imóvel. Tem uma bandagem sobre o olho esquerdo com um enorme hematoma no rosto. Veste uma camisola de hospital muito parecida com a que usei ontem. Há um grampo em seu dedo indicador, um manguito de pressão arterial no braço e uma intravenosa na dobra do cotovelo. O punho esquerdo está imobilizado.

Caminho até a lateral da cama e pego sua mão direita na minha, sentando-me na cadeira e começando a chorar.

— Por favor, amor, acorde. Preciso ouvir sua voz. — Estou acariciando sua mão e olhando para seu rosto, torcendo para que acorde.

Neil entra no quarto e dá tapinhas no meu ombro.

— Deram um remédio para que ele dormisse.

— Tem algum machucado interno? — pergunto.

— Não, só alguns hematomas e um punho torcido, e ele apagou por um tempo, mas tem muita sorte. Se o carro tivesse girado na outra direção, ele poderia ter despencado da ponte.

Eu ofego e descanso meu rosto no ombro de Luke.

— Sinto muito.

— Natalie, não é sua culpa, querida. Casais brigam.

Olho para Neil, surpresa.

— Lucy me disse que vocês brigaram e que, provavelmente, é por isso que Luke estava tão tarde na rua. — Ele sorri gentilmente e bate no meu ombro novamente.

— Eu podia tê-lo perdido — sussurro.

— Ele vai ficar bem. Só vai precisar de fisioterapia por algumas semanas. Vou levar Lucy e os meninos até a cafeteria para tomar café da manhã. Fique quanto tempo quiser.

— Não vou deixá-lo.

— Não estou pedindo que faça isso.

Uma bela enfermeira loira entra para checar seus sinais vitais de Luke e sorri para mim.

— Ele está indo muito bem. Você é a Natalie?

— Sim — respondo, surpresa.

— Ele estava chamando por você hoje cedo, assim que recuperou a consciência. Vai ficar feliz em vê-la aqui, quando acordar. — Ela pisca para mim e sai do quarto, deixando eu e Luke sozinhos.

— Ah, querido... — Eu me inclino e passo os dedos por seu cabelo macio. Odeio ver Luke assim, machucado e vulnerável, na cama. Ele é tão forte e firme. Isso aqui não combina com ele. Não é certo.

E eu sei que todos podem dizer que não, mas não consigo não me sentir culpada por ele estar aqui.

Meu telefone toca e é Jules.

— Alô — sussurro para não acordar Luke.

— Mas que merda está acontecendo? — Não sei dizer se ela está em pânico, mas começo a falar, baixo e rápido.

— Luke sofreu um acidente depois que saiu da nossa casa ontem à noite. Estamos no Harbor View. Ele está bem, só está ferido e sedado.

— Estou indo para aí.

— Obrigada, Jules.

Fico sentada ao lado de Luke a manhã inteira, enquanto as pessoas entram e saem. Os pais deles e os irmãos vêm me abraçar e se revezam para fazer vigília junto comigo. Jules chega, me trazendo café, e também fica comigo por um tempo.

A enfermeira e o médico ficam entrando e saindo, lendo a máquina e fazendo anotações.

— Por quanto tempo ele vai dormir? — pergunto ao médico.

— Ele tomou o remédio há seis horas. Vai acordar a qualquer momento.

— Posso me deitar do lado dele? — Olho para o médico, implorando com os olhos.

— O punho esquerdo está fraturado e algumas costelas do lado esquerdo também. Fique do lado direito e vai ficar tudo bem, mas seja cuidadosa.

— Obrigada.

Cautelosamente, me coloco do lado dele e beijo seu rosto. Descanso a cabeça em seu ombro e passo o dedo por seu cabelo e por seu rosto.

Ah, eu o amo tanto.

— Amo você — sussurro para ele. — Me desculpe pela forma como agi. Me desculpe.

Continuo a falar com ele, com a cabeça encostada em seu ombro e descansando minha mão sobre seu coração. Fico paradinha para não machucá-lo.

Acordo com os lábios de Luke na minha testa. Levanto a cabeça e encontro seus lindos olhos azuis olhando para mim.

— Ah, meu Deus, Luke. — As lágrimas começam novamente, mas são lágrimas de alívio. Ele acordou!

— Calma, amor, estou bem. — Ajeito-me na cama, para que ele possa colocar o braço direito ao redor dos meus ombros, e passo meus dedos por seu cabelo.

— Me desculpe. Por tudo. — Ele beija minha testa outra vez.

— Me desculpe também. — Ele acaricia meu cabelo e eu beijo seu rosto.

— Como se sente?

— Cansado, mas feliz que esteja aqui.

— Sam foi me procurar hoje de manhã.

— Ela foi?

— Sim, seus pais ligaram para ela, que me encontrou na sua casa.

Ele ergue as sobrancelhas.

— Minha casa?

— Fui lá para pedir desculpas, mas você não estava em casa, então te esperei lá. Jules disse a ela onde eu estava. — Enquanto lembro daqueles momentos terríveis, não sabendo se ele estava vivo ou morto, eu estremeço.

— Está com frio? — ele pergunta.

— Não, estou preocupada com você. Por que estava na rua se já era tão tarde?

— Não consegui ir pra casa. Você não estava lá, não me deixou ficar com você, então decidi dirigir.

Fecho meus olhos e balanço a cabeça, envergonhada pela forma como falei com ele na noite passada.

— Ontem foi um dia difícil — sussurro.

— Sim, foi mesmo. Quer falar sobre isso?

Eu me sento, e ele franze o cenho.

— Primeiro, vou chamar o médico para que ele te examine. Depois que estiver bem cuidado, se quiser conversar, vamos conversar.

— Não me deixe. — Ele me segura, mantendo os olhos fechados.

— Nunca mais — digo e seus olhos se abrem por um momento, encontrando os meus. — Nunca — repito.

Estendo a mão e aperto o botão vermelho para chamar a enfermeira.

— Posso ajudar? — uma voz responde.

— Luke está acordado — respondo, ainda acariciando o cabelo de Luke.

— Vou mandar alguém aí.

— Olá, Sr. Williams! — O médico sorri para Luke e, ao me ver deitada ao seu lado, pisca para mim. — Tenho boas notícias para você. Vamos te expulsar daqui amanhã. Você está progredindo muito bem, não tem nada quebrado e, de acordo com a tomografia, não teve nenhuma fratura interna. É um homem de sorte.

— Obrigado. Posso comer?

— Está com fome? — pergunto a ele.

— Faminto.

— Claro que pode comer. Comece com algo leve. Nada de carne hoje. — Eu levanto da cama para que o médico possa examinar Luke. Aproveitando o tempo, ligo para Jules e peço que ela traga um sanduíche leve para Luke e um pote de sopa do nosso restaurante favorito. Depois ligo para a mãe de Luke, usando o número que ela me deu mais cedo, avisando que ele está acordado e que vai ser liberado amanhã.

Ela prometeu que eles o visitariam mais tarde, naquela noite.

O doutor termina enquanto eu desligo o telefone.

— Jules vai trazer o seu jantar. — Pego sua mão direita na minha e a levo até meu rosto.

— Você deveria ir para casa para comer e descansar.

— Não saio daqui sem você.

Espero um argumento, mas ele sorri timidamente e acaricia meu rosto.

— Ok. Você ia me falar de ontem.

— Persistente, não?

— Quero saber o que aconteceu.

— Talvez devêssemos conversar amanhã, em casa.

— Fale comigo, amor. — Seu rosto está sombrio e um pouco triste, e eu fecho meus olhos. Devo contar para ele do bebê enquanto ele está aqui no hospital ou devo esperar?

Abro meus olhos, e ele ainda está me observando pacientemente, e eu sei que ele merece saber a verdade.

Respiro fundo.

— Não me senti muito bem ontem de manhã antes de você sair, mas pensei que era nervosismo por causa do seu voo e porque estava assustada.

Seguro sua mão na minha e a aperto gentilmente.

— Queria que tivesse me dito.

— Não queria te preocupar. Quando saí da sua casa, fiquei violentamente enjoada. Passei uma hora vomitando, mesmo quando não tinha mais nada para colocar para fora. — Franzo o nariz de nojo. — Sexy, hein?

— Continue falando — ele responde.

— Jules me fez ir para o hospital quando parecia que eu não ia parar de vomitar.

— Por que não me ligaram?

— Você estava em reuniões o dia todo, e não podia fazer nada de Los Angeles.

— Eu teria pego o primeiro voo.

— Eu só queria ver o que o médico ia dizer. Pensei que era uma virose e que eles iam me pedir para beber só suco e dormir. — Dei de ombros.

— E o que eles disseram?

Mordo meu lábio e fecho os olhos por um momento.

— Bem, estou saudável.

— Mas?

Lá vai...

— Estou grávida de seis semanas — sussurro. Olho para baixo, para nossas mãos. O quarto está silencioso. Finalmente, depois do que parecem horas, ele sussurra.

— Olhe para mim.

Balanço a cabeça negativamente.

— Olhe para mim, amor.

— Eu não fiz de propósito.

— Olhe nos meus olhos, Natalie.

Lentamente, eu olho para ele, que está olhando para mim com amor e dúvida, um pouco confuso também. Mas não está irritado.

— Você não está irritado? — pergunto.

— Por que estaria?

— Porque é muito cedo. — Balanço a cabeça e fecho os olhos. — Cedo demais.

— Não estou irritado. Mas, Nat, você não disse que tomava anticoncepcional?

— Eu tomo. Sou psicótica em relação à minha pílula, mas a médica disse que esses métodos podem falhar e, pelo visto, falhou.

Olho para seu lindo rosto e respiro fundo, me recompondo para terminar a história.

— Então, a médica me disse que eu estou grávida, fez um ultrassom para ver de quanto tempo eu estou. Tenho uma foto. Vou te mostrar.

— Ok — ele sussurra.

— Depois que a doutora saiu, Jules ligou a TV no quarto e deixou em um canal de fofocas, e foi quando eu vi você. — Tento soltar sua mão, mas ele a aperta com força.

— Não saia daqui. Termine a história.

— Meu mundo desabou. Odiei ver aquelas fotos, mais do que já odiei qualquer outra coisa na vida. Odiei a forma como você estava olhando para ela... — Minha voz falha, e eu pigarreio.

— Nat, aquilo não foi nada.

— Eu sei, mas parecia alguma coisa, e, quando descobri que você já tinha sido noivo dela, fiquei assustada e aborrecida. Só queria estar nos seus braços.

— Vem aqui.

Deito ao seu lado, e ele me embala.

— Quando não consegui falar com você ontem, fiquei louco. Nem consegui me concentrar nas reuniões. Você nunca deixa de atender ao telefone.

— Primeiro, eu não sabia o que dizer, depois, estava irritada com você.

— Peguei um voo bem tarde e fui direto para a sua casa. E aí você sabe o resto.

— Me desculpa pelas coisas que falei.

— Eu também.

— Luke, não quero que fique perto daquela mulher. Não quero que trabalhe com ela.

— Liguei para ela quando saí da sua casa e disse que estava escolhendo outra pessoa para o filme. Não quero falar com ela novamente. Me desculpe se te magoei. Eu não a estava abraçando quando saí do restaurante, e com certeza não a beijei. Provavelmente eu a abracei depois, mas não significou nada. Eu nem lembro mais o que estava fazendo, mas os fotógrafos sempre distorcem as imagens da forma como querem. Provavelmente, eu estava pensando em te ligar. — Ele faz uma pausa. — Então... — Luke diz e eu inclino minha cabeça para olhá-lo nos olhos. — Vamos ter um bebê.

Ele sorri, abertamente, e parece tão... *orgulhoso de si mesmo*.

— Parece que sim.

— Não acha melhor que nos casemos o mais rápido possível?

— Luke, eu não quero que se sinta pressionado a casar comigo só porque estou grávida.

— Pode parar por aí. Eu te pedi em casamento antes de saber que estava grávida.

— Eu sei, mas...

— Nada de mas. Natalie, eu te amo muito. Quero ter filhos com você. Isso é uma coisa maravilhosa. Pode ser um pouco mais repentino do que eu teria preferido, mas um bebê nunca é uma coisa ruim. E você vai ser uma mãe fantástica.

Nunca pensei que pudesse chorar tanto em um dia só. Mais lágrimas caem. Estou aliviada e feliz, além de completamente apaixonada por este lindo homem.

Ele se inclina e esfrega seu nariz no meu, beijando-me daquela forma gentil que quase me faz desmaiar.

— Te amo, amor.

— Também te amo.

— Por Deus, Natalie, o pobre homem quase morreu. Quer maltratá-lo ainda mais? — Jules chega com uma bolsa cheia de comida. Ela coloca as mãos nos quadris e balança a cabeça.

— Não seja chata, Jules. — Eu me sento e começo a abrir a comida de Luke para ele. Meu estômago ronca e fico feliz em ver que ela trouxe um pouco para mim também.

— Vamos ter um bebê. — Luke sorri para Jules.

— Eu sei. Estou tão feliz por vocês. — Jules caminha até ele e dá um beijo em seu rosto, sorrindo para nós.

— Tire a boca do meu homem, Montgomery.

— Jesus, você é tão egoísta.

Estamos em casa há uma semana e Luke já se recuperou quase completamente dos ferimentos. Não poderá ir à academia por algumas semanas, mas os hematomas desapareceram.

— A van da mudança está aqui.

— Você não vai carregar nada. Nem pense nisso. Seu punho ainda está se curando. — Ele não me pega no colo há um tempo. Já estou com saudade.

— Bem, então somos dois.

— Eu não machuquei meu punho. — Ergo uma sobrancelha, e ele atravessa o cômodo vindo na minha direção.

— Adoro sua boca atrevida. — Ele dá um tapa no meu bumbum e eu me encolho, antes de passar a mão na minha barriga. — Nada de levantamento de peso para a linda mulher que eu engravidei.

Eu rio e acaricio seu lindo rosto.

— Tem certeza que quer que eu me mude para cá?

— Claro. Vamos nos casar em dois meses, faz todo sentido. — Ele fica sério e franze o cenho para mim. — Você não quer?

— Quero estar em qualquer lugar com você. E não faz sentindo que moremos com Jules. — Rio. — Ela pode morar naquela casa por quanto tempo quiser, e eu ainda vou usar o estúdio para trabalhar.

— Mas... — Ele ergue uma sobrancelha.

— Mas eu acho que, se nossa família crescer, vamos precisar de mais quartos.

Seu rosto suaviza e ele me beija gentilmente na testa.

— Posso comprar qualquer casa que você queira.

— Quero ficar aqui por enquanto. Vamos manter as opções em aberto.

— Ok. — Ele me beija novamente antes que os rapazes da mudança toquem a campainha e comecem a tirar as caixas e alguns móveis do caminhão. Deixei a maioria das coisas na outra casa, para Jules. Todas as coisas foram colocadas em um quarto separado, para que eu possa abri-las no meu próprio ritmo. Eles não levam muito tempo para descarregar.

— Vai precisar trabalhar esta tarde? — pergunto a Luke assim que os homens saem.

— Não, e você?

— Não. — Caminho até as escadas e começo a subir para o nosso quarto.

— O que podemos fazer para ocupar nosso tempo em uma tarde chuvosa de quinta-feira? — Luke murmura em meu ouvido, no topo das escadas.

— Hummm... podemos ler — sugiro.

— Nat, tenho feito muito isso ultimamente. — Ele morde meu pescoço e coloca as mãos ao redor da minha cintura, passando a mão pela minha barriga.

— Podemos assistir um filme.

— Não estou com vontade.

Finalmente chegamos ao quarto, e eu giro em seus braços, beijando-o suavemente enquanto corro meus dedos por seu rosto.

— Acabaram minhas ideias — sussurro.

— Tudo bem — ele sussurra de volta. — Tenho muitas ideias.

Epílogo

Puta merda!

Estou de pé em um lindo bangalô no Taiti, em frente a um espelho de corpo inteiro, e não reconheço a mulher que está me olhando de volta.

Adorei meu vestido de noiva. É longo e rodado. É de chiffon branco com um corpete e fitas e uma saia que cai desde a cintura até o chão. Não estou usando sapatos hoje. Minha maquiagem é clássica e simples, perfeita para um casamento na praia, e meu cabelo está preso em um coque bem feito de lado, bem atrás da minha orelha, com uma rosa presa a ele.

E estou usando minhas pérolas.

— Você está deslumbrante. — Jules beija meu rosto e sorrio por ela estar tão nervosa. Ela também está deslumbrante em um vestido rosa de chiffon. Olho ao redor do bangalô e sorrio de felicidade, emoção e amor. Estou cercada por lindas mulheres. Lucy, a mãe de Luke, e a mãe de Jules, Gail, estão juntas em um canto. As duas estão adoráveis em seus vestidos rosa.

Samantha e Stacy estão ninando a pequena Sophie, que está simplesmente adorável em um vestidinho rosa-claro e uma faixa de cabelo também rosa.

Jules, claro, é minha madrinha, e Stacy e Sam, minhas damas de honra. Sam e eu enterramos o passado depois do acidente de Luke, e nos tornamos ótimas amigas. Ela planejou boa parte deste casamento fantástico.

— Está nervosa? — Stacy pergunta.

— Não estava até colocar esse vestido, agora fiquei um pouco. — Sorrio e me olho no espelho de novo. Puta merda, vou me casar!

Neil entra e sorri abertamente quando vê todas nós.

— Me mandaram aqui para te dar isso. — Recebo uma caixa embrulhada com um cartão preso a ela, e ele beija minha bochecha.

— Está quase na hora.

— Os rapazes estão prontos? — pergunto.

— Sim, e seu futuro marido está muito nervoso. Ele está pronto para te tornar esposa dele.

Eu rio e beijo o rosto de Neil.

— Olha, leve isso aqui para ele também. — Eu lhe entrego um embrulho com um bilhete. — Diga-lhe que nos encontraremos em alguns minutos. Eu serei a de branco.

Entro no quarto e abro meu presente em particular. Meu homem gosta de me mimar. Como se não fosse suficiente alugar todo o belo resort para nossas famílias e amigos, para que possam aproveitar a semana inteira além do nosso casamento, ele me dá presentes todos os dias.

Sou louca por ele.

Luke escreveu no envelope do cartão:

"Abra a caixa primeiro, depois leia isto."

Ele é tão autoritário.

Eu desembrulho a caixa e lá dentro tem uma pequena caixinha da Tiffany. Dentro dela, há um par de belíssimos brincos de diamantes. Suas pedras têm corte princesa, com lágrimas de diamante penduradas neles. Eles roubam meu fôlego.

Abro o cartão e me sento na lateral da cama.

Meu amor,

Quando ler isto, faltarão apenas poucos minutos para você se tornar minha esposa. Não posso expressar o quão honrado estou por você ser minha. Estou pronto para amá-la pelo resto da minha vida... como seu marido.

Eu te amo, com tudo o que sou.

Luke

Bem, ele não é um sedutor?

Luke

Natalie decidiu que queria se casar no Taiti, para poder voltar lá com nossos familiares e amigos, então convidei todo mundo e reservei o resort inteiro para toda a semana. Espero que seja como ela sempre sonhou.

Abotoo minha camisa branca e checo meu reflexo no espelho do quarto principal do bangalô dos meus pais. Nat quis que os homens usassem calças cáqui com blusas brancas para a cerimônia, então é isso que estamos usando.

Ela é quem manda.

Meu cabelo está um caos, como sempre, e não faz sentido penteá-lo, porque os dedos de Nat estarão entrelaçados neles assim que ela me vir.

Sorrio ao pensar na minha noiva. Sou um filho da puta sortudo. Natalie é, sem dúvida, a mulher mais sexy que já vi, com longos cabelos escuros, belos olhos verdes e um corpo curvilíneo de matar. Mas seu coração foi o que me conquistou. Sua graciosidade, sua natureza amável e a sua boca atrevida são coisas sem as quais eu não conseguiria viver.

E não precisarei viver.

— Ei, Williams, pare de se admirar e venha aqui para tirar fotos — Isaac me chama do cômodo principal do bangalô.

Todos os rapazes estão aqui: meu irmão, Mark, e os irmãos de Jules — e de Nat — Isaac, Caleb, Matt e Will, além do pai deles, Steven. Meu pai ergue a taça e propõe um brinde.

— Ao meu filho e a Natalie. Agradeço a Deus por ela ter dito sim.

— Saúde, saúde!

Todo mundo brinda e o cômodo irrompe novamente em caos, com homens gritando piadinhas maldosas e insultando-se.

Isso não acalma meus nervos.

Não estou de todo nervoso, pois vou me casar com minha garota, mas estou ansioso para que acabe logo.

— Pai, preciso que você leve uma coisa para Natalie. — Entrego-lhe uma caixinha da Tiffany.

— Sem problema, preciso ir dar uma olhada na sua mãe, de qualquer forma. Já está pronto? — Ele sorri e me dá tapinhas nas costas.

— Sim, estou pronto. Vamos começar o show. — Meu pai ri e se encaminha para a suíte nupcial, e Isaac se aproxima de mim com mais uma dose. — Não, cara, preciso estar sóbrio para isso. — Afasto a bebida e olho para a porta, na direção do bangalô.

— Este aqui não é para você, parceiro, é para mim. — Ele sorri e vira a tequila de uma vez só. — Porra, isto aqui está bom. Está pronto para isto?

— Todo mundo fica me perguntando isso. Sim, estou pronto. Mais do que pronto.

— Você é bom para ela, sabe disso.

Olho para o rosto de Isaac, chocado. A família de Nat sempre me recebeu muito bem e sempre foi amigável, mas sei que seus irmãos têm algumas reservas, e, sendo irmão de uma mulher também, não posso culpá-los.

— Fico feliz. — Assinto e sorrio para ele.

— Mas, se magoá-la, ou àquele bebê — Isaac continua, e eu sei o que ele vai dizer —, vou te matar.

— Não vai precisar, não vou magoá-la. — Estendo a mão para apertar a dele, mas ele me puxa para um abraço de amigos.

— Bem-vindo à família, irmão.

— As garotas estão prontas. — Meu pai volta ao quarto com uma caixinha nas mãos. Pedi a ela que não comprasse nada para mim. Ela e o bebê são tudo que preciso. — Isso aqui é para você.

Entro no quarto para abrir o presente e o bilhete, sozinho, me perguntando se ela gostou dos brincos de diamante que mandei para ela. Tudo neste casamento é rosa, e ela também deveria usar diamantes rosa.

Luke,

Eu sei que você disse que eu e o bebê somos tudo que você precisa hoje, mas não pude evitar de te dar um presente. Escolhi este em particular porque simboliza o quão precioso é o tempo. Estou feliz pelo tempo que me deu e pelos muitos anos que estamos prestes a compartilhar, como família e como amantes. Você é o que eu sempre esperei, Luke, e mal posso acreditar que em poucas horas você vai ser verdadeiramente meu, como eu sou sua.

Obrigada por me escolher para compartilhar sua vida.

Amor,

Nat.

P.S.: Mal posso esperar para te beijar.

E ela ainda me chama de sedutor. Deus, eu amo essa mulher.

Dentro da caixinha branca está um relógio Omega de platina, com a face preta. Dentro dele tem uma gravação que me faz sorrir. Nat é ótima com dizeres. Aquele corpo gostoso dela é cheio deles.

Você é meu agora, para sempre, eternamente. - Nat

Bem... é isso mesmo.

Prendo o relógio no meu punho esquerdo e volto para o cômodo principal.

— Vamos. Não quero mais esperar.

Sem esperar pela resposta de ninguém, caminho pela plataforma de madeira até a praia onde a cerimônia será realizada. O resort fez um lindo trabalho posicionando as cadeiras brancas, um pequeno arco de rosas vermelhas e velas acesas espalhadas pela areia, dando um brilho suave à praia. O sol já está quase se pondo, e eu sei que Nat pensaria que a iluminação está perfeita para uma foto.

Aperto mãos e aceno para alguns dos cinquenta convidados que vieram para nossa comemoração de uma semana e me encaminho para o altar com Isaac e Mark atrás de mim. A fila da frente está reservada para nossos pais, e eu me certifiquei de que o resort colocasse duas cadeiras, uma com um lírio e outra com um girassol, representando os pais de Natalie.

Onde ela está? Vejo todas as garotas, todas em vestidos rosa. Estou aliviado que minha irmã, Sam, e Nat se tornaram amigas e começaram a se conhecer melhor desde que a pedi em casamento. Sam ajudou a planejar o casamento.

Nossas mães estão sendo escoltadas até seus assentos e meu coração começa a bater um pouco mais rápido. Jesus, não consigo suportar o suspense. Preciso vê-la.

Onde ela está, porra?

Finalmente, Jules, Sam e Stacy caminham até nós e tomam seus lugares, e a música muda. Natalie e Steven surgem e o resto do mundo desaba. Seu lindo cabelo está cacheado e preso em um coque frouxo lateral atrás da orelha, e ela está segurando um buquê de rosas vermelhas com pérolas nas pétalas. Seus novos diamantes brilham em suas orelhas e, graças a Deus, ela está usando as pérolas.

Sinto um sorriso se espalhar pelo meu rosto, e olho para seus belos olhos verdes, fazendo meu coração se acalmar. É agora.

— Quem entrega esta mulher a este homem? — o pastor pergunta.

— Em nome de seus pais, eu entrego — Steven responde e coloca a mão de Nat na minha.

Todas as vezes que eu a toco, sinto que sou atingido bem no âmago. Todas as vezes. Estou apaixonado por ela de tantas maneiras, e sei que nunca vou me cansar disso que eu sinto quando ela está perto de mim.

— Você está deslumbrante — sussurro para ela e sorrio enquanto ela sorri timidamente e olha para mim através de seus cílios longos.

— Você também está lindo — ela sussurra de volta.

Ela pode me chamar de lindo sempre que quiser.

— Bem-vindos, amigos e família — o pastor começa. Ele faz uma breve oração e dá continuidade à cerimônia.

— Com esta aliança, eu te desposo — Natalie diz, seus olhos nos meus, com sua voz suave e doce, colocando a aliança no meu dedo.

— Com esta aliança, eu te desposo — respondo e coloco a aliança em seu pequeno dedo, perto do anel de noivado.

O resto da cerimônia passa rápido. Não quisemos uma cerimônia longa e música ao vivo, esperando focar nos nossos votos. Escrevemos nossos votos juntos, na semana anterior à viagem ao Taiti.

Rimos, argumentamos e Nat chorou, mas eventualmente decidimos o que cada um iria dizer. Ao invés de cada um falar os votos inteiros, vamos falá-los juntos, alternando as linhas.

— E agora, Luke e Natalie vão recitar seus votos juntos. — O pastor dá um passo atrás e eu pego as pequenas mãos de Natalie nas minhas, acariciando os nós de seus dedos.

— Está pronta? — sussurro e respiro fundo.

— Sim — ela sussurra de volta, com um sorriso atrevido. Deus, aquele sorriso faz muitas coisas comigo.

Eu pigarreio e olho em seus olhos quando começamos.

— Eu prometo te amar.

— Eu prometo te amar — ela responde, com a voz forte.

— Te respeitar.

— Ser sua melhor amiga.

— Ler em voz alta para você. — Passo os dedos por seu rosto macio e vejo seus olhos se iluminarem.

— Encantar sua vida.

— Te escrever cartas de amor.

— Rir de suas piadas. — Ela pisca para mim, e eu sorrio.

— Sempre fazer café ou pedir a domicilio.

— Te ajudar a cozinhar.

— Sempre acreditar que seu mais novo corte de cabelo é o mais bonito de todos. — Tiro uma mecha de cabelo e coloco atrás de sua orelha.

— Ser paciente.

— Sempre apoiar suas esperanças e sonhos.

— Não te ofuscar com a minha fama — ela diz, e eu não consigo não rir, assim como todos os outros.

— Ser seu maior fã — respondo. Deus, eu a amo.

— Te acordar todas as manhãs.

— *Te* acordar todas as manhãs. Você não é uma madrugadora.

— Te beijar todas as noites.

— Segurar sua mão.

— Sempre lembrar onde deixei minhas chaves e meu telefone.

— Cuidar de você. — Respiro fundo novamente.

— Acreditar em você.

— Acreditar em nós.

— Nunca desistir. — Ela aperta minhas mãos com mais força.

— Nunca, nunca desistir.

— Esquecer de todos os outros e ser sempre sincera com você.

— Me esforçar todos os dias para ser o homem que você merece.

— Me esforçar todos os dias para ser a mulher que você merece. — Nós dois estamos com lágrimas nos olhos agora.

— Você promete ser minha esposa?

— Prometo. Promete ser meu marido?

— Sim. — *Porra, com certeza, eu prometo.*

— É com prazer que apresento o Sr. e a Sra. Luke Williams. Já pode beijar a noiva.

Seguro seu lindo rosto nas mãos e ela passa os dedos pelos meus cabelos, olhando para mim com tanto amor, tanta confiança, que fico sem fôlego. Devagar, eu me inclino e esfrego o nariz no dela e tomo seus lábios nos meus, da forma que sei que ela gosta. Ela suspira, e eu passo os braços ao seu redor, puxando-a mais para perto, segurando a barriga que guarda nosso bebê em minhas mãos.

Nossos convidados aplaudem, e nossas mães estão se debulhando em lágrimas. Descanso a testa contra a dela, enquanto ela passa os dedos pela minha bochecha.

— Amo você — eu sussurro.

— Amo você também. Vamos dançar.

A série *With Me In Seattle* continua com a história de Nate e Jules no segundo livro, *Luta Comigo*.

Agradecimentos

Primeiro, ao meu marido: obrigada por me amar, por me desafiar e ficar comigo, mesmo quando eu fico com a cara enterrada no computador, presa no meu mundo. Eu te amo, bonitão.

Mamãe e papai: obrigada por serem MEUS pais, por me encorajarem a ler e usar minha imaginação e por acreditar que sou capaz de qualquer coisa que tento. Vocês dois são as pessoas mais amáveis, gentis, e inteligentes que conheço, e eu amo vocês.

Mike: o tanto que você me atormentou quando criança está sendo vingado agora em anedotas bem humoradas no meu livro. Então... obrigada por ser o típico irmão mais novo. E obrigada por ser um dos meus melhores amigos. Tenho muito orgulho de você, Mikey.

Tanya Robo: você não é apenas a melhor beta do mundo. É minha melhor amiga, líder de torcida e confidente por boa parte dos meus trinta anos (shh). Quando tem a ver com o que escrevo, não há ninguém em minha vida que me encoraje do jeito que você faz. Obrigada por sempre acreditar no meu talento, e por ser uma parte tão linda da minha vida. Não sei o que faria sem você.

Nichole Boyovich, Kara Erickson, Eke Leo, Courtney McDaniel, Holly Pierce e Samantha Baer: vocês, meninas, arrasam! Obrigada por lerem Fica Comigo, me dando seu feedback e se apaixonando por Luke e Natalie. Vocês são as melhores betas que eu poderia querer.

Loris Francis: garota, você é totalmente maravilhosa. Nem consigo acreditar o quão amável e genuinamente bondosa você foi com essa autora iniciante, oferecendo conselhos e ajuda que chega a ser emocionante. Estou feliz por ter te encontrado! Obrigada, muito obrigada, por se apaixonar por Fica Comigo e por se empolgar por ele. Não sou apenas grata por todo seu trabalho e entusiasmo, mas também por sua amizade.

Sali Powers e Jenny Aspinall: sabem o quão louco é para mim que vocês, lindas mulheres, que vivem na Austrália, não apenas tenham lido o livro e me dado tanto apoio e ajuda, mas também se tornado grandes amigas? Obrigada pela ajuda, tempo e incentivo que me deram. Foi muito importante.

Aos blogueiros e autores que deram grande ajuda, incentivo e conhecimento: obrigada! Vocês sabem quem são.

E por fim, mas com certeza não menos importante, a vocês; à pessoa que está segurando este livro. Obrigada por ler a história de amor de Luke e Natalie. Espero que goste.

Boa leitura!

Entre em nosso site e viaje no nosso mundo literário.
Lá você vai encontrar todos os nossos
títulos, autores, lançamentos e novidades.
Acesse www.editoracharme.com.br

Além do site, você pode nos encontrar em nossas redes sociais.

https://www.facebook.com/editoracharme

https://twitter.com/editoracharme

http://instagram.com/editoracharme